Un tempérament explosif

Marie Jo Putney

Un tempérament explosif

Traduit de l'américain
par Daniel Garcia

J'AI LU

Pour Binnie,
qui m'a toujours soutenue,
et parce qu'elle adore les personnages torturés.

Titre original :

RIVER OF FIRE
First published in 1996 by Signet,
a division of Penguin Books USA Inc.

Prologue

Sutterton Hall, Bedfordshire, Angleterre, 1794

La main de l'enfant s'était immobilisée au-dessus de la feuille de papier tandis qu'il réfléchissait. Il avait commencé sans peine à dessiner son poney, mais se demandait maintenant comment tracer les jambes de l'animal. À quoi ressemblaient-elles lorsque Albie trottait ? Kenneth Wilding se concentra longuement, puis poussa un petit cri de satisfaction et reprit son dessin, sans plus hésiter cette fois.

Quand il eut terminé, il montra le résultat à sa mère qui berçait sa petite sœur à l'autre bout de la nursery. Kenneth savait qu'elle s'inquiétait pour la santé de la fillette, cependant elle lui sourit tendrement.

— C'est très bien, Kenneth, lui dit-elle, après avoir examiné le dessin. Tu n'as pas dessiné n'importe quel poney, n'est-ce pas ? C'est Albie ?

Comme l'enfant hochait la tête, lady Kimball ajouta :

— Tu l'as vraiment bien croqué. On jurerait qu'il va s'élancer hors de la feuille. Je n'aurais pas fait mieux.

C'était un immense compliment, car sa mère dessinait à la perfection. Tout fier, Kenneth retourna à sa table avec un sourire radieux. Il entamait déjà un second dessin d'Albie lorsque la porte de la nursery s'ouvrit soudain. L'enfant crispa instinctivement les doigts sur son crayon en voyant entrer son père. Il semblait emplir la pièce tant sa carrure était puissante, aussi impressionnante que les chênes de Sutterton Hall.

Lord Kimball dévisagea son fils avec un froncement de sourcils.

— Je t'ai déjà dit de ne pas perdre ton temps à dessiner. Tu ferais mieux de réviser ton latin si tu veux intégrer Harrow l'année prochaine.

— Kenneth a fini sa leçon de latin, intervint sa mère. C'est moi qui lui ai dit qu'il pouvait faire quelques dessins. Il est vraiment doué, Godfrey.

Lord Kimball ne se laissa pas amadouer.

— Dessiner est une occupation de fille, lâcha-t-il avec une moue méprisante.

Et, s'approchant de son fils, il s'empara du croquis du poney, en fit une boule de papier qu'il jeta dans la cheminée.

— Viens avec moi, Kenneth. Les vaches ont commencé à vêler et tu es maintenant assez grand pour m'aider.

Kenneth se retint à grand-peine de protester.

— Oui, père, acquiesça-t-il du bout des lèvres.

Un jour, il deviendrait le cinquième vicomte de Kimball, et toute la responsabilité du domaine lui incomberait. Kenneth se devait donc de connaître aussi bien Sutterton Hall que son père. Rien n'était plus important que cette terre. Rien.

Mais avant de quitter la nursery, il ne put s'empêcher de jeter un dernier regard, attristé, à son dessin qui achevait de se consumer dans l'âtre.

1

Sutterton Hall, 1817

La situation était pire encore que ce qu'il avait craint.

Avec un soupir accablé, Kenneth Wilding repoussa les livres de comptes du domaine. Il savait qu'en héritant, il serait confronté à de douloureux problèmes financiers. Mais il avait eu l'espoir qu'en travaillant dur et en vivant frugalement, il serait possible de sauver le domaine. Il s'était hélas trompé.

Abandonnant son siège, il alla se planter devant la fenêtre de la bibliothèque, qui donnait sur les collines de Sutterton. La beauté de ce paysage ajoutait encore à son amertume. Pendant quinze ans, il avait attendu avec impatience de pouvoir retourner chez lui. Mais jamais il n'aurait imaginé retrouver les champs dans un tel état d'abandon, ni découvrir qu'une partie du bétail avait été vendue pour payer les frasques d'un vieillard et les folies dépensières de son extravagante jeune épouse.

Tandis qu'il essayait de contenir sa colère, Kenneth entendit des pas derrière lui. Avant même de se retourner, il sut, au bruit de la canne, qu'il s'agissait de sa sœur, Beth. Il la chérissait depuis toujours, mais ils avaient été séparés si longtemps qu'il ne savait pas quoi lui dire.

Beth avait les mêmes cheveux noirs et les mêmes yeux gris que lui. Leur ressemblance, toutefois, s'arrêtait là. Sa sœur avait des traits beaucoup plus délicats que les siens, même si, à vingt-trois ans, elle paraissait plus vieille que son âge.

Elle s'assit dans un fauteuil, la main toujours agrippée au pommeau de sa canne.

— Tu ne t'es pas montré au déjeuner, dit-elle. Veux-tu que je te fasse apporter un plateau ? Il y a un excellent rôti de porc.

— Merci, mais ma plongée dans les comptes m'a coupé l'appétit.

— C'est si dramatique que cela ?

Kenneth envisagea tout d'abord d'atténuer la vérité, pour ménager sa sœur, avant d'y renoncer. Il ne servait à rien de se voiler la face. Et puis, sous ses dehors fragiles, Beth était en réalité très forte. Depuis l'enfance, elle luttait pour mener une vie normale malgré son pied bot.

— Nous sommes complètement ruinés, lâcha-t-il brutalement. Le montant total des dettes accumulées par père et sa chère Hermione dépasse largement la valeur du domaine. Et comme c'est Hermione qui est en possession des bijoux de famille, il n'y a aucune chance de les récupérer. Il va falloir vendre la propriété. Et il ne nous restera rien, pas même ta dot. Nos créanciers ne mettront que quelques semaines pour nous jeter dehors.

Beth crispa les doigts sur le pommeau de sa canne.

— C'est ce que je redoutais, mais j'essayais de me persuader que je me trompais, avoua-t-elle, avant d'ajouter avec un pauvre sourire : Non pas que la perte de ma dot m'inquiète ; je suis destinée à rester vieille fille.

— Ne dis pas de sottises. Si père et Hermione ne t'avaient pas obligée à rester cloîtrée ici pendant qu'ils menaient la grande vie à Londres, tu serais déjà mariée et tu bercerais un bébé dans tes bras.

Mais à peine eut-il dit cela que Kenneth regretta ses paroles, car il était évident, à voir son expression, que Beth aspirait désespérément à ce bonheur conjugal qu'elle ne connaîtrait sans doute jamais.

Elle eut un geste vague de la main, comme si fonder une famille était le moindre de ses soucis.

— Je suis désolée, Kenneth. J'ai fait de mon mieux pour sauver le domaine, mais ça ne suffisait manifestement pas.

— Sutterton n'était pas sous ta responsabilité, répliqua Kenneth. Mais sous celle de père. Et maintenant sous la mienne. C'est moi qui n'ai pas réussi à le sauver.

— Tu n'as rien à te reprocher. Si papa n'avait pas épousé une femme assez jeune pour être sa fille, nous n'en serions pas là. En quelques années, il a dilapidé la fortune accumulée par nos ancêtres pour offrir à Hermione la vie qu'elle souhaitait.

Beth s'interrompit un instant, les larmes aux yeux, avant de reprendre, d'une voix chargée d'émotion :

— C'est presque un soulagement de savoir que tout cela est enfin terminé, mais je… je regretterai Sutterton.

L'obstination de sa sœur à ne pas vouloir le blâmer ajouta au malaise de Kenneth.

— J'aurais dû rester ici, au lieu de m'engager dans l'armée. Si j'avais été là, j'aurais peut-être pu éviter le pire.

— J'en doute fort. Père était trop entiché de son Hermione. Rien n'était jamais trop beau pour elle et seuls ses désirs comptaient, répliqua Beth, non sans amertume. Si tu étais resté, tu serais devenu fou. As-tu déjà oublié comment papa et toi vous affrontiez avant que tu quittes la maison ?

Les paroles de sa sœur avaient réveillé de mauvais souvenirs. Il se revoyait, pendant ces journées pénibles qui avaient précédé son départ. Beth avait raison. Il n'aurait pas pu demeurer à Sutterton Hall.

— Au moins, nous ne mourrons pas de faim, dit-il, pour changer de sujet. Ne t'inquiète pas. J'ai quelques économies qui nous permettront de vivre décemment durant un certain temps.

Il tourna le regard vers les collines pour tenter de dissimuler son chagrin, et annonça :

— Je vais marcher un peu. Et ce soir, après dîner, nous réfléchirons à l'avenir.

— Nous nous débrouillerons très bien, j'en suis certaine, répondit Beth, qui s'était relevée. Et si je ne sais pas gérer un domaine, je sais au moins tenir une maison. Tu verras.

Kenneth hocha brièvement la tête en signe d'acquiescement avant de s'éclipser. Dehors, il accueillit la petite bise de février avec joie. Il était resté confiné à la maison depuis son retour, la veille au soir, passant son temps à éplucher les comptes et à écouter les doléances du notaire de la famille. Il en avait profité pour renvoyer le régisseur incompétent que son père avait embauché lorsqu'il avait commencé à se désintéresser du domaine.

Le dernier vicomte de Sutterton s'était littéralement laissé ensorceler par la jeune Hermione, au point qu'il n'était plus le même homme après son second mariage. Quand il était enfant, Kenneth aimait, craignait et respectait son père. Désormais, il n'éprouvait plus pour lui que du mépris et de la rancœur.

Ses pas le conduisirent dans une allée bordée de chênes qui avaient été plantés sous le règne d'Henri VIII et il se détendit un peu. Chaque arbre, chaque pierre du chemin lui était aussi familier que son propre corps et, en même temps, lui paraissait nouveau après quinze ans passés au loin. Quinze longues années.

Beaucoup auraient sans doute trouvé les environs de Sutterton bien mornes en cette saison. Mais pas

Kenneth. Il aimait les couleurs subtiles de l'hiver, ces arbres parés d'une infinité de gris et ce ciel perpétuellement changeant. Bientôt, les premiers bourgeons s'ouvriraient, égayant la nature de leur vert tendre. Kenneth s'arrêta au bord d'un petit ruisseau pour contempler la course de l'eau cristalline entre les berges moussues. Il était ici chez lui. Du moins durant encore un mois ou deux.

Il lança un caillou dans le ruisseau, puis reprit sa promenade, songeur. Ses économies leur permettraient, à lui et à sa sœur, de ne pas mourir de faim. Mais la vie de Beth était définitivement ruinée. Elle était si intelligente et si aimable – et jolie, également – que son pied bot ne l'aurait pas empêchée de se trouver un mari, à condition qu'elle ait pu se prévaloir d'une dot convenable. Mais sa pauvreté conjuguée à son infirmité rendait à présent tout espoir de mariage illusoire.

Parvenu au sommet de la plus haute colline de Sutterton, Kenneth s'arrêta de nouveau et se pencha pour prendre une poignée de terre luisante et sombre. Cela faisait des siècles que ses ancêtres vivaient, travaillaient et mouraient sur ces arpents fertiles. Et maintenant, à cause de la folie et de la légèreté de son père, le domaine allait être vendu à des étrangers.

Si loin que remontent ses souvenirs, Kenneth avait aimé ces champs et ces bois, presque autant qu'il avait aimé sa mère. Aussi est-ce avec une colère mêlée de désarroi qu'il jeta au loin la poignée de terre qu'il avait ramassée. Il était trop tard, à présent, pour sauver Sutterton.

Il redescendit la colline à grandes enjambées, ses cheveux chahutés par le vent. Sans trop y croire, il se demanda s'il avait encore quelque chance de pouvoir emprunter assez d'argent pour satisfaire ses créanciers les plus impatients. Il profiterait de ce répit pour vendre quelques terres et faire fructifier les cultures restantes, ce qui lui permettrait de renflouer la trésorerie du domaine.

Mais la somme à emprunter était considérable : au moins vingt mille livres. Kenneth avait rendu visite à plusieurs banquiers londoniens avant de revenir ici. Tous s'étaient montrés polis avec lui, eu égard à sa noblesse, mais tous lui avaient fait comprendre qu'ils ne pourraient rien prêter à quelqu'un qui n'avait hérité que de dettes. Et encore, cela s'était passé avant que Kenneth ne découvre l'ampleur du désastre...

D'autre part, il ne connaissait personne de fortuné qui aurait pu lui faire suffisamment confiance pour prendre le risque de lui avancer une telle somme. Ses amis les plus proches venaient de l'armée et aucun ne roulait sur l'or. À l'exception d'un seul, lord Michael Kenyon, qui était aussi son meilleur ami. Mais bien que Michael disposât de revenus très confortables, il s'était récemment marié et n'allait pas tarder à être père. Il était donc peu probable qu'il eût vingt mille livres sous la main, à supposer que Kenneth ose lui poser la question. Ce à quoi il se refusait de toute façon. Il n'avait déjà que trop fait part de ses problèmes à Michael par le passé.

Poursuivant sa promenade, Kenneth passa en revue toutes les possibilités qui s'offraient à lui pour éviter la vente du domaine. En vain. Lorsqu'il rebroussa chemin, son visage affichait une expression déterminée. Puisque Sutterton était irrémédiablement perdu, le mieux était d'envisager concrètement l'avenir. Et pour commencer, il lui fallait trouver un travail.

À peine avait-il pénétré dans le hall qu'il fut accueilli par le seul domestique masculin resté en poste, Harrod, le majordome.

— Vous avez un visiteur, lord Kimball, annonça celui-ci, en lui tendant un plateau d'argent où avait été déposé un bristol. Ce gentleman a bien voulu attendre votre retour de promenade.

Kenneth prit le bristol et le lut, intrigué. *Lord Bowden.* Ce nom ne lui disait rien.

— Où est-il ?

Harrod toussota délicatement.

— J'ai pris la liberté de l'installer dans la bibliothèque.

En d'autres termes, le charbon coûtait cher et la bibliothèque était la seule pièce où le foyer était régulièrement entretenu. Kenneth se débarrassa de son manteau, et traversa le hall glacé pour rejoindre la bibliothèque, qui était à peine plus chaude.

Son invité se leva à son entrée. La cinquantaine fringante, la carrure large, Bowden affichait une aisance parfaite. Il aurait pu paraître insignifiant à quiconque n'aurait pas remarqué l'intensité étonnante de son regard sombre.

— Nous sommes-nous déjà rencontrés, lord Bowden ? demanda Kenneth. Étiez-vous un ami de mon père ?

— Je connaissais effectivement votre père, mais nous n'étions pas particulièrement proches, répondit Bowden, avant de se rasseoir sans en avoir demandé la permission. Je suis venu discuter affaires avec vous.

Kenneth se raidit.

— Si vous comptez au nombre de mes créanciers, je crains de ne rien pouvoir faire pour vous. Le domaine est au bord de la banqueroute.

— Je suis au courant, répliqua Bowden. Tout le monde le sait dans la région.

Il parcourut la pièce du regard, avant d'ajouter :

— C'est d'ailleurs ce qui m'a incité à racheter à votre père l'intégralité de ses dettes. Sutterton est hypothéqué pour un total de cinquante mille livres.

Pour prouver ses dires, il sortit de sa poche une liasse de papiers qu'il déposa sur le bureau. Kenneth y jeta un rapide coup d'œil. Les documents étaient authentiques et portaient la signature de son père.

Ainsi l'issue venait-elle encore plus rapidement que prévu. S'efforçant de cacher son amertume, il ouvrit un des tiroirs du bureau et en tira le trousseau de clés qui ouvrait toutes les portes de Sutterton.

— Je vous souhaite de bien profiter de votre nouvelle propriété, dit-il en tendant le trousseau à son invité. J'aimerais simplement que vous gardiez les domestiques – du moins ceux qui nous sont restés fidèles. Ma sœur et moi-même partirons demain matin. Mais si vous insistez, nous pouvons quitter le château dès ce soir.

Bowden ignora la main tendue de son hôte.

— Je ne suis pas venu vous mettre dehors. Au contraire, j'ai un marché à vous proposer.

Kenneth refusa de nourrir le moindre espoir.

— Voulez-vous dire que vous êtes disposé à accroître un peu plus mes dettes ? Étant donné l'état de délabrement du domaine, il faudra des années avant que je puisse seulement vous rembourser les intérêts.

— Je ne suis pas non plus venu négocier une nouvelle hypothèque, rétorqua tranquillement Bowden. En revanche, je suis prêt à annuler l'intégralité de votre dette à mon égard. À condition que vous me rendiez un certain service.

Stupéfait, Kenneth dévisagea son visiteur. Cela lui paraissait trop beau pour être vrai.

— De quel service s'agit-il ? voulut-il savoir, méfiant. Que je vous vende mon âme ?

Bowden esquissa un sourire.

— Je ne suis pas Méphistophélès, et votre âme ne regarde que vous. Pour que Sutterton reste en votre possession, il vous suffira de détruire quelqu'un.

C'était *en effet* trop beau pour être vrai. De toute évidence, Bowden avait perdu la tête.

— Désolé. Je suis un soldat, pas un assassin. Trouvez quelqu'un d'autre.

Bowden soupira d'une manière théâtrale.

— Si je voulais seulement tuer la personne dont il est question, je n'aurais qu'à recruter quelque truand qui s'en chargerait pour une poignée de livres. Ce que je désire est plus compliqué. Et surtout plus subtil. L'homme dont je vous parle est considéré comme étant au-dessus de tout soupçon. Et cependant, il a commis un crime abominable. Je veux le voir démasqué, arrêté, emprisonné et exécuté. Je veux que sa précieuse réputation soit annihilée afin que chacun sache quel gredin il est. Et je pense que vous êtes l'homme de la situation.

Son intuition dictait à Kenneth de jeter ce fou dehors. Mais Bowden tenait l'avenir de Sutterton entre ses mains. Cela valait bien la peine de l'écouter jusqu'au bout.

— Pourquoi moi ? Nous ne nous sommes jamais rencontrés.

— J'ai beaucoup entendu parler de vous. Il n'est pas banal qu'un jeune noble accepte de s'enrôler dans l'armée comme simple soldat. Aujourd'hui, vous êtes officier, mais vous avez gagné vos galons par votre seul mérite. Cela dit, beaucoup d'hommes partagent votre bravoure. Mais vous possédez deux autres qualités qui vous rendent unique.

— La déraison est forcément la première des deux, sinon j'interromprais cet entretien immédiatement, répliqua Kenneth. Quelle est la seconde ?

Ignorant cette interruption, Bowden poursuivit :

— Lorsque vous étiez officier en Espagne, vous avez acquis une réputation assez terrible, si je ne m'abuse ?

Kenneth haussa les épaules.

— J'ai simplement pourchassé une bande de déserteurs français qui s'en prenaient à de pauvres paysans. N'importe quel officier aurait agi de même.

— Peut-être, mais vous l'avez fait avec une efficacité redoutable, reprit Bowden, le regard scrutateur.

Après trois années comme officier de renseignements, les Français ont fini par vous capturer, mais vous avez réussi à leur fausser compagnie. Vous avez ensuite réintégré votre régiment d'origine. Personne n'a compris pourquoi.

Kenneth songea à Maria; plutôt mourir que d'avouer à Bowden pourquoi il avait abandonné les renseignements.

— Si vous cherchez un espion privé, pourquoi ne pas engager un sergent de ville ? Il sera plus qualifié que moi pour démasquer un assassin.

— J'en ai déjà engagé un, mais il s'est révélé incapable de découvrir le moindre indice significatif. J'ai besoin de quelqu'un capable de s'immiscer dans la vie de cette personne et d'enquêter quasiment à son nez et à sa barbe. Et c'est là que vous allez m'être utile. Car même si vous n'en avez pas l'air, j'ai aussi entendu dire que vous étiez un artiste de talent.

— Je n'ai rien d'un artiste. Disons que je suis doué en dessin, c'est tout.

Bowden ne semblait pas du même avis.

— Si vous y tenez. Pourtant, j'ai cru comprendre que vous aviez profité de votre séjour sur le continent pour étudier la peinture et l'architecture dès que vous aviez une permission. Cette culture vous aidera à vous faire admettre dans l'entourage de notre homme.

La conversation prenait un tour de plus en plus étrange.

— Donc, vous avez besoin d'un espion qui s'y connaisse en art et vous êtes prêt à dépenser une petite fortune pour obtenir ses services, résuma Kenneth. Pourquoi ?

— L'homme que je désire démasquer est un peintre de renom, expliqua Bowden. Quiconque serait ignorant en art n'aurait aucune chance de l'approcher et de gagner sa confiance.

Il eut un sourire froid.

— À présent, je pense que vous comprenez pourquoi je vous considère comme l'homme de la situation.

— Un peintre, dites-vous ? Lequel ? voulut savoir Kenneth.

Bowden hésita.

— Avant de vous révéler son nom, donnez-moi votre parole de ne parler de ceci à personne, même si vous refusez mon offre. C'est une affaire grave, Kimball. Et je veux que justice soit faite.

— Vous avez ma parole.

Bowden hocha la tête, satisfait.

— Il s'agit d'Anthony Seaton.

— Sir Anthony Seaton ! s'exclama Kenneth, médusé. Vous plaisantez, je suppose ?

— Cela ne me viendrait même pas à l'idée, rétorqua Bowden. Mais votre réaction illustre parfaitement la difficulté de la situation. Personne ne peut imaginer Seaton en assassin.

Kenneth secoua la tête, incrédule. Quoique célèbre pour ses portraits, sir Anthony avait également peint de très belles scènes de bataille et de grandes fresques historiques. Kenneth avait vu plusieurs reproductions gravées de ses toiles, et il avait été chaque fois subjugué par la force qui s'en dégageait.

— C'est l'un des meilleurs peintres anglais.

— En effet, acquiesça Bowden. Et c'est aussi mon frère cadet.

2

Le temps de se ressaisir, après cette nouvelle révélation, Kenneth déclara :

— Je refuse de m'immiscer dans une querelle familiale.

— Même pour confondre un assassin, et sauver votre héritage du même coup ? s'étonna Bowden. Du reste, il ne s'agit pas simplement d'une querelle de famille, mais de justice.

Kenneth ressentit soudain le besoin pressant d'avaler un remontant. Abandonnant son siège, il se dirigea vers la table à liqueurs, remplit deux verres de brandy et en offrit un à son visiteur avant de retourner s'asseoir.

— Vous allez me raconter l'histoire dans son entier, afin que je puisse prendre ma décision en connaissance de cause, décréta-t-il, après avoir bu une bonne gorgée d'alcool.

— Je suppose que je n'ai pas le choix, soupira Bowden.

Il contempla un moment son verre, sans y toucher, avant de commencer son récit.

— Il y a vingt-huit ans de cela, j'étais fiancé à une jeune femme nommée Helen Cosgrove. C'était une très belle rousse, tout à fait charmante. Les bans avaient déjà été publiés lorsque, une semaine avant que le mariage ne soit célébré, Helen s'est enfuie avec mon jeune frère, Anthony.

Kenneth comprenait mieux pourquoi Bowden détestait tant Seaton.

— Et vous avez attendu vingt-huit ans pour vous venger ?

Bowden lui lança un bref regard.

— Me croyez-vous donc si mesquin ? J'étais furieux de leur trahison et je ne leur ai plus jamais adressé la parole. Mais, même si je ne pouvais pas leur pardonner, je comprenais très bien ce qui avait pu se passer. Helen était assez ravissante pour tourner la tête à n'importe quel homme. Et Anthony était un jeune artiste romantique et séduisant. Du reste, la bonne société a fini par oublier leur inconduite, la mettant sur le compte d'une grande passion amoureuse.

Bowden s'interrompit. Comme le silence s'éternisait, Kenneth revint à la charge.

— Vous avez parlé de crime...

— Oui, acquiesça Bowden avec un hochement de tête. Helen est morte l'été dernier, dans leur maison de campagne de la région des Lacs. On a parlé d'accident, mais cette explication ne me satisfait pas. Cela faisait des années que des rumeurs couraient sur les multiples liaisons extraconjugales d'Anthony. Dans les derniers temps, on racontait même qu'il s'était lassé de sa femme et qu'il envisageait de la quitter pour épouser sa maîtresse attitrée.

Se penchant vers Kenneth, Bowden ajouta :

— Je pense qu'il a assassiné Helen, ou qu'il l'a poussée au suicide. Ce qui revient au même.

Kenneth ne partageait pas entièrement son point de vue. Certes, pousser une femme au suicide était aussi condamnable moralement qu'un meurtre, cependant la justice y voyait une grande différence.

— Vous pensez le plus grand mal de votre frère, objecta-t-il. Cependant, si tout le monde est persuadé que la mort de lady Seaton fut accidentelle, c'est peut-être le cas.

Bowden s'esclaffa bruyamment.

— Une femme sensée ne tombe pas d'une falaise par temps clair, alors qu'il n'y a pas un souffle de vent ! D'autant qu'elle connaissait parfaitement les pièges de la région. D'ailleurs, chose intéressante, le sergent de ville que j'avais engagé a relevé des traces de lutte à l'endroit précis où ma belle-sœur est tombée. Mais mon frère étant au-dessus de tout soupçon, il n'est venu à l'esprit de personne de l'accuser.

— Vous avez peut-être raison, admit Kenneth. Seaton a pu tuer sa femme. Mais compte tenu des circonstances de sa mort, il paraît impossible de prouver qu'il s'agissait bien d'un meurtre.

— Je comprends, répliqua Bowden, vaguement déçu. Mais je ne trouverai pas le repos tant que la mort d'Helen n'aura pas fait l'objet d'une enquête approfondie. Je me suis adressé à vous parce que j'estime que vous êtes le mieux à même de remplir cette tâche. Si vous me donnez votre parole d'officier de faire tout votre possible pour tenter d'élucider les circonstances de sa mort, je vous promets en retour d'annuler l'intégralité de vos dettes à mon égard. Et si vous apportez la preuve de la culpabilité d'Anthony, je vous octroierai cinq mille livres de plus pour vous aider à remettre votre domaine à flot.

Une telle offre tenait du miracle. Kenneth reposa son verre et se leva pour faire les cent pas devant la cheminée. La proposition de Bowden était proprement insensée – et à la limite de l'illégalité –, mais Kenneth n'avait jamais conduit sa vie de manière sensée. Et s'il acceptait, non seulement Sutterton serait sauvé, mais Beth pourrait se reconstituer une dot.

Quant à lui-même...

Il s'immobilisa face à la cheminée et caressa de la paume le manteau sculpté. Pendant toutes ces années de guerre, passées sur le continent à lutter contre les armées de Napoléon, Kenneth n'avait cessé de rêver à Sutterton et à ce qu'il en ferait lorsque le domaine lui reviendrait. Il avait même échafaudé des plans pour moderniser la vieille demeure tout en lui conservant son style Tudor. En acceptant l'offre de Bowden, il gagnerait enfin de quoi réaliser ses rêves.

Et après tout, qu'est-ce qui l'en empêchait ? Si Anthony Seaton était coupable, il méritait d'être puni, qu'il fût ou non l'un des meilleurs artistes du Royaume. Et s'il était innocent, lord Bowden aurait au moins la conscience en paix. Dans un cas comme dans l'autre, Kenneth conserverait Sutterton.

Il se retourna vers son visiteur :

— J'aimerais consigner par écrit les termes de notre accord, déclara-t-il.

Une lueur de triomphe illumina les prunelles de Bowden.

— Bien entendu. Apportez du papier et de l'encre, et réglons cela tout de suite.

Après une demi-heure de négociations, chacun des deux hommes se retrouva en possession d'un exemplaire du contrat. Ni l'un ni l'autre n'était évidemment disposé à rendre publique la teneur de ce document, mais son existence constituait pour tous les deux un gage de sécurité.

Dès qu'ils eurent apposé leur paraphe, Kenneth retourna à la table à liqueurs pour remplir à nouveau leurs verres.

— Buvons au succès de notre entente.

Bowden leva son verre.

— Au succès !

Au lieu de savourer son brandy, il vida son verre d'un trait, puis le lança dans la cheminée, où il se brisa sur les bûches, les dernières gouttes d'alcool qui traînaient au fond allumèrent de petites flammèches bleues.

— Et puisse mon frère brûler en enfer pour ce qu'il a fait, ajouta Bowden d'une voix vibrante de colère.

Kenneth, pour sa part, préféra garder la tête froide.

— J'imagine que vous avez une idée de la manière dont je pourrais entrer en relation avec votre frère ?

Bowden hocha la tête.

— Le secrétaire de mon frère vient de le quitter pour une situation plus prestigieuse. Morley était une sorte de factotum qui veillait à tout. Sans lui, la maison risque vite de partir à vau-l'eau. Allez voir mon frère et proposez-lui vos services.

— Mais pourquoi me choisirait-il, moi, alors qu'il ne doit pas manquer de candidats bien plus qualifiés.

— Anthony n'aura pas le temps de passer une annonce si vous vous présentez tout de suite. D'autre part, vos états de service militaire l'impressionneront, il a toujours nourri une espèce de vénération romantique pour l'armée. Mais ce sont vos connaissances artistiques qui seront décisives. Dites à Anthony qu'un de ses amis, qui a préféré garder l'anonymat, vous envoie à lui pour lui épargner un désastre domestique. Cela l'amusera.

Kenneth n'était pas convaincu que tout se passerait aussi facilement que Bowden semblait le croire.

— Comment vit votre frère ? A-t-il épousé sa maîtresse ?

— Pas encore. Je suppose qu'il a préféré ne pas attirer les soupçons en se remariant trop rapidement.

— A-t-il des enfants ?

— Une fille, appelée Rebecca. Elle a vingt-sept ans, je crois. C'est une vieille fille, ruinée de réputation.

— Peut-on considérer une femme dont la réputation est ruinée comme une vieille fille ?

Bowden haussa les épaules avec indifférence.

— Disons une gourgandine, si vous préférez. À l'âge de dix-huit ans, elle s'est enfuie avec un roturier qui se proclamait poète. Mais elle n'a même pas eu la décence de l'épouser.

Décidément, la fugue amoureuse semblait une habitude dans cette famille, songea Kenneth, amusé.

— Est-ce qu'elle vit avec son père ?

— Oui. Qu'il l'ait reprise sous son toit prouve d'ailleurs le peu de moralité d'Anthony.

Kenneth n'était pas de cet avis. Il aurait jugé beaucoup plus immoral qu'un père renie sa fille unique pour une banale erreur de jeunesse. Mais il préféra garder son opinion pour lui.

— Logiquement, c'est elle qui devrait tenir la maison, plutôt que le secrétaire. Pourquoi ne s'en charge-t-elle pas ?

Bowden se leva, signifiant ainsi que l'entretien était terminé.

— Elle est probablement paresseuse ou incompétente. Vous le découvrirez par vous-même. Après tout, je vous paye une fortune pour percer les secrets de la vie de mon frère.

Avant de se changer pour le dîner, Kenneth monta annoncer la bonne nouvelle à sa sœur. Celle-ci était assise devant la fenêtre de sa chambre, profitant des derniers rayons du soleil pour faire un peu de raccommodage.

— Il gèle ici ! s'exclama Kenneth en se précipitant vers la cheminée éteinte. Tu devrais faire un peu plus attention à toi, Beth.

La jeune femme releva les yeux de son ouvrage.

— Inutile de gâcher du charbon. Je suis habituée au froid.

Ignorant sa remarque, Kenneth se mit en devoir d'allumer un feu. Dès que les flammes crépitèrent dans l'âtre, il se redressa, et remarqua alors le tableau accroché au-dessus de la cheminée.

— Grands dieux, le Rembrandt ! Je croyais qu'il avait disparu.

— Excuse-moi, j'aurais dû t'en parler hier, mais dans la fièvre de ton retour j'ai oublié, répondit Beth, qui avait repris ses travaux d'aiguille. Comme je savais que tu adorais ce tableau, je l'ai enlevé du hall pour le remplacer par un autre, afin d'éviter qu'il ne tombe entre les griffes d'Hermione. J'ai bien fait de l'accrocher ici. Elle n'est entrée qu'une fois dans cette chambre, et c'est à peine si elle lui a accordé un regard.

— Ce n'est pas un grand Rembrandt, mais cette huile vaut quand même plusieurs centaines de livres. Suffisamment pour attiser la convoitise d'Hermione.

Encore ému, Kenneth examina de plus près le tableau, une nature morte aux fruits. Malgré la simplicité du sujet, il sautait tout de suite aux yeux d'un amateur averti que c'était là l'œuvre d'un maître. Les pommes et les poires aux riches couleurs semblaient avoir été cueillies la veille.

— Je ne saurai jamais comment te remercier, Beth, murmura-t-il, profondément touché. Je pensais ne plus revoir cette merveille.

Sa sœur lui sourit.

— Je suis contente de t'avoir fait plaisir, dit-elle simplement.

Son sourire s'évanouit, laissant la place à une expression plus grave.

— Crois-tu que nous allons être obligés de le vendre, lui aussi ?

Sa question rappela à Kenneth la raison de sa présence dans cette chambre.

— La chance semble avoir tourné en notre faveur. Un gentleman m'a rendu visite, tout à l'heure. Il me demande un service qui pourrait me permettre de sauver Sutterton.

Beth faillit en laisser tomber son ouvrage.

— Dieu du ciel ! Quel genre de service ?

— C'est un peu inattendu et je ne suis pas autorisé à t'en parler. Mais si tout se passe bien, l'année prochaine, tu pourras faire tes débuts officiels à Londres.

Devant l'air interrogateur de sa sœur, il s'empressa d'ajouter :

— Le service qu'on me demande n'est ni dangereux ni illégal. Juste un peu... étrange. Quoi qu'il en soit, je vais devoir me rendre à Londres et y rester un certain temps - quelques semaines, ou peut-être quelques mois. Mais je te laisserai mes économies pour que tu puisses subvenir à tes besoins.

— Tu repars déjà ? s'inquiéta Beth, incapable de cacher sa déception.

Kenneth dansait d'un pied sur l'autre, mal à l'aise. Sa sœur avait déjà vécu trop longtemps seule. Et soudain une idée lui vint.

— En arrivant à Londres, la semaine dernière, j'ai revu un de mes anciens compagnons d'armes, Jack Davidson. Je t'ai souvent parlé de lui dans mes lettres. Il a perdu l'usage de son bras gauche à Waterloo et ne peut plus servir dans l'armée. Mais il est fils de propriétaires terriens et s'y connaît en agriculture. Si tu n'y vois pas d'objection, je peux lui proposer de s'installer à Sutterton afin qu'il s'occupe du domaine durant mon absence.

Beth porta son regard vers la fenêtre.

— Je suis convaincue que M. Davidson se débrouillera très bien. Mais sa présence m'obligera à avoir un chaperon. Je vais écrire à ma cousine Olivia. Elle sera ravie de venir vivre ici quelque temps. Surtout si je lui propose de s'installer dans la suite royale...

— Parfait, répondit Kenneth, satisfait.

Mais à peine avait-il quitté sa sœur pour aller se changer qu'une question s'insinua sournoisement dans son esprit : combien de temps avait-il fallu à Faust pour commencer à douter de la sagesse de son pacte avec Méphistophélès ?

3

Sir Anthony Seaton jeta un regard dégoûté à son petit-déjeuner.

— Et le cuisinier appelle cela des saucisses au bacon ? Il mérite d'être renvoyé.

— C'est déjà fait, papa, répondit Rebecca Seaton sans même lever les yeux du carnet de croquis posé à côté de son bol. Tu l'as congédié hier.

Son père fronça les sourcils.

— Ah oui ? Eh bien, il le méritait. Mais pourquoi n'a-t-il pas été remplacé ?

— Trouver un nouveau cuisinier prend du temps. D'autant que toutes les agences de recrutement nous connaissent, maintenant. Nous avons la réputation de ne pas garder longtemps nos domestiques. Heureusement, la fille de cuisine se débrouille un peu aux fourneaux.

— Qu'en sais-tu ? Tu ne fais jamais attention à ce que tu manges !

Il lui jeta un regard noir.

— Tu pourrais tout de même faire un petit effort pour t'occuper un peu de cette maison !

Sachant que son père ne se calmerait pas tant qu'il n'aurait pas bu son thé, Rebecca lui remplit sa tasse et y ajouta lait et sucre avant de la lui tendre.

— Si je perdais mon temps à des travaux domestiques, je ne pourrais plus t'aider dans ton atelier.

— C'est vrai, admit son père, après avoir avalé une gorgée de thé. Si seulement Tom Morley ne nous avait pas quittés. Il n'était pas particulièrement doué pour diriger une maison, mais c'était mieux que rien.

— As-tu discuté avec le jeune homme que M. Morley nous a présenté pour le remplacer ? demanda Rebecca, sans grand espoir.

Son père balaya sa question d'un revers de la main.

— C'était un ignorant. Il n'y avait rien à en tirer.

Rebecca soupira. Cela voulait dire qu'il faudrait passer une annonce dans les journaux pour chercher un nouveau secrétaire. Et comme son père n'aurait pas la patience de recevoir les candidats, c'est elle qui s'en chargerait. Il ne lui restait plus qu'à prier pour que quelqu'un de convenable se présente rapidement.

— Deux des agences de placement m'ont promis de m'envoyer un cuisinier aujourd'hui. Avec un peu de chance, au moins l'une des deux tiendra parole.

Son père s'attaqua à son petit-déjeuner avec une mine résignée.

— Débrouille-toi pour ne pas en engager un qui ait encore un tempérament d'artiste.

— Je ferai de mon mieux, répliqua Rebecca, flegmatique. De toute façon, aucune maison ne pourrait résister à plus d'un artiste.

Son père eut alors un de ces sourires qui faisaient que même ses ennemis lui pardonnaient sa désinvolture.

— Très juste. Et l'artiste, c'est moi.

Puis, désignant du regard le carnet de sa fille, il ajouta :

— À quoi travailles-tu ?

Rebecca poussa le carnet vers lui.

— À la Dame du Lac. Que penses-tu de cette composition ?

Son père l'étudia attentivement.

— Intéressant, cette façon de la représenter moitié nymphe, moitié guerrière. J'aime la manière dont ses cheveux flottent sur l'eau tandis qu'elle brandit Excalibur.

Sir Anthony Seaton était généralement avare de compliments. Surtout lorsqu'il s'agissait d'art. Rebecca n'en apprécia que plus celui-ci. Restait maintenant à trouver un nouveau secrétaire rapidement afin qu'elle puisse commencer ce tableau.

Rebecca était si absorbée par ses croquis qu'elle ne vit pas le temps passer. Lorsqu'elle leva les yeux de son carnet, elle s'aperçut que l'après-midi était déjà entamé et qu'elle n'avait toujours pas rédigé l'annonce pour recruter un secrétaire. Étant donné l'heure, elle ne paraîtrait pas dans les journaux du lendemain. Quel ennui ! D'autant que, pour ne rien arranger, Rebecca n'était pas satisfaite de sa Dame du Lac.

Elle se leva et s'étira avant de faire quelques pas dans la pièce. Son atelier, aménagé sous les combles, était son domaine réservé. Personne n'avait le droit d'y pénétrer sans sa permission. Pas même son père. La jeune femme se percha sur le rebord de la fenêtre et jeta un coup d'œil dehors. La maison occupait un angle, si bien qu'elle avait la vue sur deux rues. Juste en dessous d'elle, dans Hill Street, elle remarqua les domestiques d'une maison voisine qui flirtaient devant l'entrée de service. Elle attrapa son carnet de croquis et, en quelques traits, captura leur attitude. Un jour, songea-t-elle, elle ferait une série sur les amoureux. Cela l'aiderait peut-être à comprendre ce qu'était l'amour.

Elle porta ensuite son regard sur un marchand des quatre-saisons qui poussait sa charrette dans Waverton Street. Le vieil homme était un habitué du quartier et le père de Rebecca l'avait souvent embauché comme modèle lorsqu'il avait besoin de figurants pour ses scènes de foule. Le marchand en retirait chaque fois une immense fierté.

Rebecca s'apprêtait à quitter son poste d'observation lorsqu'elle remarqua soudain un homme qui descendait Waverton Street. Ce fut d'abord sa manière de se tenir qui retint son attention : droit, sûr de lui, presque arrogant. Quoiqu'il portât un manteau de gentleman, sa carrure évoquait plutôt celle d'un travailleur manuel, un contraste qui ne manquait pas d'intérêt...

L'homme s'arrêta un instant et parut hésiter. Rebecca retint son souffle et le détailla attentivement. Il n'était pas à proprement parler bel homme. Loin de là. Ses traits étaient durs, et la fine cicatrice qui lui barrait la joue ajoutait à leur rudesse. En revanche, son regard pénétrant donnait l'impression d'une intelligence aiguë. On aurait dit un pirate égaré à Mayfair. Rebecca, fascinée, ne pouvait en détacher les yeux.

Le charme se rompit lorsqu'il se remit en marche. Le crayon de Rebecca commença aussitôt à courir sur le carnet à dessin, tandis qu'elle tentait fébrilement de croquer son visage avant d'en perdre le souvenir. Cependant, elle se trouva incapable, malgré tous ses efforts, de restituer ce mélange de force brutale et d'élégance qui caractérisait l'inconnu.

Mordillant son crayon, elle se demanda s'il accepterait de poser pour elle. Mais il avait de toute façon disparu depuis longtemps. Et elle ne se sentait pas le cœur de se précipiter dans la rue pour tenter de le retrouver.

Kenneth s'était éloigné de la maison des Seaton pour mieux l'embrasser du regard. De toute évidence, la peinture rapportait beaucoup d'argent à sir Anthony. Car une demeure pareille en plein cœur de Mayfair devait coûter une petite fortune.

Kenneth se demandait ce qu'il trouverait à l'intérieur. C'était devenu un réflexe chez lui. Un bon officier de reconnaissance devait toujours penser à dresser des plans des endroits stratégiques. Mais c'était bien la première fois qu'il infiltrerait l' « ennemi » d'une façon aussi intime. Finalement, il se décida à se rapprocher du perron. La mission qui l'attendait ne lui plaisait pas vraiment, mais après tout, Beth et Sutterton méritaient bien quelques petits arrangements avec la morale.

Il frappa une première fois à la porte. N'obtenant pas de réponse, il recommença plus fort. Après ce qui lui parut une éternité, la porte s'ouvrit enfin sur une jeune soubrette.

— Monsieur ? haleta-t-elle comme si elle avait traversé toute la maison en courant.

— Je suis le capitaine Wilding, expliqua Kenneth d'une voix posée. Je souhaiterais parler à sir Anthony.

Impressionnée par son autorité, la soubrette esquissa une révérence.

— Veuillez me suivre, monsieur.

Elle le conduisit jusqu'à un salon situé à l'étage.

— Le capitaine Wilding désire vous voir, sir Anthony, annonça-t-elle, avant de s'éclipser.

À peine eut-il franchi le seuil que Kenneth reconnut l'odeur caractéristique de la peinture à laquelle se mêlait celle de l'essence de térébenthine. Quoique la pièce fût confortablement meublée de canapés et de fauteuils, elle servait manifestement d'atelier plutôt que de salon. Deux grandes fenêtres laissaient entrer la lumière à flots. Les murs étaient littéralement recouverts de tableaux, dont l'accrochage répondait surtout à un souci de libérer de la place au sol.

Kenneth aurait aimé admirer ces peintures de plus

près, mais il n'était pas là pour cela, malheureusement. À l'autre bout de la pièce, une femme, drapée dans une tunique d'inspiration romaine, était à demi allongée sur un sofa. Son visage morose s'éclaira quand elle aperçut Kenneth.

Face au sofa, sir Anthony Seaton, impeccablement vêtu, tenait sa palette d'une main et de l'autre un grand pinceau. Son regard allait et venait fiévreusement entre son modèle et la toile. S'il avait en commun avec son frère la carrure et la couleur des cheveux, il était autrement plus fascinant.

Ignorant son visiteur, Seaton continuait de couvrir sa toile de petites touches de couleur. Kenneth se racla la gorge pour attirer son attention.

— Qui êtes-vous ? demanda finalement le peintre d'une voix irritée, sans prendre la peine de tourner la tête. Et que venez-vous faire dans mon atelier ?

— Je m'appelle Kenneth Wilding. Un de vos amis m'a conseillé de venir vous voir, il prétend que vous avez un besoin urgent de trouver un nouveau secrétaire.

Seaton esquissa un vague sourire amusé.

— Lequel aurait eu ce culot ? Frazier ? Turner ? Hampton ?

— Ce gentleman préfère garder l'anonymat.

— Ce doit être Frazier, supputa sir Anthony en coulant pour la première fois un regard vers son visiteur. Quelles sont vos qualifications, monsieur Wilding ?

— Il me semble *parfaitement* qualifié, roucoula le modèle en dévorant Kenneth des yeux.

— Il ne s'agit pas de cela, Lavinia, rétorqua sir Anthony. Un secrétaire doit d'abord être organisé et savoir bien écrire.

Kenneth décida de ne pas se prévaloir de son titre de noblesse tout en restant le plus honnête possible.

— Jusqu'à récemment, je servais comme capitaine dans l'armée, expliqua-t-il. J'ai également été aide de camp d'un général, ce qui m'a donné quelques solides rudiments en organisation. Et je pense ne pas trop mal écrire.

— Vous commencez à m'intéresser, capitaine Wilding, répondit sir Anthony.

Il posa sa palette et son pinceau, puis s'adressa au modèle :

— Lavinia, va donc boire un thé à l'office pendant que je m'entretiens avec mon visiteur.

La jeune femme se leva, enfila lascivement un peignoir de soie, puis se dirigea vers la porte. Elle frôla Kenneth au passage, et lui décocha un sourire charmeur avant de sortir. Kenneth regarda la porte se refermer sur elle, amusé. Travailler pour un artiste n'aurait pas que de mauvais côtés, songea-t-il.

— Pourquoi un militaire souhaiterait-il devenir secrétaire ? s'étonna sir Anthony.

— Parce que j'ai besoin de travailler, répondit Kenneth sans détour. À présent que la guerre est finie, l'armée se sépare d'une partie de ses officiers.

Sir Anthony eut un sourire compatissant.

— Notre nation n'a pas de quoi être fière de la manière dont elle traite ses valeureux soldats qui l'ont sauvée des griffes du démon corse. Toutefois, il me semble difficile d'engager un secrétaire qui ne connaisse rien à l'art.

La réflexion ne surprit pas Kenneth. La plupart des gens supposaient qu'un soldat ne savait rien faire d'autre que manier un fusil.

— Je me suis toujours intéressé à l'art, expliqua-t-il. Et j'ai profité de mes séjours sur le continent pour enrichir ma culture personnelle. J'ai pu ainsi visiter le Louvre à plusieurs reprises.

— Vous avez eu bien de la chance, commenta sir Anthony. Cependant, cela ne suffit pas. On peut très bien contempler la mer pendant des heures, sans savoir nager pour autant. Montrez-moi donc ce que vous savez.

Sur ces mots, sir Anthony traversa la pièce et poussa une porte à double battant qui ouvrait sur un autre salon de la même taille. Kenneth le suivit, et se figea sur le seuil. Juste en face de lui était accrochée l'une des toiles les plus célèbres de sir Anthony.

— Connaissez-vous ceci, capitaine Wilding ?

Kenneth déglutit péniblement.

— Rares sont les Anglais qui n'ont pas vu une reproduction d'*Horace franchissant le Tibre*, dit-il en parcourant du regard la toile qui montrait le célèbre héros de l'Antiquité brandissant son épée contre les ennemis de Rome. Mais aucune gravure en noir et blanc ne peut rendre justice à cette débauche de couleurs, ajouta-t-il. C'est magnifique.

— Décrivez-moi ce que vous voyez, lui ordonna sir Anthony.

Kenneth ne savait pas exactement ce que son hôte désirait entendre.

— Techniquement, il n'y a rien à redire. Vous avez une sûreté de trait équivalente à celle de Louis David.

Seaton eut un reniflement de mépris.

— Pas équivalente, supérieure. David n'est qu'un barbouilleur monté en épingle par les révolutionnaires français.

Au moins, personne ne pourrait accuser sir Anthony de fausse modestie…

— La puissance de la composition vient de ce que toute l'action s'inscrit dans une diagonale, reprit-il, avant de poursuivre, encouragé par le hochement de tête de l'artiste : J'ai vu une autre représentation de cette même scène au Louvre. Mais vous avez su la rendre plus poignante. L'orgueil, mais aussi la conscience qu'il risque de perdre la vie dans cette bataille se lisent dans le regard d'Horace.

— Bravo, capitaine ! le félicita sir Anthony. À votre avis, que signifie exactement ce tableau ?

Si c'était une nouvelle épreuve, elle n'était vraiment pas difficile.

— Vous avez voulu établir un parallèle entre la bravoure d'Horace et le courage de l'Angleterre, seule face à Napoléon.

— Je crois savoir qu'il s'est vendu plus de reproductions de cette toile que de n'importe quel autre de mes tableaux, observa sir Anthony en considérant son œuvre d'un regard satisfait. Les fresques historiques sont la fine fleur de l'art. Elles élèvent l'esprit. Mais hélas elles ne nourrissent pas son homme ! La plupart des Anglais réclament des portraits d'eux-mêmes ou de leurs paysages favoris. C'est une honte.

Pour illustrer ses paroles, il souleva le drap qui cachait aux regards un grand tableau représentant une famille. L'homme et la femme se tenaient côte à côte, leur petit garçon était placé devant eux, une main accrochée à celle de sa mère et l'autre posée sur la tête d'un épagneul.

— Que pensez-vous de cela, capitaine Wilding ? Je suis l'un des plus grands peintres que l'Angleterre ait enfantés, mais pour ne pas mourir de faim, je dois prostituer mon talent et peindre des toiles de pacotille représentant des ducs et des duchesses.

Malgré ses paroles, il était évident que Seaton attendait que Kenneth le complimente sur son travail. Ce dernier se risqua à le prendre à contre-pied.

— Je pense que vous êtes un imposteur, sir Anthony.

Seaton se figea.

— Comment osez-vous, monsieur !

Kenneth désigna le tableau du doigt.

— Vous appelez cela de la pacotille, alors que c'est un travail superbe. L'exécution en est si soignée qu'on arrive à percevoir la tendresse qui unit ce couple à son enfant. Personne ne pourrait peindre avec une telle sensibilité s'il méprisait vraiment ce qu'il fait. Je suis convaincu que vous aimez travailler à des portraits. Mais vous refusez de l'admettre, parce que le dogme qui prévaut chez vos amis peintres, c'est que seuls les sujets historiques ont une valeur artistique.

Sir Anthony donnait l'impression d'avoir reçu un coup sur la tête. Cependant, il esquissa un sourire.

— Bien vu, Wilding. Même ma fille n'a pas pu soupçonner cela. Vous avez brillamment réussi votre épreuve, capitaine. Presque trop brillamment, même.

Kenneth était conscient d'avoir impressionné son interlocuteur. Mais discourir sur l'art était un tel plaisir qu'il risquait toujours d'en faire trop.

— Pardonnez mon insolence, sir Anthony. Je n'aurais pas dû vous parler aussi franchement.

Le peintre lui décocha un regard aigu.

— Ne feignez pas l'humilité, capitaine. Vous n'êtes pas convaincant.

Seaton n'était pas un grand portraitiste pour rien. Il n'avait visiblement pas son pareil pour percer les secrets d'un caractère. Kenneth se promit de s'en souvenir.

— Je reconnais que l'humilité n'est pas mon fort. Mais d'ordinaire, j'évite de me montrer impoli.

Seaton replaça le drap sur le tableau.

— Tant mieux, car je suis le seul dans cette demeure à en avoir le droit. Sachez aussi que j'aime l'ordre et le calme, et que je déteste tout ce qui peut interférer avec mon travail. Dans la mesure où je n'ai jamais pu trouver de majordome ou de gouvernante capable de tenir ma maison, cette tâche incombe à mon secrétaire. Ce qui veut dire que vous serez obligé d'habiter ici. Le salaire est de deux cents livres par an. Quand pouvez-vous commencer ?

Kenneth se réjouit de voir l'affaire aussi rondement menée.

— Dès que j'aurai récupéré mes bagages, à l'auberge où j'ai passé la nuit.

— Vous enverrez un domestique à votre place, répondit sir Anthony, avant de tirer le cordon de la sonnette. Ma fille, Rebecca, vous expliquera vos tâches en détail. Autant que possible, adressez-vous à elle si vous avez une question à poser. Cela dit, Rebecca déteste autant que moi qu'on la dérange pour des questions domestiques. Plus vite vous serez autonome et mieux cela vaudra. Je passerai une heure avec vous chaque matin pour expédier les affaires courantes, ainsi que mon courrier. Mais ensuite, je vous serai reconnaissant de ne plus m'importuner de la journée. Est-ce bien clair ?

— Parfaitement clair, répliqua Kenneth, une trace d'ironie dans la voix.

Seaton planta son regard dans le sien.

— Vous avez de la chance. Je suis d'humeur à supporter les sarcasmes, aujourd'hui. Mais ce ne sera pas toujours le cas.

— Je suppose que je perdrai l'envie d'être sarcastique lorsque je me serai habitué à votre maison, sir Anthony.

— Vous ne ressemblez absolument pas à mes précédents secrétaires, capitaine. Cela nous promet une relation intéressante. Mais pas forcément de tout repos.

La porte s'ouvrit soudain, livrant passage à une jeune femme vêtue avec une grande simplicité. Sa lourde chevelure auburn était retenue sur la nuque par un lien lâche, et une trace de suie accentuait ses pommettes hautes. Mais tout, dans ses manières, trahissait la fille de la maison.

— Tu m'as appelée, père ?

— Oui, ma chérie. Je voulais te présenter mon nouveau secrétaire, le capitaine Wilding.

Rebecca Seaton se tourna vers Kenneth et l'examina de la tête aux pieds. Son regard était si incrédule qu'il eut brusquement l'impression d'être contrefait. La

« vieille fille ruinée de réputation » avait des yeux noisette et une présence physique qu'il était difficile d'ignorer.

Kenneth comprit qu'elle allait sérieusement lui compliquer la tâche.

4

Bonté divine ! Le pirate ! Rebecca fixait l'homme qui se tenait aux côtés de son père en se demandant si elle ne rêvait pas. Il lui avait fait de l'effet lorsqu'elle l'observait du haut de sa mansarde, mais vu de près, il était encore plus impressionnant. Un loup parmi les moutons de Mayfair…

— Lui, un secrétaire ? Tu plaisantes, papa.

Sir Anthony haussa les sourcils.

— Je pensais que tu serais ravie d'apprendre que le poste était pourvu.

Rebecca comprit qu'elle s'était montrée un peu abrupte.

— Excusez-moi, capitaine… Wilder, c'est bien cela ? Mais vous ressemblez si peu aux secrétaires que j'ai connus jusqu'à présent.

— Je m'appelle Wilding, mademoiselle Seaton, répondit Kenneth, avant de s'incliner courtoisement pour la saluer. Je suis conscient de ressembler plus à un pugiliste qu'à un secrétaire, mais je n'y peux pas grand-chose, je le crains.

Sa voix était profonde et son élocution châtiée, pourtant, Rebecca ne pouvait se défaire d'une certaine méfiance à son égard. Était-ce l'éclat glacé de ses yeux gris ? Ou était-ce qu'un homme d'action paraissait tellement déplacé dans une maison dévolue à l'art ? Sa simple présence était en soi troublante. Elle jeta un regard inquiet à son père.

— Ne te fais pas de souci, Rebecca. Le capitaine Wilding est parfaitement qualifié pour cet emploi. Il va d'ailleurs commencer tout de suite. Montre-lui la maison et explique-lui les tâches qui l'attendent. Et au passage, dis à Lavinia de revenir, que je puisse reprendre mon travail. Capitaine, conclut-il, je vous verrai à 16 heures dans mon bureau.

Si le pirate n'avait pas été là, Rebecca aurait tout fait pour que son père revienne sur sa décision. Mais il était apparemment trop tard. Décidément, sir Anthony serait toujours aussi impulsif !

— Très bien. Venez avec moi, capitaine Wilding. Je vais d'abord vous montrer votre chambre.

Kenneth la suivit dans le hall.

— Sortez-vous de l'armée, capitaine ? demanda-t-elle, alors qu'ils se dirigeaient vers l'escalier menant à l'étage.

— Oui.

— Mon père vous a-t-il expliqué que la plupart de vos tâches seraient d'ordre domestique ? Ce sera très différent de la vie militaire. Vous risquez de ne pas trouver cela à votre goût.

— Détrompez-vous, ce ne sera pas si différent. Dans l'un et l'autre cas, il s'agit de commander des hommes.

— En l'occurrence, vous commanderez plutôt des femmes. Ce qui peut se révéler plus difficile.

— Je me débrouillerai.

Il avait effectivement l'air d'un homme expérimenté avec les femmes. Ce qui ne contribua pas à le rendre plus digne d'estime aux yeux de Rebecca. Elle se souvint avec une pointe de nostalgie des précédents secrétaires de son père : des jeunes gens de bonne famille. Civilisés. Faciles à vivre. Rien de commun avec ce pirate.

— Bien qu'un emploi de factotum ne me dérange pas, reprit-il, je serais curieux de savoir pourquoi vous avez besoin de quelqu'un pour diriger la maison, alors que vous me semblez parfaitement compétente.

— Je n'ai pas envie de gaspiller mon temps à jouer les gouvernantes, répliqua sèchement la jeune femme.

En réponse à son ton plus qu'à ses propos, Kenneth lâcha à brûle-pourpoint :

— Vous n'avez pas l'air de m'apprécier beaucoup. Je me trompe, mademoiselle Seaton ?

Bonté divine ! Cet homme n'y allait pas par quatre chemins ! Mais s'il préférait la franchise, Rebecca ne le décevrait pas. Elle s'immobilisa au beau milieu de l'escalier et se retourna pour lui faire face. Il s'arrêta une marche plus bas, ses yeux quasiment au niveau des siens. Elle fut soudain si consciente de sa présence physique qu'elle dut lutter pour ne pas reculer.

— Nous venons juste de nous rencontrer, capitaine. Alors comment pourrais-je penser quoi que ce soit de vous ?

— Depuis quand est-il nécessaire de connaître quelqu'un pour le détester ? J'ai très bien senti que vous auriez préféré que votre père ne m'engage pas.

— Vous ressemblez davantage à un maraudeur qu'à un secrétaire, rétorqua Rebecca d'un ton acerbe. Connaissant mon père, je suppose qu'il n'a même pas pensé à vous demander vos références. Comment avez-vous su que l'emploi était vacant ?

— Un ami de votre père m'a averti.

— Qui ?

— Le gentleman a préféré garder l'anonymat.

Rebecca voulut bien le croire. C'était typiquement le genre de facéties dont étaient capables les amis de sir Anthony.

— Avez-vous des lettres de recommandation ? Ou tout autre document qui me prouverait que vous n'êtes pas un vulgaire cambrioleur se faisant passer pour un militaire ?

— Non, je n'ai rien à vous fournir dans l'immédiat. Mais si cela ne vous ennuie pas d'attendre, je pourrais sans doute obtenir une lettre du duc de Wellington. Il me connaît depuis longtemps, et je pense qu'il me considère comme quelqu'un de tout à fait respectable.

Il avait dit cela d'un ton détaché, très convaincant. Rebecca renonça à insister.

— Nous n'allons pas déranger le duc pour une telle vétille.

En vérité, elle avait beaucoup de mal à se concentrer sur leur discussion alors qu'elle se trouvait à quelques pouces de cet homme au physique si fascinant. Il avait des yeux perçants, qui avaient sans doute vu des paysages qu'elle n'imaginait même pas. Et la peau tannée par un soleil dont elle devinait qu'il était plus brûlant que celui qui brillait en Angleterre. Ce visage taillé dans le silex lui faisait penser à un volcan : calme en surface, mais bouillonnant à l'intérieur.

— Ai-je un bouton sur le nez ? demanda-t-il brusquement.

— Je m'intéresse aux visages, répondit la jeune femme. Et plus particulièrement à ceux qui ont beaucoup vécu, ajouta-t-elle en suivant du regard la cicatrice qui lui barrait la joue et dont l'extrémité disparaissait dans l'épaisse chevelure noire. Cette cicatrice est-elle due à un coup de sabre ?

La question manquait de tact, mais il y répondit sans se démonter.

— Oui. À Waterloo.

Ainsi, il avait participé à cet affreux carnage...

— Vous avez eu de la chance de ne pas perdre votre œil. Le coup n'est pas passé loin.

— En effet, admit-il. Cela dit, comme je n'étais déjà pas très beau avant, cette cicatrice ne m'a finalement rien enlevé.

Elle se demanda s'il essayait de l'embarrasser. Si c'était le cas, il aurait fort à faire, car elle avait grandi dans un milieu où l'on se moquait des conventions et où on ne se laissait pas facilement décontenancer.

— Au contraire, répondit Rebecca, songeuse. Une cicatrice ajoute de l'intérêt à votre visage, elle en accuse les traits, un peu comme un rehaut sur un tableau. La vôtre est très artistique, du reste. Les Français sont doués pour trancher les chairs.

Sur ces mots, elle se détourna et reprit son ascension jusqu'au palier.

— La chambre de mon père est à gauche. La mienne à droite et la vôtre juste à côté. Elle donne sur le jardin.

Kenneth allait donc partager un mur mitoyen avec Rebecca Seaton. Une proximité qu'il jugea tout de suite dangereuse.

La jeune femme lui ouvrit la porte de sa chambre, mais grimaça en voyant l'état de la pièce.

— Je suis désolée, capitaine. Elle n'a pas été nettoyée après le départ de M. Morley.

En fait, Rebecca savait parfaitement que les femmes de chambre ne prenaient jamais aucune initiative et qu'elle aurait dû leur ordonner de remettre cette chambre en état. Mais elle n'en avait rien fait. Elle avait le don d'oublier les choses qui ne l'intéressaient pas.

Kenneth, cependant, était demeuré imperturbable.

— Présentez-moi aux domestiques et je ferai en sorte que le travail soit accompli.

— Nous allons redescendre. Je compte sur vous pour leur apprendre à travailler efficacement.

— S'il s'avérait que l'un des domestiques soit particulièrement incompétent, je suppose que j'ai le droit de le renvoyer pour le remplacer ?

— Bien entendu.

Elle redescendait déjà les marches, quand elle ajouta :

— Inutile de vous montrer les combles. Il n'y a que les chambres de service et mon atelier. Si vous avez besoin de me parler, tirez les cordons rouges. Ils sonnent dans mon atelier.

— C'est donc ainsi que votre père vous a appelée... Me répondrez-vous toujours aussi vite ?

Contre toute attente, elle rougit légèrement.

— Non, répondit-elle avec brusquerie. J'espère que vous saurez résoudre la plupart des problèmes tout seul.

Rebecca redescendit les marches, l'air sombre. La présence de ce capitaine s'annonçait encore plus dérangeante qu'elle ne l'avait craint. Il ne lui restait plus qu'à espérer qu'il se rendrait vite compte que le métier de secrétaire n'était pas fait pour lui.

Kenneth eut les pires difficultés à se concentrer sur la visite de la maison et l'exposé des tâches qui l'attendaient. Rebecca Seaton, avec sa langue acérée et son regard pénétrant, retenait à elle seule une bonne partie de son attention. Au même titre que les œuvres d'art qui emplissaient chaque pièce : peintures, sculptures, bibelots ouvragés... Kenneth comprenait mieux, à présent, pourquoi Rebecca avait voulu s'assurer qu'il n'était pas un voleur. La maison recelait de véritables trésors. Heureusement, la jeune femme avait accepté de parier sur son honnêteté, bien qu'il fût visible qu'elle ne l'appréciait guère.

— Voici le bureau de mon père, annonça-t-elle en ouvrant une porte du rez-de-chaussée. Mais c'est surtout vous qui y passerez du temps. Votre table de travail se trouve dans l'angle, là-bas. Comme vous pouvez le constater, le courrier en retard s'est accumulé depuis le départ de M. Morley.

En effet. Le petit bureau était littéralement enseveli sous une pile de papiers.

— Je ne m'étonne plus maintenant que votre père ait été si impatient d'engager le premier candidat venu.

— En réalité, papa n'a pas voulu du remplaçant suggéré par Tom Morley. Il l'a trouvé trop ignorant.

— Je suis heureux d'apprendre que sir Anthony me considère d'un meilleur œil.

La jeune femme lui décocha un regard si aigu que Kenneth se reprocha aussitôt ses paroles. Les qualités d'un bon secrétaire étaient l'humilité et la discrétion. S'il n'apprenait pas à tenir sa langue, il perdrait son emploi, et Sutterton avec.

— L'avoué de mon père gère ses finances, reprit-elle. Il vous suffira de répondre au courrier et de tenir les livres de comptes qui se trouvent dans cette armoire, derrière votre bureau.

Elle ouvrit l'armoire en question et lui montra l'un des livres de comptes, qui ressemblait comme deux gouttes d'eau à ceux de Sutterton. Kenneth n'aurait donc aucun mal à s'acquitter de sa tâche.

Rebecca avait déjà tourné les talons et il s'apprêtait à la suivre dans le hall quand il remarqua le portrait accroché derrière le bureau de sir Anthony. Il représentait une femme d'âge mûr sur fond de paysage bucolique. Son regard était espiègle et ses cheveux roux cascadaient librement sur ses épaules.

Cette femme était la réplique, en plus âgée, de Rebecca Seaton. Kenneth en déduisit qu'il s'agissait de la défunte lady Seaton, et il aurait juré que le tableau avait été peint avec amour. Était-il possible que cette tendresse qui transparaissait dans chaque coup de pinceau eût pu se transformer en haine meurtrière ?

Rebecca se retourna pour voir pourquoi il ne la suivait plus.

— C'est votre mère ? interrogea Kenneth, convaincu que sa curiosité paraîtrait légitime.

La jeune femme hocha la tête. Elle avait un peu pâli.

— Le tableau a été peint à Ravensbeck, notre maison de campagne dans la région des Lacs.

— Vous n'avez pas fait mention de lady Seaton. J'en déduis qu'elle est morte ?

Rebecca détourna les yeux.

— L'été dernier.

— Je suis désolé, murmura Kenneth.

Il contempla à nouveau le tableau, avant d'ajouter :

— Que lui est-il arrivé ? Une maladie soudaine ? Elle semble si pleine de vitalité sur cette toile.

— Ce fut un accident, lâcha Rebecca d'une voix blanche. Un stupide et horrible accident. Depuis, papa n'est plus lui-même.

Sur ces paroles, elle pivota et franchit le seuil.

— Suivez-moi, je vais vous présenter aux domestiques.

Kenneth se demandait si sa brusquerie était la conséquence de son chagrin, ou le reflet des doutes qu'elle nourrissait secrètement sur la réalité de cet accident. Si son père avait effectivement tué sa mère, l'horreur de ce crime dépassait l'imagination.

Avant de quitter la pièce, Kenneth accorda un dernier regard au portrait. La sensualité exubérante de lady Seaton se retrouvait à l'état latent chez sa fille. Mais contrairement à sa mère, Rebecca semblait avoir voulu gommer cet aspect de sa nature. Kenneth était persuadé qu'une fois nue, elle...

Il claqua bruyamment la porte du bureau en maudissant le tour que prenaient ses pensées. Bon sang ! Il ne pouvait pas se permettre de s'intéresser à l'ombrageuse fille de l'homme qu'il était venu détruire ! Heureusement, Rebecca Seaton n'était pas du genre à lancer des œillades au premier venu. C'était même plutôt le contraire. Ce qui ne changeait rien au fait qu'il y avait en elle quelque chose de très attirant.

En se rendant à l'office, ils passèrent devant la salle à manger.

— Puisque les secrétaires sont considérés comme des gentlemen, vous prendrez vos repas avec nous, dit-elle.

À son ton sarcastique, il était facile de deviner qu'elle le plaçait à peine au-dessus du garçon d'écurie. Qu'avait dit lord Bowden à propos de sa fugue amoureuse ? Ah oui ! le garçon en question était un poète. Autrement dit, Mlle Seaton ne s'intéressait qu'aux artistes – à supposer que cette aventure malheureuse ne l'eût pas complètement dégoûtée des hommes. Ce qui n'était pas exclu, à en juger par son attitude.

L'un des tableaux accrochés dans la salle à manger retint son attention, interrompant le cours de ses réflexions. Comme il s'était arrêté pour le contempler, son guide montra des signes d'impatience, et Kenneth se sentit obligé de se justifier.

— Désolé, mais il est difficile de ne pas se laisser divertir dans une telle maison. Cela me rappelle ma première visite au Louvre. Comment peut-on encore penser à manger lorsqu'on a cela sous les yeux ?

Apparemment, l'idée qu'il pût apprécier l'art surprit la jeune femme.

— Vous avez raison, concéda-t-elle, un peu radoucie. Je serais bien incapable de vous dire ce qu'il y avait dans mon assiette la première semaine où ce tableau a été accroché. Il s'intitule *La Charge de la brigade* et fait partie d'une série de quatre toiles inspirées à mon père par la bataille de Waterloo. Il y travaille depuis plus d'un an et il espère avoir terminé à temps pour les présenter à la prochaine exposition de l'Académie royale.

Le tableau – une huile sur toile aux dimensions imposantes – montrait une demi-douzaine de cavaliers chargeant, sabre au clair, face au spectateur.

L'élan des chevaux avait été si bien rendu qu'on avait littéralement l'impression qu'ils étaient sur le point de sortir du cadre.

— C'est magnifique, murmura Kenneth en réprimant un frisson. Et bien que ce ne soit pas tout à fait réaliste, l'illusion est totale. J'ai assisté à des scènes identiques.

La jeune femme avait froncé les sourcils.

— Pas réaliste ? Papa a pourtant fait appel à de véritables cavaliers. Il leur a demandé de charger encore et encore droit sur lui afin de faire des croquis du mouvement des chevaux. C'est d'ailleurs un miracle qu'il n'ait pas péri sous leurs sabots.

— Il a trop rapproché ses chevaux. Ils se touchent presque, ce qui est tout à fait impossible dans une bataille, expliqua Kenneth. Mais son tableau aurait sans doute eu moins de force s'il avait respecté l'écart naturel. Il a su capter l'essence d'une charge de cavalerie.

— Père a toujours prétendu qu'en matière de peinture l'illusion de la réalité a plus d'importance que l'exactitude des détails, objecta la jeune femme d'un air songeur, avant de l'entraîner dans la salle mitoyenne, plus modeste, où ils avaient l'habitude de prendre le petit-déjeuner. Voici une autre scène de bataille. Bodicée, la reine guerrière, avant son ultime combat contre les Romains. Qu'en pensez-vous ?

Kenneth étudia longuement le tableau. Il représentait une belle barbare à la chevelure flamboyante, une épée dans une main, une lance dans l'autre. Le dos fièrement cambré, elle s'élançait vers la mort en tête de ses troupes. Elle lui rappelait Rebecca. Sans doute à cause de ses cheveux auburn.

— Comme guerrière, elle n'est pas très convaincante. Mais comme symbole du courage et de l'amour de la liberté, elle est superbe.

— Comment ça, pas convaincante ?

— Elle est trop mince – le port de telles armes requiert des muscles. Et trop préservée. Une femme qui combat les Romains depuis si longtemps ne peut pas ne pas en avoir gardé des traces.

Le regard de Rebecca quitta le visage de Kenneth pour se poser sur ses mains et sur ses poignets où plusieurs petites cicatrices étaient nettement visibles. Sans parler de celle qui lui barrait la joue.

— Je comprends ce que vous voulez dire. Au moins, vous serez utile comme conseiller en matière de batailles.

Ce n'était pas forcément un compliment, mais Kenneth décida de le prendre comme tel et de poursuivre dans cette voie. Il se tourna à nouveau vers le tableau.

— C'est très bon, poursuivit-il, réfléchissant à haute voix. Toutefois, le style est différent des autres œuvres de sir Anthony. S'agit-il d'un travail expérimental ? La composition et la richesse des couleurs sont caractéristiques, mais les lignes sont plus douces, avec quelque chose de presque… poétique.

Rebecca ne répondit pas. Mais elle l'observait si attentivement que Kenneth eut un doute. Était-ce encore un test ? Il jeta un œil dans le coin droit du tableau, là où sir Anthony signait habituellement ses tableaux de ses initiales. Cette fois, les initiales étaient R.S. Kenneth tressaillit. Le « R » correspondait-il à Rebecca ?

— Bon sang ! C'est vous qui avez peint cela ?

— Vous semblez surpris. Feriez-vous partie de ces hommes qui sont convaincus qu'une femme est incapable de peindre ?

Sous le choc, Kenneth contempla le tableau d'un œil neuf.

— Pas du tout. C'est simplement que j'ignorais que vous étiez également artiste.

Et quelle artiste ! D'un point de vue strictement technique, Rebecca égalait pratiquement son père.

Mais elle avait su trouver un style personnel. En fait, Kenneth n'aurait pas dû être étonné. Sur le plan historique, les femmes artistes étaient toujours les filles ou les femmes d'un artiste célèbre. Pour une femme, partager l'intimité d'un peintre ou d'un sculpteur était le seul moyen de pratiquer un art.

— Je comprends mieux pourquoi vous ne voulez pas perdre votre temps à vous occuper de problèmes d'ordre domestique. Ce serait gâcher votre talent.

Un court instant, Rebecca parut presque embarrassée par son compliment, mais elle se reprit vite :

— C'est pour cette raison qu'il nous faut quelqu'un qui soit capable de diriger la maison, rétorqua-t-elle avec son mordant habituel, laissant nettement entendre qu'elle n'était pas convaincue qu'il était ce quelqu'un.

Kenneth jugea le moment venu de lui prouver qu'il était compétent.

— Avant d'être présenté aux domestiques, j'aimerais en savoir plus à leur sujet. D'abord, combien sont-ils ?

— Quatre femmes et trois hommes.

— Sont-ils à votre service depuis longtemps ?

— Seulement Phelps, le cocher. Les autres ne sont ici que depuis quelques mois.

« Dommage », songea Kenneth. Les serviteurs étaient toujours d'excellentes sources de renseignements. Il lui faudrait cultiver de bonnes relations avec le cocher.

— Pourquoi ce renouvellement ? Et pourquoi n'avez-vous pas de gouvernante ?

— Ma mère préférait s'occuper elle-même de la maison. Après sa disparition, tout est parti à vau-l'eau. J'ai recruté deux gouvernantes successives, mais aucune ne s'est révélée capable de tenir la maison d'un artiste. Et puis, Tom Morley a pris les choses en main et tout est allé mieux. Jusqu'à ce qu'il nous quitte.

— Manquez-vous de personnel ?

— Nous avons besoin d'un cuisinier et d'un majordome. Pour le cuisinier, deux candidats vont se présenter aujourd'hui. Vous vous chargerez de l'entretien d'embauche et de la sélection.

Kenneth hocha la tête, comme si tout cela lui semblait parfaitement naturel. Mais il se demandait non sans ironie ce que les hommes de son régiment penseraient de lui s'ils le voyaient en cet instant.

5

Les domestiques prenaient tranquillement le thé à l'office lorsque Rebecca entra avec Kenneth. Les conversations cessèrent tandis que six paires d'yeux se tournaient vers le nouvel arrivant. Tout le personnel était présent, à part Phelps.

— Je vous présente le nouveau secrétaire de sir Anthony, le capitaine Wilding, annonça Rebecca. Désormais, c'est auprès de lui que vous prendrez vos ordres, ajouta-t-elle avec un geste de la main qui signifiait qu'elle transférait toute son autorité sur le capitaine.

Tandis que Kenneth parcourait le groupe du regard, une jeune domestique échangea une œillade espiègle avec un valet. Kenneth la dévisagea calmement, et celle-ci se figea aussitôt, sans qu'il ait eu besoin de prononcer un mot. Puis une autre servante se leva, et un à un, tous les domestiques l'imitèrent. Rebecca, stupéfaite, avait l'impression de voir une petite troupe de soldats se mettre au garde-à-vous devant son chef.

— Je crois deviner que la discipline s'était relâchée, commença le capitaine d'une voix glaciale. À partir d'aujourd'hui, cela va changer. Si certains d'entre vous trouvent le travail trop dur, ils sont invités à chercher un emploi ailleurs. Et si vous avez la moindre récrimination, c'est à moi qu'il faudra vous adresser. Dorénavant, il sera interdit de déranger sir Anthony ou Mlle Seaton à tout propos. Est-ce bien clair ?

Apparemment, ça l'était. Le capitaine s'enquit alors de l'identité de chaque domestique et de sa fonction, avant de les renvoyer tous à leurs tâches. Ils s'esquivèrent sans broncher, visiblement impressionnés. Rebecca devait d'ailleurs admettre qu'elle-même l'était.

Le capitaine interrogea ensuite les deux postulants à l'emploi de cuisinier avec la même efficacité. Le premier était un Français très qualifié. Après avoir examiné ses lettres de recommandation, Wilding lui demanda de préparer un plat pour lui-même et Mlle Seaton. Offensé d'avoir à prouver ses aptitudes comme un débutant, le Français partit sans demander son reste. L'autre candidat était une femme corpulente et placide, française également. Ses références étaient moins prestigieuses que celles de son prédécesseur, en revanche, elle se plia volontiers à l'exercice qu'on lui proposait. En un quart d'heure, elle offrit à ses juges une omelette aux fines herbes et du café.

Rebecca fut conquise dès la première bouchée.

— Hmm ! C'est délicieux. Allez-vous l'engager ?

Le capitaine, assis en face d'elle à la table de la petite salle à manger, goûta lui aussi à son omelette, avant de répondre :

— Oui. Mme Brunel a passé ses trois épreuves avec succès.

— Trois épreuves ? Comment cela ?

— La première et la plus importante concernait son attitude. Elle n'a pas rechigné à nous prouver ses qualités. Ensuite, elle a fait preuve d'ingéniosité ; il ne lui a fallu que quelques minutes pour improviser un plat en fonction des ingrédients qu'elle avait sous la main. Enfin, le résultat est parfait. Cette omelette est moelleuse à souhait.

Rebecca le regardait, la fourchette en l'air.

— Pourquoi ne donnez-vous pas la priorité à ses talents culinaires ?

— Tous les dons de la terre seront gâchés si celui qui les possède se révèle trop capricieux. Or, cette maison requiert un personnel très coopératif.

Rebecca termina son omelette, songeuse. Le nouveau secrétaire témoignait d'une plus grande connaissance de la nature humaine que son allure ne le laissait supposer. De plus, il semblait aimer l'art. Après tout, son père n'avait peut-être pas si mal choisi.

— Je vous souhaite un bon travail, capitaine, déclara-t-elle en se levant. Nous nous reverrons au dîner.

Il inclina la tête de côté d'un air interrogateur.

— J'ai donc réussi *vos* tests ?

Rebecca se sentit soudain mal à l'aise de s'être montrée aussi ouvertement sceptique vis-à-vis de lui.

— Mon père vous ayant embauché, je n'avais pas à vous tester.

— Vous êtes trop modeste, mademoiselle Seaton, répliqua Wilding avec une pointe d'ironie. Je suis persuadé que votre père ne garderait pas un secrétaire qui ne vous satisferait pas.

— C'est exact. Mais je ne passerais pas non plus mon temps à me plaindre de quelqu'un qui plairait à mon père.

En disant cela, Rebecca se surprit de nouveau à dévisager Wilding. Elle se demandait ce qui se cachait derrière la façade. Il s'était montré d'une courtoisie parfaite, cependant elle devinait qu'il n'était pas d'un naturel effacé. Elle le trouvait très différent des hommes qu'elle connaissait, mais sans savoir en quoi exactement. Et elle n'arriverait pas à le percer à jour tant qu'il se contiendrait devant elle de crainte d'être renvoyé.

— Je vous accorde le droit de parler librement devant moi, lui dit-elle sur une impulsion. Et je vous promets de ne pas en profiter pour demander ensuite à mon père de vous congédier.

Il haussa les sourcils.

— Si je comprends bien, vous me donnez carte blanche pour que je me montre aussi cru qu'un soldat ?

— Exactement.

Une lueur malicieuse éclaira furtivement ses prunelles grises.

— Supposons que je manifeste le désir de vous embrasser ?

Elle en resta bouche bée.

— Pardon ?

— Excusez-moi, mademoiselle Seaton. Je ne songeais pas réellement à vous embrasser. J'essayais simplement de fixer les limites à ne pas dépasser.

— Eh bien, vous les avez dépassées. Ne recommencez pas.

Sur ces mots, Rebecca fit volte-face et quitta la pièce, convaincue que Wilding était tout, sauf un homme effacé. Mais la jeune femme ne savait pas ce qui la dérangeait le plus : l'impudeur avec laquelle Wilding avait parlé de l'embrasser, ou son détachement pour lui expliquer ensuite qu'il n'en avait pas vraiment le désir.

Kenneth décida de passer dans sa chambre la demi-heure qui le séparait de son entrevue avec sir Anthony. Les servantes avaient briqué la pièce jusqu'à la faire briller et un valet avait rapporté sa valise de l'auberge où il avait passé la nuit précédente.

Il ne lui fallut que quelques minutes pour la vider. Pour une obscure raison, Kenneth n'avait pu s'empêcher d'y glisser son carton à dessin. Il le posa sur la table, puis rangea la valise vide dans le bas de son armoire. En se redressant, il soupira comme s'il avait fait des kilomètres à pied. Jouer la comédie se révélait épuisant.

Il alla se planter devant la fenêtre pour contempler le petit jardin clos de murs. Alentour se dressaient d'autres demeures tout aussi luxueuses, ce qui n'avait rien de surprenant dans ce quartier de Mayfair, le plus huppé de la capitale. Bien qu'il eût fait ses études à Harrow, en lisière de la ville, Kenneth n'avait jamais séjourné plus de quelques jours dans Londres proprement dit. À l'âge où il aurait dû s'initier aux plaisirs de la capitale, il était parti à la guerre.

Non loin d'ici, Hermione, la veuve de son père, vivait dans le confort et le luxe que lui avait procurés son défunt mari. Kenneth espérait que leurs chemins ne se croiseraient pas. Même après tant d'années, il savait qu'il aurait toujours les pires difficultés à se montrer courtois envers sa belle-mère.

Lord Bowden habitait également le voisinage, et il avait demandé que Kenneth lui fasse des rapports réguliers sur la progression de son enquête. Kenneth se laissa tomber dans un fauteuil pour faire le point sur ses premières impressions. Sa mission s'avérait déjà plus délicate que prévu. Quoique sir Anthony pût se montrer facilement arrogant, ce n'était pas quelqu'un de désagréable. Et Kenneth savait qu'il serait difficile de travailler à son service tout en cherchant jour après jour les preuves qui risquaient de détruire sa vie.

Pour se réconforter, il se répéta que si sir Anthony avait assassiné sa femme, il méritait d'être puni. Mais Seaton était-il capable de tuer ? Peut-être. C'était un homme orgueilleux et autoritaire, habitué à commander. Dans un moment de rage, sans doute pouvait-il devenir violent. Une dispute un peu âpre avec sa femme tandis qu'ils se promenaient tous deux au bord d'une falaise avait pu dégénérer en tragédie. Ce qui suffirait à le conduire en prison, même s'il n'avait pas prémédité son geste.

Mais comment prouver qu'il y avait eu assassinat, en l'absence de témoins oculaires ? Kenneth devait découvrir quel climat régnait chez les Seaton durant les semaines qui avaient précédé la mort de lady Helen.

Une fois de plus, il se remémora l'attitude de Rebecca Seaton lorsqu'elle lui avait appris que sa mère était décédée dans un « horrible accident ». Sa réaction semblait aller au-delà du simple chagrin. Ce qui laissait supposer que les soupçons de Bowden étaient justifiés. Qu'avait-elle voulu dire en expliquant que son père « n'était plus lui-même » depuis la tragédie ? Était-il rongé par la douleur – ou par la culpabilité ?

De repenser à Rebecca Seaton mit Kenneth mal à l'aise. Il avait été stupide de parler de l'embrasser. Elle l'avait quitté furieuse. Le problème était que cette jeune femme ne le laissait pas indifférent. Il n'éprouvait pour elle aucun désir particulier – il n'était même pas certain de la trouver à son goût –, cependant sa personnalité l'intriguait. Quoi qu'il en soit, il avait eu tort de s'exprimer aussi crûment. Il avait passé trop d'années à l'écart de la bonne société. Il était grand temps qu'il réapprenne les bonnes manières.

Pour se changer les idées, il s'empara de son carnet de croquis. Les quelques heures passées chez les Seaton avaient suffi à le convaincre qu'il n'était qu'un vulgaire amateur, cependant il éprouvait le besoin de noircir un peu de papier. Dessiner avait toujours été sa façon à lui de se détendre.

Il commença une esquisse de la voluptueuse Lavinia, qu'il représenta en Vénus décadente. Le souvenir des courbes harmonieuses du modèle ne le troublait pourtant nullement. Assez bizarrement, Kenneth n'était jamais tombé amoureux de très belles femmes. Catherine Melbourne, l'épouse d'un officier qui avait suivi leur régiment en Espagne, était l'une des plus belles créatures que la terre eût jamais portées. Après son veuvage, Catherine lui avait témoigné des sentiments non équivoques. Mais Kenneth, même s'il l'appréciait beaucoup, n'avait rien ressenti d'autre pour elle qu'une simple amitié. C'était de Maria, une fière combattante espagnole, qu'il était tombé amoureux.

À bien y réfléchir, les similitudes étaient nombreuses entre Maria et Rebecca. Aucune de ces deux femmes n'obéissait aux canons de la beauté classique, et pourtant elles avaient un charme troublant. Mais surtout, l'une comme l'autre brûlaient d'une passion dévorante. La cause de Maria avait été l'Espagne. Et il devinait que celle de Rebecca Seaton était l'art.

Maria avait vécu et était morte pour l'Espagne. Mais elle s'était aussi donnée à Kenneth sans retenue. Et bien qu'il eût toujours su qu'il se couperait de la bonne société en l'épousant, cela ne l'avait pas empêché de lui demander sa main.

Que serait-il advenu si elle avait accepté ? Vivrait-elle encore aujourd'hui ?

Un court instant, Kenneth se remémora la dernière image qu'il avait gardée de Maria, mais il s'empressa de la chasser. Le passé était le passé et il était inutile de s'appesantir dessus. Mieux valait penser au présent, à Sutterton, à Beth et à leur avenir.

Sa tâche ne serait vraiment pas aisée. Le cocher pourrait peut-être l'aider, et il tenterait de retrouver la trace de son prédécesseur, Tom Morley. Cependant, Kenneth n'était pas très optimiste. Ses missions en Espagne et en France lui avaient appris qu'une enquête se construisait par petites touches, comme un gigantesque puzzle dont les minuscules pièces finissaient par s'assembler.

Mais ici, il ne pourrait compter que sur très peu de sources d'information. Rebecca serait sans doute la meilleure. Elle savait certainement des choses que les domestiques ignoraient. Ce qui signifiait que Kenneth devrait gagner sa confiance... pour mieux la trahir ensuite.

Il reposa son carnet et jura intérieurement. Tout bien considéré, la guerre était une activité plus honorable et plus propre que ce qu'il faisait maintenant.

— Envoyez des lettres de rappel polies à tous ces gens-là, ordonna sir Anthony en désignant du doigt une pile d'enveloppes. La plupart sont des aristocrates. Mais il faut toujours qu'ils se fassent tirer l'oreille avant d'honorer leurs factures.

Il tira un épais carnet relié de cuir noir d'un tiroir, avant d'ajouter :

— Une autre de vos tâches consistera à tenir mon agenda à jour. J'ai pour habitude de noter les choses dont je dois me souvenir sur des petits bouts de papier que je vous confierai en vrac.

Kenneth ouvrit le carnet et consulta une page au hasard. Écrites de la main de Tom Morley, il lut des indications telles que : « 5 février. 10 h-11 h : première séance de pose du duc et de la duchesse de Candover. » Deux autres rendez-vous analogues étaient inscrits à la même date, ainsi que des visites à des amis. Kenneth sentit l'excitation le gagner. L'agenda de l'année précédente lui livrerait de précieuses indications sur les activités de sir Anthony à l'époque de la mort de sa femme.

— Vous avez un emploi du temps fort chargé, dit-il d'une voix détachée, pour masquer son émotion.

— Trop chargé, même. L'année dernière, j'ai comptabilisé trois cent six séances de pose privées. Il me reste à peine assez de temps pour travailler à mes sujets historiques. Mais c'est toujours délicat de refuser son portrait à une dame, surtout lorsqu'elle vous assure que personne ne le réussira aussi bien que vous.

Kenneth fut tenté de faire remarquer à Seaton que les revenus qu'il tirait de son activité de portraitiste lui permettaient de mener grand train, mais il jugea plus prudent de s'abstenir.

— Vouliez-vous me montrer autre chose, monsieur?

— Cela suffira pour aujourd'hui. Demain matin, je vous dicterai quelques lettres. En attendant, vous avez déjà largement de quoi vous occuper.

Kenneth était aussi de cet avis. Il lui faudrait plusieurs jours pour venir à bout de tout le travail en retard et il s'apprêtait à demander à sir Anthony ce qui était le plus urgent, quand on frappa soudain à la porte du bureau. L'instant d'après, le battant s'ouvrit sur trois visiteurs – deux hommes et une femme – habillés à la dernière mode. Le plus grand des deux hommes, un gentleman à peu près de l'âge de Seaton, s'exclama :

— Comment, Anthony ! Tu n'es pas devant ton chevalet ?

— J'expliquais sa tâche à mon nouveau secrétaire, expliqua Seaton en désignant Kenneth. Le capitaine Wilding s'est opportunément présenté ici, envoyé par un de mes amis qui savait que j'avais perdu Morley. Mais j'ignore qui remercier. Ce ne serait pas toi, Malcolm, par hasard ?

Le dénommé Malcolm lança à Kenneth un regard intrigué.

— Je ne vois pas pourquoi je te l'avouerais si j'avais cherché l'anonymat, Anthony.

Sir Anthony eut un hochement de tête entendu, comme si la réponse de son ami était une confirmation.

— Capitaine Wilding, je vous présente trois de mes amis les plus impossibles. Ils se croient ici chez eux.

— Seulement en fin de journée, précisa la jeune femme, qui n'était autre que Lavinia.

Ainsi vêtue, Kenneth ne l'avait pas reconnue tout de suite.

Sir Anthony se chargea des présentations et Kenneth salua chacun des visiteurs. Malcolm s'avéra être lord Frazier, un gentleman également réputé comme peintre, même s'il n'atteignait pas la célébrité de sir Anthony. L'autre homme, plus petit mais très souriant, s'appelait George Hampton. Il exerçait le beau métier de graveur et possédait l'un des ateliers les plus renommés du pays. Quant à Lavinia, son nom officiel était lady Claxton. Kenneth les observa attentivement tous les trois. Ces gens avaient dû très bien connaître Helen Seaton.

— J'espérais admirer l'avancement de ton travail sur Waterloo, dit Malcolm Frazier à sir Anthony. Nous autorises-tu à regarder ?

Sir Anthony haussa les épaules.

— Je n'ai pas eu beaucoup le temps d'y travailler depuis votre dernière visite, expliqua-t-il. Mais je vais quand même vous montrer, si vous y tenez, ajouta-t-il en offrant son bras à Lavinia.

Avant que le petit groupe ait eu le temps de prendre le chemin de l'atelier, Rebecca Seaton apparut soudain à la porte du bureau.

— Comment se porte la plus belle artiste londonienne ? lui demanda lord Frazier.

— De qui parlez-vous ? répliqua la jeune femme.

Frazier s'esclaffa.

— Tu es la seule femme que je connaisse qui refuse tout compliment.

— Si vous ne dispensiez pas vos flatteries aussi généreusement à toutes les femmes, je prêterais peut-être plus d'attention à celles que vous me réservez, répondit Rebecca d'un ton suave, avant de saluer Lavinia et George Hampton.

Dès que les trois visiteurs se furent éloignés avec sir Anthony, Rebecca referma la porte du bureau.

— Ainsi, vous avez déjà rencontré quelques-uns des fidèles de la maison, dit-elle en se tournant vers Kenneth.

— J'avais cru comprendre que sir Anthony détestait être dérangé ?

— Papa refuse toute visite pendant la journée, mais en fin d'après-midi, il aime recevoir des amis qui s'intéressent à son travail et discutent art avec lui. Parfois, la maison est si pleine qu'on ne s'entend plus parler.

Elle parcourut la pièce du regard.

— Vous n'auriez pas vu un chat ?

— Un chat ?

— Un petit animal à fourrure, avec quatre pattes, un museau, des oreilles pointues et une queue.

À la réflexion, Kenneth se souvint d'avoir entr'aperçu une silhouette se faufiler entre les meubles pendant qu'il discutait avec sir Anthony. Il s'approcha d'une vitrine garnie de livres et se pencha pour regarder dessous. Deux yeux en amande le considérèrent avec curiosité.

— Je suppose que c'est de lui que vous voulez parler ?

Rebecca s'agenouilla devant le meuble.

— Sors de ta cachette, Grisounet. Il est bientôt l'heure de dîner.

Le chat émergea de sous le meuble et s'étira voluptueusement. C'était un vulgaire chat de gouttière, gris tigré, qui avait perdu la moitié d'une oreille, sans doute dans une bagarre de rue. Rebecca le cala sur son épaule et Kenneth fut surpris de voir le visage de la jeune femme s'illuminer de tendresse.

— Grisounet, c'est son nom ?

— C'est son diminutif. Il s'appelle Grison.

Elle se mit à le caresser et l'animal, en retour, la récompensa d'un ronronnement bruyant.

— Il est né dans la rue. Il crevait de faim et avait pris l'habitude de venir miauler à la porte de l'office. Je lui donnais un peu à manger tous les jours. Il m'a fallu des semaines de patience avant qu'il se laisse toucher. Mais maintenant, c'est un vrai chat domestique.

Kenneth découvrait un aspect inattendu, et attachant, de la jeune femme. Voulant profiter de ce qu'elle était attendrie par l'animal pour approfondir leur relation, il gratta le museau de Grisounet.

— Il est quand même resté timide. Il s'est caché dès que les autres sont entrés.

— Pourtant, il a l'habitude de voir défiler du monde. Ceux que vous venez de croiser sont nos trois visiteurs les plus réguliers. Papa, George et Malcolm se sont connus aux Beaux-Arts. George est mon parrain. C'est lui qui se charge de graver les tableaux de papa.

Kenneth avait souvent admiré ces gravures. C'était du reste par ce truchement qu'il connaissait l'essentiel de l'œuvre de sir Anthony.

— Il fait un travail remarquable, qui a beaucoup contribué à la renommée de votre père, commenta-t-il.

Il caressa à nouveau le chat, lui grattant cette fois le haut du crâne, au passage ses doigts frôlèrent presque la joue de la jeune femme. Il se demanda si au toucher sa peau était aussi soyeuse qu'elle le paraissait, mais retira sa main avant d'être tenté de le vérifier.

— J'avais rencontré Lavinia ce matin et j'étais persuadé qu'il s'agissait d'un modèle professionnel. J'avoue avoir été surpris d'apprendre qu'elle se nommait lady Claxton.

Rebecca s'assit dans un fauteuil, le chat toujours accroché à son épaule.

— Vous n'avez pas eu trop de mal à la reconnaître, une fois vêtue normalement ?

Kenneth retint un sourire.

— J'ai dû y regarder à deux fois avant d'être certain qu'il s'agissait bien de la même femme.

— Lavinia était une petite actrice de boulevard, qui posait à l'occasion. Et puis elle a épousé un vieux baronnet, et maintenant, c'est une riche veuve qui aime scandaliser son monde. Le gotha la boude, mais elle est très populaire dans les milieux artistiques.

La jeune femme se frotta la joue à la fourrure du chat, avant d'ajouter d'une voix un peu trop détachée :

— Elle est aussi la maîtresse attitrée de papa, pour autant que je le sache.

Kenneth se raidit instantanément, sur le qui-vive. Rebecca s'en aperçut et reprit froidement :

— Vous ai-je choqué, capitaine ?

Il se ressaisit et sourit.

— J'ai dû m'absenter trop longtemps d'Angleterre. Lorsque je suis parti, il était considéré comme parfaitement inconvenant qu'une jeune fille évoque ce genre de choses.

Rebecca sourit à son tour, mais avec dérision.

— Il se trouve que je ne suis plus une jeune fille. Ma réputation est officiellement ruinée. Seul le monde de l'art consent encore à m'accepter. Mais c'est bien parce que je suis la fille de sir Anthony Seaton.

Kenneth savait que de sa réaction à cet instant précis dépendrait l'avenir de leur relation. S'il voulait gagner la confiance de la jeune femme, ce n'était surtout pas le moment de commettre un impair.

— Êtes-vous sortie affaiblie ou plus forte de cette épreuve ? demanda-t-il.

Elle parut d'abord surprise par sa question, puis elle y réfléchit.

— Plus forte, je suppose. J'ignorais à quel point je tenais à ma réputation avant de l'avoir perdue, mais d'une certaine façon, j'ai trouvé une sorte de liberté dans ma nouvelle situation.

Kenneth s'assit à sa table de travail.

— Nos échecs nous construisent plus sûrement que nos triomphes.

Rebecca le dévisageait, sans cesser de caresser le chat.

— Vous avez une tournure d'esprit intéressante.

— On me l'a déjà dit, observa-t-il avec flegme. Mais en général, il ne s'agissait pas d'un compliment.

Pour la première fois, un vrai sourire illumina le visage de la jeune femme, en soulignant le charme.

— Dans ma bouche, c'en est un, capitaine.

Elle se leva, le chat drapé sur ses épaules, telle une écharpe.

— Je vous verrai au dîner, dit-elle. Dans cette maison, une règle sacrée stipule que ses occupants dînent ensemble.

Et se tournant vers le portrait de lady Seaton, elle expliqua :

— Ma mère savait que notre travail nous absorbait beaucoup, papa et moi. C'est pourquoi elle tenait à ce que nous partagions au moins un repas ensemble.

— Vous lui ressemblez énormément.

— Non. Pas tant que cela. Nous avons la même couleur de cheveux, mais maman était plus grande que moi. Elle était presque de la taille de papa. Et surtout, elle était très belle.

Kenneth songea à lui répondre qu'elle l'était également, mais il préféra s'en abstenir, craignant qu'elle n'y voie de la flatterie. Et cependant, pour quelqu'un qui savait regarder, Rebecca Seaton était indéniablement belle. Se souvenant qu'il avait une tâche à accomplir, il demanda :

— Lady Seaton était-elle aussi charmante que le montre son portrait ?

— Lorsqu'elle était joyeuse, toute la maison respirait le bonheur. Mais quand elle était triste... personne ne l'ignorait.

— Elle était d'humeur changeante ?

Rebecca se dirigeait déjà vers la porte.

— Qui ne l'est pas à un moment ou à un autre ?

Kenneth comprit qu'il avait touché une corde sensible et voulut se sortir de ce faux pas. Même si cela lui répugnait, le meilleur moyen était probablement de révéler quelque chose de lui-même.

— Ma mère est morte quand j'avais seize ans, dit-il calmement. Je ne connais rien de pire que cette perte-là.

Rebecca avala sa salive avec difficulté.

— Cela... laisse un vide impossible à combler.

Elle ferma les yeux un bref instant, puis les rouvrit.

— Comment est morte votre mère ?

— Dans la souffrance. Après plusieurs mois d'une grave maladie.

Les pénibles souvenirs de cette période affluaient soudain à sa mémoire. Il s'affaira avec les papiers posés devant lui, pour se donner une contenance.

— J'ai vu beaucoup de bravoure sur les champs de bataille, mais rien qui égalât le courage de ma mère face à la mort.

Physiquement, Kenneth ressemblait surtout à son père. Mais c'est d'Elizabeth Wilding qu'il tenait son caractère. C'était elle qui lui avait appris à dessiner et à regarder le monde avec une curiosité sans cesse renouvelée. Et quoique son mari l'ait aimée, à sa manière, c'était vers son fils qu'elle s'était tournée lorsque la maladie l'avait frappée. Cette année-là, Kenneth s'était brutalement retrouvé projeté dans le monde adulte.

Le chat poussa un miaulement qui tira Kenneth de sa rêverie. Il s'aperçut avec gêne que Rebecca l'observait d'un œil compatissant. Il avait voulu lui témoigner de la sympathie, pas lui révéler ses faiblesses.

Il se leva.

— Votre père m'a montré son agenda. Les exemplaires précédents sont-ils conservés dans cette pièce ? Leur consultation pourrait m'aider à mieux comprendre comment tourne son emploi du temps.

— Vous demanderez à mon père. Je ne sais pas où il les range. À tout à l'heure, capitaine, lança-t-elle avant de quitter le bureau.

Kenneth la regarda sortir. Son instinct ne l'avait pas trompé : Rebecca Seaton ne lui apporterait que des ennuis.

Rebecca prit la direction de la cuisine. Tout en marchant, elle caressait Grison, pour se réconforter. Évoquer la disparition d'Helen l'avait bouleversée. Et le chagrin du capitaine Wilding relatant la mort de sa propre mère n'avait rien arrangé. Toutefois, Rebecca avait découvert à cette occasion un aspect inattendu du capitaine. Pour la première fois, le soldat un peu abrupt avait laissé entrevoir l'enfant sensible qu'il avait dû être autrefois.

Plus elle le connaissait et plus il l'intriguait. Si au premier abord il lui avait paru dur et intelligent, elle s'était vite aperçue qu'il était aussi tolérant et non dépourvu de sagesse. C'était volontairement qu'elle lui avait parlé de sa réputation détruite. Et, à sa grande surprise, il n'avait manifesté ni réprobation ni curiosité malsaine.

Après avoir nourri son chat, elle remonta dans son atelier. Il lui restait une bonne demi-heure avant de s'habiller pour dîner et elle comptait mettre ce temps à profit pour esquisser un dessin ou deux du capitaine.

6

À la fin de sa première semaine passée chez les Seaton, Kenneth rendit visite à lord Bowden pour lui faire son rapport. Dès qu'il fut introduit dans le bureau de Bowden, celui-ci replia son journal et lui désigna un siège.

— Bonjour, lord Kimball. Quelles sont les nouvelles ?

Kenneth s'installa dans son fauteuil en observant attentivement son hôte. La ressemblance physique avec sir Anthony était frappante, mais le peintre affichait une vitalité et une fougue qui le faisaient paraître beaucoup plus jeune que les deux petites années qui le séparaient de son aîné.

— Pas grand-chose d'intéressant, j'en ai peur. Mon enquête s'annonce très longue.

Il expliqua brièvement pourquoi les domestiques étaient tous entrés récemment dans la maison et comment lui-même avait surtout été absorbé, depuis son arrivée, par le rattrapage de tout le secrétariat en retard.

— Sir Anthony tient un agenda très détaillé, précisa-t-il. Je comptais consulter celui de l'année dernière pour étudier son emploi du temps à l'époque de la mort de sa femme. Malheureusement, j'ai appris que le carnet en question était resté dans leur maison de campagne. Il me faudra donc attendre la belle saison pour avoir une chance d'y jeter un coup d'œil.

À condition que sir Anthony veuille bien m'emmener avec lui en villégiature.

Bowden fronça les sourcils.

— J'espère que vous aurez obtenu des résultats tangibles d'ici là.

— Je l'espère également. J'ai fait la connaissance des amis les plus proches de sir Anthony et je compte les questionner à son sujet dès que je serai devenu plus familier avec eux. J'ai par ailleurs l'intention d'interroger le secrétaire qui m'a précédé, Tom Morley.

— Rien de plus facile.

Bowden s'empara d'une plume et d'une feuille de papier pour griffonner une adresse, avant d'ajouter :

— Morley est maintenant l'assistant parlementaire d'un député de mes amis.

Kenneth prit le papier avec un hochement de tête entendu.

— Je parierais que vous aviez tout arrangé. Ce n'est pas un hasard, n'est-ce pas, si cette place de secrétaire s'est miraculeusement libérée ?

— Je m'étais laissé dire que Morley nourrissait des ambitions politiques, confessa Bowden. Je me suis donc débrouillé pour lui offrir une situation à la hauteur de ses prétentions. Mais dites-moi, maintenant : à défaut d'avoir recueilli des indices concrets, quelle est votre première impression ?

Kenneth réfléchit un instant avant de répondre :

— La mort de lady Seaton est comme une blessure ouverte que personne ne veut reconnaître. Pas une seule fois sir Anthony n'a prononcé le nom de sa femme devant moi et cependant, je l'ai souvent surpris à jeter un coup d'œil furtif à son portrait accroché dans le bureau. Quant à sa fille, c'est à peine si elle supporte d'évoquer la disparition de sa mère. Mais je n'arrive pas, pour l'instant, à savoir exactement ce qu'ils pensent. En revanche, je me pose une question : lady Claxton est-elle la maîtresse que sir

Anthony voulait épouser d'après la rumeur ? En tout cas, leur liaison est pour le moins discrète.

— Lavinia Claxton ? s'esclaffa Bowden. Elle a la réputation de dispenser généreusement ses charmes. Toutefois, je jurerais que c'est pour une autre femme que mon frère a tué Helen. Mais je n'ai pas pu découvrir son identité. Comme vous l'avez constaté, Anthony est très discret sur sa vie privée.

Kenneth médita les propos de son hôte. À supposer que sir Anthony aime une femme au point de tuer pour elle, il semblait pour le moins bizarre qu'il courtise maintenant Lavinia. Pourquoi et comment s'était terminée sa liaison avec sa précédente maîtresse ? Celle-ci avait-elle seulement existé ?

— À quoi ressemble ma nièce ? demanda soudain Bowden.

Kenneth éprouvait quelque réticence à parler de Rebecca.

— Je vois très peu Mlle Seaton, sauf au dîner. Elle passe la majeure partie de ses journées dans son atelier. Saviez-vous qu'elle peignait, elle aussi ?

Bowden écarquilla les yeux.

— Je l'ignorais totalement. Mais ça explique peut-être son immoralité. Les artistes ont toujours un peu tendance à se sentir au-dessus des lois de Dieu et des hommes.

Kenneth s'efforça de rester flegmatique.

— Mlle Seaton a pu commettre une erreur de jeunesse, mais son comportement me paraît à présent irréprochable.

— Renseignez-vous bien, rétorqua Bowden, obstiné. Je suis sûr que des ragots remonteront jusqu'à vos oreilles. Et j'espère que la semaine prochaine vous en aurez plus à me raconter.

— Je crois que c'est une erreur de nous rencontrer chaque semaine, fit remarquer Kenneth. Vous risquez d'être irrité de voir que je progresse trop lentement, et votre impatience me pèsera.

Bowden s'assombrit, mais finit par capituler.

— Vous avez sans doute raison. J'insiste cependant pour vous voir au moins une fois par mois.

— D'accord, accepta Kenneth. Mais nos prochaines entrevues ne devront pas avoir lieu ici. Vous habitez trop près de sir Anthony. Si jamais il apprenait qu'on m'a vu sortir de chez vous, il me renverrait sur l'heure. Pour la même raison, ne m'écrivez pas à l'adresse de votre frère, ajouta-t-il en griffonnant à son tour quelques mots sur un bout de papier : Voici la boîte postale dont je me sers pour recevoir mon courrier. Je le relève plusieurs fois par semaine.

Bowden glissa le morceau de papier dans un tiroir.

— Maintenant que vous êtes bien installé dans la maison, les choses iront peut-être plus vite ?

— C'est possible, mais j'en doute. Je crains plutôt que cette enquête ne demande beaucoup plus de temps que prévu, conclut Kenneth en se levant.

De retour dans le hall, il s'effaça lorsque le majordome ouvrit la porte pour laisser entrer une dame. À la façon dont le domestique l'accueillit, Kenneth en déduisit qu'il s'agissait de la maîtresse de maison. Ainsi donc, Bowden s'était finalement marié. Peut-être uniquement pour empêcher son frère détesté d'hériter du titre après sa mort.

Lady Bowden le salua d'un bref signe de tête avant de se diriger vers l'escalier. Kenneth se demandait quelle sorte de lien pouvait l'unir à Bowden alors que celui-ci restait obsédé par son ancienne fiancée.

Sur le chemin du retour, il songea que sa position de secrétaire n'était finalement pas désagréable. Sir Anthony et Rebecca étaient si absorbés par leurs toiles qu'ils ne se mêlaient pas de son travail, dès lors que celui-ci était fait correctement.

Par ailleurs, Kenneth avait parfaitement assis son autorité sur les domestiques. Il avait renvoyé une des servantes qu'il jugeait trop insolente et engagé un majordome, Minton, qui était une vraie perle.

Au fond, Kenneth n'avait qu'un seul regret : il voyait trop peu Rebecca. Après leur conversation, le jour de son arrivée, il croyait avoir gagné sa confiance mais, ainsi qu'il l'avait expliqué à lord Bowden, il ne la croisait jamais qu'au dîner. Et comme les Seaton invitaient souvent des amis à leur table, toute conversation sérieuse était rendue impossible. D'autant qu'elle prétextait toujours une occupation pour s'éclipser aussitôt le repas terminé.

Une ou deux fois, il s'était demandé si elle ne l'évitait pas volontairement, avant de conclure qu'elle avait simplement d'autres centres d'intérêt. Ayant accepté Kenneth comme secrétaire de son père, elle ne lui prêtait maintenant pas plus d'attention qu'à l'un des meubles de la maison. Il devrait donc trouver des prétextes pour lui parler seul à seule.

Le problème était qu'il ne désirait pas seulement voir Rebecca pour les besoins de son enquête. Il brûlait d'en apprendre plus sur elle, sur la manière dont elle peignait, sa sensibilité... Mais il craignait de la décevoir. Si jamais son père était reconnu coupable de meurtre, Rebecca découvrirait que Kenneth s'était introduit chez eux avec un objectif bien précis. Il n'osait imaginer quelle serait alors sa réaction.

Il fit un petit détour par le bureau de poste et trouva une lettre dans sa boîte. Il la décacheta rapidement en reconnaissant l'écriture de sa sœur. Elle répondait déjà au petit mot qu'il lui avait envoyé.

Mon cher Kenneth,

Je suis ravie d'apprendre que tu te plais dans ton nouveau travail. Ici aussi, tout se passe très bien – grâce à ton ami, le lieutenant Davidson. Son sens de l'humour fait merveille. Olivia et moi l'aimons beaucoup.

Son bras gauche mutilé fait que je ne me sens pas du tout mal à l'aise avec lui à cause de mon pied, comme je le suis habituellement avec des étrangers. Chaque matin, nous inspectons ensemble le domaine. Il a plein d'idées pour développer les cultures sans investir trop d'argent. Les métayers sont très impressionnés par ses compétences. Sutterton s'est déjà métamorphosé…

Beth poursuivait sa lettre en décrivant en détail les projets de Davidson. Apparemment, ses connaissances en agriculture étaient bien supérieures à celles de Kenneth. S'il arrivait à garder Sutterton, il proposerait à Jack de rester à leur service.

Il replia la lettre et la glissa dans sa poche de manteau. Beth semblait si heureuse qu'il se sentait beaucoup moins coupable de l'avoir abandonnée. Mais sa bonne humeur le quitta dès qu'il sortit du bureau de poste. Même s'il avait accepté la proposition de lord Bowden dans l'espoir de sauver le domaine familial, cela n'empêchait pas qu'il détestait de plus en plus ce qu'il faisait.

Sitôt que Rebecca eut poussé la porte de l'atelier paternel, elle devina qu'une crise se préparait. Dans le monde, sir Anthony passait pour un gentleman au caractère toujours égal. Seuls ses proches savaient à quels emportements le poussait parfois son tempérament d'artiste.

Lorsqu'elle était petite, Rebecca avait un jour représenté son père sous la forme d'un volcan au bord de l'éruption. Il en avait beaucoup ri quand elle lui avait montré son dessin. Chaque fois que sir Anthony butait sur un projet auquel il tenait, le volcan grondait. Rebecca tâchait alors de se tenir à l'écart.

L'allure de son père était toujours un bon indicateur de ses humeurs. D'ordinaire, il était d'une élégance parfaite, comme s'il s'apprêtait à rejoindre son club. Mais ce jour-là, sa veste traînait en boule par terre, il avait relevé ses manches de chemise et ses cheveux étaient tout ébouriffés. Autant de signes qui firent comprendre à Rebecca qu'elle aurait dû s'esquiver avant qu'il ne remarque sa présence.

Mais il était trop tard. Son père reposa sa palette et son pinceau et se tourna vers elle :

— Où diable est passé Wilding? tonna-t-il.

Rebecca pénétra dans l'atelier, résignée.

— Je crois qu'il est sorti, dit-elle.

C'était une simple déduction. Elle n'avait pas vu le capitaine s'en aller, mais elle avait remarqué que la maison était différente quand il était là. Comme s'il communiquait son énergie aux murs.

— Qu'est-ce qui ne va pas avec ce tableau? bougonna son père en jetant un œil noir à son travail.

Rebecca fit quelques pas dans la pièce et examina la toile.

C'était la dernière de la série consacrée à Waterloo. Elle montrait le duc de Wellington à cheval, commandant à ses troupes de donner l'assaut final contre Napoléon. La figure héroïque du vainqueur de la bataille dominait tout le tableau.

D'un point de vue purement technique, c'était une œuvre magnifique, toutefois Rebecca comprenait l'irritation de son père. Bizarrement, la scène manquait d'âme. Et elle ne voyait pas comment remédier à ce défaut. Cependant, son père attendait une réponse.

— Il n'y a rien de vraiment raté, risqua-t-elle. La composition est très équilibrée et…

— Bien sûr, qu'elle est équilibrée! rétorqua son père, exaspéré. Mais ce n'est pas un grand tableau. Tout juste une œuvre passable. Wilding pourrait peut-être me dire ce qui ne va pas, si seulement il était là! Pourquoi a-t-il disparu?

— Je suis sûre qu'il ne va pas tarder, le rassura Rebecca, qui sauta sur l'occasion pour s'éclipser en lançant : Je vais prévenir les domestiques de t'envoyer le capitaine dès son retour.

Mais alors qu'elle s'approchait de la porte, celle-ci s'ouvrit, livrant le passage à Wilding. Il salua Rebecca de la tête et déposa un paquet sur la table.

— Voici les pigments que vous aviez commandés, sir Anthony. Comme je passais devant la boutique du coloriste, j'en ai profité pour les récupérer.

Tout à coup, Rebecca n'avait plus envie de partir. Elle dévisageait le capitaine en se demandant pourquoi il dégageait une telle autorité. Sa stature y était sans doute pour quelque chose, mais pas seulement.

— Où étiez-vous passé ? demanda froidement sir Anthony.

— J'ai rendu visite à plusieurs cavistes. Vous m'avez dit hier ne pas être satisfait du vôtre. Je pense en avoir trouvé un meilleur.

— Je suppose que vous en avez profité pour vous rincer la dalle, vu le temps que vous avez mis ? ironisa sir Anthony.

— J'ai en effet goûté quelques bouteilles, mais je ne suis pas ivre, répliqua le capitaine, refusant de mordre à l'appât. Excusez-moi d'avoir tardé, mais j'ignorais que vous aviez besoin de moi.

Seaton lança un tube de peinture blanche à la tête de son secrétaire.

— Vous devriez toujours être là quand j'ai besoin de vous !

Wilding se pencha juste à temps pour éviter le projectile, qui vint s'écraser contre la porte dans une grande éclaboussure blanche. Sir Anthony, qui avait perdu tout contrôle de lui-même, commença à envoyer à travers la pièce tout ce qui lui tombait sous la main. Même sa fille faillit recevoir une palette en pleine figure.

Affolée, Rebecca allait s'accroupir derrière un canapé pour se protéger quand Wilding traversa la pièce et attrapa brutalement son père par le bras.

— Vous pouvez détruire tout votre atelier si ça vous chante, mais je vous interdis d'envoyer des objets au visage d'une dame.

Seaton tenta de se dégager.

— Ce n'est pas une dame. C'est ma fille !

Le capitaine resserra son étreinte.

— Raison de plus pour vous contrôler.

Les deux hommes se faisaient face, sir Anthony des étincelles dans le regard et le capitaine Wilding aussi solide qu'un roc. La scène évoqua brièvement à Rebecca la foudre frappant sans succès une montagne.

Sir Anthony leva le bras gauche et, l'espace d'un instant, la jeune femme crut qu'il allait l'abattre sur le capitaine. Et puis, dans un de ces revirements d'humeur qui le caractérisaient, il laissa finalement retomber son bras.

— Bon sang ! vous avez raison, grommela-t-il.

Il jeta un coup d'œil à sa fille.

— Je ne t'ai jamais frappée, n'est-ce pas ?

Rebecca se détendit.

— Uniquement avec des tubes de peinture, répondit-elle sur un ton qui se voulait léger. Et fort heureusement, tu vises très mal.

Le capitaine relâcha son père, mais il restait sur ses gardes. Son regard gris avait pris l'éclat du silex.

— Êtes-vous coutumier de ce genre de débordements, sir Anthony ?

— Coutumier, non. Mais je dois reconnaître que cela m'arrive de temps à autre. D'ailleurs, le mobilier de cette pièce a été choisi pour sa facilité d'entretien.

— Très amusant, commenta Wilding. En attendant, vous devez des excuses à votre fille.

Sir Anthony tressaillit, offensé qu'un employé ose lui dicter sa conduite.

— Rebecca ne prend pas mes colères au sérieux.
— Non ? Alors pourquoi est-elle aussi pâle ?
Son père se tourna vers elle, interloqué.
— Cela te bouleverse à ce point, ma chérie ?
Rebecca aurait volontiers menti, pour apaiser la conscience de son père. Mais c'était impossible en présence de Wilding, qui ne s'en laisserait pas conter.
— Tes colères ne passent pas inaperçues, admit-elle, mal à l'aise. Quand j'étais petite, j'avais toujours l'impression que le ciel allait me tomber sur la tête.
Son père soupira lourdement.
— Je suis navré, Rebecca. Je ne savais pas. Ta mère...
Il s'arrêta au milieu de sa phrase, mais Rebecca devina ce qu'il avait voulu dire. Sa mère ne se laissait jamais intimider par les colères de son mari, car elle-même était également d'un tempérament explosif. Rebecca se souvenait qu'elle trouvait refuge sous son lit quand leurs disputes ébranlaient la maison.
— Mon père n'était pas content de son travail, expliqua-t-elle au capitaine, pour faire diversion. Il espérait que vous pourriez lui donner d'utiles conseils. C'est le dernier tableau de sa série sur Waterloo. Wellington a posé en personne.
Wilding pivota et considéra la toile.
— Wellington donnant le signal de l'attaque... murmura-t-il. Plutôt troublant de revoir cette scène.
— Parce que vous y avez réellement assisté ? voulut savoir Rebecca.
— Oui, répondit-il sobrement. Encore que je me trouvais assez loin.
Après avoir longuement étudié la toile, il demanda :
— Quel est votre objectif, sir Anthony ? Idéaliser le portrait d'un héros, ou rendre la bataille réaliste ?
L'artiste réfléchit un moment à sa question.
— Wellington est un grand homme, et c'est cet aspect de sa personne que je veux mettre en avant,

dit-il enfin. J'aimerais que ce tableau impressionne durablement les mémoires et que dans deux siècles, les gens parlent encore du Wellington peint par Seaton.

— Votre composition est peut-être un peu trop classique pour créer cette impression, observa le capitaine. Le duc et son cheval paraissent aussi frais et dispos que s'ils paradaient dans Londres. Waterloo, ce n'était pas ça. La bataille avait commencé le matin sur un terrain détrempé, et quand Wellington a donné l'ordre de l'assaut final, ses troupes étaient épuisées et couvertes de boue. Lui-même, d'où je le voyais, portait les marques d'une grande fatigue.

— Qu'exprimait son visage ? demanda sir Anthony.

Wilding réfléchit un moment, avant de répondre :

— Le soleil était bas dans le ciel et ses rayons venaient frapper son visage. Son expression est difficile à décrire, souvenez-vous seulement qu'il attendait ce moment depuis des années. Un enchaînement heureux de circonstances mettait tout à coup la victoire à portée de sa main, mais il avait déjà perdu plusieurs amis dans la bataille.

— J'ai été stupide de peindre le duc comme il posait dans mon atelier, marmonna sir Anthony plus pour lui-même que pour son auditoire. J'aurais dû essayer de me le représenter à ce moment crucial.

Et s'adressant au capitaine, il ajouta :

— Avez-vous d'autres commentaires ?

Wilding désigna les soldats qui se trouvaient au second plan.

— Ces fantassins sont aussi visibles que par une claire journée de printemps. C'est une erreur. Le champ de bataille était noyé dans la fumée des canons et des fusils.

Sir Anthony plissa les yeux, songeur, tandis qu'il examinait la toile.

— Je pourrai facilement remédier à cela. Mais Wellington est la clé du tableau. Il faut que j'arrive à montrer sa détermination.

Le capitaine se tourna vers Rebecca.

— Où sont les autres toiles de la série, à part celle que j'ai vue dans la salle à manger ?

Elle ouvrit un porte-folio dont elle tira deux esquisses.

— Les tableaux ne sont plus dans cette pièce, mais ces dessins en donnent une idée précise.

Wilding s'approcha et regarda par-dessus son épaule. Rebecca avait une conscience aiguë de la chaleur que dégageait son corps tout proche. Cet homme avait connu l'enfer de Waterloo et en avait réchappé. Comme Wellington.

— Ce premier dessin est une vue d'ensemble qui montre les deux armées face à face avant le début des combats, expliqua-t-elle. Où vous trouviez-vous ?

Il désigna un point sur la gauche.

— Par là.

— Pour moi, ce qui fait la force de cette scène, ce sont ces deux soldats qu'on aperçoit à l'arrière-plan, expliqua Rebecca en pointant du doigt un jeune enseigne et un sergent plus aguerri gardant les couleurs de leur régiment.

L'Union Jack qui flottait au-dessus de leurs têtes semblait défier l'armée française tout entière.

— C'est toujours un détail qui nous remue, dit-il d'un air songeur. Le jeune enseigne assiste sans doute à sa première bataille et il se demande s'il ne flanchera pas. Et son aîné, qui a traversé bien des guerres, aimerait savoir si la chance va continuer de lui sourire. Ils sont aussi émouvants l'un que l'autre.

À sa voix, Rebecca comprit qu'il avait été tour à tour ces deux hommes au cours de sa carrière militaire. Jeune soldat, il avait dû puiser en lui le courage nécessaire pour tenir bon, et c'est la chance qui lui avait ensuite permis de rester en vie. Les champs de bataille lui avaient forgé le caractère et avaient fait de lui ce qu'il était aujourd'hui. Cet homme était différent de tous ceux qu'elle avait pu connaître, et cette différence la fascinait. Elle aurait voulu s'appuyer contre lui pour absorber un peu de sa force guerrière et de sa détermination.

La bouche sèche, elle commenta le second dessin :

— Il représente la prise d'Hougomont. Papa a choisi le moment où les portes du château viennent de céder sous les coups des assaillants. Il voulait montrer une lutte au corps à corps.

— Le soldat dans ce qu'il a de plus primaire. Cette toile est le parfait pendant de *La Charge de la cavalerie*.

Rebecca hocha la tête, impressionnée. Wilding n'était pas seulement un guerrier. Il comprenait tout à l'art.

Sir Anthony s'était rapproché d'eux.

— Pensez-vous que mon travail résume assez bien l'histoire de Waterloo, capitaine ?

Au grand soulagement de Rebecca, Wilding s'écarta d'elle.

— Autant que peuvent le faire quatre tableaux, répondit-il.

— Je sens une réserve dans votre voix, nota sir Anthony. Manque-t-il quelque chose ?

— Si j'étais vous, risqua Wilding, je peindrais deux autres toiles. La première montrant Wellington accueillant Blücher et lui serrant la main. N'oubliez pas que sans l'arrivée des Prussiens, le sort de la bataille n'aurait pas été le même.

— Hmm. Vous n'avez pas tort, concéda sir Anthony. Et la seconde toile ?

— Montrez le prix de la victoire. Montrez des soldats épuisés et blessés, dormant autour d'un feu de camp, et derrière eux, dans l'ombre, ceux qui ne se relèveront jamais. Français ou Anglais. Tous unis dans la mort.

Il y eut un long silence.

— Je vais réfléchir à vos suggestions, répondit finalement sir Anthony. Y réfléchir très sérieusement, même.

Rebecca n'était pas la moins émue. Elle éprouvait tout à coup le désir irrépressible de capturer le capitaine dans ce qui faisait son essence. Oubliant toute convenance, elle s'approcha de lui et laissa courir son doigt sur la cicatrice qui lui barrait la joue.

— Je me rends, capitaine. Il faut absolument que je fasse votre portrait.

7

Kenneth n'aurait su dire ce qui l'avait le plus désarçonné, du geste ou des paroles de Rebecca.

— Je vous demande pardon ?

— J'ai envie de vous prendre pour modèle depuis que vous êtres entré dans cette maison. Vous êtes trop irrésistible.

Venant dc n'importe quelle autre femme, ces propos auraient pu prêter à confusion. Mais pas de la part de Rebecca Seaton, dont le jugement était purement artistique.

Avant que Kenneth ait pu répondre, elle s'était tournée vers son père :

— Cela t'ennuierait-il que je t'emprunte le capitaine une heure ou deux par jour ?

Sir Anthony sourit.

— Je comprends ton désir. Du reste, j'avais moi-même songé à peindre Kenneth. Il ferait un magnifique sergent à Waterloo. Mais tu peux le prendre en premier, s'il est d'accord.

— Êtes-vous d'accord, capitaine ? lui demanda alors Rebecca.

Kenneth était un peu embarrassé, mais puisqu'il cherchait désespérément le moyen de passer quelques moments en privé avec Rebecca, il ne pouvait laisser passer cette occasion qui lui était offerte sur un plateau.

— Vos désirs sont des ordres, mademoiselle Seaton.

— Dans ce cas, suivez-moi dans mon atelier.

— Donnez-moi cinq minutes. Je vais demander à Betsy de nettoyer tout cela, dit-il en désignant la pièce en désordre.

— Assurez-vous qu'elle le fera en silence, ordonna sir Anthony, qui s'était emparé d'une feuille de papier et d'un pastel et recommençait déjà à dessiner.

Kenneth ouvrit la porte et s'effaça pour laisser sortir Rebecca. Comme elle passait devant lui, il ne put s'empêcher d'admirer sa chevelure aux reflets flamboyants.

Pour la centième fois depuis son arrivée à Seaton House, il se répéta qu'il était ici pour un travail bien précis, et que rien ne devait l'en distraire. Il se rendit à l'office, envoya Betsy nettoyer l'atelier de sir Anthony en lui recommandant la plus grande discrétion, puis grimpa rejoindre Rebecca dans son atelier.

Il frappa à la porte avant d'entrer et attendit, pour pousser le battant, que la jeune femme l'y ait invité. C'était la première fois qu'il pénétrait dans cette pièce, et il la découvrit avec curiosité. Autant l'atelier de sir Anthony était apprêté à la manière d'un vrai salon, autant celui de sa fille se signalait par son dépouillement. Les murs avaient été simplement badigeonnés à la chaux, sans doute pour gagner en luminosité. Les meubles étaient rares. En revanche, il y avait des tableaux partout.

Rebecca s'était lovée dans un grand fauteuil, un carnet à dessin posé sur ses genoux et un crayon à la main. Elle lui fit signe de prendre le siège en face d'elle.

— Mettez-vous à l'aise, capitaine. Aujourd'hui, je ne ferai que quelques esquisses. Il me faut un peu de temps pour décider dans quelle pose je souhaite vous peindre.

— Si nous devons nous voir en tête à tête tous les jours, vous feriez aussi bien de m'appeler Kenneth, proposa-t-il, alors qu'il s'installait dans le fauteuil.

Elle sourit furtivement.

— En échange, vous m'appellerez Rebecca.

Les yeux noisette mouchetés de vert qui le fixaient rappelaient à Kenneth ceux d'un félin.

— Je n'ai encore jamais posé pour un peintre. Que dois-je faire ?

— Pour l'instant, vous détendre et essayer de ne pas bouger la tête.

Tandis qu'elle dessinait, Kenneth laissa errer son regard sur les tableaux qui l'entouraient. Le style de Rebecca n'avait rien à envier à celui de son père pour la précision du trait, mais il s'en dégageait une émotion particulière. Nombre de ses œuvres représentaient des femmes de légende. Kenneth fut surtout impressionné par une *Diane chasseresse* toute en majesté.

— Avez-vous déjà été cxposée à l'Académie ?

— Jamais, répondit-elle, sans lever les yeux de sa feuille.

— Vous devriez leur soumettre votre travail. Ne serait-ce que pour leur montrer ce qu'une femme est capable de faire.

— Je n'ai rien à prouver, répliqua-t-elle froidement.

Il y eut un long silence, brisé seulement par le crissement du crayon sur le papier. Après avoir contemplé les toiles, Kenneth reporta son attention sur Rebecca. Elle avait des poignets délicats, presque fragiles, et cependant on sentait une vraie force courir dans ses doigts. Ses jambes croisées avaient fait légèrement remonter sa robe qui découvrait des chevilles aussi fines que les poignets.

Bien que Rebecca n'eût pas les courbes voluptueuses de Maria, elle n'en était pas moins sensuelle. Le regard de Kenneth suivit la ligne de son cou dont la peau laiteuse contrastait délicieusement avec ses boucles flamboyantes. Il se demanda comment elle réagirait s'il l'embrassait à cet endroit, avant de conclure qu'elle lui ordonnerait probablement de se rasseoir pour qu'elle puisse finir son croquis.

Tout à coup, l'atmosphère de la pièce lui parut suffocante, et le petit feu qui brûlait dans la cheminée n'y était pour rien. Détourner le regard de la jeune femme ne lui fut d'aucune aide. Il était si conscient de sa présence qu'elle aurait pu tout aussi bien être assise sur ses genoux. Le subtil parfum aux senteurs de rose qu'elle exhalait lui effleura les narines et il ne put s'empêcher de se demander à quoi Rebecca Seaton ressemblerait si elle ne portait rien d'autre que deux ou trois gouttes de ce parfum. Kenneth sentit son pouls s'emballer à cette perspective.

Il jura intérieurement. Son immobilité forcée expliquait sans doute que son imagination s'égare ainsi. Sans compter que cela faisait maintenant plusieurs mois qu'il n'avait pas couché avec une femme. S'il ne voulait pas perdre complètement son sang-froid, mieux valait trouver tout de suite une diversion.

— Les colères de sir Anthony sont très impressionnantes, dit-il, pour briser le silence. Je comprends qu'elles vous fassent peur.

— Je n'avais pas peur, rectifia-t-elle aussitôt. Papa ne ferait pas de mal à une mouche. Mais j'ai horreur des cris et des objets qui volent à travers les pièces.

Sa confiance en son père était touchante, cependant la scène de tout à l'heure avait convaincu Kenneth que sir Anthony pouvait se montrer capable des pires débordements. Et rien n'interdisait de penser que lady Seaton ait pu être victime d'un de ses accès de fureur. Surtout si elle avait provoqué son mari sur un sujet sensible – sa maîtresse, par exemple. Mais lady Seaton aurait-elle seulement osé aborder ce sujet avec son mari ? Kenneth avait besoin d'en savoir plus sur elle et il jugea le moment opportun.

— Votre mère appréciait-elle de vivre entourée d'artistes... extravagants ?

— Elle adorait cela, répondit Rebecca, qui n'avait toujours pas levé les yeux de son travail. Certains l'appelaient la reine des arts. Tous les pauvres artistes de la ville savaient qu'ils pouvaient toujours compter sur elle pour ne pas mourir de faim.

— Et la remerciaient-ils ?

— Bien sûr. En lui donnant certaines de leurs œuvres. Qui n'étaient pas toujours du meilleur goût, hélas ! Un artiste incompris n'est pas forcément un génie.

— Je devine maintenant la provenance de cet horrible paysage accroché dans ma chambre !

— Si vous ne le supportez plus, on le remplacera par autre chose. Ce ne sont pas les tableaux qui manquent dans cette maison.

— Me prêteriez-vous un des vôtres ? *Diane chasseresse*, par exemple... ?

— Si vous y tenez, répliqua-t-elle, en même temps qu'elle arrachait une feuille de son carnet et la posait par terre, pour commencer aussitôt un autre dessin.

— Cela vous embête si je fais une pause ? demanda Kenneth. Je n'ai pas l'habitude de rester immobile aussi longtemps.

— Oh, mais bien entendu ! Excusez-moi, fit-elle avec un sourire contrit. Quand je travaille, je ne vois pas le temps passer. Voulez-vous du thé ? J'ai l'habitude d'en boire à cette heure.

— Volontiers.

Kenneth se leva et s'étira, tandis que Rebecca se dirigeait vers la cheminée pour y faire chauffer l'eau qui se trouvait déjà dans la bouilloire.

— Mon père a raison, dit-elle soudain en se tournant vers lui. Vous feriez un merveilleux sergent pour ses tableaux.

— Cela tombe bien, avant d'être capitaine, j'étais sergent.

— Vous, un simple sergent ?

— En fait, je me suis engagé à dix-huit ans, comme simple soldat…

— … Mais vous êtes monté en grade pour faits d'armes glorieux, termina-t-elle à sa place. C'est toujours ainsi que cela se passe, non ?

Il sourit.

— En partie, oui. Mais je crois aussi que la chance a joué en ma faveur.

— Vous êtes un homme décidément surprenant, capitaine. À votre manière de parler, j'aurais parié que vous étiez…

Elle s'interrompit, embarrassée.

— Un gentleman, fit-il, pour lui venir en aide.

Elle baissa les yeux.

— Excusez-moi. Vous êtes bien sûr un gentleman. Et c'est tout à votre honneur d'avoir su gagner un grade qui échoit d'habitude aux privilégiés de naissance.

— En réalité, ma naissance est tout à fait honorable, mais je me suis brouillé avec mon père, et je me suis engagé parce que j'avais quitté la maison.

— Et quelle était la cause de cette brouille ?

Les choses ne se passaient pas exactement comme Kenneth les avait prévues. Il était venu dans l'intention d'en savoir plus sur Rebecca. Pourquoi les rôles s'étaient-ils soudain inversés ?

— Un an après la mort de ma mère, mon père s'est remarié avec une jeune fille de dix-sept ans. Nous… ne nous entendions pas très bien.

— J'imagine que c'était de toute façon difficile d'accepter une belle-mère aussi peu de temps après la mort de votre mère, commenta Rebecca avec sympathie. Et le fait qu'elle avait votre âge a dû vous paraître indécent

« Plus qu'indécent », songea-t-il, ressentant à nouveau la colère et le dégoût qui avaient été les siens à l'époque.

— Ce n'était pas une personne particulièrement sympathique, et mon père était très amoureux. Je ne me voyais pas rester sous le même toit qu'eux, expliqua Kenneth, qui en profita pour faire dévier la conversation : Quelle serait votre réaction, si jamais votre père décidait de se remarier ?

Elle parut sincèrement surprise, comme si elle n'avait même pas considéré cette éventualité.

— Cela dépendrait de la personne qu'il épouserait, répondit-elle, sans enthousiasme. J'attendrais de voir.

— Lavinia ne pourrait-elle devenir la prochaine lady Seaton ?

Rebecca retira la théière du feu.

— J'en doute fort. Je crois qu'elle est trop attachée à sa liberté de veuve pour y renoncer. Cela dit, il n'est effectivement pas exclu que papa se remarie un jour ou l'autre. Il a besoin d'une femme pour le dorloter. Mais puisque vous vous intéressez à Lavinia, vous avez un portrait d'elle juste derrière vous.

Kenneth se retourna et chercha parmi les toiles posées contre le mur. Il n'eut pas de mal à reconnaître lady Claxton dans cette figure de Romaine allongée sur un sofa, le regard à la fois lascif et dominateur.

— Laissez-moi deviner : vous l'avez représentée en Messaline, n'est-ce pas ?

Rebecca s'esclaffa.

— Non, en Aspasie, qui était réputée pour être la plus belle courtisane athénienne. Du reste, j'ai peint Lavinia plusieurs fois. Elle adore poser.

Mais elle ne briguait pas d'épouser sir Anthony – si Rebecca disait vrai. Dans ce cas, qui était la maîtresse qui aurait pu être la cause de la mort de lady Seaton ? Kenneth jugea plus sage de ne pas pousser plus loin son investigation pour l'instant. Il avait déjà posé assez de questions comme cela.

Pendant que la jeune femme servait le thé, il continua de musarder dans l'atelier, s'intéressant aux toiles qu'il n'avait pas encore vues. Il aperçut Grison, qui dormait tranquillement sur un coussin, dans un coin. En le sentant approcher, le chat ouvrit un instant les yeux, puis reprit tranquillement sa sieste.

— C'est prêt, l'appela Rebecca.

Elle posa sur un guéridon un plateau sur lequel se trouvaient la théière, les tasses, le lait, le sucre et une boîte en fer contenant des petits cakes aux raisins. Kenneth était surpris de la voir pour la première fois dans ce rôle très féminin, tout en songeant que cela lui allait bien. Depuis qu'il avait accepté de poser pour elle, leur relation s'était modifiée. À présent, il la sentait beaucoup plus à l'aise avec lui. Il aurait dû s'en réjouir, puisque c'était précisément ce qu'il cherchait. Mais il ne pouvait s'empêcher d'éprouver de la culpabilité.

Cependant, ses années de guerre lui avaient appris à savourer l'instant présent. Ce qu'il fit, devant sa tasse de thé et son gâteau, lequel se révéla délicieux. Rebecca en offrit quelques miettes au chat, qui s'était opportunément réveillé de sa sieste.

— Préparez-vous vous-même vos pigments ? voulut savoir Kenneth.

— Oui, et même ceux de mon père que le coloriste ne peut lui fournir.

Il lui jeta un regard étonné.

— Sir Anthony ne pourrait-il trouver quelqu'un d'autre, pour des tâches aussi matérielles ?

— Sans doute, mais les résultats en pâtiraient certainement. Cela n'a l'air de rien, mais il faut déjà être un peu artiste pour associer les pigments entre eux à la recherche de la couleur parfaite. Une bonne palette est le début d'un bon travail.

Quand elle parlait de sa passion, Rebecca s'animait, devenait aussi sensuelle que sa mère. Kenneth brûlait d'envie de la caresser, de la...

— À quel âge avez-vous commencé à dessiner ? demanda-t-il en détournant le regard.

Elle pouffa.

— D'après la légende familiale, un jour, dans la nursery, j'ai brisé l'œuf à la coque de mon petit-déjeuner pour dessiner sur le mur avec le jaune.

L'image fit rire Kenneth.

— Ainsi donc, vous êtes née artiste. Mais j'imagine que sir Anthony vous a prodigué ses conseils ?

— Pas vraiment. Il était toujours trop occupé. Mais dès que je pouvais échapper à ma nounou, je filais dans son atelier pour le regarder travailler. Puis je me suis procuré mes premiers crayons et maman a veillé à ce que j'aie toujours du papier sous la main, pour éviter que je ne salisse les murs... Parfois, quand elle avait le temps, elle me donnait des leçons.

— Parce que votre mère aussi était artiste ?

Rebecca lui désigna une petite gouache accrochée dans un coin.

— C'est elle qui a fait ce portrait de moi quand j'avais quatre ans.

Le tableau montrait une fillette épanouie et heureuse de vivre, assez éloignée de la femme distante, presque méfiante, que Rebecca était devenue. Kenneth se demanda si son échec amoureux était la cause de ce changement.

— C'est ravissant. Avec deux parents artistes, je ne m'étonne plus que vous ayez un tel talent.

— Maman était douée – en particulier pour marier les couleurs – mais elle n'était pas une vraie artiste. Son mariage l'occupait trop.

Kenneth sentit sa curiosité piquée.

— Que faut-il pour être un vrai artiste ?

— Beaucoup d'égoïsme, répliqua Rebecca, avec un soupçon d'autodérision dans la voix. On doit être convaincu que son travail est ce qu'il y a de plus important au monde et qu'il passe avant tout le reste, y compris sa famille.

Kenneth avait l'impression d'entendre une critique voilée contre son père. Un peintre aussi courtisé que sir Anthony n'avait sans doute pas beaucoup de temps à consacrer à ses proches.

— Un artiste doit toujours être égoïste ?

— Pas vingt-quatre heures sur vingt-quatre, mais très souvent, oui, répondit-elle, tandis que d'un geste gracieux elle repoussait une mèche de cheveux.

En la regardant faire, Kenneth se sentit soudain furieux. Il aurait voulu rencontrer Rebecca dans d'autres circonstances, où elle n'aurait plus été la fille d'un homme suspecté de meurtre et où il aurait été un gentleman aisé plutôt qu'un espion sans le sou. Alors, peut-être, aurait-il pu l'embrasser, et la convaincre de lui rendre son baiser.

Il s'obligea à respirer un grand coup. Sa colère contre l'infortune du destin s'était déjà estompée, mais pas son puissant désir d'attirer la jeune femme dans ses bras. Mû par une impulsion, il lui prit les deux mains et les retourna pour en contempler les paumes.

— Vos mains sont si talentueuses… Quels autres chefs-d'œuvre créeront-elles dans le futur ?

Rebecca frissonna légèrement – mais pas de froid.

— Le talent, quand il existe, est d'abord dans la tête. Le corps ne fait qu'exécuter ce que l'esprit conçoit.

— Quoi qu'il en soit, vous êtes incontestablement douée.

Du bout du doigt, il suivit le relief de sa paume.

— Je me demande s'il est vraiment possible de lire l'avenir dans les lignes de la main. On saurait alors si votre talent vous apportera la célébrité, la fortune ou le bonheur.

Elle retira sa main.

— Un don à lui seul n'apporte rien de tout cela. Le travail est l'unique source de récompense. C'est un rempart contre la solitude, une passion moins dangereuse que l'amour humain.

Kenneth releva la tête et leurs regards se croisèrent. La tension qui, peu à peu, était montée entre eux atteignait maintenant une intensité indicible. Il sentit qu'ils étaient tous deux terriblement vulnérables, et sur le point de commettre un acte sur lequel ils ne pourraient plus revenir.

Craignant que Rebecca ne lise dans ses yeux ce qu'il ressentait, il se leva brusquement.

— Je dois retourner à mon travail. Voulez-vous que je reprenne la pose demain ?

Elle déglutit péniblement.

— Non... plutôt... plutôt après-demain.

Kenneth hocha la tête en signe d'assentiment, et s'en alla. Il se demandait déjà comment il pourrait survivre à une autre séance aussi intime. Rebecca était peut-être la meilleure source d'information sur sa mère, mais Kenneth pressentait qu'il aurait un mal fou à se retenir de la toucher suffisamment longtemps pour découvrir ce qu'il était venu chercher.

Rebecca réussit à rester impassible jusqu'à ce que la porte se fût refermée derrière le capitaine. Après, seulement, elle ferma les yeux et posa sa paume sur sa joue. Là où il l'avait effleurée, elle avait l'impression que sa peau la brûlait.

Le diable emporte cet homme ! De quel droit s'immisçait-il ainsi dans sa vie pour forcer la carapace qui la protégeait depuis si longtemps ? Rebecca était heureuse de gouverner sa vie à sa guise et de se consacrer tout entière à la peinture. Elle n'avait besoin de rien d'autre.

Exhalant un long soupir, la jeune femme se releva pour faire les cent pas dans son atelier. Mais où qu'elle se tournât, elle croyait revoir le capitaine. Pourquoi avait-elle commis l'erreur de l'inviter dans son sanctuaire, alors qu'elle n'y admettait jamais personne ? Du reste, elle ne l'avait pas *invité* : elle l'avait pratiquement tiré par le bras dans l'escalier.

Kenneth l'intriguait un peu plus chaque jour. Son passé militaire contrastait singulièrement avec sa sensibilité artistique. Cet homme était une énigme. À première vue, Rebecca et lui n'avaient rien en commun, et cependant, jamais elle n'avait pris autant de plaisir à converser avec quelqu'un de sa peinture.

Depuis que le capitaine était entré dans sa vie, elle réalisait combien sa solitude était grande. Absorbée par son art, elle n'avait jamais eu d'amis proches. Et ses rares relations l'avaient brutalement laissée tomber après cette aventure stupide avec Frederick, qui lui avait fermé les portes de la bonne société. Les amis de son père lui témoignaient de la gentillesse, mais seuls Lavinia et George, son parrain, lui manifestaient une réelle tendresse. Pour les autres, elle n'était que la fille de sir Anthony.

Il en était de même avec les précédents secrétaires de son père : ils étaient polis et respectueux, mais parce qu'ils considéraient qu'ils ne pouvaient faire autrement. Avec Kenneth, les choses promettaient de changer enfin.

Bien qu'ils fussent très différents l'un de l'autre, il existait une sympathie naturelle entre eux. Sans doute en raison de leur commune solitude. Car Kenneth ne pouvait pas être attiré par elle. Elle n'était pas le genre de femme à inspirer la passion. Frederick avait été amoureux de l'idée de l'amour plus qu'il n'avait été amoureux d'elle.

Mais Kenneth n'était-il pas lui aussi prisonnier de sa fonction ? Rebecca, à présent, se reprochait de lui avoir demandé de poser pour elle. Même si elle ne l'y avait pas obligé, il avait dû estimer qu'il n'avait pas le choix. Il aurait mieux valu, pour eux deux, qu'il se sente le droit de refuser. Mais d'un autre côté, elle se félicitait de l'avoir pour modèle.

Ses pas l'avaient ramenée vers la table où elle avait posé son carnet à croquis. Elle le reprit pour contempler ses esquisses du capitaine. Comment réussirait-elle à capter sa vraie nature ? Peut-être en le peignant dans son uniforme de l'armée ? Non. Elle préférait laisser cela à son père, pour sa série sur Waterloo. En toge romaine, alors ? Cette idée la fit sourire. Ce genre de tenue convenait mieux à une femme qu'à un homme.

Rebecca réfléchit à d'autres compositions, sans en trouver aucune qui la satisfasse. Kenneth Wilding n'avait pas fini d'occuper ses pensées, songea-t-elle sans déplaisir.

8

Kenneth se réveilla en sursaut au milieu de la nuit. Ses cauchemars étaient revenus.

Il avait toujours eu une excellente mémoire visuelle. Il pouvait, par exemple, se souvenir des couleurs précises d'un coucher de soleil ou dessiner le visage de quelqu'un qu'il n'avait vu qu'une fois, durant quelques minutes seulement. Il aurait pu reproduire la paume de Rebecca s'il l'avait voulu. Longtemps, il avait considéré ce don comme une bénédiction. Jusqu'à ce qu'il entre dans l'armée. C'était beaucoup plus agréable de se souvenir d'un coucher de soleil que d'une bataille.

La dernière vision de Maria dansait à nouveau devant ses yeux. L'estomac noué, il se redressa sur son lit et alluma la chandelle sur sa table de chevet. S'efforçant de penser à autre chose, il se rappela comment les yeux de Rebecca se plissaient lorsqu'elle dessinait. Rebecca…

Elle ne se trouvait qu'à quelques mètres de lui. De l'autre côté de la cloison.

Son pouls s'emballa presque aussitôt. Comprenant qu'il ne retrouverait pas le sommeil, il repoussa les couvertures et se leva dans l'intention de faire quelques croquis. Depuis l'adolescence, il trouvait dans le dessin une échappatoire que d'autres allaient chercher dans l'alcool ou le commerce des femmes. Dessiner un paysage paisible et désert l'aidait toujours à se détendre. Après Waterloo, il avait peint des enfants s'amusant à des jeux innocents.

Il ouvrit la penderie et fouilla dans le fond, pour y récupérer son carnet à croquis et ses crayons qu'il avait préféré cacher à la vue des domestiques. Dans la manœuvre, sa main effleura un objet métallique. Kenneth le sortit et s'aperçut qu'il s'agissait d'un étui à cigarettes, gravé au nom de son propriétaire : « Thomas J. Morley ».

Jolie trouvaille. Lui qui cherchait justement un motif pour rencontrer Morley, voilà que le destin le lui apportait sur un plateau !

Le cœur déjà plus léger, il s'installa dans un fauteuil, son carnet sur les genoux, pour réfléchir à un sujet. Quelques jours plus tôt, Beth lui avait écrit que leurs amis Michael et Catherine venaient d'avoir un garçon et qu'ils les invitaient à passer quelques jours chez eux, en Cornouailles, pour le baptême. Ni Beth ni lui-même n'avaient les moyens de se rendre là-bas ou même de leur offrir un beau cadeau. Mais un dessin ferait l'affaire.

Kenneth se mit au travail, esquissant une petite famille réunie devant les fonts baptismaux. Au centre, Michael, son bébé dans les bras, rayonnait. À sa gauche, Catherine, tournée vers son mari, ajustait la robe du nouveau-né sur ses petites chevilles. À sa droite, Amy, la fille de Catherine, souriait à son petit frère. Amy devait avoir dans les douze ans, maintenant. Kenneth ne l'avait pas vue depuis son départ pour Waterloo, aussi fut-il obligé d'imaginer à quoi elle ressemblait. Elle devait sans doute être aussi digne et belle que sa mère.

Parfois, Kenneth avait l'impression que sa main était guidée par une inspiration divine. C'était le cas ici. Pas une seconde il n'hésita, et le résultat final lui plut beaucoup, comme il plairait probablement à Michael et à Catherine. Et cependant, quand il reposa son crayon, il sentit une immense tristesse l'envahir. Pendant des années, il avait rêvé de son retour à Sutterton. Pour retrouver le domaine, sa sœur, mais aussi se marier et fonder une famille. Pas un seul instant, il n'avait imaginé qu'il serait trop pauvre pour réaliser ce rêve. Car même si lord Bowden annulait sa dette, il devrait travailler dur pendant des années pour remettre le domaine à flots. Certes, le marché proposé par Bowden avait quelque peu éclairci sa situation. Mais il lui faudrait attendre des années avant de pouvoir envisager le moindre projet matrimonial.

Son dessin toujours sous les yeux, Kenneth crut voir, l'espace d'un instant, son propre visage et celui de Rebecca se substituer à ceux de Michael et de Catherine. Quelle folie ! Rebecca l'intriguait, certes, mais c'était bien la dernière personne avec qui il songerait à se marier. Il voulait une épouse aimante et chaleureuse – à l'image de ce qu'était Catherine pour Michael. Pas une vieille fille qui préférait ses pinceaux et ses toiles au contact de ses semblables.

Plus abattu que jamais, Kenneth reposa son carnet à croquis. Le soleil rampait à l'horizon et il décida d'aller faire faire un peu d'exercice au cheval de sir Anthony. Cela lui changerait peut-être les idées.

Du seuil, Kenneth observa un moment le jeune homme assis derrière le bureau. Mince, tiré à quatre épingles, un visage éveillé et un petit air d'importance : il incarnait à merveille la figure du secrétaire particulier.

Finalement, Kenneth se décida à frapper à la porte entrouverte. Le jeune homme leva aussitôt la tête de ses dossiers.

— Entrez, monsieur, dit-il poliment. Je suis Thomas Morley, le secrétaire de sir Wilford. Il est absent pour le moment, mais je peux peut-être vous aider ?

Kenneth pénétra dans la pièce.

— En fait, c'est vous que je suis venu voir. Je me présente : capitaine Kenneth Wilding. C'est moi qui vous ai remplacé auprès de sir Anthony.

Le regard de Morley trahit furtivement son étonnement, comme s'il imaginait mal Kenneth dans un emploi de secrétaire. Cependant, il s'efforça de n'en rien montrer.

— Enchanté, capitaine.

Les deux hommes se serrèrent la main, puis Kenneth produisit l'étui à cigarettes.

— J'ai retrouvé cela dans votre ancienne chambre, qui est devenue la mienne. Sir Anthony m'a indiqué l'adresse de votre bureau, et comme je passais justement dans le quartier ce matin, j'en ai profité pour vous rapporter votre bien.

Le visage de Morley s'était illuminé.

— Vous ne savez pas à quel point vous me faites plaisir ! Cet étui m'a été offert par ma grand-mère à la fin de mes études. J'étais persuadé de l'avoir perdu dans la confusion du déménagement.

Il enfouit l'étui dans sa poche, avant de reprendre :

— Je m'apprêtais à partir déjeuner dans un restaurant du quartier. Que diriez-vous de vous joindre à moi, capitaine ? J'aimerais vous inviter pour vous témoigner ma gratitude. Et vous me donnerez des nouvelles des Seaton par la même occasion.

Kenneth n'aurait pu rêver proposition plus opportune. Quelques minutes plus tard, les deux hommes se trouvaient attablés face à face dans un restaurant et Morley, encore tout heureux d'avoir récupéré son étui, se montra très volubile. Après avoir passé plus d'un quart d'heure à détailler son nouvel emploi, il s'excusa :

— Assez parlé de moi, capitaine. Dites-moi plutôt ce que vous pensez des Seaton.

— Ils ne laissent pas indifférents.

Morley esquissa un sourire entendu.

— Voilà une réponse pleine de tact. Sir Anthony est une des gloires de ce pays, mais je ne suis pas fâché d'être parti. Les artistes sont des gens trop... imprévisibles, vous ne trouvez pas ? Vouloir mettre de l'ordre dans cette maison était une bataille perdue d'avance. Du reste, vous avez déjà dû vous en rendre compte.

— J'ai fait la guerre, ce qui s'est révélé une très bonne préparation pour ce poste, répondit Kenneth, avant d'ajouter avec un sourire : Voilà déjà plusieurs jours que sir Anthony n'a rien jeté à la tête de quiconque.

Morley haussa les épaules.

— Au fond, je crois que je l'aimais bien, mais je ne regrette pas ses colères. Je n'ai jamais réussi à comprendre pourquoi il passait autant d'heures à peindre alors qu'il est déjà si riche. L'avez-vous regardé travailler ? Debout devant son chevalet, il pose des touches de couleur en regardant à peine sa toile, et en quelques jours, hop ! c'est fini ! Encore un portrait qu'un duc ou un comte sera prêt à payer des milliers de livres.

Et après un soupir, Morley conclut :

— C'est quand même injuste de voir que les fées se sont montrées aussi bonnes pour lui, alors que vous et moi devons travailler dur pour vivre.

— Sir Anthony peut donner l'impression de peindre sans la moindre difficulté, mais il lui a fallu des années de pratique et de discipline pour en arriver là, objecta Kenneth.

Curieux de connaître l'opinion de Morley sur Rebecca, il se risqua à mentir :

— J'ai informé Mlle Seaton que je venais vous rendre visite et elle m'a prié de vous saluer.

Morley reprit du vin avant de répondre :

— C'est gentil de sa part. Cela dit, je n'aurais pas été étonné d'apprendre qu'elle ne s'était même pas aperçue de mon départ. C'est une étrange fille, vous ne trouvez pas ? Je n'ai jamais su comment elle occupait son temps, enfermée des heures durant dans ce grenier. Il y a quelques années de cela, elle a commis...

Il s'interrompit, comme pour peser ses mots, avant d'enchaîner :

— ... une faute, dirons-nous. Depuis, elle n'est plus reçue dans la bonne société. J'imagine que cela a beaucoup aigri son caractère.

Kenneth avait une envie féroce de lancer le contenu de son verre au visage de Morley. Il réussit pourtant à se contenir.

— Personnellement, je trouve Mlle Seaton très intelligente. Et cultivée.

Morley parut surpris.

— Peut-être vous parle-t-elle plus qu'à moi.

Et se penchant par-dessus la table, il ajouta sur le ton de la confidence :

— Un moment, j'avais pensé attirer son attention. Après tout, elle finira par hériter d'une fortune considérable et sa mésaventure l'empêche de rêver à un prétendant venant de l'aristocratie. Mais j'ai finalement renoncé. Elle ne ferait pas une bonne épouse pour un homme qui a de l'ambition.

Morley devait s'imaginer l'épouse idéale sous les traits d'une poupée sachant servir le thé, mais ne posant jamais de questions. Kenneth ne jugea même pas utile d'essayer de le faire changer d'avis.

— Combien de temps êtes-vous resté au service de sir Anthony ?

— Trois ans.

— Trois ans... répéta Kenneth, feignant l'étonnement. Dans ce cas, vous avez dû bien connaître lady Seaton ?

Morley devint soudain très grave.

— C'était une femme remarquable, lâcha-t-il, après un silence. Sa mort a été une véritable tragédie.

Kenneth soupçonna aussitôt le jeune secrétaire d'avoir été épris de lady Seaton.

— Comment est-elle morte ? Étant donné que personne ne parle d'elle, là-bas, je n'ose pas poser de questions.

Morley contemplait son verre d'un air absent.

— Elle est tombée d'une falaise, près de leur maison de campagne. Je n'oublierai jamais ce jour. Je terminais le courrier de sir Anthony, lorsque George Hampton a déboulé en criant.

— Que faisait Hampton dans la région ?

— Il était en vacances, lui aussi. L'été, la région des Lacs est très fréquentée par les artistes. Hampton criait tellement que je suis sorti de mon bureau. Il raconta qu'il avait vu une femme tomber de la falaise et qu'il était venu ici pour réclamer du secours.

Morley avala sa salive, et c'est d'une voix étranglée par l'émotion qu'il poursuivit :

— Je lui ai demandé comment était habillée cette femme, et dès qu'il m'a parlé d'une robe verte, j'ai compris qu'il s'agissait de lady Seaton. Ce matin-là, elle portait une robe de satin vert. Elle était si belle…

Sa voix s'était brisée. Kenneth attendit que Morley se fût ressaisi, avant de demander :

— Donc, vous vous êtes tous précipités sur les lieux de l'accident.

— Avec les domestiques, oui. Mais ni sir Anthony ni Mlle Seaton n'étaient dans la maison à ce moment-là. C'est donc moi qui ai dû m'occuper de tout.

— Sir Anthony et sa fille étaient sortis ensemble ?

— Non, séparément. Mlle Seaton était partie se promener de son côté. Elle est rentrée à la maison juste au moment où nous ramenions le corps de sa mère.

— Cela a dû être horrible pour elle. Mais j'imagine que ce n'était pas non plus agréable pour vous de la voir en pleurs.

Morley secoua la tête.

— Elle ne pleurait pas. Elle était pâle comme un linge, mais elle n'a pas dit un mot et n'a pas versé une larme. Cela m'a étonné, je dois l'avouer.

— Elle était sans doute en état de choc, expliqua Kenneth, qui remplit le verre de son hôte, avant de reprendre : Quand sir Anthony a-t-il appris la tragédie ?

— Lorsqu'il est rentré pour dîner.

Morley fit la grimace.

— Je parierais qu'il avait passé la journée avec une autre femme. Ce n'aurait pas été la première fois, du reste.

— C'est vous qui lui avez annoncé la nouvelle ?

Le secrétaire hocha la tête.

— Sa réaction fut très étrange. Il a dit : « Le diable l'emporte ! » et puis il s'est précipité dans la chambre de lady Seaton, où nous avions déposé son corps. On aurait juré qu'il se refusait à croire à sa mort. Je l'ai suivi. Lady Seaton donnait l'impression de dormir. Sir Anthony m'a ordonné de le laisser seul et il a passé la nuit auprès d'elle. Le lendemain matin, il est ressorti de la chambre parfaitement calme et détaché, et il a commencé à organiser les funérailles. Pas une seule fois je ne l'ai vu manifester le moindre chagrin d'avoir perdu sa femme.

Kenneth avait vu assez de tragédies dans sa vie pour savoir que le chagrin pouvait revêtir les formes les plus diverses. Sir Anthony ne pouvait pas ne pas avoir été affecté par la disparition de lady Seaton. Sinon, il n'aurait pas veillé sa dépouille toute la nuit.

— Comment lady Seaton est-elle tombée ? Le vent soufflait-il fort ? ou la falaise était-elle un peu friable à cet endroit ?

— Rien de tout cela. Le temps était superbe et la falaise parfaitement solide. Du reste, lady Seaton connaissait très bien les parages pour s'y être souvent promenée. Personne ne comprend comment elle a pu tomber.

— Mais personne n'a été soupçonné de quoi que ce soit ?

— Bien sûr que non, répondit Morley un peu trop vite. D'ailleurs, il n'y a quasiment pas eu d'enquête.

Kenneth prit un air sincèrement étonné.

— Puisque tout le monde semble s'accorder sur la nature accidentelle de sa mort, je m'étonne que personne ne veuille en parler. Où est le mystère ?

— Il n'y a aucun mystère, répliqua Morley avec brusquerie. Simplement du regret que lady Seaton nous ait quittés si tôt.

Il se leva de table.

— Je dois regagner mon bureau, reprit-il. J'ai été ravi de faire votre connaissance, capitaine. Sir Anthony est entre de bonnes mains avec un secrétaire aussi consciencieux.

Après le départ de Morley, Kenneth resta un moment dans le restaurant. Il termina son vin en méditant sur ce qu'il venait d'apprendre. Si George Hampton et la mystérieuse maîtresse se trouvaient dans le coin au moment du drame, il n'était pas impossible qu'il en fût de même pour d'autres connaissances du couple Seaton. Kenneth se promit d'approfondir la question.

D'autre part, qu'avait voulu dire sir Anthony en s'exclamant : « Le diable l'emporte » ? Ce juron pouvait trahir son désarroi de se voir abandonné par une épouse longtemps chérie. Mais il pouvait aussi s'adresser à une autre femme. Il n'était pas impossible que la mystérieuse maîtresse eût tué lady Seaton dans l'espoir que son mari l'épouserait enfin. À supposer que sir Anthony ait tout deviné, cela expliquerait pourquoi leur liaison s'était abruptement terminée. Cela expliquerait aussi la culpabilité que Sir Anthony devait ressentir de ne pas avoir dénoncé la coupable à la police.

Bien sûr, il ne s'agissait là que d'hypothèses qui demandaient à être vérifiées. Kenneth vida son verre et quitta à son tour le restaurant. Au cours des derniers jours, il avait pris prétexte de leur commun amour des chevaux pour se lier d'amitié avec Phelps, le cocher des Seaton. Il estimait avoir gagné sa confiance, et envisageait de lui poser quelques questions dans les jours à venir.

Quant à Rebecca, Kenneth espérait que leurs séances de pose répétées dans l'intimité de son atelier l'amèneraient à lui raconter sa version des faits.

9

Rebecca reposa son crayon et, le dos calé dans son siège, croisa les mains derrière sa nuque pour méditer plus à son aise. Cette histoire de portrait du capitaine tournait à l'obsession. Rebecca n'arrivait pas à trouver comment rendre le mystère de cet homme.

Le fait qu'il dorme dans la chambre mitoyenne de la sienne n'arrangeait rien. Jusqu'à présent, elle ne s'était guère souciée des précédents secrétaires, qui pourtant avaient tous logé dans la même pièce. Mais avec Kenneth Wilding, les choses étaient différentes. Elle ne cessait de penser à lui. À quoi pouvait-il bien passer son temps quand il ne travaillait pas ? À lire, sans doute. En tout cas, il était d'une discrétion absolue.

La jeune femme laissa échapper un long soupir agacé. En l'espace de vingt-quatre heures, elle avait réalisé plus d'une douzaine de croquis du capitaine, le montrant dans différentes postures et avec toutes sortes de costumes. Rien ne lui plaisait. Il devait poser à nouveau pour elle le lendemain, mais si elle n'avait toujours pas trouvé d'idées, elle préférerait annuler la séance plutôt que de lui faire perdre son temps.

Grison, qui somnolait à ses pieds, leva soudain la tête et posa sur elle un regard qui semblait lourd de reproche.

— Cela te va bien de critiquer, le réprimanda-t-elle. Mais je te ferai remarquer que tu ne m'es d'aucune aide. J'attends tes suggestions.

Traitant par le mépris la remarque de sa maîtresse, le félin soupira de dédain et ferma à nouveau les yeux.

— Tu penses que je ferais mieux de me coucher, c'est cela ? Mais je ne vais jamais arriver à dormir.

Rebecca savait par expérience qu'elle pouvait rester des heures éveillée tant qu'elle n'avait pas résolu ses problèmes d'inspiration. Un verre de cognac l'aiderait peut-être à trouver plus facilement le sommeil. Elle décida donc de descendre au rez-de-chaussée.

Après avoir allumé une chandelle, elle sortit dans le couloir – et faillit percuter l'incarnation de son obsession, qui quittait lui aussi sa chambre. Elle s'immobilisa si brusquement qu'elle manqua de perdre l'équilibre.

— Excusez-moi, dit le capitaine en l'attrapant par le coude pour l'aider à se rétablir. Je me proposais d'aller faire un tour dans la cuisine pour manger un morceau. Je pensais que tout le monde dormait, à une heure pareille.

Levant les yeux sur lui, Rebecca s'aperçut qu'il était en bras de chemise et le col déboutonné. La chandelle qu'elle tenait à la main donnait à son visage une intensité dramatique, soulignant la cicatrice qui lui balafrait la joue. Et soudain, la jeune femme eut une illumination.

— Un corsaire ! s'exclama-t-elle.

Sans tenir compte de la mine ahurie du capitaine, elle ajouta :

— Suivez-moi !

Elle le tira par le bras jusqu'à sa chambre. Depuis le début, Kenneth Wilding lui évoquait la figure d'un pirate. Pourquoi diable n'avait-elle pas pensé plus tôt à le représenter sous les traits d'un forban des mers ?

Elle posa la bougie sur une table et appuya des deux mains sur les épaules de Kenneth pour le forcer à s'asseoir sur le sofa.

Elle recula d'un pas et le dévisagea un instant.

— Encore un peu trop civilisé, marmonna-t-elle pour elle-même, en enfouissant ses deux mains dans sa chevelure pour le décoiffer, comme s'il revenait d'une promenade en plein vent. Puis elle déboutonna un peu plus son col de chemise, dévoilant un torse incroyablement musclé.

— Parfait, dit-elle, satisfaite.

— Parfait pour quoi ?

La lueur qui brillait au fond de ses yeux n'était pas seulement de l'amusement. Tout à coup, Rebecca se rendit compte qu'il était totalement inconvenant d'attirer un homme dans sa chambre, et encore plus de s'attaquer à ses vêtements. Heureusement qu'elle n'avait plus de réputation à perdre !

— Je viens d'avoir une inspiration pour faire votre portrait, expliqua-t-elle. Il y a quelques années, lord Byron a écrit un poème intitulé *Le Corsaire*, dans lequel il décrivait un pirate oriental terriblement romantique. C'est comme ça que je veux vous peindre.

— Vous plaisantez. Je ne suis ni romantique ni oriental.

Avec un sourire moqueur, il précisa :

— Si j'étais un vrai pirate, je me conduirais ainsi...

Et sans autre préambule, il glissa la main derrière sa nuque, l'attira à lui et s'empara de ses lèvres.

Leur baiser n'avait rien d'une plaisanterie, et Rebecca sentit la passion créatrice qui s'était emparée d'elle se muer en un désir purement charnel. Son pouls s'était brusquement emballé, et elle brûlait d'envie de s'asseoir sur les genoux de Kenneth, de lui arracher sa chemise pour caresser son torse puissant. Elle aurait aussi voulu...

Il la relâcha soudain, interrompant brutalement leur baiser. Rebecca vit dans son regard qu'il était aussi bouleversé qu'elle.

— Mais je ne suis pas un pirate, lâcha-t-il après un long silence. Seulement un secrétaire.

— Capitaine une fois, capitaine toujours, observa Rebecca du même ton détaché que lui, comme s'ils étaient l'un et l'autre désireux de prétendre que ce qui venait de se produire n'avait pas d'importance. C'est ce qui vous donne cette aura romantique. Quand j'aurai terminé votre portrait, vous vous découvrirez sous un jour nouveau.

— Je ne suis pas certain d'en avoir envie.

— Vous ne serez pas obligé de regarder le résultat si vous n'y tenez pas. Maintenant, détendez-vous et posez votre bras sur le dossier du sofa.

Il obéit et Rebecca l'en remercia d'un hochement de tête. Cette pose languide convenait parfaitement au tableau qu'elle avait en tête. Il ne restait plus qu'à créer un décor…

— J'ai trouvé ! s'exclama-t-elle d'un air de triomphe, en courant ramasser un petit tapis qui se trouvait près du lit. Je vais le tendre sur le sofa. Cela fera un arrière-plan idéal.

Tandis qu'elle s'exécutait, Kenneth en profita pour admirer le tapis.

— Il est superbe, fit-il en caressant du plat de la main sa surface douce comme de la soie. C'est un tapis persan ?

— En effet. Un cadeau de l'ambassadeur de Perse.

— Je suppose qu'il a une histoire ?

Elle haussa les épaules.

— Rien de bien passionnant. Mirza Hassan Khan voulait profiter de son séjour londonien pour se faire portraiturer à la mode européenne. Il s'est adressé à papa, qui a bien voulu accepter la commande. L'ambassadeur était si content du résultat qu'il a réclamé ensuite les portraits des deux épouses qui l'avaient accompagné en Angleterre. Aucun homme n'étant autorisé à voir leurs visages, papa a suggéré que je me charge de la commande. Comme j'ai refusé d'être payée, Mirza Hassan Khan m'a offert ce tapis pour me dédommager.

— Il devait être vraiment enchanté de votre travail. En tout cas, il ne s'est pas moqué de vous. Ce chef-d'œuvre doit valoir une petite fortune.

Le tapis apportait surtout la touche orientale que recherchait Rebecca. La jeune femme en trépignait presque d'excitation, comme chaque fois qu'elle « tenait » un tableau.

— Maintenant, détendez-vous bien et regardez-moi.

Il avait légèrement plissé les yeux et ressemblait tout à fait au pirate de légende, capable avec la même aisance de piller l'ennemi ou de ravir le cœur d'une belle. Cependant, Rebecca n'était pas encore totalement satisfaite. Elle voulait montrer Kenneth sous ses deux visages : le conquérant et le contemplatif. Pour l'instant, elle n'avait que le conquérant.

C'était peut-être une question d'angle. Rebecca tourna autour du sofa, pour se faire une idée. C'est alors que quelque chose attira son attention : le reflet du visage de Kenneth dans le miroir de sa coiffeuse.

Eurêka ! Cette fois, l'excitation de Rebecca était à son comble. Elle ferait deux portraits en un seul. Kenneth, de face, afficherait une expression de défi. Mais, dans un angle de la toile, on apercevrait aussi le reflet de son profil. Et là apparaîtrait la face cachée de sa personnalité, ce mélange d'intelligence et de sensibilité presque rêveuse.

Au moment où elle s'emparait de son carnet à dessin, Grison, qui n'avait pas fait parler de lui jusque-là, bondit soudain sur le sofa et vint se lover sur les genoux du capitaine.

— Le chat ne va pas vous gêner ?

Rebecca éclata de rire, tellement la situation lui paraissait irréelle. Un peu plus tôt, elle se lamentait de ne pas trouver d'idées et avait fait reproche à Grisounet de ne pas l'aider. Et voilà que maintenant tout se mettait parfaitement en place. C'était presque trop beau.

— Au contraire. Il va me servir. En le faisant un peu plus gros qu'il n'est, je vais lui donner les traits d'un félin asiatique. Le genre d'animal domestique qu'on imagine très bien sur les genoux d'un pirate.

Rebecca se mit aussitôt au travail. Son crayon courait sur le papier, signe qu'elle tenait la bonne direction. Cette fois, elle était sûre de maîtriser son sujet.

Elle avait terminé les grandes lignes du dessin et attaquait l'arrière-plan, quand la voix du capitaine brisa soudain le silence :

— Quand serai-je autorisé à manger le petit morceau que j'étais parti chercher tout à l'heure ?

Rebecca jeta un coup d'œil à la pendule et s'aperçut, médusée, qu'il était plus d'une heure du matin.

— Oh ! je suis vraiment désolée ! J'ignorais que le temps avait passé si vite. J'étais absorbée dans mon travail.

— C'est le moins qu'on puisse dire. Je crois que même si un dragon avait surgi de la cheminée en crachant des flammes, vous ne vous seriez aperçue de rien.

Il se releva et s'étira. Rebecca remarqua que ses manches de chemise étaient presque trop étroites pour ses biceps et elle se promit de souligner sa musculature dans son dessin. Puis elle reposa son carnet à croquis et se leva à son tour.

— Vous allez faire un pirate d'exception, capitaine.

— Si vous le dites.

Il s'empara du carnet, pour inspecter son travail.

— J'ai vraiment l'air si féroce que cela ?

Rebecca réprima un bâillement, comme si la fatigue lui tombait soudain dessus.

— Parfois, oui. Je comprends pourquoi les domestiques n'ont pas mis huit jours pour marcher au pas. Ils doivent être terrifiés à l'idée que vous pourriez les vendre comme esclaves aux Barbaresques.

Le capitaine feuilletait à présent le reste du carnet.

— Je vois que vous avez essayé différentes compositions, dit-il en s'arrêtant sur un dessin qui le montrait, l'air las, l'uniforme défraîchi, sur fond de paysage espagnol.

— Je ne suis jamais allée en Espagne, précisa Rebecca. J'ai donc fait appel à mon imagination. Évidemment, j'ai pu me tromper.

— La lumière y est beaucoup plus intense qu'en Angleterre.

Il continuait de feuilleter le carnet. Pendant ce temps, Rebecca entreprit d'affûter la mine de son fusain. Elle s'absorba quelques instants dans sa tâche puis, surprise par le silence, se tourna vers Kenneth.

Sentant son regard posé sur lui, il lui montra la page qu'il fixait depuis un moment : une femme en train de basculer dans les airs, le visage figé en une expression d'horreur.

— Qu'est-ce que cela ?

Rebecca en cassa son fusain. Elle avait complètement oublié que ce dessin se trouvait encore dans le carnet.

— C'est… c'est une étude sur Didon se jetant des remparts de Carthage après qu'Énée l'eut abandonnée, improvisa-t-elle, la bouche sèche.

Il paraissait sceptique.

— Didon, dans une robe d'aujourd'hui ? Ce qui m'étonne, c'est que vos autres toiles ne célébraient que des femmes héroïques, pas des amoureuses se consumant de passion. Du reste, je crois me souvenir que Didon s'est tuée avec un poignard.

Rebecca en resta interdite. Elle ne voyait pas quel autre mensonge inventer.

— Cette femme ressemble étrangement à votre mère, reprit-il d'un ton posé. Lady Seaton est-elle morte en tombant ?

Le cœur battant à tout rompre, comme si elle avait été surprise en train de voler, Rebecca se laissa choir dans un fauteuil.

— Oui. Et depuis cette date, je suis obsédée par les images de sa chute. J'ai dû faire une bonne cinquantaine de dessins comme celui-ci. Je ne cesse de me demander comment elle a pu tomber, et à quoi elle pensait dans les dernières secondes. Cela a dû être une mort atroce.

Il y eut un long silence, que Kenneth se décida enfin à rompre :

— J'ai souvent expérimenté la peur, surtout avant une bataille. Dans ces cas-là, la peur agit comme un aiguillon qui vous rend plus vigilant et peut vous sauver la vie. Mais en deux occasions, j'ai bien cru que j'allais réellement mourir. Et là, je n'avais plus du tout peur. J'éprouvais au contraire un étrange sentiment de paix.

« J'en ai parlé ensuite à des amis, qui avaient connu la même expérience et ne devaient aussi leur salut qu'à un miracle. Leurs impressions étaient identiques. Cette paix est sans doute l'ultime cadeau du destin, quand plus rien ne peut être tenté.

Il reposa le carnet sur la table et conclut :

— Il est fort possible que votre mère n'ait pas eu peur. Et qu'elle ait simplement flotté quelques secondes dans une sorte de paix intérieure.

Rebecca avait la gorge nouée par l'émotion.

— Vous ne dites pas cela pour me réconforter ?

— Non. Je le pense sincèrement.

Kenneth s'assit en face de la jeune femme et prit ses mains dans les siennes.

— Peut-être que si vous me disiez tout, cela vous aiderait à exorciser vos démons ?

Rebecca sentait qu'il avait raison. Aussi, bien qu'elle se fût juré de ne plus jamais reparler de ce jour funeste, elle s'obligea à rassembler ses souvenirs.

— Nous étions à Ravensbeck, notre maison de campagne dans la région des Lacs, commença-t-elle. C'était une belle journée d'été, claire et ensoleillée. La vue était si dégagée qu'on pouvait voir à des kilomètres. J'étais partie me promener dans les collines et sur le chemin du retour, j'ai aperçu un groupe d'hommes sur la falaise où maman aimait bien se rendre, pour jouir de la vue. J'étais trop loin pour distinguer ce qui se passait, mais j'ai tout de suite compris qu'il s'était arrivé quelque chose. Je me suis mise à courir. Et c'est en regagnant la maison que je les ai vus qui ramenaient son... son corps.

Kenneth lui étreignit les mains, en signe de sympathie.

— Cela a dû être terrible. Le plus atroce dans un accident mortel, c'est sa soudaineté. Les proches n'ont pas le temps de se préparer.

Ce n'était pas tout à fait vrai, en l'occurrence. Cependant, Rebecca se garda d'y faire allusion.

— Encore aujourd'hui, il m'arrive d'oublier qu'elle n'est plus là, souffla-t-elle, la gorge nouée.

Kenneth lui caressait la paume de son pouce, et cette simple caresse suffisait à lui donner des frissons dans tout le corps.

— Comment un tel accident a-t-il pu se produire ? Votre mère avait-elle reçu un choc qui aurait pu la distraire et causer cette chute mortelle ?

— Non. Rien de tout cela, répliqua Rebecca en dégageant ses mains d'entre les siennes. Maman adorait les fleurs, et les hommes qui ont remonté son corps ont rapporté qu'il y avait des fleurs éparpillées autour d'elle. Je pense qu'elle a voulu se baisser pour attraper une fleur sauvage qui poussait sur la falaise et elle aura bêtement perdu l'équilibre.

— Mourir en cueillant des fleurs... quelle ironie tragique ! murmura Kenneth sans la quitter des yeux.

Rebecca contemplait son dessin.

— Quand je suis bouleversée, je dessine ce qui m'obsède. D'habitude, cela m'aide à faire passer la douleur. Mais pas cette fois.

— Vous dessinez ce qui vous fait souffrir ? s'étonna Kenneth. C'est drôle, moi, je dess… j'aurais plutôt pensé qu'il valait mieux dessiner tout à fait autre chose pour échapper à la douleur et au chagrin.

Elle eut un pauvre sourire.

— J'ai essayé cela aussi.

La peinture et le dessin étaient toute sa vie. Mais l'art, malheureusement, n'avait pas réponse à tout.

Kenneth reprit le carnet à dessin et en arracha la feuille d'un coup sec avant d'en approcher la flamme d'une chandelle.

— Puisque cela ne vous a pas aidée, autant employer les grands moyens. D'après ce que je sais de lady Seaton, elle n'aurait pas aimé vous voir vous enfermer ainsi dans votre chagrin.

Le cœur oppressé, Rebecca regarda le dessin se consumer lentement sous ses yeux. Elle appréciait le désir que Kenneth avait de la réconforter, mais il ne comprenait pas. Il était trop solide pour deviner à quel point le chagrin, parfois, pouvait vous paralyser. Et il ne pouvait pas se douter que si elle commençait à pleurer maintenant, elle ne pourrait plus jamais, jamais s'arrêter.

Il jeta ce qui restait du dessin dans la cheminée, avant de se brûler les doigts. Puis ils contemplèrent tous deux en silence les dernières flammèches disparaître dans un petit panache de fumée.

— Dessiner aussi frénétiquement demande de l'énergie, dit-il. Vous devriez vous joindre à moi, j'ai l'intention de faire une razzia dans le garde-manger.

Il souriait et Rebecca se sentit soudain le cœur plus léger. Même s'il ne comprenait pas tout, il se montrait vraiment un compagnon agréable et compatissant. Elle lui rendit son sourire.

— Vous avez raison. Je meurs de faim et je ne m'en étais même pas aperçue.

En se dirigeant vers la porte, elle repensa au baiser brûlant qu'ils avaient furtivement échangé. Bien que ç'ait été une erreur, c'était la première fois qu'elle s'était sentie aussi vivante depuis la mort de sa mère. Après tout, même le plus terrible des chagrins pouvait donc se surmonter.

Mais elle n'aurait jamais imaginé que ce serait un pirate qui lui montrerait la voie…

Kenneth fit de son mieux pour amuser Rebecca pendant leur festin nocturne. Quand ils se séparèrent pour rejoindre leurs chambres, il eut la satisfaction de constater que son regard était moins triste.

Lui-même, en revanche, était d'humeur plus sombre. La version qu'elle lui avait donnée de la mort de sa mère l'avait convaincu qu'elle n'avait pas tout dit. En outre, elle avait rejeté trop vivement la possibilité que ce ne fût pas un accident. Son attitude cachait quelque chose. Quelque chose qu'elle avait peur d'affronter – peut-être parce que cela impliquait son père.

Mais Kenneth avait aussi d'autres raisons de ne pas trouver le sommeil. Le baiser qu'ils avaient échangé en faisait partie. Il n'avait duré que quelques secondes, mais cela avait suffi à lui confirmer ce qu'il suspectait depuis le début : la passion que mettait Rebecca dans sa peinture était le reflet d'une sensualité exacerbée.

En d'autres circonstances, il aurait continué à l'embrasser. Mais les circonstances, en l'occurrence, n'étaient pas ordinaires.

Et il devait reconnaître qu'elle ne le troublait pas seulement physiquement, mais aussi mentalement. Il trouvait fascinant qu'elle pût dessiner ce qui la torturait. C'était si différent de sa propre pratique. Pour

Kenneth, dessiner avait toujours été un moyen de s'évader, de dresser entre lui et d'insupportables réalités un mur protecteur.

Mû par une impulsion soudaine, il s'empara de ses feuilles et de ses crayons. Que se passerait-il s'il se risquait à représenter les images qui l'obsédaient ? Il craignait d'ouvrir la boîte de Pandore et de libérer des émotions qu'il ne pourrait plus contrôler. Cependant, il était conscient que la fuite ne pouvait constituer une solution durable. S'il trouvait le courage d'affronter ses démons intimes, peut-être perdraient-ils enfin de leur férocité ?

Résolu à tenter l'expérience, il décida de commencer par la vision qui le hantait depuis sa première bataille. Si le fait de la dessiner parvenait à en atténuer le souvenir, alors il aborderait d'autres scènes, plus pénibles encore.

Il attaqua son premier dessin en priant le ciel pour que ce qui réussissait à Rebecca lui réussisse aussi.

10

L'après-midi du lendemain, Kenneth travaillait dans le bureau de sir Anthony lorsque Lavinia Claxton fit irruption dans la pièce, vêtue d'une robe bleue et d'un chapeau extravagant.

— Bonjour, capitaine, lança-t-elle d'une voix roucoulante. J'ai décidé de vous rendre visite dans votre mystérieuse tanière.

Kenneth leva la tête de ses papiers, ravi de l'occasion. Lavinia venait souvent chez les Seaton, mais c'était la première fois qu'il pourrait s'entretenir seul à seule avec elle.

— Il n'y a rien de mystérieux ici, lady Claxton. Je fais mon travail, tout simplement.

Elle sourit, avec cette confiance qu'avaient les femmes sûres de leurs charmes.

— Alors, le mystère doit venir de vous. Vous détonnez dans le décor, capitaine. Tel un loup parmi les brebis. On vous imagine en train de conduire des armées ou d'explorer des contrées reculées plutôt qu'assis derrière un bureau à rédiger des lettres.

— Même les loups sont parfois fatigués de chasser. Et pour gagner de quoi manger, ils en viennent à écrire sous la dictée.

— Mon Dieu, que tout cela est terre à terre ! Je préfère penser à vous comme à un guerrier héroïque qui s'est détourné de la violence des combats pour leur préférer les boudoirs de l'art.

— Un boudoir, ici ? dit-il en s'adossant à son siège. Vous ne manquez pas d'imagination, milady. En principe, cette pièce n'est qu'un vulgaire bureau.

— Appelez-moi Lavinia, comme tout le monde.

Elle se percha sur le bord du bureau et tendit la main pour caresser la joue de Kenneth, avant d'ajouter :

— Et vous pouvez m'appeler quand bon vous semble.

Bien qu'elle lui eût adressé des sourires charmeurs chaque fois qu'ils se croisaient, Kenneth fut surpris qu'elle lui fasse aussi ouvertement des avances. Peut-être était-elle en froid avec sir Anthony ? À son corps défendant, il s'aperçut que la proposition de Lavinia l'émoustillait. Cependant, il se refusait à coucher avec quelqu'un qui était lié de près ou de loin à son enquête.

— Pareille familiarité ne serait pas convenable, milady.

Il déposa un baiser sur le dos de sa main avant de la lui rendre.

— Sir Anthony pourrait me trouver insolent, et il n'aurait pas tort.

— Détrompez-vous, il s'en moquerait. Tout le monde sait que Lavinia est une mangeuse d'hommes, répliqua-t-elle avec un sourire moqueur.

Elle abandonna son perchoir et traversa la pièce pour se planter devant le portrait de lady Seaton.

— Pas comme Helen, enchaîna-t-elle. Une fois, Anthony a fait un tableau de nous intitulé *La Sainte et la Pécheresse*. Naturellement, j'étais la pécheresse.

— Lady Seaton était-elle à ce point une sainte ?

Lavinia contemplait le tableau d'un air songeur.

— Comme n'importe qui, elle pouvait se montrer tour à tour généreuse ou égoïste, raisonnable ou capricieuse. Parfois, elle était vraiment pénible. Mais c'était ma meilleure amie et elle me manque terriblement. Tout comme elle manque à Anthony ou à George.

— George ?

— George Hampton. Helen était sa maîtresse.

— Vraiment ? demanda Kenneth, en essayant de cacher sa surprise. Ou dites-vous cela pour me choquer ?

— Je doute qu'on puisse aussi facilement vous choquer, capitaine, rétorqua Lavinia. Helen était discrète, mais elle a eu quelques amants. George était le plus sérieux.

— Sir Anthony était-il au courant de cette liaison ?

— Bien entendu. Leur mariage était parfaitement immoral, mais très civilisé. Anthony avait une bonne opinion de George, car il savait qu'il ne blesserait jamais Helen. Elle, de son côté, ne prenait jamais ombrage des incartades d'Anthony. Elle avait l'assurance d'être la seule femme réellement importante de sa vie.

— J'ai entendu dire qu'il avait une maîtresse plus sérieuse, à l'époque où lady Seaton est morte.

Lavinia s'était débarrassée de son chapeau, elle secoua la tête pour libérer ses cheveux.

— Ne croyez pas tout ce que vous entendez, capitaine. Anthony est mon ami depuis des années. Il n'aurait pas pu tomber amoureux de quelqu'un sans que je le devine.

Elle avait dit cela d'un ton légèrement cassant. Sous son masque sophistiqué, Lavinia était sans doute plus vulnérable qu'elle ne voulait bien l'admettre. Kenneth se demanda si elle n'était pas éprise de sir Anthony.

— Pensez-vous que sir Anthony finira par se remarier ?

Elle hésita.

— Honnêtement, je n'en sais rien. La disparition d'Helen est encore trop récente.

— Cette mort tragique n'a intrigué personne ?

Lavinia triturait entre ses doigts une plume de son chapeau.

— C'était indubitablement un accident. Et cependant…

Elle n'alla pas jusqu'au bout de sa phrase.

— On m'a aussi raconté qu'on avait relevé des traces de lutte à l'endroit où lady Seaton était tombée, lâcha tranquillement Kenneth.

Lavinia lui jeta un regard aigu.

— Ce n'étaient que quelques touffes d'herbe arrachées et des fleurs piétinées. Helen aura causé cela toute seule, d'abord en glissant et ensuite en essayant de se raccrocher à quelque chose pour ne pas tomber.

L'explication semblait logique, et pourtant, Lavinia paraissait troublée.

— Dès que j'évoque la mort de lady Seaton, tous ceux qui la connaissaient deviennent brusquement évasifs, marmonna Kenneth, autant pour sa visiteuse que pour lui-même. Pourquoi autant de mystère ? Se pourrait-il que sir Anthony ou George Hampton l'aient poussée dans le vide ?

— Billevesées ! répliqua Lavinia. Il n'y a aucun mystère. C'est simplement que la mort n'est pas un sujet de conversation aussi amusant que la luxure.

Comprenant qu'elle n'en dirait pas plus, Kenneth infléchit la conversation.

— Eh bien, parlons luxure. Ce que vous m'avez raconté du couple qu'elle formait avec sir Anthony conforte la réputation qu'ont les artistes de mener une vie dissolue, non ?

— Ni plus ni moins dissolue que les gens qui se prétendent bien élevés. Simplement moins hypocrite.

Elle lui décocha un sourire provocant.

— Puisque nous parlons de franchise, figurez-vous, capitaine, que je vous trouve très séduisant.

Il ressentit soudain le besoin pressant de caresser un corps de femme, cependant, malgré les affirmations de Lavinia, il doutait fort que sir Anthony apprécierait de partager sa maîtresse avec son secrétaire.

— C'est réciproque, milady. Mais il ne me semble pas sage d'aller plus loin.

— J'espère qu'à force de fréquenter des artistes, vous en oublierez un peu de votre sagesse.

Elle traversa la pièce et, se penchant vers lui, l'embrassa si soudainement qu'il n'eut même pas le temps de réagir. Elle embrassait à merveille, cependant, il n'en ressentit pas la même excitation qu'avec Rebecca.

Au même instant, une voix féminine lança d'un ton glacial :

— Pardonnez-moi d'interrompre ces tendres ébats, mais j'avais une question de travail à régler.

Rebecca se tenait sur le pas de la porte restée entrouverte. Avec ses cheveux dénoués qui faisaient comme un halo flamboyant autour de sa tête, elle ressemblait à une chatte en furie. Kenneth étouffa un juron, tandis que Lavinia se redressait tranquillement.

— Bonjour, ma chérie, dit-elle, son regard allant de Rebecca à Kenneth avec intérêt. Sais-tu que j'ai reçu beaucoup de compliments du dernier portrait que tu as fait de moi ? Si tu m'autorisais à donner ton nom, je t'assure que tu aurais aussitôt des commandes.

Sur ces mots, elle s'esquiva avec un grand sourire.

Rebecca attendit qu'elle fût sortie pour entrer dans la pièce et claquer la porte derrière elle.

— Mon père attend de son secrétaire qu'il ait des talents variés, capitaine, mais vous êtes allé au-delà de ce qu'il avait en tête.

— Si vous aviez entendu notre conversation, vous sauriez que j'ai rejeté ses avances.

— Mais pas son baiser.

— Je ne pouvais quand même pas user de violence pour repousser une dame.

— Une fessée n'aurait pas été déplacée, riposta-t-elle, acerbe. Lavinia en a d'ailleurs quelques-unes de retard.

Il la dévisagea un instant avant de lâcher :

— Si j'en crois lady Claxton, cette maison en a vu d'autres en matière de baisers illicites. Au cours de notre conversation, elle a notamment mentionné la liaison de votre mère avec George Hampton.

Rebecca se figea, mais ses traits n'exprimaient aucune surprise. Visiblement, elle était au courant.

— J'aurais pensé que vous étiez au-dessus de ce genre de ragots, capitaine.

— Je n'ai fait qu'écouter.

Il hésita avant de poursuivre :

— Était-ce pénible de savoir combien vos parents étaient peu… conventionnels ?

— Immoraux, vous voulez dire.

Elle contempla brièvement le portrait de sa mère, avant de tourner le regard vers la fenêtre.

— Comment aurais-je pu m'en formaliser ? reprit-elle. La pomme ne tombe jamais loin de l'arbre. J'ai moi-même ruiné ma réputation à dix-huit ans. C'est de famille.

— J'ai du mal à le croire, fit-il doucement. Vous êtes-vous réellement enfuie pour suivre l'exemple de vos parents, ou cherchiez-vous tout simplement l'amour ?

Après un long silence, elle répondit :

— Peu de temps avant cette histoire, j'avais rencontré un jeune vicomte venu demander à mon père de faire son portrait. J'avais pris son badinage au sérieux et accepté une promenade avec lui dans le parc. Il a pris des libertés, et quand je l'ai repoussé, il m'a répondu qu'avec mes parents, j'étais mal placée pour jouer les vertueuses.

— J'imagine que votre réaction a été en rapport ?

— Je l'ai poussé dans un bassin et je suis rentrée à la maison en le maudissant, mais en maudissant surtout mon père de m'avoir exposée à pareille insulte à cause de son mode de vie. C'était injuste de ma part, mais j'étais jeune, et blessée.

Elle marqua une pause, avant de reprendre :

— Puis j'ai commencé à fréquenter le monde et c'est alors que j'ai rencontré Frederick. Il écrivait des poèmes et ne cessait de me répéter qu'il m'aimait, ce qui était très agréable à entendre. Mes parents ne l'appréciaient pas et cette relation n'aurait sans doute débouché sur rien si je n'avais appris la liaison entre maman et George. Je savais que mon père était infidèle, mais ce fut un choc de découvrir que ma mère l'était tout autant. Trois jours plus tard, je m'enfuyais avec Frederick.

Elle eut un sourire triste.

— J'ai vite compris que mes parents avaient raison et que me marier avec lui ne pouvait conduire qu'au désastre. Heureusement, je m'en suis aperçue à temps.

— Je présume que vos parents, parce qu'ils étaient libéraux, n'ont pas hésité à vous ouvrir la porte, malgré le scandale.

Elle hocha la tête.

— Ils m'ont uniquement sermonnée sur mon manque de jugement, pas sur ma conduite. Mon père s'est félicité que je n'aie pas été assez folle pour épouser ce bon à rien, ma mère a conclu que je ne referais plus la même erreur, et nous en sommes restés là.

— Elle avait raison. Vous n'avez pas refait cette erreur.

— Ni aujourd'hui ni jamais, répliqua-t-elle sur un ton qui signifiait que le débat était clos. J'étais descendue vous demander où en était ma commande de toiles. Je suis pratiquement à court.

— Le fournisseur m'a justement écrit ce matin pour s'excuser de son retard. Votre commande sera livrée après-demain. Désiriez-vous savoir autre chose ?

— Non, c'était tout.

Comme elle faisait demi-tour, Kenneth voulut la retenir :

— Notre séance de pose de cet après-midi est-elle maintenue, ou êtes-vous trop furieuse contre moi ?

La jeune femme le gratifia d'un regard ironique.

— Pas du tout. Qu'une femme comme Lavinia se jette à votre cou correspond tout à fait à votre image de pirate.

Kenneth éclata de rire, et elle en profita pour s'éclipser. Dès qu'elle eut refermé la porte, son sourire fit place à une expression pensive. La nouvelle lady Seaton décrite par Lavinia aurait pu avoir beaucoup de meurtriers potentiels, songea-t-il. À commencer par George Hampton. En supposant qu'Helen ait voulu rompre avec lui, il aurait pu la tuer dans un accès de jalousie. Ou alors un autre de ses amants, pareillement furieux de son humeur volage.

La cupidité ou la passion étaient à l'origine de la plupart des crimes. Mais, pour l'instant, Kenneth n'avait toujours pas la preuve qu'il y avait bien eu crime, et c'était bien le plus frustrant. Plus le temps passait et plus il mesurait la difficulté de son enquête – et plus il détestait sa duplicité. Devenir le confident de Rebecca alors qu'il était là sous un faux prétexte était une forme de trahison. Si jamais elle venait à apprendre ses véritables motivations...

Kenneth préférait ne pas y penser.

De retour dans son atelier, Rebecca se reprocha son attitude. En découvrant Lavinia en train d'embrasser Kenneth, elle aurait dû promptement s'esquiver et ne revenir que plus tard. Au lieu de cela, elle s'était sentie piquée par la jalousie. Et le pire, c'est qu'elle ne s'en était pas cachée, alors qu'elle n'avait aucun droit de se montrer jalouse envers Kenneth. L'unique baiser qu'ils avaient échangé sur une impulsion n'avait aucun sens particulier, même si Rebecca en avait eu des frissons jusque dans la pointe des pieds. Kenneth était l'employé de son père, pas son prétendant.

Et cependant, quoi qu'elle se fût toujours bien entendue avec Lavinia, rien que d'y penser, Rebecca était prise d'une irrépressible envie de lui arracher les yeux. Elle rougit au souvenir du regard scrutateur de Lavinia. Avait-elle deviné que Rebecca s'intéressait d'assez près au secrétaire de son père ?

Pour se soulager, la jeune femme fit un croquis représentant Lavinia avec des kilos superflus et des rides. C'était une gaminerie, mais au moins elle l'amusait. Puis Rebecca se souvint que Kenneth monterait bientôt poser pour elle. Elle descendit dans sa chambre récupérer le tapis persan, pour répéter la mise en scène de l'avant-veille, avec un autre miroir, tourné dans le même angle pour refléter le visage de son modèle. Quand tout fut prêt, elle consulta la pendule, et s'aperçut que Kenneth n'arriverait pas avant une bonne heure. Se sentant tout à coup désœuvrée, elle se mit à arpenter son atelier pour tuer le temps. En réalité, elle avait des tas de choses à faire, mais aucune ne l'intéressait.

Son regard tomba sur la *Diane chasseresse* posée contre le mur. Elle se souvint alors d'avoir promis à Kenneth de remplacer les toiles immondes accrochées dans sa chambre. Le faire maintenant était une façon de se faire pardonner son éclat. Elle prit la *Diane chasseresse* et choisit deux autres toiles, plus petites : une vue de la région des Lacs et un croquis montrant Grisounet convoitant un malheureux petit oiseau avec des yeux de panthère. Puis, prenant le tout sous le bras, elle redescendit au premier et alla frapper à la porte de Kenneth. N'obtenant pas de réponse, elle entra.

Il n'avait pas exagéré. Les toiles accrochées dans sa chambre étaient une insulte pour quiconque aimait l'art. À la place de Kenneth, Rebecca les aurait depuis longtemps jetées par la fenêtre.

Elle accrochait Diane quand son pied buta contre un portfolio posé contre l'armoire. Il tomba et s'ouvrit, libérant du même coup une dizaine de dessins. Intriguée, Rebecca se pencha pour les ramasser tout en se demandant ce que le capitaine pouvait bien faire avec un portfolio d'artiste.

Elle sursauta en reconnaissant, dans le premier dessin, une scène de bataille. Des soldats, baïonnette au fusil, s'avançaient en ligne, tandis que des cavaliers suivaient à l'arrière-plan.

Mais ce qui retint surtout son attention, ce fut la figure au centre de la composition. Une silhouette de jeune homme hurlant son agonie à l'instant même où une balle venait de le frapper en pleine poitrine. En quelques traits, tout était dit : le choc, le silence éternel au cœur de l'enfer, la mort. L'image était saisissante, d'une puissance viscérale.

Rebecca s'accroupit sur le plancher pour consulter les autres dessins ; des portraits au pastel et des paysages à l'aquarelle pour la plupart. Quoiqu'ils n'eussent pas la force dramatique du premier, ils étaient tous exécutés avec une parfaite maîtrise des volumes et de la perspective.

Le dernier dessin représentait un couple s'étreignant avec force. La légende indiquait *Roméo et Juliette* et les costumes étaient effectivement d'époque, cependant Rebecca était convaincue qu'il s'agissait d'amoureux réels, bien de ce siècle, qui s'étreignaient sans doute avant de se séparer pour cause de guerre.

Elle étudiait attentivement le dessin quand la porte s'ouvrit soudain sur Kenneth. Il se figea, puis son visage s'empourpra de colère.

— Qu'est-ce que vous fichez ici ? tonna-t-il en fermant la porte d'un violent coup de pied.

Refrénant son envie de s'enfuir, Rebecca désigna les dessins :

— Est-ce vous qui avez fait cela ?

Il se baissa et rassembla vivement les dessins dans le portfolio avant de le refermer.

— Vous n'avez pas le droit de fouiner dans mes affaires.

— Je ne *fouinais* pas, protesta Rebecca en se redressant. J'ai accidentellement renversé ce carton à dessin en voulant accrocher un nouveau tableau à votre mur.

Et, se demandant pourquoi il était si furieux, elle répéta sa question :

— Ces dessins sont de vous ?

Il hésita, comme s'il songeait à mentir, avant de hocher la tête à contrecœur.

— Pourquoi avoir caché que vous étiez un artiste ?

— Je ne suis pas un artiste.

— Bien sûr que si, rétorqua-t-elle. Personne ne peut aboutir à un tel résultat sans des années de pratique. Mais pourquoi tenir votre travail secret ? Et vous emporter de la sorte ?

Il respira un grand coup.

— Excusez-moi. Mes dessins n'ont rien de secret, mais je ne suis qu'un amateur. Ç'aurait été présomptueux de ma part de vous les montrer à vous ou à votre père.

— Eh bien, vous avez eu tort. Vous avez beaucoup de talent. Je comprends mieux, maintenant, comment vous avez pu impressionner mon père par vos connaissances en peinture

Elle sourit, amusée.

— J'ai toujours vécu entourée d'artistes, reprit-elle, mais vous êtes bien le premier que je rencontre qui cherche à s'en cacher.

— *Je ne suis pas un artiste !* se récria-t-il violemment.

Stupéfaite par sa véhémence, Rebecca posa les mains sur ses épaules et, d'une légère pression, l'obligea à s'asseoir au bord du lit.

— Que se passe-t-il, Kenneth ? demanda-t-elle sans le lâcher. Votre attitude est étrange.

Il baissa les yeux et, après un long silence, se décida à répondre :

— Mon père haïssait mon intérêt pour le dessin, il a tout fait pour m'en dégoûter. Il ne considérait pas cela comme une occupation noble pour son fils.

— Mais cela ne vous a pas empêché de continuer à dessiner.

— Je ne pouvais pas faire autrement. C'était comme un feu qui me consumait. Je pouvais exprimer avec mes crayons ce que je n'arrivais pas à dire avec des mots. Alors, j'ai appris à cacher mes dessins. Et même, parfois, à les détruire. Une façon de prétendre qu'ils n'avaient pas d'importance.

Rebecca comprenait, à présent, pourquoi il avait été si bouleversé en la trouvant dans sa chambre. Résistant à l'envie de lui témoigner sa sympathie par une effusion de tendresse, elle se contenta de lui caresser furtivement la joue du dos de la main avant de s'écarter.

— Je crois que je serais devenue folle si mes parents avaient tenté de m'interdire de dessiner.

— Mais vous avez eu la chance de grandir auprès de l'un des plus grands peintres du royaume, lui fit-il valoir, avant d'ajouter, avec un sourire triste : Quand j'étais gamin, mon rêve le plus secret était d'entrer aux Beaux-Arts pour devenir un artiste professionnel. Au lieu de quoi je suis devenu soldat. On ne pouvait pas rêver pire.

Et, contemplant son carnet, il poursuivit :

— Depuis que j'habite dans cette maison, au milieu de tant de chefs-d'œuvre, j'ai envie de brûler ces misérables gribouillages.

— Vous *êtes* un artiste, Kenneth, déclara Rebecca d'un ton catégorique. Vous dessinez mieux que la moitié des professionnels londoniens. En intensifiant vos efforts, vous pourriez devenir exceptionnel.

— J'ai quelques prédispositions pour le dessin et je ne me débrouille pas trop mal à l'aquarelle, concéda-t-il. Mais n'importe quelle jeune fille de bonne famille apprend à en faire autant. J'ai trente-trois ans. Il est trop tard pour envisager quoi que ce soit de sérieux sur le plan artistique.

— Qu'est-ce qu'un artiste, pour vous ? voulut-elle savoir.

— Quelqu'un qui ne se contente pas de reproduire la réalité, mais est capable d'aller au-delà, d'en révéler la vraie nature. Cette huile représentant votre chat, par exemple, est jolie et amusante. Mais en même temps, elle montre bien le caractère sauvage qui sommeille en tout félin domestique. Même chose avec votre *Diane chasseresse*. On voit sa force et son orgueil, mais on devine aussi sa solitude. Son envie, au fond, de ressembler aux autres femmes. D'une certaine manière, elle me fait penser à vous.

Rebecca préférait l'entendre parler de son chat que d'elle-même.

— Je n'ai fait que peindre Grisounet comme je le voyais.

— Mais vous ne le voyez pas comme tout le monde, précisément parce que vous êtes une artiste. Votre vision du monde influence tout ce que vous faites. Je suis persuadé que je pourrais reconnaître n'importe quelle toile de votre main.

Il y avait quelque chose dans cette affirmation qui lui parut aussi intime qu'un baiser. Elle décida de ramener la discussion sur lui et rouvrit le carton à dessin.

— Vous avez ce même don, assura-t-elle en sortant le portrait au pastel d'une beauté espagnole. Cette femme n'est pas seulement jolie, elle est habitée par une volonté farouche, presque dangereuse.

L'expression tendue de Kenneth lui confirma qu'elle avait vu juste. Elle saisit le dessin montrant le jeune soldat fauché par une balle en plein champ de bataille

— Si c'est la vision qui fait l'artiste, alors pas de doute, vous en êtes un. Ce dessin-là, poursuivit-elle en le lui tendant, est à la fois saisissant et original.

Il haussa les épaules.

— C'est un hasard. Je l'ai fait la nuit dernière, après que vous m'avez raconté que vous dessiniez ce qui vous hantait. Dessiner a toujours été pour moi un moyen de m'évader. J'ai voulu voir si je pouvais lâcher mes démons sans risque.

— Et alors, cela a marché ?

— Curieusement, oui. Cette image m'a obsédé pendant des années. Et maintenant qu'elle est couchée sur le papier, elle me semble... plus lointaine.

— Pour ma part, elle m'a donné à voir ce que je n'avais jamais pu voir en vrai, et j'ai ainsi mieux compris ce qu'était la guerre. Si cela ne suffit pas à faire de vous un artiste, alors je me demande ce qu'il faudrait.

Il esquissa un vague sourire.

— Savoir maîtriser la peinture à l'huile. C'est l'aboutissement de l'art. Même le meilleur des dessins restera toujours inférieur à une toile. Et l'aquarelle n'arrive pas à la cheville d'une bonne huile.

— Eh bien, dans ce cas, apprenez à vous servir de l'huile, répliqua Rebecca. Où est le problème ? Par certains côtés, l'aquarelle est plus difficile, et vous maîtrisez cette technique.

Mais voyant qu'il s'était figé et ne répondait rien, elle reprit, doucement :

— Vous ne vous en croyez pas capable ?

Il baissa les yeux.

— J'aimerais... j'aimerais tellement croire que c'est possible.

Ces quelques mots en disaient long sur ce que la vie lui avait fait subir. Devinant qu'il refuserait toute pitié de sa part, Rebecca lâcha brusquement :

— Je vous apprendrai. Et vous verrez que ce n'est pas au-dessus de vos moyens.

Pour couper court à toute protestation, elle s'empressa d'ajouter :

— Vous avez un don. Honorez-le, au lieu de le gâcher.

Sur ces mots, elle se dirigea vers la porte, se contentant de lui lancer, avant de sortir :

— Soyez dans mon atelier dans une heure.

En reprenant le chemin de son grenier, Rebecca médita sur sa chance. Sir Anthony n'était pas à proprement parler un père modèle, mais au moins il avait toujours respecté et encouragé le goût de sa fille pour la peinture. Alors que Kenneth avait été contraint de mener une vie qui ne lui convenait pas.

Pauvre pirate.

Mais il n'était jamais trop tard pour rattraper le temps perdu. Et elle se faisait fort de le convaincre qu'il était bel et bien un artiste.

11

Après le départ de Rebecca, Kenneth se laissa choir dans un fauteuil, frissonnant comme s'il avait la fièvre.

Elle lui avait dit qu'il avait du talent. Qu'il était un véritable artiste. Or, Rebecca Seaton n'était pas le genre de femme à débiter des flatteries.

Mais Kenneth se demandait si elle disait vrai en lui assurant qu'il n'était pas trop tard. Inconsciemment, il avait toujours placé la peinture à l'huile sur un piédestal, inaccessible au commun des mortels. Mais à présent, grâce à Rebecca, il se rendait compte que son jugement était absurde. Et il ne lui paraissait plus aussi impossible de devenir un vrai peintre. Pas du même niveau que sir Anthony ou Rebecca, bien sûr, mais au moins un peintre assez abouti pour trouver de la satisfaction dans son travail.

Cette perspective l'emplissait d'un mélange d'appréhension et d'excitation. Mais, en se relevant, il se rappela soudain le motif de sa présence dans cette maison. Il était venu enquêter sur une mort mystérieuse. Et voilà qu'à présent la fille unique du principal suspect lui offrait la possibilité de réaliser son rêve le plus cher. Accepter ce cadeau, alors que sa mission risquait de détruire l'homme que Rebecca aimait le plus au monde, serait tout bonnement méprisable. Et cependant, Kenneth se sentait incapable de refuser.

Pour la première fois, il songea à dénoncer son contrat avec lord Bowden. Il savait qu'il risquait du même coup de perdre Sutterton, mais il était prêt à ce sacrifice si, en échange, il accédait enfin à l'existence dont il avait toujours rêvé. Il pourrait continuer d'être le secrétaire de sir Anthony, et consacrer tout son temps libre à la peinture. Un jour, peut-être, il serait même capable de gagner sa vie grâce à son art. Beaucoup de gens désiraient faire réaliser leur portrait, mais très peu avaient les moyens de s'offrir les services de sir Anthony Seaton. Kenneth pratiquerait des tarifs raisonnables. Quand on avait vécu comme simple soldat pendant des années, on savait se contenter de peu.

Mais Beth ? Kenneth ne se sentait pas le droit de construire son propre bonheur en sacrifiant celui de sa sœur. Beth méritait un bel avenir, même si elle ne se plaignait jamais de son sort.

Le problème était insoluble. D'un côté, Kenneth voulait penser à sa sœur, de l'autre, il ne se voyait pas renoncer à l'offre inespérée de Rebecca. Il lui fallait donc aller de l'avant en priant le ciel pour que son enquête ne l'amène pas à établir la culpabilité de sir Anthony.

Malheureusement, Kenneth n'avait jamais beaucoup cru à l'efficacité des prières.

Avant de se rendre à l'atelier de Rebecca, Kenneth repassa par le bureau, pour y terminer une lettre. Il eut la surprise d'y découvrir son employeur, un verre à la main, occupé à contempler le portrait de sa défunte épouse.

Comme Kenneth hésitait à entrer, sir Anthony se tourna vers lui.

— Cela fait exactement vingt-huit ans aujourd'hui que j'ai rencontré Helen, fit-il d'une voix pâteuse qui laissait deviner qu'il n'en était pas à son premier verre. J'ai parfois du mal à croire qu'elle est partie à tout jamais.

Kenneth referma la porte derrière lui.

— Votre femme était très belle. Votre fille lui ressemble beaucoup.

— Physiquement, seulement. Pour ce qui est du caractère, Rebecca tient plutôt de moi.

Et avec un sourire ironique, il ajouta :

— Parfois, elle me fait même penser à mon frère aîné. Marcus détesterait entendre ça, bien sûr.

Curieux de connaître la version de sir Anthony sur leur différend familial, Kenneth tendit discrètement une perche :

— J'ignorais que vous aviez un frère.

Sir Anthony avala une rasade d'alcool, avant de répondre :

— Marcus est très guindé. Il n'approuve pas mon mode de vie. Et le sien ne me fait pas du tout envie. Mon père et lui ont toujours pensé que les artistes n'étaient que des dégénérés.

Ainsi, Kenneth n'était pas le seul à avoir dû affronter l'opposition familiale que suscitaient ses dons d'artiste. Mais sir Anthony, contrairement à lui, avait su les faire triompher.

— Pourtant, votre frère pourrait considérer qu'un peintre de votre renom est une gloire pour votre famille ?

— Il y a eu d'autres... motifs à notre brouille, avoua sir Anthony, en coulant un regard au portrait de sa femme. Helen a d'abord été fiancée à Marcus. Mais dès que nous nous sommes rencontrés, ç'a été le coup de foudre. Elle a essayé de résister. Moi, pas. Je connaissais d'avance le résultat. Et finalement, un soir, nous nous sommes enfuis ensemble. Le lendemain, nous étions mariés sans que personne eût pu nous en empêcher.

— J'imagine que votre frère a dû être furieux.

— Marcus ne m'a plus jamais reparlé depuis. Il m'a simplement écrit une fois, après la mort de notre père, pour me dire que je ne serais pas le bienvenu aux funérailles.

Il haussa les épaules.

— Je ne peux pas l'en blâmer. À sa place, j'aurais étranglé quiconque aurait voulu m'enlever Helen.

— Il l'aimait ?

— Je crois qu'il a surtout été blessé dans son orgueil, mais il n'a pas eu de vrai chagrin d'amour. À ses yeux, Helen n'était qu'une ravissante jeune fille en qui il voyait déjà une parfaite épouse docile. Il ne la connaissait pas réellement. Du reste, il l'a vite remplacée. Il s'est marié moins d'un an après, et s'est empressé de faire deux garçons, pour s'assurer que le titre n'aurait aucune chance de me revenir.

— Lady Seaton n'était pas une femme docile ?

— Elle avait un tempérament passionné, qui pouvait aller jusqu'à l'éclat. Mais ce n'était pas grave. J'ai moi-même un caractère bien trempé. Notre relation était chaotique, mais très forte. Avec Marcus, Helen serait morte à petit feu.

— À vous entendre, il a l'air vraiment différent de vous.

Sir Anthony contempla un moment son verre.

— Au fond, ce n'est pas un mauvais garçon. Quand nous étions gamins, je l'admirais en cachette. C'était déjà un vrai gentleman, dans ses manières comme dans son langage. Alors que moi, je n'étais qu'un sale garnement imprévisible. Mon père était content qu'en tant que cadet, je n'eusse aucune chance d'hériter du titre.

Kenneth se sentait de plus en plus de sympathie pour sir Anthony. Comme lui, il avait été un garçon indiscipliné. Et comme lui, il avait fait le désespoir de son père. À cette différence près qu'il avait toujours été en bons termes avec Beth.

— Lady Seaton s'intéressait-elle à votre travail ?

Sir Anthony contempla à nouveau le portrait de sa femme, le regard voilé de tristesse.

— Elle était mon principal soutien. S'il n'y avait pas eu Rebecca, je ne sais pas ce que je serais devenu après sa mort.

Un homme qui tenait à ce point à sa femme ne pouvait pas l'avoir tuée, songeait Kenneth. S'il arrivait à le prouver, il pourrait remplir son contrat auprès de lord Bowden sans perdre l'estime de Rebecca.

Sir Anthony fronça les sourcils.

— Ne devriez-vous pas poser pour ma fille à cette heure-ci ?

Kenneth jeta un coup d'œil à la pendule de la cheminée.

— En effet, monsieur. J'étais descendu terminer une lettre. Je la reprendrai plus tard.

La main sur la poignée de la porte, il s'apprêtait à quitter la pièce quand il entendit sir Anthony murmurer d'une voix à peine audible :

— Maintenant, elle n'est plus là... Et, Dieu me pardonne, c'est ma faute.

L'espace d'un instant, Kenneth s'immobilisa. Si Sir Anthony avait dit vrai, le ciel venait de lui tomber sur la tête...

En attendant l'arrivée de Kenneth, Rebecca s'absorba dans la confection de sa palette. Maintenant qu'elle avait terminé les esquisses du portrait, elle allait passer à la couleur.

La préparation des teintes lui était une tâche si familière qu'elle avait le loisir, ce faisant, de laisser ses pensées vagabonder sur différents sujets. En particulier sur la nature de la relation qu'elle voulait voir s'établir avec Kenneth.

Un court moment, l'idée du mariage traversa son esprit, mais elle la balaya bien vite. Le mariage n'était pas pour elle. Et puis, même à supposer que Kenneth soit intéressé et qu'il se moque de sa réputation ruinée, Rebecca ne voulait surtout pas aliéner sa liberté. L'égoïsme de l'artiste était incompatible avec une vie de femme mariée.

En revanche, à condition de se montrer discrets, ils pouvaient devenir amants. De toute façon, même si leur liaison s'ébruitait, le petit monde artistique londonien était réputé pour sa tolérance. Rebecca était convaincue que même son père n'y verrait pas d'objection. Du reste, il était tellement absorbé par sa peinture qu'il ne se rendrait sans doute compte de rien.

Cependant, ce n'était pas non plus la solution idéale. Ce genre de liaison pouvait aussi faire beaucoup de mal quand elle se terminait. Or, elle se terminerait fatalement. Kenneth semblait la trouver attirante, mais Rebecca savait parfaitement qu'il la verrait toujours davantage dans le rôle du professeur que dans celui d'une maîtresse, pas très experte au demeurant.

Elle poussa un soupir. Le plus sage consistait à limiter leur relation à une simple amitié. À elle de bannir scrupuleusement de son esprit toute pensée tendancieuse.

Puisqu'elle ne serait que son amie, Rebecca songea qu'elle pourrait au moins offrir un cadeau à Kenneth – un présent qui l'aiderait à devenir un véritable peintre. Sa palette terminée, elle s'attela à la tâche pour que tout soit prêt avant son arrivée.

Kenneth se présenta à la séance de pose en pantalon et bottes, la chemise déboutonnée, ainsi que Rebecca le lui avait demandé. Elle retint son souffle en le voyant entrer. Il était d'une beauté ténébreuse qui en faisait le plus convaincant et le plus irrésistible des pirates.

— Avant que nous commencions, j'ai quelque chose pour vous, annonça-t-elle.

— Laissez-moi deviner : un perroquet qui se posera sur mon épaule en criant « À l'abordage ! ».

Elle éclata de rire.

— Ah ! c'est une bonne idée. Mais Grisounet ne ferait qu'une bouchée de ce pauvre volatile. Venez avec moi.

Elle l'entraîna hors de l'atelier, dans le couloir qui traversait les combles de part en part. Ils passèrent devant les chambres des domestiques et atteignirent une porte que la jeune femme ouvrit. Elle s'effaça pour laisser Kenneth entrer dans ce qui avait été autrefois une chambre de bonne.

Kenneth balaya du regard le mobilier très modeste, pour s'arrêter sur le chevalet qui trônait au centre de la pièce, à côté d'une table garnie de pinceaux, de brosses et de pots de peinture.

Il lui jeta un regard interrogateur.

— Si vous voulez peindre sérieusement, vous aurez besoin d'un atelier, expliqua Rebecca. Cette pièce n'est pas occupée, pour l'instant. Elle n'est pas très grande, mais au moins vous n'y serez pas dérangé. Si vous avez besoin d'autre matériel, n'hésitez pas à le prendre chez moi.

Elle lui tendit la clé en ajoutant :

— Ce sera chez vous aussi longtemps que vous le souhaiterez.

Il s'empara de la clé, frôlant la main de la jeune femme au passage.

— Je ne mérite pas cela. Pourquoi vous montrer si bonne avec moi, Rebecca ?

Devinant que sa question n'était pas une simple formule de politesse, Rebecca soupesa soigneusement sa réponse.

— Disons que c'est ma manière à moi de remercier le ciel de m'avoir facilité les choses sur le plan artistique. Ou, si vous préférez, j'aurais aimé, si j'avais été à votre place, que quelqu'un m'aide à surmonter les obstacles rencontrés sur ma route.

— Je ne le mérite pas, répéta-t-il, une tristesse soudaine au fond des yeux. Si seulement vous saviez…

C'était le genre de situation qui pouvait vite devenir terriblement intime. Rebecca sentait Kenneth très ému de la voir prendre ses rêves au sérieux. Avant que les choses n'aillent trop loin, elle préféra tourner les talons.

— Je vais profiter de nos séances de pose pour vous apprendre les rudiments de l'huile, déclara-t-elle abruptement. Venez. Il est grand temps de nous mettre au travail.

L'esprit très agité, Kenneth reprit le chemin de l'atelier de Rebecca. Il leur fallut plusieurs minutes pour retrouver la pose exacte de la dernière fois. Mais dès que la jeune femme commença à remplir sa toile, Kenneth laissa libre cours à ses pensées. En l'espace de vingt-quatre heures, il avait gagné un professeur, un atelier et une confidente à qui il pourrait parler en toute liberté de sa plus grande passion. Tout aurait donc été parfait, si sir Anthony n'avait laissé échapper qu'il se considérait comme responsable de la mort de sa femme. Le peintre en aurait-il dit plus si Kenneth l'avait interrogé ? C'était peu probable. À en juger par la façon dont il avait marmonné ces quelques mots, ils n'étaient sans doute pas destinés à d'autres oreilles que les siennes.

En tout cas, Kenneth s'était abstenu de poser la moindre question. Mais avait-il vraiment envie d'en savoir plus ? Quand on connaissait les caractères bien trempés de lord et de lady Seaton, il était parfaitement concevable qu'une dispute entre eux eût pu tourner à la tragédie, sans que ni l'un ni l'autre n'eût rien prémédité.

Et ce n'étaient pas les motifs de dispute qui manquaient. George Hampton, par exemple, aurait pu persuader Helen de quitter son mari pour venir vivre avec lui, et sir Anthony serait devenu fou de rage en l'apprenant. Ou bien Helen aurait pu tout à coup se montrer terriblement jalouse de la maîtresse mystérieuse, alors qu'elle ne s'était jamais souciée des autres liaisons de son mari. Ou encore, comme il l'avait déjà envisagé, c'était cette mystérieuse maîtresse qui avait décidé de se débarrasser de sa rivale, et sir Anthony, se refusant à la dénoncer, avait simplement mis fin à leur liaison parce que lui-même n'avait pas souhaité la mort de sa femme. Ce qui expliquerait pourquoi il pleurait toujours lady Seaton.

Kenneth fut interrompu dans sa rêverie par la voix de Rebecca :

— J'aime bien votre expression, mais essayez de vous détendre, sinon vous risquez d'avoir des crampes.

Kenneth fit de son mieux pour lui obéir. Pour se divertir l'esprit, il essaya d'imaginer la jeune femme débarrassée des épingles qui retenaient ses cheveux.

— N'ayant jamais enseigné la peinture, je ne sais trop par où commencer, reprit-elle. Vous savez, c'est de l'artisanat, exactement comme l'horlogerie ou la cordonnerie. Un peintre qui est un excellent artisan ne sera pas forcément un grand artiste, mais le talent sans le travail n'aboutira jamais à rien.

— Vous m'avez au moins déjà appris quelque chose, répondit Kenneth. Je ne me suis jamais essayé à la peinture à l'huile de ma vie. Considérez donc que je démarre de zéro.

— Entendu.

Elle réfléchit un moment, avant de poursuivre :

— Les maîtres d'autrefois avaient pour habitude de peindre par couches successives. Telle couche sous-jacente apparaissant par transparence à travers les couches supérieures de la toile. C'est ce qui donne à leurs chefs-d'œuvre cette intensité inégalée. Mais cette technique était très lente. Aujourd'hui, l'usage est d'appliquer tout de suite la teinte finale. C'est beaucoup plus rapide. Et ce que vous perdez en profondeur, vous le gagnez en spontanéité.

— C'est pour cela que votre père produit tellement ?

— C'est l'une des raisons, en effet. Mais il est aussi parfaitement organisé. Avant de commencer une toile, il prépare toutes ses couleurs, y compris les demi-teintes dont il aura besoin. De ce fait, il s'arrête très rarement en cours de route pour modifier sa palette.

— J'imagine que vous avez pris exemple sur lui ?

Elle hocha la tête et tendit le bras, pour lui montrer sa palette.

— Chaque artiste développe sa propre méthode pour préparer ses couleurs. La palette est notre instrument le plus personnel, expliqua-t-elle en reprenant son travail. Plus tard, je vous apprendrai à mixer les teintes, mais pour l'instant, sachez qu'il vaut toujours mieux commencer par appliquer une couche monochrome sur toute la toile. Même si à l'arrivée elle est complètement recouverte, cette première couche aura un effet sur l'aspect final de l'œuvre. Mais c'est à vous de savoir, en fonction du sujet que vous souhaitez peindre, si cette première couche sera plus ou moins foncée ou claire.

D'un mouvement impatient, elle voulut repousser une mèche tombée devant ses yeux. Son geste eut précisément l'effet inverse, et fit s'écrouler toute la délicate architecture à l'équilibre précaire. D'un coup, une masse de boucles auburn lui cascada jusqu'à la taille. Kenneth contempla ce spectacle le souffle coupé.

— Ce serait un crime de sacrifier une pareille chevelure, dit-il d'un ton qu'il espérait détaché. Mais je suppose que vous devez parfois y songer.

— Papa s'y refuserait. Quand il a besoin d'un modèle avec beaucoup de cheveux, il fait appel à moi.

Avec cette nonchalance qui témoignait d'une longue pratique, la jeune femme rassembla ses boucles sur son crâne, les tortilla adroitement et y planta le manche en bois d'un pinceau pour aider l'ensemble à rester en place. Puis elle reprit son travail en décrivant les étapes successives par lesquelles elle passait.

Kenneth buvait ses paroles, essayant de mémoriser chaque mot. Il avait conscience que même un cours aux Beaux-Arts n'aurait pu lui être aussi profitable que cette séance où Rebecca lui enseignait tout ce qu'elle tenait de son père ou qu'elle avait découvert elle-même.

Absorbée dans sa tâche, elle finit par se taire. Kenneth ne songea pas à s'en plaindre. Il avait déjà largement de quoi méditer. Et les prochaines séances ne feraient qu'accroître ses connaissances.

Et puis, entre autres avantages, poser pour elle lui permettait de la contempler à loisir. Et aucun artiste n'aurait pu rêver plus beau modèle. Un jour, peut-être, il serait capable d'en faire le portrait.

Mieux encore : il la peindrait nue, vêtue simplement de sa somptueuse chevelure flamboyante. C'était une perspective irrésistible. Kenneth s'imaginait déjà les courbes harmonieuses de son corps et rêvait à la forme de ses seins.

Inévitablement, ses pensées embrasèrent ses sens et une bouffée de désir lui incendia les reins. Nom d'un chien ! Il devenait urgent de penser à autre chose. Que devenait Sutterton, par exemple ? Ce serait bientôt l'époque des semailles et Kenneth se promit d'écrire à Jack Davidson afin de lui faire ses recommandations. Mais l'instant d'après, il revenait à Rebecca pour se demander si le manche de pinceau suffirait à retenir ses cheveux jusqu'à la fin de la séance.

Au bout d'un moment, ainsi qu'elle l'avait prévu, il commença à ressentir des crampes. Il essaya de changer imperceptiblement de position, en vain. Quand son malaise devint tout à fait insupportable, il se risqua à demander une pause à Rebecca, qui l'accepta sans rechigner. Il se releva et s'étira longuement pour détendre ses muscles. Deux bonnes heures s'étaient écoulées depuis le début de la séance.

— Vous ne ressentez jamais de fatigue en travaillant ?

Rebecca leva les yeux vers lui, mais son regard était ailleurs, comme si elle était toujours à sa palette.

— Si. Mais je ne m'en aperçois que plus tard.

— Je parierais que Grison est plus doué que moi pour poser.

Il se massa la nuque et fit quelques pas vers le chevalet, avant d'ajouter :

— Puis-je admirer le résultat ?

— Je préférerais que la toile soit plus avancée avant de vous la montrer, répondit-elle en tournant délibérément le chevalet vers le mur.

Comme la première fois, elle prépara du thé et, tandis qu'ils le buvaient, entreprit de lui décrire avec force détails les rudiments de la peinture à l'huile.

— Bon ! Assez parlé pour aujourd'hui, déclara-t-elle soudain en reposant sa tasse. Sinon, je vais vous noyer sous la théorie.

Elle se releva et lui indiqua une grosse boîte, presque de la taille d'un coffre :

— Choisissez quelques objets dans cette boîte et composez une nature morte sur cette table, près de la fenêtre.

Kenneth fouilla dans la boîte et en retira un gobelet d'argent, un moulage de tête romaine et une demi-douzaine d'autres objets, qu'il disposa sur la table.

— Je vous ai préparé quelques teintes, reprit alors Rebecca, qui lui tendit solennellement un pinceau. Maintenant, à vous de jouer, ajouta-t-elle avec un sourire engageant.

Kenneth se rappela soudain la première fois où on lui avait tendu un fusil en lui prodiguant les mêmes encouragements. Le fusil lui avait ouvert une longue et pénible route. Il ne put s'empêcher de se demander où celle-ci l'entraînerait.

12

La grande allée de Hyde Park s'enfonçait, déserte, entre deux rangées d'arbres baignés par la brume matinale. Kenneth éperonna sa monture et fonça droit devant lui.

Pendant quelques minutes, l'esprit complètement vide, il se contenta de savourer le plaisir d'une chevauchée dans le vent. Mais la réalité le rattrapa quand il tourna la bride pour revenir dans la direction de Seaton House.

D'habitude, il se sentait toujours reposé après avoir entraîné le cheval de sir Anthony. Mais pas ce jour-là. Son essai de peinture de la veille lui restait fâcheusement en mémoire. Cela ne s'était pas bien passé. La peinture à l'huile n'avait décidément rien à voir, ni dans la texture ni dans le rendu des couleurs, avec l'aquarelle. Et Kenneth s'était misérablement débattu avec sa palette.

Quoiqu'il ait toujours su qu'il n'était pas un artiste, il se rendait compte à présent qu'il s'était accoutumé aux louanges de ses amis de l'armée. Catherine Melbourne et Anne Mowbry avaient adoré les dessins qu'il avait faits de leurs familles. Leurs compliments étaient bien sûr excessifs, mais Kenneth les avait trouvés si plaisants qu'il ne les avait pas remis en question.

Avec Rebecca, c'était bien différent. Il s'était vite rendu compte combien ses efforts restaient dérisoires en comparaison de la maîtrise dont elle faisait preuve. Il s'était senti terriblement gauche. Et ce n'était vraiment pas la faute de la jeune femme. Ses commentaires, très posés, étaient dénués de toute moquerie. Cependant, Kenneth avait été tenté d'envoyer à travers la pièce le chevalet, la palette et la nature morte qui lui servait de modèle. Au moins, cette expérience l'avait rendu plus indulgent envers les crises de sir Anthony.

Les choses ne s'étaient pas arrangées, le soir, lorsque Kenneth était monté dans son propre atelier pour s'essayer à une autre nature morte. Il avait espéré que cette seconde tentative se passerait mieux, mais il s'était lourdement trompé. Il n'avait même pas été capable de peindre convenablement une tasse et sa soucoupe. Le résultat pitoyable, si éloigné de ses rêves arrogants, lui avait fait tellement honte qu'il avait déchiré sa toile dans un geste rageur.

Certes, il n'avait encore pris qu'une leçon. Tout espoir n'était pas perdu. Et cependant, il commençait à douter sérieusement de ses chances de devenir un véritable artiste.

De retour à Seaton House, il sauta de selle et rentra le cheval à l'écurie. Il était occupé à le panser quand Phelps, le cocher, sortit de son petit logement au-dessus de l'écurie, une pipe serrée entre les dents. Il salua Kenneth de la tête et alla se planter sur le seuil pour inspecter le ciel.

Phelps était le seul domestique au service des Seaton depuis des années. Son caractère taciturne en faisait une maigre source d'informations, cependant Kenneth aimait sa compagnie. Quand il eut terminé de panser le cheval, il vint le rejoindre sur le pas de la porte.

— Il fait frisquet, ce matin. On a du mal à croire que le printemps est pour bientôt.

— Pas assez tôt à mon goût, répliqua Phelps en expirant un panache de fumée. Je serai bien content de quitter Londres pour la région des Lacs.

— À quel moment sir Anthony a-t-il l'habitude de s'y rendre ?

— Quand il commence à faire vraiment beau. En général, vers la fin mai.

C'était dans plus de deux mois. Kenneth n'était pas certain de faire encore partie du personnel à ce moment-là.

— Mlle Seaton aime-t-elle aller là-bas ?

— Pour sûr. Ça lui fait du bien, le bon air. À Londres, elle ne met pratiquement jamais les pieds dehors.

Kenneth s'aperçut que Phelps avait raison. Il se promit de persuader Rebecca de sortir se promener de temps en temps. Et puisque le cocher semblait d'humeur loquace, il enchaîna :

— D'après ce que j'ai cru comprendre, la plupart des amis de sir Anthony se rendent également dans la région des Lacs à la belle saison ?

— C'est vrai, opina Phelps. Lady Claxton, lord Frazier et une dizaine d'autres ont des maisons non loin de Ravensbeck. Comme si on ne les voyait déjà pas assez en ville, grommela-t-il.

— M. Hampton y va aussi ?

— Avec sa boutique de gravure, il ne peut pas s'absenter aussi longtemps que les autres. En général, il ne vient qu'au mois d'août.

Helen était précisément morte pendant la période où son amant se trouvait dans les parages. À défaut d'avoir une signification précise, cet élément plaçait indéniablement George Hampton au rang des suspects.

— On m'a raconté que c'était lui qui avait découvert lady Seaton après son accident.

— Ouais. C'était une sale journée.

— Sa mort a dû causer un grand choc.

— Peut-être pas à tout le monde, répliqua Phelps, énigmatique.

Intrigué, Kenneth lui coula un regard oblique.

— Vous attendiez-vous à une telle tragédie ?

— Je ne m'y attendais pas. Mais je n'ai pas non plus été surpris.

Comprenant qu'il fallait se montrer patient, Kenneth revint discrètement à la charge :

— Quelqu'un m'a raconté que lady Seaton et M. Hampton étaient très... proches.

Phelps cracha par terre.

— Trop proches. Sir Anthony aurait dû donner une correction à Hampton, mais non, ils restaient les meilleurs amis du monde. Et ils le sont encore. C'est une honte !

— Je ne suis pas non plus habitué à ce genre de pratiques, déclara Kenneth, pour ne pas froisser l'autre. Et que pensez-vous de lord Frazier ? Il me fait l'effet d'un grand séducteur.

— Ah ça, oui ! Il prend un malin plaisir à séduire les femmes qui s'intéressent à sir Anthony. Mais sir Anthony s'en moque. Il a d'autres choses plus importantes en tête.

Ainsi, il existait une rivalité entre les deux hommes. Comme il devait en exister une entre sir Anthony et George Hampton. La célébrité du peintre inspirait sans doute de la jalousie à ses deux vieux amis. Kenneth mourait d'envie d'en savoir plus, mais il s'interdit de poser davantage de questions, afin de ne pas éveiller les soupçons de Phelps.

Ils parlèrent un peu de chevaux, puis Kenneth prit poliment congé et rentra dans la maison, plutôt satisfait. C'était la première fois que Phelps en disait autant sur ses maîtres, et son affirmation selon laquelle la mort de lady Seaton ne l'avait pas surpris avait intéressé Kenneth. Helen était peut-être le genre de femmes dont on devinait tout de suite qu'elle ne ferait pas de vieux os. Kenneth avait déjà rencontré des gens semblables. Le poids de leur destin se lisait presque sur leur visage. Dans l'armée, par exemple, ils devenaient immanquablement héros ou martyrs. Ils brûlaient la chandelle par les deux bouts, et leur vie se consumait plus rapidement que celle du commun des mortels.

Maria était comme cela. Inexplicablement, Kenneth avait toujours su qu'elle mourrait jeune. Et c'était sans doute ce qui avait donné une telle intensité à leur relation.

Il se lava et se changea, puis se rendit dans la salle à manger, prendre son petit-déjeuner. Rebecca s'y trouvait déjà, à bâiller devant sa tasse de café et ses toasts. Elle était si adorable, avec ses cheveux retenus par un ruban vert et ses yeux encore ensommeillés, que Kenneth sentit son humeur s'alléger.

— Bonjour, lança-t-il. Vous êtes tombée du lit, ce matin.

— Je ne l'ai pas fait exprès, dit-elle avec une moue. J'envie les gens qui sont en pleine forme dès l'aube.

Il sourit.

— L'aube est déjà loin. C'était très joli, dans le parc, avec le soleil qui perçait à travers la brume.

— Vous devriez le peindre. Ainsi, je saurais à quoi cela ressemble.

Kenneth se dirigea vers la desserte et se servit d'œufs au bacon.

— Je crains que mon tableau ne rende pas la magie de ce moment. Mes essais d'hier m'ont prouvé mes limites.

— Détrompez-vous, rétorqua-t-elle, soudain attentive. Et faites preuve d'un peu de patience.

Il s'installa en face d'elle.

— La patience n'a jamais été mon fort.

— Je ne m'en serais pas doutée, répliqua-t-elle avec ironie.

Il rit.

— Votre père m'a organisé un rendez-vous avec son avoué pour le début d'après-midi. Je ne pourrai pas poser pour vous avant quatre heures.

Il mangea un instant en silence avant de reprendre :

— C'était vraiment très agréable, cette promenade. Vous ne sortez pas assez. Que diriez-vous si je vous y accompagnais de temps en temps ?

— Pas question ! Je n'ai pas envie d'être promenée dans les rues de la ville comme une vulgaire collégienne.

— Vous allez finir par tomber malade si vous ne prenez pas plus le soleil.

— Je vous signale qu'à Londres le soleil brille rarement en cette saison.

Kenneth changea de stratégie.

— Je sais que vous vous consacrez entièrement à votre travail, mais vous devriez vraiment vous aérer un peu. Vous avez la chance d'habiter l'une des capitales les plus animées du monde et vous y vivez comme un ermite.

— L'été, à la campagne, je sors beaucoup. Londres est trop sale et trop bruyant.

— Est-ce vraiment la raison ? demanda Kenneth, qui suivait son intuition. Ou est-ce parce que vous vous sentez exclue de la société ?

Elle laissa tomber son toast dans sa tasse. Après l'avoir récupéré, elle répondit :

— Aller dans des endroits où personne ne me connaît ne serait pas désagréable. En revanche, une promenade dans Hyde Park serait une épreuve dont je préfère me dispenser.

— Cela fait dix ans que vous vous êtes enfuie. Le scandale aura fini par s'effacer des mémoires.

Elle eut un sourire ironique.

— Vous sous-estimez la mémoire des braves gens. Il n'y a pas six mois, une ancienne camarade de classe m'a ostensiblement tourné le dos au British Museum. Je ne tiens pas à revivre ce genre d'expériences.

— J'aurais pensé que la célébrité de votre père arrangeait bien des choses.

— Papa est un artiste renommé que le roi lui-même honore. Moi, je ne suis qu'une vieille fille disgraciée. Cela n'a rien à voir. Quand vous êtes entré à l'armée, vous avez bien dû découvrir ce qu'est l'ostracisme social. Ou alors, c'est que votre naissance respectable se lisait dans vos manières.

Il rit.

— Même en montant en grade, je n'ai jamais essayé de convaincre les autres officiers que j'étais leur égal. Certains me méprisaient parce qu'ils me croyaient issu du peuple, d'autres m'ont accepté parmi eux après que j'ai eu prouvé mes compétences. Quelques-uns, les moins nombreux, m'ont pris tel que j'étais. Ceux-là sont devenus mes amis.

Elle soupira.

— Vous êtes plus courageux que moi. Je préfère éviter la société plutôt que l'affronter.

Il était sans doute plus facile de contourner les barrières sociales dans l'armée que dans la bonne société. Cependant, Kenneth avait essuyé assez de vexations pour savoir combien ce genre d'épreuve était pénible. Et il se prenait à vouloir aider Rebecca à redresser la tête. Si elle recommençait à sortir et à se faire des amis, elle pourrait enfin oublier le passé et connaître une existence plus agréable.

En fait, Kenneth songeait déjà à un plan. Si Michael et Catherine venaient à Londres pour la saison, ils seraient probablement d'accord pour recevoir Rebecca. Les deux femmes étaient faites pour s'entendre. Mais Kenneth dut renoncer à son idée aussi vite qu'elle avait germé dans son esprit. Rien ne serait possible tant qu'il resterait le secrétaire de sir Anthony. Il ne pourrait aider Rebecca qu'en reprenant son rang dans la société. Maudite supercherie !

Cependant, il existait un meilleur moyen pour Rebecca de retrouver une position.

— Pourquoi n'exposeriez-vous pas votre travail ? Angelica Kauffmann a bien réussi à devenir célèbre, alors que sa réputation était pourtant entachée de plusieurs scandales.

Le visage de la jeune femme se durcit.

— Je n'ai pas l'intention d'exhiber mes toiles.

— Il ne serait nullement question de tout montrer. Mais de donner au moins un aperçu de vos talents.

Elle replia sa serviette et se leva.

— Vous ne m'avez pas écoutée, capitaine. Je vous ai dit que cela ne m'intéressait pas.

Sur ces mots, elle quitta la salle à manger, laissant Kenneth perplexe. Il trouvait dommage qu'elle se refuse à sortir de son petit univers protégé et était résolu à la faire changer d'avis. Mais pourquoi cela lui tenait-il tellement à cœur ? se demanda-t-il soudain. Il suspectait qu'il ne s'agissait pas seulement de la remercier des leçons qu'elle lui donnait. Non. Il y avait autre chose.

La seule réponse plausible était qu'il voulait s'excuser à l'avance du chagrin qu'il s'apprêtait à lui infliger.

Rebecca s'engouffra dans son atelier et claqua la porte derrière elle. Elle aurait mieux fait de prendre son petit-déjeuner dans sa chambre, comme d'habitude. On ne pouvait rêver pire façon de commencer sa journée que de boire son café face à un mâle arrogant.

Et, qui plus est, avait raison.

« Le diable l'emporte ! » Rebecca attrapa un coussin et le lança à travers la pièce. Avant l'arrivée du capitaine, elle était satisfaite de son existence. Elle avait son travail, elle avait aussi…

Très peu de chose, en fait.

Son expérience de la vie était fort limitée. Le peu qu'elle savait du monde qui l'entourait, elle l'avait appris en observant les gens qui fréquentaient son père. Échaudée par son fiasco amoureux, elle s'était retirée pour se concentrer uniquement sur sa peinture, avec ses parents pour seule compagnie.

Et puis, sa mère était morte et quelque chose s'était brisé en elle. Rebecca était cruellement consciente de n'avoir peint aucun tableau intéressant depuis la tragédie. Les toiles qu'avait admirées Kenneth dataient toutes d'une époque antérieure.

Oh ! elle avait certes beaucoup travaillé et barbouillé une quantité impressionnante de toiles qui n'étaient pas totalement dénuées d'intérêt sur le plan technique. La plupart des gens auraient trouvé cela très bien. Mais Rebecca savait que sa dépression se reflétait dans son travail, et ses tableaux n'avaient plus assez de force pour mériter d'être exposés à l'Académie.

Elle se laissa tomber sur le sofa avec un grand soupir. Le tapis persan, resté posé sur le dossier, lui rappela soudain la mise en scène de sa nouvelle toile. Avec un peu d'imagination, elle pouvait presque sentir la chaleur du pirate à côté d'elle.

Ce portrait de Kenneth était son projet le plus excitant depuis la mort de sa mère. Rebecca espérait qu'en le peignant elle parviendrait à détourner à son profit un peu de cette force vitale qui habitait Kenneth.

Mais un autre tableau était presque aussi urgent. Un tableau qui requérait tout son courage.

Avant qu'elle ne baisse une fois de plus les bras, Rebecca s'empara de son carnet à croquis et commença à esquisser la silhouette d'une femme précipitée dans le vide.

Le rendez-vous de Kenneth avec l'avoué de sir Anthony ne portait que sur des questions financières de second ordre. Kenneth en profita cependant pour faire dévier la conversation sur la mort d'Helen, mais il n'en tira rien d'intéressant. Du reste, il n'en fut guère surpris. Visiblement, il lui restait peu de chose à apprendre.

Bien qu'il tombât une petite pluie glaciale, il décida de rentrer à pied jusqu'à Seaton House. En chemin, il opéra un petit crochet par le bureau de poste, pour relever sa boîte. Il y trouva une lettre de Jack Davidson. Son ami lui décrivait ses projets de plantations printanières et en dressait un devis. Kenneth fit un rapide calcule mental. Il aurait tout juste de quoi payer la note avec les quelques économies qui lui restaient et ce qu'il avait déjà pu mettre de côté sur son salaire. Il lui fallait maintenant prier le ciel pour qu'aucune dépense imprévue ne survienne d'ici là.

Dans le dernier paragraphe de sa lettre, Jack abordait une question plus personnelle :

Kenneth, je ne te remercierai jamais assez de m'avoir invité à Sutterton. D'abord, parce que pendant toutes ces années de guerre, j'en avais presque oublié le plaisir de vivre près de la terre, et qu'ensuite je trouve ta sœur absolument ravissante. Il est encore un peu tôt pour que je m'aventure à la courtiser officiellement, mais je tenais à t'en parler pour que tu puisses réfléchir à ta réponse quand le moment sera venu.

Bien cordialement,

Jack Davidson

Avec un sourire, Kenneth replia la lettre et la rangea dans sa poche. Il savait, par le courrier qu'elle lui avait envoyé, que sa sœur partageait la même inclination pour Jack. Ces deux-là étaient faits l'un pour l'autre.

Pourtant, Kenneth se remit en marche l'humeur assombrie. Il avait proposé à Jack de venir à Sutterton dans l'idée que son ami s'entendrait avec sa sœur. Il avait vu juste. Maintenant, cependant, il s'interrogeait sur la situation ainsi créée. Non pas quant à la relation elle-même. Jack était un brave garçon, qui saurait rendre Beth heureuse, et de toute façon Kenneth n'était pas en position d'espérer un parti plus fortuné pour sa sœur. Mais se marier impliquait de disposer d'assez d'argent pour vivre à deux, et Jack aussi bien que Beth dépendaient de lui. S'il perdait Sutterton, Jack devrait trouver à s'employer ailleurs et il lui faudrait sans doute des années avant de pouvoir fonder un foyer. Ce qui signifiait que Kenneth n'avait pas intérêt à abandonner son enquête pour lord Bowden. Ses désirs personnels n'avaient droit de cité que dans la mesure où ils n'interféraient pas avec sa mission.

Eu égard au temps maussade qui semblait refléter ses pensées, Kenneth retrouva avec plaisir Seaton House. Il se débarrassa de son manteau trempé et monta tout droit à l'atelier, pour informer sir Anthony de son retour.

Il débarqua au milieu des rires et de la bonne humeur. Il savait, d'après l'agenda de son employeur, que celui-ci avait accepté un portrait de groupe pour deux comtes et leurs épouses. Ce qu'il ignorait, c'était que les deux femmes étaient sœurs jumelles. Sir Anthony les avait tournées l'une vers l'autre, pour obtenir un effet de miroir, tandis que les deux maris, le premier aussi blond que le second était brun, se tenaient à leurs côtés, un peu en retrait.

Sir Anthony se tourna vers Kenneth et lui sourit :

— Vous remarquerez que les comtesses de Markland et de Strathmore sont *parfaitement* identiques.

— J'imagine que c'est pour vous un défi à relever, monsieur ?

— En effet. D'autant que j'ai accepté de peindre deux toiles, une pour chaque comte. Mais la mise en scène sera légèrement différente pour le second tableau.

— Pourquoi ne pas plutôt en rajouter dans la similitude ? suggéra une des deux femmes.

— Ce qui plaît une fois, plaît deux fois, répondit le mari aux cheveux bruns, avec un clin d'œil entendu à son épouse, ce qui provoqua un nouvel éclat de rire de leurs amis venus assister à la séance.

Cette joyeuse bande avait réussi à transformer une journée de grisaille en partie de plaisir.

Après s'être assuré que les domestiques avaient monté des rafraîchissements, Kenneth se retira et alla dans sa chambre revêtir sa tenue de « pirate », avant de rejoindre Rebecca dans son atelier. Mais juste avant d'emprunter l'escalier qui menait aux combles, son attention fut attirée par un tableau accroché sur le palier et qu'il n'avait jamais vraiment regardé jusque-là.

C'était une représentation de la mort de Socrate, un sujet classique mais toujours très populaire. Le tableau montrait le philosophe au moment où il s'apprêtait à boire la coupe contenant la ciguë devant ses disciples effondrés de chagrin. Ce n'était pas une mauvaise toile, mais elle manquait de grandeur. Les poses étaient trop conventionnelles, les couleurs trop ternes. Et surtout, la scène, dramatique dans son essence, manquait cruellement d'âme.

Cela dit, Kenneth devait reconnaître que c'était de toute façon mieux que ce qu'il pouvait espérer faire. Il était sur le point de gravir l'escalier, quand une voix masculine l'interpella :

— Vous aimez cette toile, capitaine ?

Kenneth se retourna. Lord Frazier venait à sa rencontre, et semblait impatient de connaître sa réponse.

— Oui, beaucoup, milord, répondit-il prudemment. C'est un sujet magnifique. Est-ce votre œuvre ?

Lord Frazier se rengorgea imperceptiblement.

— J'ai peint ce tableau il y a cinq ans. Après l'avoir exposé à l'Académie, j'ai reçu plusieurs offres flatteuses que j'ai toutes refusées. Je suis un gentleman, pas un affairiste. Et comme Anthony appréciait la toile, je la lui ai donnée.

Si sir Anthony avait exprimé son admiration, ce ne pouvait être que simple politesse. Le tableau n'avait vraiment rien de remarquable. Mais, bien sûr, Kenneth garda son opinion pour lui.

— Je connaissais votre réputation avant d'arriver ici, mais c'est la première fois que j'ai la chance d'admirer votre travail. Peignez-vous souvent des scènes historiques ?

— Bien entendu. Ce sont les seuls sujets dignes d'un peintre sérieux, répondit lord Frazier, qui eut une moue méprisante avant d'ajouter : Quel dommage qu'Anthony en soit réduit à faire des portraits pour gagner sa vie ! Il est vraiment doué pour les sujets historiques, enfin quand il a le temps de s'y consacrer.

Cette rosserie à peine déguisée confirmait ce que Phelps avait laissé entendre : quoique sir Anthony et lord Frazier fussent amis de longue date, le second nourrissait une évidente jalousie envers le premier.

— Ses portraits n'ont peut-être pas autant d'intérêt qu'une peinture historique, cependant, ils ne manquent pas de qualités, risqua Kenneth. Celui de lady Seaton, par exemple, est splendide.

— Je me souviens parfaitement du jour où il l'a commencé, dit Frazier, le regard soudain lointain. Nous étions quelques-uns, une dizaine environ, réunis pour un pique-nique sur la pelouse de Ravensbeck. Après quelques coupes de champagne, Anthony décréta qu'Helen était si ravissante qu'il devait absolument l'immortaliser. Il repartit en courant vers la maison chercher son matériel et se mit aussitôt au travail pour profiter de la lumière de cet après-midi d'été. Nous étions tous étonnés, car il ne peint pratiquement jamais en dehors de son atelier. Ce qui n'empêcha pas son tableau d'être une réussite.

Lord Frazier secoua la tête d'un air chagrin, avant de terminer :

— Hélas ! quelques semaines plus tard, Helen mourait. Je ne peux repenser à ce pique-nique sans avoir le cœur serré.

— Étiez-vous encore dans la région lorsque lady Seaton a eu son accident ?

— Oui. Pour tout vous dire, j'aurais même dû dîner avec Anthony et elle ce soir-là. Quelle perte irréparable ! Le travail d'Anthony a beaucoup souffert, depuis la tragédie. Au point que je me demande s'il retrouvera un jour tout son talent.

— Vraiment ? s'étonna Kenneth d'un air innocent. Pourtant, je trouve sa série sur Waterloo bouleversante.

— Ce sont des toiles convenables, acquiesça lord Frazier, avec un rien de hauteur. Mais si vous étiez artiste, vous sentiriez tout de suite qu'elles manquent de puissance.

Kenneth feignit de se montrer impressionné par tant de science.

— Si le chagrin a affecté le travail de sir Anthony, comme vous le dites, alors c'est une double tragédie.

— Sa réaction ne semble pas uniquement due au chagrin, fit Frazier pensivement. On dirait qu'il y a aussi de la… culpabilité.

Kenneth haussa les sourcils.

— Qu'entendez-vous par là ?

Frazier se figea.

— Rien du tout. Je n'aurais pas dû parler, s'excusa-t-il, en brossant une poussière imaginaire sur la manche de son manteau. Anthony est-il là ? reprit-il. Je voulais lui proposer de m'accompagner chez Turner.

— Il travaille sur un portrait, mais il ne vous en voudra pas si vous entrez dans son atelier pour le saluer.

— Non, je ne vais pas le déranger. Dites-lui seulement que je suis passé et que je le verrai ce soir au club.

Après son départ, Kenneth médita sur les propos de lord Frazier. Quoiqu'il parût envier le succès de sir Anthony, il s'était promptement rétracté au sujet de son éventuelle culpabilité dans la mort de sa femme.

Les amis de sir Anthony lui témoignaient une loyauté admirable. Mais, ce faisant, peut-être se montraient-ils déloyaux envers Helen Seaton…

13

Rebecca jetait un coup d'œil par la fenêtre quand elle vit Kenneth rentrer. Loin d'elle l'idée de le surveiller. Elle était simplement ravie à l'idée qu'il n'allait pas tarder à la rejoindre. Après avoir passé plus d'une heure à dessiner cette femme tombant dans les airs, elle avait terriblement besoin de compagnie.

Comme Kenneth n'arrivait pas, elle décida de descendre voir ce qui le retenait. Elle abordait le palier quand elle entendit sa voix et celle de lord Frazier. Elle recula instinctivement, préférant ne pas être vue. Non pas qu'elle redoutât Frazier, mais de tous les amis de son père, Rebecca n'appréciait vraiment que George Hampton.

De là où elle se trouvait, la jeune femme avait une bonne vue sur le palier de l'étage inférieur, et elle put constater que Kenneth regardait lord Frazier s'éloigner d'un air perplexe. Ce dernier l'avait probablement gratifié d'un de ces commentaires pontifiants sur l'art, et Kenneth devait se demander qu'en penser. Ce qui fit sourire Rebecca. Il y avait beaucoup plus d'intuition artistique chez Kenneth qu'il n'y en aurait jamais chez lord Frazier, malgré tous ses beaux discours théoriques.

Rebecca s'apprêtait à descendre, lorsqu'elle entendit la porte d'entrée s'ouvrir sur un nouveau visiteur. Sans doute un ami de son père venu lui dire bonjour. Elle décida donc d'attendre qu'on l'eût introduit dans l'atelier avant de se montrer.

C'est alors qu'elle entendit une voix de contralto s'exclamer avec ravissement :

— Kenneth !

Une jeune femme passa dans le champ de vision de Rebecca. Une ravissante brune au visage expressif.

— Quelle merveilleuse surprise ! ajouta-t-elle en se jetant dans les bras de Kenneth.

Celui-ci ne fit rien pour la repousser, bien au contraire.

— Catherine ! s'écria-t-il à son tour, avant de lui rendre son baiser et de lui chuchoter quelque chose à l'oreille.

Ils formaient un beau couple, et en d'autres circonstances, Rebecca aurait eu plaisir à les peindre sous les traits de Vénus et de Vulcain. Mais pour l'instant, elle aurait plus volontiers étranglé la visiteuse.

— Tu aurais dû nous avertir que tu étais à Londres, reprit cette dernière sur un ton de reproche en s'écartant enfin. Mon cher lord Kimball, vous manquez à toutes les politesses.

Rebecca s'agrippa à la rampe pour ne pas tomber. *Lord Kimball ?*

Kenneth n'eut pas le temps de répondre. Un gentleman venait de les rejoindre.

— Mon Dieu, Kenneth ! s'exclama-t-il en l'étreignant chaleureusement. Voilà si longtemps que nous nous sommes vus. Au moins un an...

— Ne m'en parle pas, mon vieux Michael, répondit Kenneth.

— Nous rentrons juste du baptême, intervint Catherine. C'est dommage que tu n'aies pas pu venir. Il a fait un temps magnifique. Mais les dessins que tu nous as envoyés sont superbes. On aurait juré que tu te trouvais avec nous à l'église.

Rebecca écouta avec attention la suite de la conversation. Visiblement, l'homme et la femme étaient mariés, et les effusions de Catherine étaient purement amicales. Mais une énigme demeurait : pourquoi l'avait-elle appelé lord Kimball ? Rebecca pressentait des choses qui l'effrayaient. Profitant de ce que les trois amis étaient trop occupés pour songer à lever la tête, elle se rapprocha de la balustrade et jeta un coup d'œil en bas.

— Qu'est-ce qui vous amène ici ? demandait Kenneth aux deux visiteurs.

— Deux couples de nos amis ont commandé leur portrait à sir Anthony, et nous avons été invités à assister à la séance de pose, répondit l'homme, qui couvait sa femme du regard. Cela tombe bien, j'envisageais justement de faire faire le portrait de Catherine. J'adore le travail de sir Anthony et je suis ravi d'avoir enfin l'occasion de le rencontrer.

— Je ne veux pas de portrait de moi, sauf s'il s'agit d'un tableau qui réunit toute la famille, répliqua Catherine, avant de demander à Kenneth : Es-tu là aussi pour un portrait ?

— Je travaille pour sir Anthony, répondit Kenneth d'une voix égale. Je suis son secrétaire.

Ses amis parurent surpris, mais s'efforcèrent de ne pas le montrer.

— Ce doit être agréable de vivre au milieu de tous ces chefs-d'œuvre, observa Catherine avec chaleur.

— Veux-tu dîner avec nous demain soir ? proposa son mari. Nous avons tellement de choses à nous raconter.

Kenneth se balançait d'un pied sur l'autre.

— Je ne sais pas encore si je pourrais me libérer. Il faut que je vous laisse, à présent. Où demeurez-vous ?

— Mon frère est parti en voyage à l'étranger, nous résidons chez lui, à Ashburton House, répondit Michael qui serra la main de son ami, avant d'ajouter : Amy sera furieuse si tu ne passes pas lui dire bonjour.

Rebecca resta cramponnée à la rampe tandis que les trois amis se faisaient leurs adieux. La jeune femme était encore sous le choc de ce qu'elle venait d'apprendre. Elle s'était imaginé qu'il existait un lien particulier entre elle et Kenneth, et voilà qu'elle découvrait tout à coup qu'elle ne connaissait même pas son vrai nom, ni aucun détail précis le concernant. Une fois de plus, elle s'était laissé duper par un homme.

Toute à ses pensées, elle entendit trop tard les pas qui montaient l'escalier. Instinctivement, elle battit en retraite, telle une souris devant un rapace, mais le visage de Kenneth apparaissait déjà. Il se pétrifia en la découvrant.

— Je suppose que vous m'avez entendu converser avec mes amis ? dit-il, après un silence tendu.

Rebecca se sentait gagnée par la colère.

— Lord Kimball, c'est bien cela ? fit-elle d'une voix glaciale.

— Allons dans votre atelier. Nous y serons plus tranquilles pour parler. Et je pense qu'une tasse de thé ne nous ferait pas de mal à tous les deux.

Il gravit les quelques marches qui le séparaient du palier tandis que, sans un mot, Rebecca le précédait dans le couloir.

Dès qu'ils furent dans l'atelier, il alla droit à la cheminée, où la bouilloire sifflait gaiement. Prévoyant que Kenneth aurait froid en rentrant, Rebecca avait tout préparé en l'attendant : l'eau pour le thé, et même un cake, dont elle avait disposé les tranches sur un plat. Elle avait pensé le savourer avec lui avant qu'ils ne commencent la séance. Ç'aurait été terriblement romantique. Quelle idiote !

La jeune femme sentit sa colère monter d'un cran en le voyant verser l'eau chaude dans la théière. De quel droit se comportait-il comme chez lui dans cette pièce qui ne lui appartenait pas ?

— Vous avez l'air positivement furieuse, nota-t-il en se tournant vers elle.

— Cela vous étonne ? Avec vous, on va de surprise

en surprise. D'abord, un artiste caché, et maintenant un noble qui garde secret son vrai nom. Que nous réservez-vous d'autre ? Et qu'êtes-vous venu faire dans cette maison, lord Kimball ?

— Travailler comme secrétaire, répondit-il placidement. Étant donné votre réaction devant mon titre, je ne regrette pas de ne pas l'avoir mentionné.

Rebecca lui aurait volontiers lancé un objet au visage. Mais elle se contenta de lâcher d'une voix cinglante :

— L'an dernier, mon père a réalisé un portrait de lady Kimball. Tout s'est très bien passé, ce qui n'était pas étonnant, du reste. Ce n'est pas à vous que je vais l'apprendre, votre femme est ravissante, lord Kimball.

Kenneth en resta un instant bouche bée.

— Sapristi ! Je comprends mieux votre réaction, maintenant. Cette femme est en réalité ma belle-mère, Hermione.

Ce fut au tour de Rebecca d'en rester sans voix. Puis elle se laissa choir sur le sofa, se rappelant soudain qu'il lui avait parlé du remariage de son père avec une très jeune femme. D'ailleurs, en y repensant, elle se souvenait vaguement qu'un vieil homme accompagnait parfois lady Kimball à ses séances de pose.

— Je vois, dit-elle d'un ton radouci. Mais cela ne m'explique pas pourquoi vous travaillez comme secrétaire, et pour quelle raison vous avez omis de préciser votre rang.

Le thé avait assez infusé. Kenneth en remplit deux tasses et tendit la première à la jeune femme.

— Il n'y a rien de mystérieux là-dedans. À la mort de mon père, voici quelques mois, je n'ai hérité que de son titre de vicomte et de ses dettes. Je me suis donc trouvé dans l'obligation de chercher du travail. C'est alors que quelqu'un m'a parlé de votre père. Je pensais qu'en me présentant à lui comme lord, je risquais de ne pas être embauché. Du reste, je préfère qu'on m'appelle capitaine. Ce titre-là, je l'ai gagné. L'autre est un accident de naissance.

Rebecca n'était pas encore totalement convaincue.

— Votre situation financière est-elle à ce point désespérée que vous en arriviez à de telles extrémités ? Je crois me souvenir que lady Kimball portait un ravissant collier pour son portrait. Un bijou de famille, je suppose ?

Il saisit sa tasse et s'assit à l'autre bout du sofa.

— En effet, dit-il avec amertume. Mais le testament ne mentionnait pas les bijoux, et Hermione a prétendu que mon père lui avait tout donné de son vivant. Je suis convaincu qu'elle ment. Mon père avait le sens de la tradition, et il avait de toute façon déjà couvert Hermione de cadeaux. Mais il ne pouvait pas se douter que sa petite femme adorée s'approprierait sans vergogne l'héritage familial.

— Et vous n'avez aucun recours légal ?

Il secoua la tête.

— Mon notaire m'a expliqué qu'en l'absence de preuve écrite de la main de mon père indiquant clairement ses volontés, il était impossible d'espérer récupérer les bijoux. À moins d'intenter un procès, qui serait de toute façon long et coûteux. Or, je n'ai pas les moyens de me payer un avocat, et les chances de gagner sont faibles. Mais c'est bien dommage. D'autant qu'un certain nombre de ces bijoux étaient destinés à ma jeune sœur.

Ainsi, il avait une sœur. Encore un détail important qu'elle ignorait.

— Admettons que les bijoux soient perdus. Mais votre père n'a pas pu ne pas vous laisser au moins une demeure ?

— J'ai effectivement hérité du château familial de Sutterton, dans le Bedford. Tant que ma mère vivait, le domaine était riche et prospère. Mais mon père s'est désintéressé de sa gestion après sa mort. Et quand

Hermione a exigé d'aller vivre à Londres, il a été contraint d'emprunter pour acheter l'hôtel particulier qu'elle réclamait et faire face à ses autres exigences mondaines. À sa mort, le domaine était entièrement hypothéqué.

Il semblait tellement malheureux que Rebecca sentit sa colère s'envoler.

— Et vous ne pouvez rien faire pour sauver ce domaine ?

— Si... peut-être.

Il posa sa tasse et se releva.

— Il existe... une solution. Mais pour l'instant, j'ignore encore si elle réussira.

Il était si tendu que Rebecca comprit aussitôt qu'il ne lui avait pas dit toute la vérité.

— Vous me cachez autre chose.

Il détourna le regard.

— J'avoue être un peu secret. J'en ai pris l'habitude tout enfant, quand je devais me cacher pour dessiner. C'est cette discrétion qui m'a permis ensuite de travailler aux renseignements dans l'armée.

— N'essayez pas de m'avoir par les sentiments. Vous me cachez quelque chose d'important, et cela vous tourmente.

Il s'approcha de la fenêtre et s'absorba dans la contemplation de la pluie, le visage fermé.

— Vous avez raison, lâcha-t-il finalement. Je me suis engagé dans une histoire dont je ne peux malheureusement rien vous révéler pour l'instant. Et croyez-moi, cela me gêne énormément de vous mentir, Rebecca.

— Dire qu'on n'aime pas pécher ne suffit pas à vous excuser si finalement vous commettez un péché.

Il se passa la main dans les cheveux.

— Certes. Mais parfois, on est contraint d'agir contre sa nature, même si cela doit occasionner du chagrin et des regrets.

Elle se leva à son tour et, le rejoignant près de la fenêtre, observa son profil tandis qu'elle demandait :

— Êtes-vous venu ici pour faire du mal à quelqu'un ? Mon père ou moi ?

— J'ai assez fait de mal comme cela pendant la guerre. Je me suis juré de ne plus jamais m'en prendre aux innocents.

Rebecca se laissait peut-être encore abuser, cependant, elle le croyait. Son secret n'avait pas forcément de rapport avec son père ou elle. Peut-être envisageait-il simplement de cambrioler la maison d'Hermione et sa conscience se rebellait-elle à l'idée de commettre un tel forfait. Rebecca, pour sa part, ne s'en serait pas émue. Mais elle avait une autre inquiétude.

— Votre... problème concerne-t-il une femme qui ne serait pas Hermione. Une... une fiancée, par exemple ?

— Non, répondit-il sans hésiter. Rien de tout cela.

Rebecca ressentit un immense soulagement, mais se garda bien de le laisser paraître.

— Aucune femme n'a donc jamais compté pour vous ? Vous m'étonnez.

Il déglutit péniblement.

— Si, il y a eu une femme... en Espagne. Elle s'appelait Maria et faisait partie d'un groupe qui combattait les Français.

Rebecca se rappela la beauté farouche qu'elle avait vue dans le portfolio de Kenneth. C'était probablement cette Maria. Et ils avaient été amants, pas seulement amoureux.

— L'Espagne est libre, à présent, observa-t-elle d'une voix neutre. Vous pourriez demander la main de Maria.

Un muscle de sa joue tressauta.

— Elle a été capturée et tuée par les Français.

Rebecca devinait qu'il aurait préféré ne pas aborder un sujet aussi douloureux. Sans doute avait-il consenti cet aveu pour se faire pardonner de ne pouvoir lui avouer ce secret qui semblait le ronger. Cet homme était une énigme. Et cependant, elle avait le sentiment qu'ils se comprenaient.

— Je suis désolée, souffla-t-elle.

Impulsivement, elle posa la main sur son bras et approcha son visage du sien jusqu'à effleurer ses lèvres.

Les yeux soudain emplis de désir, il la saisit par la nuque et s'empara des lèvres qui s'offraient ainsi à lui. Dans ce simple mouvement, les quelques épingles qui retenaient la chevelure de la jeune femme glissèrent, laissant celle-ci retomber librement sur ses épaules. S'abandonnant entre les bras de Kenneth, Rebecca ferma les yeux.

Leurs deux corps étroitement enlacés, ce fut un moment de pure passion. Elle laissait ses mains courir dans le dos de Kenneth, s'émerveillant de sentir sa musculature puissante. Michel-Ange se serait damné pour sculpter un corps pareil.

Ce fut lui qui rompit leur baiser.

— Vous n'auriez pas dû faire cela, dit-il d'une voix rauque.

— Non, je n'aurais pas dû, admit-elle, avant de lui mordiller tendrement la lèvre inférieure.

Étouffant un gémissement, il captura à nouveau ses lèvres et l'embrassa avec fougue, tandis que ses mains s'aventuraient sur ses seins. Le souffle coupé, Rebecca sentit une vague de chaleur la submerger. Elle aurait dû s'inquiéter du tour que prenaient les choses mais, pour le moment, elle se moquait éperdument de savoir si ce qu'ils faisaient était sage ou pas.

Il la souleva dans ses bras et traversa la pièce en trois enjambées. Accrochée à son cou, elle lui mordillait le lobe de l'oreille, respirant avec délices l'odeur de sa peau.

Il la déposa sur le sofa et fit un pas en arrière, le souffle court.

— Rebecca, vous êtes la tentation incarnée.

Elle le regarda un instant, encore sous le choc de ce qui venait de se passer entre eux, puis déclara d'un air espiègle :

— Cela ne me déplaît pas de l'apprendre. Après tout, il serait grand temps que je profite de ce que ma réputation est déjà perdue.

Il sourit.

— Je peux comprendre que cela vous amuse de me rendre fou, mais je ne tiens pas à allonger la liste de mes péchés en séduisant la fille de mon employeur.

Rebecca s'assit au bord du sofa et croisa les jambes avec une lenteur étudiée. Elle n'était peut-être pas une beauté fatale, mais elle voyait bien, à son regard, combien il la désirait. Et cette constatation la ravissait.

— Mais vous ne me séduisiez pas. C'était même plutôt le contraire. Maintenant que nous avons commencé, pourquoi ne pas continuer ?

— Non ! s'exclama-t-il en se passant fébrilement la main dans les cheveux avant de se détourner. Si seulement vous saviez…

— Et revoilà les secrets, commenta Rebecca, sa bonne humeur soudain évanouie.

Elle se releva, entortilla habilement sa chevelure sur la nuque et rejoignit son chevalet.

— Bon. Dans ces conditions, autant nous remettre au travail. Êtes-vous prêt, lord Kimball ?

— Je m'appelle toujours Kenneth, lança-t-il en se dirigeant vers le sofa d'un pas nerveux d'animal pris au piège.

Mais il était aussi vicomte. Et cela pouvait l'aider à rétablir sa situation financière, songea tout à coup Rebecca.

— Pourquoi n'épousez-vous pas une riche héritière ? suggéra-t-elle. Vous possédez un titre que vous pourriez monnayer d'autant plus cher que vous êtes...

Elle le jaugea d'un regard appréciateur.

— ... plutôt présentable. Londres doit regorger de commerçants enrichis qui seraient ravis de marier leur fille à un vicomte en échange d'une dot confortable. Cela vous permettrait de racheter Sutterton à vos créanciers.

Il la regarda, sincèrement étonné.

— Croyez-le ou non, je n'y ai même pas pensé. Sans doute parce que je trouve l'idée trop révoltante.

— De tels mariages ne sont pourtant pas rares.

— Et on dit que les hommes sont insensibles... murmura-t-il. Allez, occupez-vous plutôt de peindre, Rebecca.

La jeune femme s'empara de sa palette. Elle commençait à poser quelques touches de couleur sur la toile, quand elle se rendit soudain compte du sous-entendu qui pouvait se comprendre dans sa suggestion.

Elle était elle-même une héritière. Elle avait reçu un capital, qu'elle gérait seule, à la mort de sa mère. Et elle était l'unique héritière de sir Anthony.

Kenneth méprisait visiblement l'idée d'épouser une étrangère pour de l'argent. Mais elle, accepterait-il de l'épouser ? Et si oui, serait-elle consentante ? Ce n'était pas simple de répondre. D'un côté, Rebecca était jalousement attachée à son indépendance. Mais de l'autre, elle était révoltée de savoir que Kenneth se retrouvait réduit à la misère à cause d'un père volage et d'une belle-mère cupide.

— Quelque chose ne va pas ? demanda-t-il.

Rebecca s'aperçut qu'elle avait abandonné sa palette pour le contempler. Elle s'empressa de se remettre au travail, bien heureuse qu'il ne puisse lire dans ses pensées.

— J'évaluais juste la luminosité, marmonna-t-elle.

Il faudrait qu'elle réfléchisse sérieusement à son avenir, et à la place qu'y occuperait Kenneth. Mais pas maintenant.

Pour l'instant, l'heure était à la peinture.

L'obligation de rester immobile durant la séance de pose permettait à Kenneth de masquer l'agitation de ses pensées. Rebecca connaissait une grande partie de son histoire, à présent. Heureusement, elle n'avait pas soupçonné ce qu'il continuait de lui cacher. Et elle semblait l'avoir cru lorsqu'il lui avait assuré qu'il ne ferait plus de mal à des innocents. Il ne restait plus à espérer que sir Anthony fût innocent…

Mais la sensualité de la jeune femme ajoutait encore à son trouble. Rebecca était un mélange excitant de timidité et d'audace, et Kenneth s'estimait héroïque d'avoir su refréner son désir. Il aurait amplement mérité une médaille.

Au bout d'un moment, cependant, il commença à se lasser de garder la pose. Ses membres s'engourdissaient. À la fin, n'y tenant plus, il se releva.

— Assez pour aujourd'hui. Il est bientôt l'heure de dîner. Vous êtes sans pitié.

Elle sursauta et posa sur lui un regard absent.

— Vous auriez dû me demander une pause plus tôt, dit-elle finalement en se débarrassant de sa palette pour s'étirer, telle une chatte. L'ami que vous avez salué tout à l'heure est-il un ancien camarade de l'armée ? Il avait des allures de militaire.

— Michael était l'un des officiers de mon régiment. Comme c'était le seul qui se moquait éperdument de mes origines, il est vite devenu mon meilleur ami. Mais j'ai attendu un moment avant de lui dire la vérité.

— Il ne semble pas non plus s'être offusqué d'apprendre que vous n'étiez que le secrétaire dans cette maison. Qui est cette Amy dont il a parlé ?

Elle avait demandé cela d'un ton détaché, mais Kenneth nota avec amusement une pointe de jalousie dans sa voix.

— La fille de Catherine. Elle a treize ans, et je lui ai donné quelques leçons de dessin.

Il alla se servir d'un morceau de cake, avant de reprendre :

— Puisque vous avez découvert la vérité sur mes origines, nous pourrions nous en servir, à présent.

— Pour quoi faire ?

— Restaurer votre réputation. Michael est un héros de la guerre. C'est aussi le frère d'un duc, et sa position sociale est très enviable. Je suis sûr que Catherine et lui seraient tout disposés à vous recevoir chez eux et à vous présenter à leurs amis. Vous redeviendriez respectable en un rien de temps.

Cette perspective ne semblait pas enthousiasmer la jeune femme.

— Pourquoi recevraient-ils une étrangère, scandaleuse de surcroît ?

Kenneth mordit dans sa tranche de gâteau avant de répondre :

— D'abord, parce que je leur demanderais. Et une fois qu'ils vous auront rencontrée, parce qu'ils vous apprécieront. Je suis persuadé que vous les aimerez autant l'un que l'autre.

Elle attrapa un chiffon et se mit à frotter un peu trop vigoureusement la peinture qu'elle avait sur les doigts.

— Comment Catherine fait-elle pour être aussi belle ?

— Elle est d'une nature formidablement généreuse. À l'armée, on l'avait surnommée sainte Catherine, tellement elle était attentive à tout le monde.

Rebecca jeta son chiffon avec une grimace.

— Un modèle, quoi. Elle me méprisera.

— Sûrement pas. C'est plutôt le genre de femmes à porter des pantalons si cela lui paraît plus pratique, et à prénommer son chien, un affreux bâtard trouvé dans la rue, Louis le Paresseux.

Rebecca ne put réprimer un sourire.

— Présentée ainsi, je la trouve déjà plus sympathique. Mais je ne suis pas certaine de vouloir retrouver les us et coutumes de la bonne société. Les mondanités m'ennuient.

— Moi aussi. Mais le bannissement perpétuel n'est pas non plus une solution. Songez à votre satisfaction, si jamais vous croisez une ancienne camarade d'école chez lord et lady Kenyon !

— Vous essayez de m'avoir en flattant mes bas instincts.

— Pour ce qui est de flatter les bas instincts, je n'ai pas de leçons à vous donner, répliqua-t-il avec un demi-sourire.

Elle rougit et baissa les yeux.

— Je vais réfléchir à votre proposition.

Kenneth espérait de tout cœur qu'elle finirait par accepter. Rebecca avait besoin d'amis, et s'il pouvait l'aider à s'en faire, cela apaiserait un peu sa conscience.

Mais pas suffisamment, hélas !

14

Le lendemain matin, Rebecca demanda qu'on lui montât un plateau dans sa chambre. Elle ne se sentait pas le courage de renouveler l'expérience du petit-déjeuner face à Kenneth.

Un peu plus tard, quand elle fut certaine que son père en avait terminé avec son secrétaire, elle alla le trouver dans son atelier. Elle savait depuis longtemps que pour lui parler sérieusement, le mieux était de l'attraper avant qu'il ne s'attelle à son travail.

Sir Anthony étudiait son portrait de Wellington quand elle entra. Il lui demanda aussitôt son avis :

— Qu'en penses-tu ?

Rebecca examina soigneusement le tableau.

— On sent presque la fumée des canons, et on a même l'impression qu'en tendant l'oreille on les entendrait tonner. Le duc a l'air de sortir tout droit des enfers pour mener ses hommes à la victoire.

Sir Anthony considéra son œuvre avec fierté.

— Les conseils de Kenneth m'ont été fort utiles. Avant, le tableau était bon, sans plus. Maintenant, il a vraiment de la force. Ma série sur Waterloo sera le clou de l'exposition de cette année.

— Indubitablement, acquiesça Rebecca avec un sourire.

Parfois, la vanité de son père le faisait ressembler à un petit enfant.

— Mais puisque tu parles de Kenneth, je te signale qu'il est vicomte.

— Ah ? répliqua son père en fronçant les sourcils. Puis tout à coup, il eut une illumination.

— Kenneth Wilding, mais oui ! Le vicomte de Kimball, c'est bien cela ?

Rebecca hocha la tête.

— Tu as fait un portrait de sa belle-mère.

— Je m'en souviens. Une belle créature, ma foi. Mais affreusement imbue d'elle-même.

Rebecca jugea qu'il était grand temps d'aborder le véritable motif de sa visite :

— Kenneth m'a proposé d'user de ses relations pour restaurer ma réputation. Qu'en penses-tu ?

Son père parut surpris.

— Est-ce nécessaire ?

— Je te rappelle que je ne suis plus reçue nulle part. Je n'ai pas été invitée à une réception depuis l'année de mes dix-huit ans.

Sir Anthony semblait tomber des nues.

— Veux-tu dire que tu ne fréquentais pas le monde parce que tu en étais empêchée ?

Ce fut au tour de Rebecca d'être stupéfaite.

— Mais bien sûr. Aurais-tu oublié le scandale dont j'ai été la cause ?

— Certes non, mais je n'en soupçonnais pas les implications. Je laissais ce genre de choses à ta mère. J'étais persuadé que le scandale avait fini par s'effacer des mémoires et que tu restais à la maison par choix.

Il haussa les épaules d'un air désolé.

— Je sais que je ne suis pas un très bon père, mais j'ai peur d'avoir été vraiment au-dessous de tout.

— Tu es le père qu'il me fallait, assura Rebecca, émue. Qui d'autre aurait pu m'enseigner la peinture et m'accorder la liberté dont je rêvais ?

— Tu es née artiste. Je ne t'ai rien appris, objecta-t-il. Helen et toi ne m'avez jamais empêché de me montrer égoïste, ajouta-t-il en soupirant. La frontière entre liberté et négligence est ténue, mais je l'ai trop souvent franchie. J'aurais dû me montrer plus vigilant à ton égard. Établir un minimum de règles.

— Il est un peu tard pour t'y mettre, tu ne crois pas ? rétorqua Rebecca, soudain inquiète. Je suis un peu trop vieille pour obéir comme une petite fille.

Il sourit tristement.

— Ce ne sera pas nécessaire. Tu as plutôt bien tourné. Mais je n'y suis pas pour grand-chose.

— Ne te fais pas de souci, papa. Si les mondanités m'importaient vraiment, je me serais débrouillée depuis longtemps pour réintégrer les cercles huppés. Je t'en parle aujourd'hui uniquement parce que Kenneth m'a proposé de m'aider. Mais pour être honnête, je ne suis pas sûre d'en avoir réellement cnvie.

— Fais ce que Kenneth t'a proposé, lui ordonna son père. Ta naissance t'autorise à fréquenter la meilleure société et tu n'as aucune raison de t'en priver. Je demanderai à Kenneth si je peux l'aider, mais j'imagine qu'il y réussira très bien tout seul. C'est le meilleur secrétaire que j'aie jamais eu.

Rebecca n'était pas certaine d'apprécier la réponse de son père. En fait, elle avait espéré qu'il la convaincrait de ne pas perdre son temps en mondanités. Pourquoi rechignait-elle tant à accepter la proposition de Kenneth ? Était-ce par timidité ou par peur ?

Par peur, décida-t-elle. Le revers d'un tempérament d'artiste était une extrême sensibilité aux gens et aux choses. Du moins, dans son cas. Et Rebecca préférait vivre en recluse plutôt que d'affronter un monde hostile. Mais, du même coup, elle se privait d'élargir son horizon, et donc de trouver une nouvelle source à son inspiration artistique. Kenneth et son père avaient raison : il fallait qu'elle sorte davantage.

Sa décision prise, Rebecca se tourna vers un autre chevalet et souleva le morceau de tissu qui le recouvrait.

— Ah, voici le portrait des jumelles ! Cela s'annonce plutôt bien.

Son père vint près d'elle.

— Tout le problème est d'arriver à montrer la différence de caractère entre les deux sœurs, alors que leurs traits sont si scrupuleusement identiques. Lady Strathmore est à droite et lady Markland à gauche. Comment les perçois-tu ?

Rebecca examina le tableau avec attention.

— Lady Markland est extravertie, cela se voit à son regard malicieux. Alors que lady Strathmore est plus réfléchie. Peut-être même un peu timide.

— Excellent, excellent. C'est donc que je m'en suis bien tiré.

— En revanche, tu devrais retravailler le mari aux cheveux bruns. Sa posture manque de naturel.

— Mmm, tu as raison. J'arrangerai cela à la prochaine séance. Comment avance le portrait de Kenneth ?

— Très bien. Il a... un visage intéressant.

Rebecca préféra ne pas en dire plus. Son père sentait trop bien les choses et elle n'avait aucune envie de lui laisser deviner ce qu'elle-même n'était pas prête à admettre.

Rebecca se sentait nerveuse en descendant de voiture. Heureusement, les marches du perron d'Ashburton House étaient rendues glissantes par la pluie, ce qui lui donna un prétexte tout trouvé pour s'accrocher au bras de Kenneth.

— Je commence déjà à regretter d'avoir dit oui, murmura-t-elle alors qu'il saisissait le heurtoir à tête de lion.

— Mais non, répondit-il d'une voix rassurante. Ce n'est qu'un petit dîner informel avec deux personnes charmantes.

Peut-être. Mais en attendant, le cœur de Rebecca s'affolait dans sa poitrine. Elle redoutait surtout le moment, après le dîner, où les hommes se retireraient dans le fumoir et où elle se retrouverait seule face à Catherine, le « modèle ».

De toute façon, il était trop tard pour reculer. La porte s'ouvrait déjà sur un majordome à l'air hautain. Après avoir été débarrassés de leurs manteaux, les invités furent conduits dans un élégant petit salon où les attendaient leurs hôtes. Ceux-ci se levèrent immédiatement à leur entrée. Vue de près, Catherine Kenyon était encore plus belle que dans le souvenir de Rebecca.

Kenneth la poussa doucement devant lui pour faire les présentations.

— Michael, Catherine, je vous présente mon amie, Mlle Seaton.

Catherine sourit et serra spontanément la main de la jeune femme.

— Je suis ravie de vous rencontrer, dit-elle d'une voix qui semblait sincère.

— Le plaisir est pour moi, lady Michael, murmura Rebecca.

— Je vous en prie, appelez-moi Catherine.

Il était impossible de résister à un accueil si chaleureux.

— Alors, appelez-moi Rebecca.

Lord Michael la salua d'un baisemain très respectueux. Il avait de magnifiques yeux verts.

— Vous feriez un beau modèle pour un portrait d'Alexandre le Grand, pensa Rebecca à haute voix, avant de rougir en s'apercevant que son commentaire était quelque peu déplacé.

Lord Michael lui sourit.

— Kenneth nous avait prévenus que vous étiez artiste jusqu'à la moelle. Il n'avait pas exagéré.

Rebecca lui rendit son sourire.

— Si Kenneth entendait par là que je ne sais pas dire bonjour comme une personne normale, je crains qu'il n'ait raison.

— La normalité est affreusement assommante, commenta Catherine en proposant un siège à ses invités.

Rebecca commença à se détendre. Lorsque vint le moment de passer dans la salle à manger, elle était d'excellente humeur, et le dîner se déroula à merveille. Les Kenyon étaient aussi charmants que Kenneth l'avait promis, et ils étaient manifestement ravis d'accueillir une amie de leur ami. Aussi, à la fin du repas, Rebecca n'appréhendait-elle même plus de se retrouver seule avec Catherine.

Alors que les deux femmes quittaient la salle à manger, lady Kenyon dit à Rebecca :

— Pardonnez-moi, mais je vais devoir monter un moment pour allaiter mon fils. Cela vous ennuierait-il de m'attendre quelques minutes dans le petit salon ?

— Si cela ne vous dérange pas, j'aimerais vous accompagner pour voir votre enfant, se surprit à répondre Rebecca.

Catherine s'illumina.

— Une mère est toujours ravie qu'on lui demande de voir ses enfants. Je regrette que ma fille passe sa soirée avec des camarades. J'aurais aimé également vous la présenter.

Elles se rendirent dans la nursery, où une nounou entre deux âges berçait le bébé devant la cheminée.

— Vous arrivez au bon moment, milady. Le petit garnement commençait à manifester sa faim à grands cris.

Elle tendit l'enfant à Catherine et quitta les deux femmes pour descendre boire une tasse de thé à l'office.

Rebecca s'approcha pour admirer le bébé. Elle ne se rappelait pas en avoir contemplé un d'aussi près et s'émerveillait devant ses mains minuscules et le fin duvet qui recouvrait son crâne rond.

— Il est magnifique. Comment s'appelle-t-il ?

— Nicholas. Il ressemble à son père, vous ne trouvez pas ? répondit fièrement Catherine avant de s'installer dans un rocking-chair.

Elle dégrafa son corsage et le bébé se mit aussitôt à téter goulûment.

— Asseyez-vous donc, proposa Catherine. J'en ai pour un petit moment.

Rebecca s'exécuta.

— Je n'y connais pas grand-chose aux bébés, cependant, il me semble qu'il est plutôt rare qu'une femme de votre condition allaite son nourrisson ?

Catherine s'amusa de sa réaction.

— Maintenant, je suis lady Michael, mais quand ma première fille est née, je suivais l'armée et ma vie n'était pas toujours facile. Toutefois, je voulais offrir le mieux à ma fille. Et quand on a goûté au plaisir de l'allaitement, croyez-moi, rien au monde ne vous y ferait renoncer.

Ce tendre spectacle émouvait profondément Rebecca. En une seule soirée, Kenneth avait réussi à élargir son horizon. Pour la première fois, elle se rendait compte de ce qu'elle perdait en tournant le dos au mariage et à la famille.

Les deux femmes conversèrent de sujets anodins, jusqu'à ce que Nicholas soit repu. Catherine reboutonna alors son corsage, puis cala son bébé sur son épaule et lui tapota gentiment le dos pour l'aider à faire son rot.

— Vous feriez une merveilleuse Madone à l'enfant, remarqua Rebecca.

— J'envie votre talent, fit Catherine, l'air songeur. Voir le monde sous forme de tableaux potentiels doit être bien agréable. Hélas ! j'ai bien peur de ne pas avoir d'autres dons que ceux de soigner et réconforter les malades.

Rebecca n'était pas de son avis. Catherine possédait le plus précieux des talents : le courage de donner et de recevoir librement de l'amour. Cette qualité avait encore plus de prix que sa beauté physique.

Catherine se releva.

— Aimeriez-vous tenir un peu Nicholas ?

— Moi ? s'étrangla Rebecca. Mais si jamais je le laisse tomber ?

Catherine lui confia son bébé avec autorité.

— Vous ne le laisserez pas tomber.

Nicholas ouvrit les yeux et contempla la jeune femme. Il ressemblait à son père, c'était certain. Mais également à sa mère. Rebecca se demanda tout à coup ce qu'elle éprouverait si cet enfant était le sien. Un bébé qui aurait, par exemple, été conçu avec Kenneth...

Cette idée la troublait si profondément qu'elle préféra l'écarter de son esprit. Elle rendit le bébé à sa mère avec d'infinies précautions.

— Il est si beau qu'il risque de briser bien des cœurs en grandissant.

— Oh, il y réussit déjà ! répondit Catherine, qui déposa son fils dans son berceau et l'embrassa avant de le couvrir. Toute la famille l'adore. Surtout ma fille.

— Nicholas a-t-il des cousins ou des cousines de son âge ?

— Hélas, non ! Le frère de Michael, Stephen, s'est marié il y a plusieurs années, mais sa femme n'a jamais eu d'enfant. Elle est morte l'an dernier et Stephen la pleure toujours. J'espère qu'il trouvera à se remarier et qu'il aura plus de chance. Sinon, Nicholas se retrouvera en ligne directe pour hériter du titre de duc. Mais j'aimerais autant que cela n'arrive pas. Être duc n'a pas rendu Stephen plus heureux.

La nurse remonta de l'office et reprit sa garde. Au moment de quitter la chambre, Rebecca ne put s'empêcher de jeter un dernier regard à l'enfant endormi en songeant à Kenneth.

Sapristi ! Que lui arrivait-il donc ?

Tandis que les dames étaient à l'étage, Michael et Kenneth s'étaient enfermés dans la bibliothèque pour savourer un bon whisky en conversant devant le feu.

— Ta petite amie est délicieuse, observa Michael. C'est un mélange étonnant de timidité et de volonté implacable.

— Je suis d'accord avec ta description. Mais ce n'est pas ma petite amie.

Michael eut une moue sceptique, mais s'abstint de tout commentaire.

— Quel genre de tableaux peint-elle ?

— Des portraits à l'huile. Des femmes la plupart du temps. Elle a réellement beaucoup de talent. Je lui ai d'ailleurs suggéré d'exposer son travail à la Royal Academy, mais elle ne veut pas en entendre parler.

— C'est compréhensible, observa Michael. Elle sait qu'elle sera forcément comparée à son père et elle doit le redouter. Mais tu m'as raconté qu'elle était au ban de la société. Que lui est-il arrivé ?

— Elle s'est enfuie avec un homme lorsqu'elle avait dix-huit ans. Heureusement, elle a été assez lucide pour ne pas l'épouser et rentrer chez elle. Mais le scandale était de toute façon consommé.

Kenneth savoura une gorgée de whisky, avant d'enchaîner :

— Ses parents auraient dû attendre sagement deux ou trois ans, puis user de leur prestige pour la faire de nouveau accepter dans le monde. Au lieu de cela, ils l'ont laissée s'enfermer dans son atelier, jusqu'à s'isoler complètement de ses semblables. J'espère que vos amis, à Catherine et à toi, accepteront de la recevoir. Elle a besoin de voir des gens.

Michael considéra un moment la question.

— Mon ami Ralf – tu sais, le duc de Candover – donne un bal, la semaine prochaine. Je vais lui demander de vous inviter tous les deux.

Kenneth hocha lentement la tête, impressionné.

— Avec toi, tout semble toujours si facile… Une fois que Rebecca aura été vue chez les Candover, toutes les portes s'ouvriront de nouveau. Je doute fort qu'elle devienne jamais un papillon mondain, mais du moins elle aura le choix, chaque fois qu'elle le voudra, entre rester chez elle ou sortir. Mais pourquoi m'inviter aussi à ce bal ?

— Cela ne te fera pas de mal, répliqua Michael sur un ton sans appel. À présent, parle-moi un peu de ton travail. J'ai du mal à croire que tu sois devenu le secrétaire de sir Anthony uniquement pour le plaisir d'approcher des artistes.

Kenneth hésita un court instant avant de se décider à jouer la franchise.

— Tu as raison. J'ai été envoyé chez lui pour enquêter sur une mort mystérieuse. Mais c'est le plus sale boulot qu'on m'ait jamais confié.

Kenneth expliqua ensuite l'étrange proposition de lord Bowden, et les difficultés qu'il n'avait cessé de rencontrer depuis le début de son enquête. C'était pour lui un soulagement de pouvoir enfin confier ses états d'âme à un ami.

Michael l'écouta en silence et attendit qu'il eût fini son récit pour dire :

— Je comprends le désir de Bowden de connaître la vérité. Mais tu te retrouves dans une position sacrément délicate. Visiblement, tu apprécies Rebecca, et j'ai le sentiment que tu apprécies aussi beaucoup son père.

Kenneth poussa un profond soupir.

— Délicate est un euphémisme. J'ai songé à renoncer, mais c'est impossible. Outre que j'ai donné ma parole à Bowden, si la mort d'Helen Seaton n'est pas accidentelle, il faudra bien que justice soit rendue.

— L'idéal serait que tu réussisses à prouver l'innocence de sir Anthony. Mais si tu ne trouves pas le coupable, Bowden sera déçu.

— Tant pis. Au moins, j'aurai tenu mon engagement et je pourrai récupérer Sutterton, répondit Kenneth, qui ne pouvait cependant s'empêcher de songer qu'il risquait de payer très cher cette satisfaction.

— Puisque nous parlons de justice, cela me fait penser à ta belle-mère. Elle n'a toujours pas pu produire de document prouvant que ton père lui avait légué les bijoux des Wilding ?

— Non, mais ils sont quand même en sa possession. Et en l'occurrence, possession vaut droit, répliqua Kenneth avec amertume. Bon sang, si seulement je pouvais récupérer ces joyaux, je t'assure que je saurais quoi en faire.

— Intéressant, commenta Michael, l'air soudain pensif.

— Déprimant, tu veux dire. Mais à ton tour de parler un peu. Raconte-moi donc les joies du mariage et de la paternité.

Michael n'eut pas besoin d'autre encouragement pour se lancer dans un éloge enthousiaste du bonheur conjugal. En l'écoutant, Kenneth songeait que Rebecca, avec sa langue bien pendue et son tempérament artistique, ferait une épouse bien différente de Catherine.

À supposer que Rebecca accepte jamais de se marier avec quiconque...

Quand les deux femmes revinrent au salon, elles constatèrent que les hommes n'avaient toujours pas émergé de la bibliothèque.

— Ils doivent avoir beaucoup de choses à se raconter, commenta Catherine avec philosophie. Depuis le temps qu'ils ne se sont pas vus !

Rebecca n'en avait cure. Il y avait bien longtemps qu'elle n'avait autant apprécié une compagnie féminine.

Toutes deux s'installèrent devant la cheminée.

— J'ai été très impressionnée quand Kenneth m'a raconté comment vous aviez suivi l'armée jusqu'en Espagne, commença Rebecca. Cela ne devait pas être facile d'élever un enfant dans ces conditions.

— Ce n'était pas toujours facile, en effet. Amy en a vu de belles. Mais elle ne s'est jamais plainte.

Catherine narra ensuite quelques incidents qui, rétrospectivement, prêtaient à rire, mais avaient dû être terrifiants à vivre. Rebecca nota que son hôtesse évoquait le moins possible son premier mari. Il semblait avoir toujours été absent quand son épouse aurait eu le plus besoin de lui. Rebecca était convaincue que lord Michael n'aurait pas le même comportement. Ni Kenneth.

— Comment avez-vous connu Kenneth ? voulut-elle savoir.

— Je voyageais avec l'intendance lorsqu'un détachement de cavaliers français nous a attaqués. À un moment, Amy et moi nous sommes retrouvées séparées de nos amis et je commençais vraiment à me demander si j'allais devoir faire usage de mon arme, quand Kenneth et quelques-uns de ses hommes sont providentiellement apparus. Les Français n'ont pas insisté, et Kenneth a minimisé son intervention, mais, comme vous vous en doutez, je ne l'ai jamais oubliée. Et ce ne fut pas la seule fois…, ajouta-t-elle en fixant les flammes d'un air absent.

Rebecca se représentait la scène : l'Indomptable Créature secourue par le Vaillant Guerrier. C'était à la fois dramatique et terriblement romantique.

— Vous avez connu une vie excitante, dit-elle en réprimant un soupir. Je ne sais pas si je dois vous envier, ou remercier le ciel de m'avoir épargné pareilles aventures.

— Croyez-moi, remerciez plutôt le ciel ! répondit Catherine. Avez-vous déjà vu les dessins de Kenneth ?

— Oui, mais tout à fait par hasard. Il m'avait caché qu'il dessinait.

— Je trouve son travail excellent, mais je ne m'y connais guère en art, reprit Catherine avec un regard qui laissait entendre qu'elle attendait l'avis de Rebecca.

— Il a beaucoup de talent et de personnalité, confirma celle-ci. J'ai commencé à lui donner des leçons pour maîtriser la peinture à l'huile. Même s'il s'y met un peu tard, je suis convaincu qu'il est capable de devenir un grand artiste.

Un sourire illumina le visage de Catherine.

— Je suis heureuse de l'apprendre. Il a toujours fait comme si le dessin n'était qu'un passe-temps trivial, mais je le soupçonnais de réagir ainsi précisément parce qu'il accordait beaucoup d'importance à l'art et qu'il ne voulait pas en parler à la légère.

Catherine était aussi intelligente qu'elle était belle. C'était étonnant que Kenneth ne soit pas tombé amoureux d'elle.

15

Le lendemain matin, Rebecca se leva plus tard que d'habitude. Elle décida de descendre prendre son petit-déjeuner dans la salle à manger, mais fut déçue d'apprendre que Kenneth était déjà sorti. Elle savait cependant qu'elle devait le voir plus tard, et cette certitude suffit à lui redonner le sourire.

Elle savourait son thé lorsque Lavinia pénétra dans la pièce. Sa présence à cette heure matinale signifiait qu'elle avait passé la nuit avec sir Anthony. Ce n'était pas la première fois, mais personne n'en parlait jamais, bien sûr.

Rebecca lui remplit une tasse de thé.

— Bonjour, Lavinia. Vous prenez deux cuillerées de sucre, n'est-ce pas ?

— Oui, merci. Tu es ravissante ce matin, ma chérie. Dois-je en déduire que ton travail marche bien ?

— Il marche bien en effet, mais ce n'est pas la raison. Kenneth a décrété que je devais sortir et hier soir, il m'a emmenée dîner chez des amis à lui. J'avoue que j'étais un peu réticente au départ, mais j'ai finalement passé une excellente soirée.

— J'ai deviné, dès la première rencontre, que ce jeune homme était plein de bon sens, rétorqua Lavinia en prenant place à table. Tu es trop souvent seule.

Rebecca lui lança un regard perplexe.

— J'ignorais que vous l'aviez remarqué.

— Bien sûr que si. Tu es la fille de mes deux plus

chers amis, il est normal que je m'intéresse à toi, surtout depuis la mort d'Helen.

Un valet entra sur ces entrefaites pour remettre une lettre cachetée à Rebecca. La jeune femme l'ouvrit aussitôt, et étouffa un cri.

— Quelque chose ne va pas ? s'inquiéta Lavinia.

Rebecca n'était pas encore revenue de sa surprise.

— Si, tout va bien... je... c'est une invitation au bal donné par le duc et la duchesse de Candover.

Lavinia s'esclaffa.

— Ta situation mondaine progresse par bonds spectaculaires !

— Le couple chez lequel nous avons dîné hier soir est très ami des Candover. Ils ont dû écrire au duc dès ce matin.

Rebecca relut le carton en se mordillant la lèvre. Accepter une invitation à dîner était une chose. Mais un bal ! Qui plus est, dans l'une des demeures les plus prestigieuses de Londres !

— Pas d'affolement, intervint Lavinia. Tu ne pouvais rêver meilleure occasion de réintégrer brillamment le monde. Les réceptions des Candover sont parmi les plus courues, mais on y est à l'aise, car ils n'invitent jamais plus de monde qu'il n'y a de place pour danser

— Je n'ai pas dansé depuis des années, objecta Rebecca. J'ai bien peur d'avoir oublié comment on s'y prend.

Une autre pensée lui traversant soudain l'esprit, elle ajouta :

— De toute façon, je porte toujours le deuil de maman. Je vais être obligée de refuser.

— Ne dis pas de sottises, trancha Lavinia. Ta mère est morte il y a plus de six mois. C'est suffisant, pour un deuil décent. De toute façon, ce n'est pas parce que tu es invitée à un bal que tu es obligée de danser. Moi-même, je compte surtout y bavarder.

— Parce que vous y allez aussi ?

— Je ne décline jamais une invitation de Ralf, répondit Lavinia, avec un sourire éloquent. Je le connais depuis des années, et quand il s'est marié, sa femme ne m'a pas rayée de sa liste d'invités. Margot n'a rien d'une prude. Je suis sûre que tu vas beaucoup l'aimer.

Pour la première fois, Rebecca se rendit compte que sa situation était assez semblable à celle de Lavinia.

— Pardonnez-moi de vous demander cela, mais comment arrivez-vous à être acceptée partout, tout en menant une vie…

La jeune femme réfléchit un moment à un mot acceptable, avant de conclure :

— … si trépidante ?

Lavinia éclata de rire.

— D'abord, je ne suis pas reçue partout. Si j'essayais de forcer la porte de certaines maisons, on me mettrait dehors à coups de pied dans le derrière. Ce qui n'est pas grave du tout, au demeurant, car ces maisons sont en général tenues par des mégères terriblement ennuyeuses. Et si tous les autres m'acceptent, c'est, je pense, parce que je suis plutôt amusante et de bonne compagnie, mais aussi parce que j'ai fait un beau mariage.

— Je crains de ne pas être très amusante, et je n'ai pas l'intention de me marier, répondit Rebecca d'un air maussade. Ce qui limite mes chances de rédemption.

— Mais tu es la fille de sir Anthony Seaton et tu as un talent rare. Cela suffit amplement. Surtout si tu te décides à soumettre tes toiles à l'Académie. On pardonne facilement aux grands artistes leurs écarts de conduite.

— N'auriez-vous pas conversé dans mon dos avec Kenneth ? demanda Rebecca, soupçonneuse. Vous parlez comme lui.

Lavinia rit encore.

— Non, ma chère, nous n'avons pas parlé de toi. Mais les mêmes analyses conduisent logiquement aux mêmes conclusions. Si tu exposes tes toiles, tu vas faire sensation. Le prince régent pourrait même t'inviter dans son palais. Il s'intéresse beaucoup à l'art.

— Vous ne me ferez pas changer d'avis, décréta Rebecca. Je refuse de montrer mon travail.

Et, préférant ramener la conversation sur le bal, elle poursuivit :

— Je n'ai vraiment rien à me mettre. Et je ne sais même pas ce qui se fait en matière de mode. Je ne peux décidément pas aller à cette réception.

— Taratata. Il nous reste trois jours. Ce sera difficile, mais pas impossible. D'ailleurs, j'ai une idée. Mais je ne sais pas si tu vas l'aimer...

Comme Rebecca l'encourageait du regard, Lavinia expliqua :

— Tu pourrais retailler une des robes de ta mère. Helen avait un goût très sûr, et comme tu as la même couleur de cheveux, ses toilettes t'iraient à merveille. Mais peut-être répugnes-tu à porter ce qui lui a appartenu...

La première réaction de Rebecca fut de rejeter violemment une telle proposition, mais comme elle tardait à répondre, Lavinia insista :

— Ce ne serait pas une mauvaise idée, dans le fond. Ainsi, ta mère continuerait à t'accompagner dans ta nouvelle vie, au lieu que sa mort reste une blessure impossible à refermer.

Rebecca hésitait. Lavinia n'avait pas tort. Porter une robe de sa mère serait une manière de l'honorer.

— Je... je pense que je vais accepter. Si nous allions regarder ensemble ? Ses effets sont enfermés dans des malles au grenier.

Et, se relevant, elle ajouta :

— J'aurais bien besoin de vos conseils. Je crains de ne pas savoir m'habiller correctement.

— Ce n'est pas très difficile. Imagine-toi dans la peau de l'un de tes modèles et tu trouveras tout de suite comment être élégante.

Rebecca considéra l'amie de son père avec un respect tout neuf.

— Lavinia, vous êtes merveilleuse.

— Je me souviens qu'Helen possédait une robe ambre qui t'irait à ravir, se contenta de répondre la jeune femme. Allons voir si nous pouvons la retrouver.

Tandis que les deux femmes montaient sous les combles, Rebecca songea que sa relation avec Lavinia avait brutalement changé de nature. De courtoise, elle était devenue amicale.

Fidèle à son habitude, Kenneth releva sa boîte postale en rentrant à Seaton House après avoir effectué quelques courses pour sir Anthony. Il n'y trouva qu'une seule lettre, de lord Bowden, et fronça les sourcils en la lisant. Bowden devenait impatient et exigeait un rapport. Plutôt que de le rencontrer, Kenneth décida de lui écrire. Il rangea la lettre dans sa poche et poursuivit son chemin en réfléchissant à une réponse propre à satisfaire son commanditaire.

Mais il lui était beaucoup plus agréable de penser à Rebecca. Elle avait apprécié le dîner de la veille et en était revenue métamorphosée. Il ne faisait aucun doute qu'elle ferait preuve de plus de confiance en elle lors de leur prochaine sortie.

Lui-même en aurait bien besoin. Le bal des Candover serait sa première réception mondaine à Londres. Il avait rejoint l'armée avant de profiter des plaisirs de la capitale, contrairement aux autres jeunes hommes de son rang. S'il n'y avait pas eu Hermione…

Kenneth préféra chasser sa belle-mère de son esprit. Après tout, elle n'était pas responsable de son sort. Il aurait très bien pu s'opposer violemment à son père. Mais il avait préféré partir.

Midi approchait lorsqu'il rentra à Seaton House. Son invitation pour le bal des Candover l'y attendait. Michael et Catherine n'avaient pas perdu de temps.

Il alla droit au bureau, où il trouva sir Anthony en grande conversation avec George Hampton.

— Ah ! Kenneth, vous arrivez à temps pour aider George à chercher une toile dans la réserve.

— La réserve ?

— En fait, c'est une partie de la cave qui a été aménagée pour y conserver des toiles. George va vous montrer le chemin. J'irais bien moi-même, mais un client m'attend pour une séance de pose.

Il confia une clé à Kenneth et s'éclipsa. George Hampton se munit d'une lampe à huile tout en expliquant :

— J'ai besoin de retrouver un des originaux de sir Anthony pour en tirer une gravure.

Kenneth se réjouissait déjà de cette occasion inespérée de parler en privé à George Hampton. Il le suivit dans le petit escalier qui menait au sous-sol.

— Vous vendez beaucoup de gravures ? demanda-t-il en guise d'entrée en matière.

— Oh, oui ! se réjouit Hampton. Étant fils d'épicier, j'étais né pour le commerce. Ce qui est aussi bien. Si l'humanité ne devait compter que sur les nobles pour progresser, nous vivrions encore dans des cavernes.

— Je n'y vois pas d'offense. Bien au contraire.

— C'est vrai que vous êtes vicomte ! Excusez ma franchise, mais c'est pour moi un sujet sensible, se justifia Hampton. J'ai tellement souffert, quand j'ai commencé à étudier l'art, qu'on me rappelle sans cesse que je n'étais pas un gentleman et que je ne le serais jamais...

Se pouvait-il que George Hampton en veuille à sir Anthony de sa naissance ? Kenneth doutait que son employeur eût pu délibérément insulter un homme de rang inférieur, mais il faisait parfois montre d'une arrogance naturelle qui ne laissait pas d'être irritante.

— Mais au moins, vous aviez du talent, fit-il remarquer. Sinon, on ne vous aurait pas admis aux Beaux-Arts.

Un sourire nostalgique éclaira les traits de George Hampton.

— Le jour de mon admission fut le plus beau de ma vie. J'ai toujours adoré dessiner. Mon père m'encourageait, car il appréciait mon travail. Je suis arrivé à Londres avec de grandes ambitions. J'étais convaincu que je deviendrais le plus grand peintre de ce pays. Mais ce n'étaient que des rêves de jeunesse.

Ces paroles résonnaient désagréablement aux oreilles de Kenneth. Lui aussi avait nourri les mêmes rêves. Encore maintenant, il ne pouvait s'empêcher d'espérer secrètement devenir un grand peintre. Alors qu'il n'était même pas capable de réaliser une nature morte…

Hampton lui avait pris la clé pour ouvrir une petite porte en chêne.

— Vous n'avez pu exaucer votre rêve, mais à la place, vous êtes devenu l'un des meilleurs graveurs de votre époque. C'est une belle consolation, observa Kenneth.

— Certes. Et c'est lucratif. Mais j'ai mis longtemps à surmonter ma déception. À seize ans, Anthony avait déjà plus de talent que nous tous réunis. Quand j'ai vu son travail, j'ai compris que je ne pourrais jamais l'égaler.

— Cependant, vous êtes devenu son ami.

— Nos dons sont différents, mais nous partageons le même amour de l'art. Et il en est de même avec Malcolm Frazier. Sous ses dehors aristocratiques, il a une véritable passion pour la peinture. Et c'est ce lien qui nous unit tous les trois depuis trente ans.

Leur passion commune avait cimenté leur amitié, si bien qu'elle avait résisté jusqu'ici à tous les accrocs, telle cette liaison entre Helen et George. Kenneth ne se serait pas montré aussi tolérant si Helen avait été son épouse, et il se demandait si Hampton n'avait pas pris sa revanche en couchant avec la femme de son talentueux ami. La jalousie, parfois, pouvait revêtir les formes les plus inattendues.

Ils étaient entrés dans la réserve et Kenneth inspecta la pièce du regard. Les quatre murs étaient aménagés en casiers adaptés aux différents formats des tableaux. Il tira une toile au hasard et tomba sur une ravissante nymphe se baignant dans une fontaine creusée dans la roche.

— Je parierais que c'est Rebecca qui a peint ceci.

Hampton le regarda, stupéfait.

— Elle vous a montré son travail ? C'est une grande faveur qu'elle vous a faite là. En effet, c'est bien l'un de ses tableaux.

Kenneth le remit en place tandis que George Hampton farfouillait parmi les casiers.

— La toile que je cherche doit se trouver par là.

Il tira un tableau, et étouffa une exclamation.

Kenneth comprit sa réaction en découvrant à son tour la toile. Il s'agissait d'un portrait d'Helen Seaton. Mais pas l'Helen joyeuse qui trônait dans le bureau de sir Anthony. Sur cette toile, elle portait une toge antique et invoquait le ciel, le visage sillonné de larmes.

— Qu'est-ce que ce tableau est censé représenter ? demanda-t-il. Une Troyenne après la destruction de sa cité ?

— Peut-être. Ou simplement... Helen, répliqua Hampton, le visage fermé, avant de ranger le tableau dans son casier.

Sa curiosité piquée, Kenneth tenta d'en savoir plus.

— On m'a raconté que c'est vous qui aviez découvert son corps après l'accident ?

Hampton hocha la tête, l'air sombre.

— Je rentrais à cheval, ce jour-là, après une de mes promenades quotidiennes, quand un mouvement fugace a attiré mon attention. J'ai tourné la tête au moment où une silhouette en robe verte basculait du haut de la falaise.

— Ainsi, vous l'avez vue tomber ? s'étonna Kenneth.

Comme l'autre acquiesçait, il ajouta :

— Et n'avez-vous rien remarqué d'autre ?

Hampton fronça les sourcils.

— Que voulez-vous dire ?

— N'y avait-il personne d'autre au sommet de la falaise ?

— Pas que je sache, répondit Hampton, intrigué. Mais je n'ai pas une très bonne vue. J'ai juste aperçu cette robe verte. J'ai couru aussitôt à Ravensbeck. Je voulais encore espérer qu'Helen y serait et s'amuserait de mon inquiétude, mais... mais je n'ai pas été vraiment surpris de ne pas l'y trouver.

« Quel dommage que George Hampton n'ait pas eu une meilleure vue ! » songea Kenneth à part lui.

— Pourquoi n'avez-vous pas été surpris ? demanda-t-il.

— Pourquoi toutes ces questions ? rétorqua Hampton, soudain hostile.

Kenneth se composa une mine affligée.

— Parce que je m'étonne de voir tout le monde réagir si bizarrement au sujet de la mort d'Helen. Et cela m'attriste que Rebecca en soit encore bouleversée.

Hampton se radoucit, mais il n'avait visiblement plus envie de remuer ses souvenirs.

— Tout le monde a été bouleversé par la mort d'Helen, capitaine. Tirez donc cette toile, sur votre droite. C'est sans doute celle que nous cherchons.

Kenneth obéit sans mot dire. Il avait récolté un nouveau morceau du puzzle, mais il ne lui était pas plus utile que les précédents.

Kenneth aida Hampton à emporter le tableau, puis il remonta à l'étage. Sur le palier, il croisa Lavinia et Rebecca, les bras chargés de vêtements.

— Vous avez des mines réjouies, toutes les deux. Que complotez-vous donc ?

— Nous avons cherché quelle toilette je pourrais porter pour le bal, expliqua Rebecca. Lavinia m'a suggéré de piocher dans celles de ma mère.

Et, caressant une robe de soie ambre, posée sur la pile, elle ajouta :

— Ce sera celle-ci, je pense.

— Vous ne pouviez mieux choisir, approuva Kenneth. Elle s'accordera parfaitement à la couleur de vos yeux.

Rebecca détourna le regard, mais ne put s'empêcher de rougir légèrement.

— Je suppose que vous avez également reçu une invitation pour ce bal ?

Il hocha la tête.

— Je dois avoir quelque part une tenue de soirée qui me va encore. Mais je vous préviens, je ne risque pas de vous voler la vedette.

— Il n'y aura pas de vedette à voler, riposta Rebecca avec flegme. Cependant, Lavinia m'a assuré que je ne serais pas trop disgracieuse.

— Serez-vous trop occupée, cet après-midi, pour peindre ?

Rebecca interrogea Lavinia du regard.

— J'en ai peur, répondit Lavinia, qui affichait un sourire bienveillant. Il faut que nous allions voir ma couturière sans tarder pour qu'elle commence les retouches. Ensuite, nous nous occuperons des accessoires, chaussures, gants, etc. Si tout va bien, nous en aurons fini ce soir, et tu pourras retrouver le chemin de ton atelier dès demain.

Kenneth trouvait Lavinia transformée. De toute évidence, elle aimait se rendre utile. C'était regrettable qu'elle n'eût jamais eu d'enfant.

— Pourquoi avoir sélectionné toutes ces robes si vous avez déjà choisi celle que vous porterez au bal ? s'étonna-t-il.

— Lavinia veut que j'aie d'autres toilettes en réserve, au cas où je serais réinvitée ailleurs, expliqua Rebecca.

Sur ces mots, les deux femmes s'engagèrent dans l'escalier d'un pas guilleret.

En les regardant descendre, Kenneth songeait au petit cadeau qu'il pourrait faire à Rebecca en l'honneur de son premier bal.

Ce projet lui donna du baume au cœur.

16

Emma, la couturière de Lavinia, aida Rebecca à enfiler la robe retouchée, puis elle recula pour admirer le résultat.

— Bravo, Emma ! s'écria Lavinia, qui se tenait à ses côtés. Vous avez très bien travaillé.

Et à Rebecca :

— C'est bon, ma chérie. Tu peux te regarder dans le miroir.

Rebecca pivota, et faillit laisser échapper un cri de surprise. C'est à peine si elle se reconnaissait dans cette jeune femme vêtue de soie, aux cheveux artistement coiffés. Emma avait des doigts de fée ; la robe lui allait à la perfection.

— Il ne manque plus que les bijoux, décréta Lavinia.

Rebecca ouvrit le coffret en laque qui avait appartenu à sa mère avant de lui revenir. Elle sélectionna un collier, un bracelet et des boucles d'oreilles en or d'une grande simplicité.

— Voilà, dit-elle en les montrant à Lavinia.

Celle-ci fronça les sourcils.

— N'est-ce pas un peu trop sobre ?

— Non, répliqua Rebecca fermement.

Puis elle mit le collier et les boucles d'oreilles, dont les reflets dorés s'accordaient parfaitement avec la couleur de la robe et de sa chevelure.

— Splendide... murmura Emma avec un soupir émerveillé.

— Tu es magnifique, confirma Lavinia. Maintenant, Emma va essayer de me rendre présentable. Je crains que ce ne soit plus difficile, à mon âge.

Rebecca éclata de rire.

— Cessez donc de dire des sottises. Vous paraissez dix ans de moins que votre âge et vous avez un port de reine.

— Aucune reine ne voudrait me ressembler, mais une courtisane, peut-être, concéda Lavinia avec un sourire, avant de quitter la pièce avec sa couturière.

Après le départ des deux femmes, Rebecca s'examina dans le miroir d'un œil critique – l'œil du peintre –, mais ne trouva rien à redire. Elle avait aussi belle allure que possible. Elle attrapa son manteau et alla frapper à la porte de son père.

— Papa ? Je descends.

Quand sir Anthony ouvrit la porte, il eut un mouvement de recul.

— Tu ressembles tellement à Helen, souffla-t-il, visiblement stupéfait.

— Je suis plus petite qu'elle, et pas aussi belle, rectifia Rebecca en tournoyant devant lui pour lui faire admirer sa robe.

— En tout cas, cette couleur te va beaucoup mieux que ces tons neutres que tu portes habituellement. Je regrette de ne pouvoir assister à ton triomphe.

— Tu as pourtant bien reçu une invitation, non ? Il n'est pas trop tard pour changer d'avis et venir.

Il secoua la tête.

— J'ai perdu le goût des grandes réceptions. Avec Kenneth, tu es entre de bonnes mains.

— Je l'espère. L'idée vient de lui.

Elle lui fit un petit signe, et descendit dans le hall attendre Catherine et Michael Kenyon qui devaient passer les prendre.

Kenneth était déjà là. Rebecca constata avec surprise que la tenue de soirée lui allait à merveille. La simplicité du vêtement mettait en valeur sa carrure et lui conférait une sorte d'autorité naturelle, digne d'un gentleman. Rebecca était impressionnée. Mais cette fois, plutôt que de le peindre, c'est de l'embrasser qu'elle avait envie.

Il s'avança à sa rencontre.

— Vous êtes superbe, Rebecca. Je crains que vous ne fassiez des jalouses, ce soir.

L'admiration qu'elle lisait dans ses yeux la fit frissonner, au point qu'elle songea sérieusement à l'embrasser. Mais elle jugea préférable de s'en abstenir, sachant que cela risquait de les mener beaucoup trop loin.

— À vrai dire, j'aimerais autant rester tranquillement à la maison pour peindre, avoua-t-elle.

Il s'esclaffa.

— Vous allez passer une soirée mémorable, je vous le promets.

Il s'approcha d'un guéridon, prit un objet, et revint vers elle.

— J'ai un cadeau pour vous. Quelque chose que vous pourrez garder en souvenir de votre premier bal.

Il lui tendit un éventail. Rebecca déplia les bâtonnets en ivoire et éclata de rire en découvrant la scène peinte à l'aquarelle sur la soie. Un petit chat semblable à Grisounet s'ébattait au milieu des fleurs et des papillons.

— C'est vous qui l'avez peint, n'est-ce pas ?

Et le déployant devant elle, la jeune femme constata qu'il s'harmonisait avec sa robe.

— Vous n'auriez pu choisir coloris plus appropriés.

— Ce n'était pas très difficile, j'avais vu votre robe.

Il avait dit cela d'un ton détaché, mais Rebecca voyait bien qu'il était enchanté que son cadeau lui plaise.

Cette fois, elle n'hésita pas. Elle se haussa sur la pointe des pieds et déposa un baiser furtif sur ses lèvres. Après quoi, elle examina plus en détail le cadeau de Kenneth.

— C'est vraiment de l'excellent travail. Vous maîtrisez cette technique à la perfection.

— Cela change de l'huile, dit-il ironiquement.

— Si vous décidez de renoncer à l'huile, vous feriez un remarquable aquarelliste. Savez-vous que la Royal Academy expose chaque année des aquarelles ?

Il parut sincèrement surpris.

— Non, je l'ignorais.

— Vous devriez leur soumettre vos travaux.

— Vous plaisantez, je suppose ?

— Pas du tout.

Il s'apprêtait à répondre, quand un attelage s'arrêta à grand bruit devant la maison.

— Voilà les Kenyon. Allons-y.

Il prit le manteau des mains de la jeune femme et l'aida à l'enfiler. Elle mourait d'envie de s'appuyer, ne serait-ce qu'un instant, contre ce torse masculin si proche dont elle percevait la chaleur. Kenneth l'aurait serrée dans ses bras et, qui sait ? lui aurait effleuré la nuque de ses lèvres…

Le souffle un peu court, elle s'écarta et boutonna son manteau.

— Ce doit être agréable d'avoir un frère duc. Michael et Catherine jouissent de toutes les commodités d'Ashburton House, sans avoir à en supporter le coût.

— En l'occurrence, c'est presque un petit miracle. Pendant des années, Michael a été un étranger pour sa famille, comme moi pour la mienne. Son cas était même pire, puisque moi, au moins, je correspondais régulièrement avec ma sœur. Il faut rendre justice à Stephen, lorsqu'il a hérité du titre, l'année dernière, il s'est efforcé de recoller les morceaux.

Cette histoire laissa Rebecca rêveuse. Restait-il une chance que son père et son oncle mettent eux aussi un terme à leur vieille querelle ? C'était moins probable. Lord Bowden devrait faire le premier pas, et cela semblait impossible.

La jeune femme quitta la maison en réprimant un soupir attristé. Pourquoi était-ce si difficile de s'entendre ?

Un grand bal était toujours un merveilleux spectacle. Dès la rue, la file des attelages, les torches portées par les valets et le chatoiement des toilettes retenaient les regards. Mais Rebecca détestait tellement la foule et elle craignait tant d'être reconnue que son plaisir en fut quelque peu gâché.

Juste devant eux, Michael et Catherine rendaient leurs hommages aux Candover. La jeune femme reconnut sans peine leurs hôtes, car son père en avait fait récemment le portrait. Le duc, grand, le cheveu très noir, avait une allure impérieuse. La duchesse, blonde et ravissante, était un charmant mélange de vivacité et de dignité.

Tandis que la duchesse et Catherine s'embrassaient, Michael dit :

— J'aimerais vous présenter deux de mes plus chers amis : lord Kimball, un ancien camarade d'armée, et Mlle Seaton.

Rebecca aurait voulu disparaître sous terre. Mais les deux paires d'yeux qui se tournèrent alors vers elle ne semblaient lui témoigner qu'un intérêt amical, dénué de tout jugement moral.

Le duc commença par serrer chaleureusement la main de Kenneth.

— Bienvenue, lord Kimball. Michael m'a souvent parlé de vous.

Puis il s'inclina respectueusement devant Rebecca.

— C'est un plaisir pour moi de rencontrer la plus merveilleuse création de sir Anthony.

Comme Rebecca s'empourprait, la duchesse intervint :

— Je suis également très heureuse de faire enfin votre connaissance, mademoiselle Seaton. J'ai beaucoup regretté que vous ne vous soyez pas montrée pendant que votre père réalisait notre portrait. Mais je n'aurais osé vous en blâmer. Notre fils était infernal.

Rebecca se souvint combien Catherine avait apprécié ses compliments sur son fils.

— C'est très dur pour un petit garçon de cet âge d'être obligé de rester longtemps immobile. Mais le portrait est très réussi. Et votre fils est si mignon.

Les yeux de la duchesse brillèrent de contentement.

— Merci. Vous ne trouvez pas qu'il ressemble à son père ?

Rebecca se demanda si toutes les mères réagissaient ainsi. Sans doute seulement celles qui adoraient leur mari.

Laissant le duc et la duchesse à leurs invités, les nouveaux arrivants se dirigèrent vers la salle de bal.

— Comment vous sentez-vous ? murmura Kenneth à l'oreille de Rebecca.

— Terriblement intimidée.

Il lui tapota affectueusement le bras.

— Ne vous inquiétez pas, tout se passera bien.

À l'instant où ils entraient dans la salle de bal, l'orchestre attaqua une valse. Kenneth s'inclina cérémonieusement devant la jeune femme.

— M'accorderez-vous cette danse, mademoiselle Seaton ?

— Avec plaisir, lord Kimball, répondit Rebecca, ravie d'avoir une excuse pour se réfugier dans les bras de Kenneth.

Elle soupira de plaisir en virevoltant au son de la musique.

— Ce soupir signifie-t-il que je vous ai marché sur les pieds ? s'inquiéta-t-il.

Elle le gratifia d'un sourire rayonnant.

— Pas du tout. Il signifie que si vous ne vous éloignez pas plus de quelques pas de moi de toute la soirée, je vais beaucoup apprécier ce bal.

Il lui rendit son sourire, et Rebecca se sentit soudain plus légère. Le calme de Kenneth apaisait ses craintes. Et le cours qu'elle avait pris dans l'après-midi avec son ancien professeur de danse lui était fort utile. Non seulement elle retrouvait les pas sans difficulté, mais elle prenait aussi un grand plaisir à suivre le tempo de la valse. D'autant que Kenneth, qui prétendait pourtant détester les mondanités, se révélait un excellent danseur.

Après cette première valse, ils rejoignirent Michael et Catherine qui les présentèrent à plusieurs de leurs amis. Rebecca fit la connaissance des deux comtesses jumelles et de leurs maris. Il y avait aussi une Américaine charmante, un baron avec sa femme, et quelques autres invités qui connaissaient sir Anthony et ne tarissaient pas de louanges à son sujet.

Rebecca changea plusieurs fois de cavalier et conversa de longs moments avec les dames, émerveillée de constater que tous la traitaient chaleureusement. Et tout cela, grâce à l'intervention de Kenneth. C'était un immense cadeau qu'il lui faisait là.

Après un quadrille avec Michael, la jeune femme déploya son éventail tout en discutant avec son cavalier, tandis que Kenneth et Catherine dansaient ensemble. Tout à coup, lord Strathmore, un des amis de Michael, s'approcha, un jeune homme sur ses talons.

— Ce garçon désire vous être présenté, expliqua-t-il à Rebecca.

Celle-ci le gratifia d'un sourire engageant, tout en se demandant si elle avait fait une conquête. Non pas qu'elle y tînt le moins du monde – surtout avec un aussi jeune homme. Mais il était réellement charmant.

— Mademoiselle Seaton, reprit Strathmore, permettez-moi de vous présenter Henry Seaton.

— Mon Dieu ! s'exclama Rebecca. Sommes-nous parents ?

Le jeune homme risqua un sourire.

— Je suis votre cousin. L'héritier de lord Bowden. Ce n'est pas parce que nos pères ne se parlent plus depuis des années que nous devrions être ennemis.

— C'est aussi mon avis, répondit Rebecca, ravie de s'être découvert un cousin aussi agréable.

Par sa carrure et ses traits, il ressemblait beaucoup à son propre père.

— Pas plus tard que tout à l'heure, ajouta-t-elle, je me faisais justement la réflexion que les querelles familiales sont vraiment ridicules.

— Particulièrement celle des Seaton, renchérit son cousin. Je peux comprendre que mon père ait été furieux de se faire voler sa fiancée par son petit frère, mais je suis plutôt content de la mère qu'il m'a finalement choisie. Et je crois que lui-même en est très amoureux.

Rebecca savait que lord Bowden était marié et père de deux enfants. Apparemment, son mariage était une réussite. Mais ce bonheur conjugal n'avait malheureusement pas suffi à lui faire oublier son ressentiment à l'égard de son frère.

— J'ai bien peur que mon oncle se refuse toujours à faire ma connaissance, dit-elle avec regret. Mais peut-être qu'un jour je pourrais rencontrer lady Bowden ?

— Pas plus tard que tout de suite, si vous le souhaitez. C'est précisément elle qui m'a envoyé vous chercher.

Et, lui offrant son bras, son cousin ajouta :

— Me permettez-vous de vous conduire jusqu'à elle ?

Rebecca demanda à Michael d'expliquer à Kenneth où elle se trouvait, puis elle suivit son cousin à travers la salle de bal. Lady Bowden était assise au milieu d'un groupe de dames, mais elle se leva immédiatement quand elle vit Rebecca et son fils approcher. Elle était plus petite que Rebecca, pas vraiment jolie, mais elle avait de beaux cheveux argentés, et des manières exquises.

— Maman, voici cousine Rebecca, annonça Henry.

— Quelle joie de vous rencontrer, ma chère ! s'exclama lady Bowden.

Et, se tournant vers son fils :

— Veux-tu aller nous chercher un rafraîchissement ?

Le jeune homme s'exécuta, et lady Bowden reporta son attention sur Rebecca.

— J'ai deviné que vous étiez la fille d'Helen à l'instant où vous êtes entrée dans cette pièce.

— Vous connaissiez ma mère ?

— Bien sûr ! La propriété de mon père avait des terres mitoyennes avec le domaine des Bowden. Marcus, Anthony et moi avons grandi ensemble. Nos parents songeaient d'ailleurs à un mariage entre nos deux familles. Et puis Marcus a rencontré Helen et s'est entiché d'elle.

Lady Bowden eut un sourire un peu triste, avant de poursuivre :

— Je ne pouvais pas l'en blâmer. Helen était tellement ravissante. Tous les garçons étaient amoureux d'elle. Mais je ne vais pas vous parler plus longtemps de votre mère. Vous étiez évidemment bien placée pour la connaître. Toutes mes condoléances, mon enfant.

— Merci. Maman me manque beaucoup, répondit Rebecca. Vous êtes très gentille de m'adresser ainsi la parole, alors que nos familles sont irrémédiablement brouillées.

— Je n'ai rien contre vous, bien au contraire. J'ai une dette envers votre mère. Si elle ne s'était pas enfuie avec Anthony, je n'aurais pas épousé Marcus.

En un éclair, Rebecca comprit tout le drame de cette femme. Lady Bowden avait senti croître son amour pour Marcus à mesure qu'ils grandissaient, elle s'était convaincue qu'elle deviendrait sa femme, avant de découvrir qu'il en aimait une autre. Finalement, Marcus lui était revenu, mais lady Bowden garderait sans doute toujours au fond de son cœur l'amertume de ne pas avoir été choisie en premier. Rebecca se sentait pleine de sympathie pour elle.

— Lord Bowden est-il là ce soir ? interrogea-t-elle.

— Non. S'il était venu, je n'aurais pas pu vous parler.

Et avec un sourire mutin, elle ajouta :

— Je n'ai pas pour habitude de transgresser les interdits de mon mari. Mais ce qu'il ne saura jamais ne peut le fâcher.

Rebecca éclata de rire.

— J'aurais aimé que nous puissions faire plus ample connaissance en d'autres occasions, lady Bowden, mais je suppose que cela n'est pas possible.

— Je vous en prie, appelez-moi tante Margaret. Et comptez sur moi pour nous arranger quelques rendez-vous discrets. Je vous ferai prévenir par écrit.

— J'en serais ravie, vraiment, confirma Rebecca, qui serra longuement la main de sa tante entre les siennes. À bientôt, tante Margaret.

Rebecca se mit à la recherche de Kenneth, impatiente de lui narrer cette rencontre inattendue avec son cousin et sa tante. Mais sa bonne humeur s'envola d'un coup, lorsqu'elle se retrouva pratiquement nez à nez avec deux de ses anciennes camarades de classe, Charlotte et Béatrice. Deux parfaites petites pestes que l'âge n'avait pas amendées.

— Bonté divine, Béatrice ! s'exclama Charlotte. Tu avais raison. C'est bien cette dévergondée de Rebecca Seaton. Qui aurait cru qu'elle aurait l'impudence de s'inviter dans la bonne société ?

— Le duc et la duchesse doivent ignorer son passé, répliqua Béatrice, les narines pincées comme pour se garder des mauvaises odeurs. Notre devoir est de les en informer.

Elles se détournèrent d'un même mouvement, avec un souverain mépris. Rebecca resta pétrifiée sur place. Ces insultes l'avaient prise par surprise, alors même qu'elle pensait ne plus rien avoir à redouter.

À cet instant, une voix masculine l'interpella :

— Ah, vous voilà, mademoiselle Seaton ! J'aimerais vous présenter à quelqu'un.

C'était le duc de Candover en personne. Il passa à côté de Charlotte et Béatrice comme si elles étaient parfaitement invisibles et vint prendre Rebecca par le bras.

— Margot et moi sommes enchantés que vous ayez fini par accepter de venir à l'un de nos bals. J'espère que vous vous amusez bien ?

Incapable de parler, Rebecca se contenta de hocher la tête, tandis que Charlotte et Béatrice fixaient le duc, médusées. Candover se tourna vers elles et les fusilla si durement du regard que les deux jeunes femmes en pâlirent. Puis il entraîna Rebecca à l'écart.

— Je vous suis très reconnaissante de votre attitude, dit-elle. Mais pourquoi avoir volé à mon secours, alors que nous venons juste de nous rencontrer ?

Il la dévisagea pensivement.

— D'une manière générale, j'ai horreur de l'intolérance. Et puis, Kimball tient beaucoup à ce que vous soyez réintégrée dans le monde. Dans la mesure où il a sauvé la vie de mon ami Michael, je ne peux pas lui refuser ce service.

— J'ignorais cela, avoua Rebecca.

— J'espère que cette rencontre inopportune n'aura pas gâché votre soirée ? reprit le duc.

— Au contraire. Elle m'a fait apprécier un peu plus ma chance d'avoir été invitée dans votre demeure. Merci mille fois, Votre Grâce.

Le duc lui baisa la main et s'éloigna.

Kenneth discutait non loin de là avec un groupe de gentlemen. Il les quitta aussitôt pour rejoindre Rebecca.

— Vous êtes un peu pâle, remarqua-t-il. Est-il arrivé quelque chose ?

Elle lui raconta sa rencontre avec son cousin et sa tante, puis le désagréable épisode qui avait suivi.

— C'est une chance que Candover se soit trouvé dans les parages, commenta Kenneth. Maintenant qu'il a pris fait et cause pour vous au vu de tous, vous devriez être tranquille.

Rebecca agita son éventail devant son visage et lança :

— Le duc m'a raconté que vous aviez sauvé la vie de Michael ?

Le visage de Kenneth s'assombrit aussitôt.

— C'est exact. Mais Michael m'a sauvé de la folie. Ce qui est beaucoup plus méritoire.

Rebecca se promit de lui demander plus d'explications ultérieurement.

— Au fait ! enchaîna Kenneth. J'y pense tout à coup : ne risquez-vous pas de croiser votre horrible poète, ce soir ?

— Aucun danger, répondit Rebecca. Un an après notre séparation, Frederick est parti vivre en Italie, avec une femme mariée. Il y est mort quelques mois plus tard d'une mauvaise fièvre. Tel un vrai poète, ajouta-t-elle cyniquement.

C'était triste à dire, mais la mort de Frederick ne lui avait tiré aucune larme.

— Quand partons-nous ? voulut-elle savoir, car elle commençait à ressentir les premiers signes de fatigue.

— Michael a demandé que son attelage soit prêt dans une demi-heure. Catherine doit rentrer allaiter son fils. Et j'imagine que d'ici là, vous en aurez par-dessus la tête des mondanités.

— Dans une demi-heure, c'est parfait, approuva Rebecca, et regardant autour d'elle, elle ajouta : Avez-vous croisé Lavinia ? Elle doit être là, mais je ne l'ai pas encore vue.

— Il me semble l'avoir aperçue. Cherchons-la ensemble.

Ils déambulèrent dans la vaste salle de bal. Rebecca se tenait au bras de Kenneth et regardait autour d'elle, essayant de peindre mentalement ce qu'elle voyait. Ils croisèrent soudain une jeune blonde ravissante, couverte de bijoux, dont le visage lui était vaguement familier.

La jeune femme s'immobilisa avec un sourire espiègle.

— Kenneth chéri ! Quel plaisir de vous revoir après tant d'années !

Rebecca jeta un coup d'œil au jeune homme, il avait blêmi.

— La galanterie m'interdit de vous dire que ce plaisir n'est pas réciproque, répliqua-t-il d'un ton cassant.

— Je vous laisse faire de l'esprit à votre guise, répondit-elle sans se départir de son sourire, puis, portant la main à son splendide collier de diamants, elle ajouta : Et je garde ceci pour moi.

Rebecca comprit alors qu'il s'agissait d'Hermione.

17

Passé l'instant de surprise, Rebecca examina la belle-mère de Kenneth avec détachement. C'était une belle femme, assurément. Mais il y avait dans ses traits une dureté sous-jacente qui en altérait la grâce.

— Je ne m'attendais pas à vous voir ici, reprit Kenneth, la main posée sur le bras de Rebecca en un geste protecteur. Si ma mémoire est bonne, l'usage est d'observer une année entière de deuil après la mort de son époux.

— Je suis en noir, mon cher, rétorqua Hermione. Et je porte des diamants, de préférence aux pierres de couleur. Et, bien entendu, je ne danse pas. De toute façon, votre père n'aurait pas aimé que je vive comme une recluse. C'était le plus généreux et le plus indulgent des maris.

Kenneth la toisait avec un mépris manifeste.

— Peut-être. Mais il était aussi très attaché aux traditions.

Ignorant sa remarque, lady Kimball s'adressa à Rebecca :

— Vous êtes la fille d'Anthony, n'est-ce pas ? Vous êtes jolie comme tout dans les vieilleries de votre mère.

— Hermione, cela suffit ! trancha Kenneth. Réservez-moi vos insultes et épargnez les innocents.

— Si vous pensez que Mlle Seaton est innocente, c'est que vous êtes bien mal informé, mon cher. Enfin, peu importe.

Elle fit une pause pour détailler le visage de Kenneth, et lâcha :

— C'est dommage, cette cicatrice. Enfin, de toute façon vous n'étiez pas très beau avant. L'essentiel est que vous ayez survécu.

L'espace d'un instant, Rebecca crut que Kenneth allait lui sauter à la gorge, cependant, il réussit à garder son sang-froid.

— Au revoir, Hermione. Nous n'avons plus rien à nous dire, je pense.

Mais avant qu'il eût pu entraîner Rebecca, Hermione lui caressa la joue d'une manière possessive.

— Ah ! Kenneth chéri, je vois que votre conscience vous joue encore des tours. Il ne faut pas, minauda-t-elle en s'assurant bien que Rebecca écoutait. Nous pourrions reprendre notre relation là où nous l'avons laissée voici quelques années.

Le sous-entendu était limpide. Sous le choc, Rebecca regarda Kenneth, mais elle ne lut aucun déni dans ses yeux. Plutôt la stupéfaction de quelqu'un qui vient de recevoir un coup mortel. Elle comprit que c'était à elle d'écarter Kenneth avant qu'il ne soit trop tard. Elle le tira fermement par le bras, non sans jeter un dernier regard à Hermione :

— Prenez garde, lady Kimball, votre visage commence à refléter la noirceur de votre âme.

Laissant Hermione bouche bée, Rebecca tourna les talons et guida son compagnon à travers la foule jusqu'à la double porte qui ouvrait sur la galerie séparant la salle de bal de la pièce où était dressé le buffet. Kenneth se laissa conduire sans protester, le visage décomposé.

La galerie était aménagée en une succession d'alcôves garnies de sièges, de tables et de lampes pour que les invités puissent converser tranquillement ou se reposer. La plupart des alcôves étaient occupées, mais ils finirent par en trouver une qui ne l'était pas.

Rebecca s'y précipita et poussa Kenneth dans un fauteuil, tandis qu'elle-même restait debout, la main posée sur son épaule.

— Vous avez été amants, énonça-t-elle d'une voix calme.

Il ferma les yeux et poussa un profond soupir.

— Ce… ce qui s'est passé entre nous n'avait rien à voir avec l'amour. J'étais jeune, alors, et malgré toutes mes préventions, je… je ne pouvais m'empêcher d'être attiré par elle. C'était purement physique. Peu d'hommes auraient pu résister à ses charmes.

Rebecca hocha la tête. Après avoir vu Hermione, elle comprenait l'effet que pareille créature avait pu produire sur un garçon dans la force de l'âge.

Kenneth soupira de nouveau.

— C'était un soir d'été. Je m'étais violemment disputé avec mon père après qu'il m'eut annoncé qu'il voulait quitter Sutterton pour s'installer à Londres avec sa nouvelle épouse. Je suis monté m'enfermer dans ma chambre, avec une bouteille de whisky, bien décidé à m'enivrer. Et puis, au bout d'un certain temps, Hermione est venue frapper à ma porte. Elle pleurnichait, et se reprochait d'avoir été la cause de cette dispute entre mon père et moi…

Sa voix se brisa. Après un moment de silence, Rebecca l'encouragea à poursuivre :

— Elle est venue pleurer dans vos bras, et la nature a fait le reste.

— Il n'y a rien de naturel à coucher avec la femme de votre père, répliqua Kenneth, un pli amer au coin des lèvres. J'étais ivre, je la désirais, et je voulais pardessus tout me prouver qu'elle était aussi vile que je le soupçonnais. Mais en agissant ainsi, je ne valais pas mieux qu'elle.

Il rouvrit les yeux.

— Après cela, je ne pouvais plus rester à Sutterton. J'ai embrassé ma sœur, fait mon baluchon et je suis parti. Deux jours plus tard, je m'engageais dans l'armée. À la fois parce que c'était le seul moyen de subvenir à mes besoins, mais aussi parce que je voulais me punir de mon geste. En fait, je n'avais aucune vocation à devenir soldat.

Rebecca lui étreignit l'épaule.

— Vous n'auriez pas dû être aussi dur avec vous-même. Hermione a agi ainsi délibérément, vous le savez bien. Elle se doutait que vous seriez rongé de remords. Cette garce espérait même peut-être que vous iriez vous pendre. Mais votre départ lui a suffi. Une fois que vous n'étiez plus là, personne ne pouvait plus s'opposer à ce qu'elle gouverne entièrement votre père.

— Grands dieux ! Vous pensez qu'elle est aussi calculatrice que cela ?

— J'en suis certaine.

— Vous devez avoir raison, concéda-t-il. Si j'avais su dominer ma colère et mon désir, je serais resté. J'avais un peu d'influence sur mon père. J'aurais pu éviter qu'il ne tombe dans pareils excès.

— N'y croyez pas trop. Hermione aurait recouru à tous les subterfuges pour parvenir à ses fins. Si vous lui aviez résisté cette fois-là, elle aurait imaginé un autre stratagème pour se débarrasser de vous. Vous avez peut-être échappé au pire. Elle aurait été très capable de faire croire à votre père que vous aviez essayé de la violer.

— Bon sang ! s'exclama Kenneth. Je n'avais pas pensé à cela, mais c'est très probable, en effet.

— À cause de cette femme, vous avez connu douze années d'enfer. À vous battre et à tuer, alors que c'était la dernière chose que vous souhaitiez.

Elle l'entoura de ses bras et, s'inclinant vers lui, colla sa joue à la sienne.

— Mon pauvre, cher Kenneth… souffla-t-elle, émue.

— Rebecca… murmura-t-il d'une voix étranglée.

Se tournant à demi, il la fit glisser sur ses genoux et la serra avec force.

— Je suis désolé de me donner ainsi en spectacle, s'excusa-t-il. Pendant des années, j'ai réussi à remiser ce qui s'était passé tout au fond de ma mémoire. Mais de revoir Hermione de façon aussi inattendue a tout fait remonter à la surface.

— Elle savait que vous étiez un homme d'honneur et elle s'en est servie contre vous, reprit Rebecca, le visage enfoui au creux de l'épaule de Kenneth.

C'était pure folie, bien sûr, de rester sur ses genoux, alors que n'importe qui pouvait les apercevoir. Cependant, elle se sentait incapable de briser leur étreinte.

Tout à coup, Kenneth tourna la tête et s'empara de ses lèvres. Rebecca devina qu'il voulait ce baiser plus pour chasser ses mauvais souvenirs que par pure passion. Cependant, la passion s'en mêla presque instantanément. Et la jeune femme lui rendit son baiser avec une ardeur égale.

Kenneth glissa la main sur sa hanche et la plaqua contre lui. C'est alors qu'une voix haut perchée s'écria :

— Honteux ! Ceci est absolument honteux !

Kenneth lâcha un juron, et Rebecca se retourna, pétrifiée, devinant que ce cri indigné leur était destiné. Une vieille douairière les contemplait d'un air de suprême dégoût en prenant tout le monde à témoin. Car entre-temps, la galerie s'était remplie d'invités affamés qui se pressaient vers le buffet. Il y avait là le duc et la duchesse de Candover, Michael et Catherine, et une dizaine d'autres couples. Tous avaient les yeux rivés sur le spectacle scandaleux qu'offraient Kenneth et Rebecca.

La jeune femme sentit le ciel lui tomber sur la tête. Après à peine plus de deux heures de respectabilité, elle venait à nouveau de ruiner sa réputation. Et cette fois, pour toujours. Pire encore : elle avait trahi la confiance de gens qui, tels Michael et

Catherine, lui avaient généreusement offert leur aide.

C'est alors que Lavinia se détacha du petit groupe et s'avança vers eux.

— Eh bien, les tourtereaux, cette fois, vous n'allez plus pouvoir cacher vos fiançailles, fit-elle avec une indulgence amusée. Sir Anthony va être ravi de pouvoir enfin publier les bans.

Kenneth aida Rebecca à se relever, puis il l'imita et lui entoura la taille du bras.

— Pardonnez-nous, dit-il d'une voix désarmante de naturel. Mais depuis que Rebecca a accepté d'être ma femme, je ne sais plus me tenir ; j'ai tellement de mal à croire à mon bonheur.

Il sourit à la jeune femme et souffla :

— Jouez le jeu, Rebecca. C'est notre seule chance de nous en sortir.

Se ressaisissant, elle le gratifia d'un sourire un peu tremblant :

— C'est moi qui ai du mal à croire à mon bonheur, Kenneth.

Catherine et Michael furent les premiers à les féliciter. Tandis que Michael serrait chaleureusement la main de son ami, Catherine s'extasia :

— C'est merveilleux ! Mais figurez-vous que je me suis doutée de quelque chose dès que je vous ai vus ensemble.

Elle embrassa Rebecca et lui confia :

— Kenneth ne pouvait rêver meilleure épouse.

L'instant d'après, le duc et la duchesse offraient à leur tour leurs congratulations, suivis par les autres invités – y compris la douairière qui, une minute plus tôt, criait sa réprobation. Encore sous le choc, Rebecca se rendit compte que le réflexe de Lavinia avait transformé une conduite scandaleuse en un baiser romantique tout à fait normal. Sa réputation avait été sauvée. Mais à quel prix ?

Les minutes suivantes passèrent avec une atroce lenteur, Kenneth réussit pourtant à garder la mine fière et réjouie d'un jeune fiancé. Rebecca se tenait près de lui et souriait timidement chaque fois que quelqu'un venait leur présenter ses vœux de bonheur. Cependant, il la sentait si tendue qu'il devenait urgent qu'ils aient une conversation en privé.

Heureusement, Michael et Catherine étaient eux-mêmes pressés de rentrer chez eux. Mais tout le temps que dura le trajet, Kenneth n'eut, bien entendu, pas le loisir de s'entretenir avec Rebecca. Il suspectait ses amis de ne pas être dupes de cette histoire de fiançailles, mais avec un tact exquis, ils s'abstinrent de poser la moindre question.

Kenneth fut quand même grandement soulagé d'arriver enfin à Seaton House. Rebecca monta le perron accrochée à son bras. Il ouvrit la porte, tandis que la jeune femme se retournait pour saluer les Kenyon de la main. Mais dès qu'ils se retrouvèrent à l'abri du hall, elle s'écarta de lui, livide.

— Nous nous sommes sortis d'un beau pétrin, voulut la réconforter Kenneth. Il ne nous reste plus qu'à jouer les fiancés pendant quelques mois. Jusqu'au jour où nous annoncerons tranquillement que nous avons décidé de ne pas donner suite à ce projet de mariage.

Rebecca ôta son manteau et le lança sur une chaise.

— Merveilleux ! ironisa-t-elle. Ma réputation va notablement s'arranger. Après avoir été une dévergondée, je serai la fiancée répudiée.

— Rompre des fiançailles n'est rien, comparé au scandale qui aurait éclaté si Lavinia n'avait pas eu le bon réflexe, assura Kenneth, avant d'ajouter avec un soupir : Je suis désolé, Rebecca. Je vous jure, en tout cas, que vous n'aurez pas à m'épouser à cause d'un stupide accident.

— Était-ce vraiment un accident, capitaine ? Vous avez accès à tous les papiers de mon père. Vous devez donc savoir que la mort de ma mère m'a valu un confortable héritage. De quoi sauver largement votre domaine.

— Bon sang ! s'exclama Kenneth, incrédule. Vous ne croyez tout même pas que je vous ai attirée dans un piège pour vous forcer au mariage ?

Elle le regarda droit dans les yeux.

— A priori, non. Cela dit, je m'étais étonnée, l'autre jour, de votre véhémence à refuser l'idée même d'un mariage d'argent. Vous protestiez un peu trop fort, alors que cette solution serait pourtant idéale pour un homme dans votre situation.

Kenneth se sentait comme après une bataille : exténué. Et voilà qu'il allait devoir se justifier et révéler les raisons d'un tel choix.

— J'ai été élevé avec l'assurance que la fortune, le rang et les privilèges me reviendraient naturellement, commença-t-il en détournant le regard. Le sort et la malchance ont voulu que mon parcours s'avère plus compliqué que prévu. Quand les autres garçons de mon âge fréquentaient l'Opéra ou les courses de chevaux, je passais mon temps sur les champs de bataille. Mais cette expérience, pour pénible qu'elle fût, m'a aussi beaucoup appris. J'ai découvert que des hommes nés dans la lie du peuple pouvaient se révéler plus courageux et plus honorables que moi.

Toujours sans regarder Rebecca, il ôta son manteau, et poursuivit :

— Maintenant, j'ai hérité du titre de mon père. Mais la fortune qui l'accompagnait n'était pas au rendez-vous. Il n'est pas impossible que je sois obligé de tirer le diable par la queue jusqu'à la fin de mes jours. Ce sera en grande partie ma faute, du reste. Peu importe. Mais il y a une chose, au moins, à laquelle je ne renoncerai pour rien au monde, c'est de pouvoir choisir d'épouser la femme que j'aimerai, et elle seule.

Il y eut un long silence, pendant lequel Kenneth se sentit suffoquer.

— Je regrette ce que j'ai dit, lâcha enfin Rebecca d'une voix à peine audible. Si nous nous sommes fait prendre, c'était largement aussi ma faute. Peut-être même plus, parce que je n'avais aucune raison de perdre la tête. Mais...

Elle eut un soupir tremblant.

— Dire que tout se passait si bien, et qu'il n'a pas fallu une seconde pour que tout s'écroule... J'aurais mieux fait de rester dans mon grenier et de ne pas chercher à en sortir.

Sur ces mots, elle se dirigea vers l'escalier et commença à gravir les marches, le dos raide.

Kenneth se laissa choir sur une chaise et plongea son visage entre ses mains. Rebecca avait raison. Ils auraient mieux fait de rester à la maison. Il avait voulu rendre l'existence de la jeune femme plus légère et, au lieu de cela, il n'avait fait qu'ajouter à ses problèmes. Quand comprendrait-il enfin que les meilleures intentions du monde pouvaient avoir des conséquences désastreuses ?

En tout cas, il pouvait difficilement blâmer Rebecca de ses soupçons. Elle savait qu'il lui avait d'abord menti sur ses origines. Elle était donc fondée à penser qu'il n'était qu'un vulgaire coureur de dot. Surtout après avoir été assez inconscient pour l'embrasser dans un lieu public.

Maudite Hermione ! Le diable l'emporte ! Tout cela était sa faute. Bien qu'il se fût toujours attendu à la revoir un jour ou l'autre, il n'avait pas imaginé que ce serait dès sa première sortie londonienne ! Et il était d'autant moins préparé à cette rencontre qu'il avait toujours sous-estimé la perversité de sa belle-mère. La preuve qu'elle l'avait séduit volontairement, c'était qu'elle s'était arrangée pour le faire savoir à Rebecca.

Dieu tout-puissant ! En avait-elle aussi parlé à son père ? Cette idée lui soulevait le cœur.

Rebecca – c'était tout à son honneur – avait accueilli cette révélation avec beaucoup de dignité. Au lieu de fuir en lui criant son dégoût, elle lui avait offert son soutien et sa compréhension. Une telle générosité d'esprit était un bien rare et précieux.

Mais maintenant, à cause de son inconscience, ils se retrouvaient fiancés. Le pire, c'est qu'en d'autres circonstances, Kenneth aurait pu demander la main de Rebecca. Jamais, avec aucune autre femme, il n'avait éprouvé une telle attirance physique et une telle communion intellectuelle. Tomber amoureux d'elle serait la chose la plus facile du monde. Au lieu de quoi, son sens de l'honneur l'obligerait à rompre ces fiançailles le plus tôt possible. Il n'était pas en position de se marier. Même s'il arrivait à élucider le mystère de la mort d'Helen Seaton sans que Rebecca apprenne sa duplicité, il ne pourrait empêcher la jeune femme de le suspecter d'en vouloir à son argent.

Lâchant un nouveau soupir, il se releva et monta à l'étage. Il allait se changer, puis se rendre dans son atelier pour se défouler avec ses pinceaux. Peut-être réussirait-il ainsi à oublier un peu ses tourments.

Dès que Rebecca eut pénétré dans sa chambre, elle s'effondra. Après avoir verrouillé la porte – craignait-elle que Kenneth ne la suive ? ou l'espérait-elle ? –, elle se jeta sur son lit. Quelle idiote elle avait été ! Si elle n'avait pas retourné sa propre détresse contre lui en l'accusant aussi stupidement, il n'aurait pas été obligé de lui avouer qu'elle n'était pas la femme de ses rêves.

Oh, certes, il l'appréciait ! Mais sur un mode purement amical. Et s'il était attiré par elle, c'était de manière très superficielle. La seule qu'il eût jamais aimée, c'était sa fière combattante espagnole. Épouser Rebecca ne l'intéressait pas – même pour éviter la ruine.

De toute façon, elle non plus ne voulait pas l'épouser – ni aucun autre homme, d'ailleurs. Mais elle tenait de plus en plus à lui. Et, pour être tout à fait honnête, elle le désirait et voulait par-dessus tout qu'il la désire. Quitte à n'avoir que cette seule satisfaction.

« Quelle serait la relation idéale avec lui ? » songea Rebecca. Elle roula sur le dos et réfléchit en contemplant le plafond. Être amants ? Oui, ce serait parfait. Ils habiteraient dans des maisons séparées et ne se verraient que lorsqu'ils en auraient envie. Ils feraient l'amour passionnément, et les choses s'arrêteraient là.

Quel dommage que la vie ne soit pas aussi simple que cela !

18

La première pensée de Rebecca, à son réveil, fut qu'elle devait tout raconter à son père. Il serait sans doute autant amusé que fâché d'apprendre ce qui s'était passé chez les Candover.

Après avoir fait sa toilette, elle revêtit une robe grise, délibérément austère. Puis elle descendit au rez-de-chaussée, en priant le ciel de ne pas croiser Kenneth en chemin. Elle n'aurait su quoi lui dire.

Par chance, sir Anthony se trouvait seul dans la petite salle à manger. En l'entendant entrer, il leva les yeux de son journal.

— Bonjour, ma chérie. Tu es bien matinale pour quelqu'un qui est allé au bal. T'es-tu amusée, au moins ?

— Oui et non.

La jeune femme commença par s'asseoir et se servir une tasse de thé, avant d'expliquer :

— Au début, c'était très agréable. Mais il y a eu un… petit incident.

Son père s'esclaffa.

— Un maladroit a marché sur la traîne de ta robe ?

Empoignant sa tasse à deux mains, Rebecca lâcha :

— Kenneth et moi avons été surpris en train de nous embrasser.

Le sourire de son père disparut d'un coup.

— Bon sang ! Ce bal devait restaurer ta réputation, pas l'aggraver.

— C'était… un accident.

Sir Anthony fronça les sourcils.

— Tu as glissé et tu t'es retrouvée dans les bras de Kenneth ?

Rebecca leva les yeux au plafond.

— Mais non. Kenneth a eu un choc émotionnel et j'ai voulu le consoler, et puis... et puis, nous nous sommes embrassés, voilà, résuma-t-elle, sachant que son père ne tenait pas forcément à entendre les détails. Nous étions dans une alcôve, mais plusieurs invités nous ont quand même remarqués. Lavinia nous a sauvé la mise en prétendant que Kenneth et moi étions fiancés. Et comme tout le monde sait que c'est une amie de la famille, on l'a crue.

— Encore heureux qu'elle se soit trouvée là au bon moment et qu'elle ait eu ce réflexe, commenta sir Anthony. Car pour ce qui est de Kenneth et de toi, vous me semblez manquer du plus élémentaire bon sens. Je m'attendais à mieux de votre part.

Rebecca n'était pas dupe du ton de son père. L'amusement le disputait à l'irritation.

— C'était un accident, répéta-t-elle, mais heureusement sans conséquences. Tout le monde nous croit désormais fiancés. Dans quelques mois, nous arrêterons tout, mais en attendant, cela va nous obliger à jouer la comédie.

Sir Anthony plia son journal et le posa sur la table d'un geste sec.

— Quelle comédie ? J'ai été assez bon pour tirer un trait sur cette aventure idiote avec ton poète, mais cette fois, cela suffit. Tu vas épouser Kenneth, un point, c'est tout.

Rebecca faillit en lâcher sa tasse.

— Ne sois pas absurde ! Nous n'allons quand même pas nous marier juste pour satisfaire les conventions. Je te croyais plus libéral que cela.

— Justement, je me suis montré beaucoup trop libéral avec toi. Il est grand temps de rectifier le tir.

À ton âge, tu devrais être mariée depuis longtemps. Kenneth fera un mari idéal. Au moins, il sait reconnaître une bonne peinture quand il en voit une, ce dont ton poète était parfaitement incapable.

Rebecca n'en croyait pas ses oreilles.

— En quel honneur te crois-tu soudain autorisé à gouverner ma vie, alors que j'ai vingt-sept ans ?

— Mieux vaut tard que jamais. Je suis ton père et mon devoir est de te guider dans la vie. Tu feras comme je l'ai dit, tu épouseras Kenneth.

Rebecca se dressa et tapa du poing sur la table, hors d'elle.

— Comment oses-tu ? Tu as commis l'adultère avec toutes les femmes qui passaient à ta portée. Tu as toléré qu'un de tes meilleurs amis devienne l'amant de ta femme. Et maintenant, tu prétends me guider ? Espèce... espèce d'hypocrite !

Son père, estomaqué, s'adossa à sa chaise.

— Tout cela n'a rien à voir avec ta situation.

Ulcérée, Rebecca lança sa serviette à travers la pièce.

— Rien à voir, vraiment ? Après l'exemple conjugal que tu m'as donné, je préférerais brûler en enfer plutôt que de me marier. Si cela ne te plaît pas, tant pis. Je déménagerai pour m'installer seule. Après tout, j'en ai les moyens.

— J'avais prévenu Helen que ce serait une erreur de te léguer sa fortune en totalité, mais comme toujours, elle n'en a fait qu'à sa tête, commenta son père.

Puis, se levant à son tour, il laissa exploser sa colère :

— Si tu quittes cette maison, je m'en lave les mains. Tu ne seras plus ma fille.

— Parfait ! lança Rebecca, aveuglée par la rage. Comme cela, je n'aurai plus tes amis dans les pattes. Et je n'aurai plus à te préparer tes couleurs. Bon débarras.

— Espèce de petite peste arrogante ! Sors d'ici, et bon vent !

Rebecca allait de nouveau répliquer, quand une voix la coupa avec autorité :

— Cela suffit, tous les deux ! Calmez-vous avant d'en arriver à des extrémités que vous regretteriez.

Rebecca et son père se tournèrent vers Kenneth. Craignant qu'il eût tout entendu, la jeune femme piqua un fard, qui fut presque aussitôt remplacé par un frisson glacé quand elle réalisa qu'ils avaient frôlé, son père et elle, la brouille irrémédiable. Si elle le perdait, elle serait totalement seule.

Moins émotif, sir Anthony tança vertement Kenneth :

— Mêlez-vous de vos affaires. Ceci est une conversation strictement familiale.

Kenneth hocha la tête en signe d'approbation.

— Tout à fait d'accord. Et je vous rappelle que, en théorie, je fais presque partie de la famille.

— Dans ce cas, essayez donc de raisonner ma fille, rétorqua sir Anthony en désignant Rebecca d'un geste exaspéré. Faites-lui comprendre qu'après ce qui s'est passé, le mieux est de vous marier au plus vite.

— Ce n'est pas obligatoire, objecta Kenneth avec calme. Des fiançailles rompues sont moins…

Sir Anthony ne le laissa pas finir :

— Je vous croyais un gentleman ! C'est le moment de le prouver. Puisque vous avez compromis ma fille, épousez-la. Ou je me chargerai moi-même de vous fouetter.

Rebecca se retint de rire ; elle imaginait son père essayant de corriger un homme qui le dépassait d'une bonne tête, et avait passé douze ans de sa vie sur des champs de bataille. La situation tournait à la farce.

— La décision de m'épouser appartiendra à Rebecca, répliqua Kenneth d'une voix égale. Il n'est pas question de la forcer à se rendre devant l'autel. Ni vous ni moi n'en avons le droit, ni le pouvoir.

Et d'un ton plus sec, il ajouta :

— Je ne suis pas un très beau parti. Aussi je ne peux pas lui en vouloir de préférer rôtir en enfer plutôt que de m'épouser.

Rebecca se mordit la lèvre, ennuyée qu'il eût entendu cela.

— Pour ma part, je trouve cette union parfaitement convenable, observa son père. Plus j'y réfléchis, et plus l'idée me plaît. La maison est assez grande pour que vous vous y installiez ensemble. Ce serait très pratique.

— Pour l'amour de Dieu, papa ! Je ne vais quand même pas me marier uniquement pour que tu puisses garder ton secrétaire préféré !

Avant que sir Anthony ait pu répondre, Kenneth intervint :

— De toute façon, le moment est mal choisi pour prendre une décision. Les esprits sont trop échauffés.

— Vous avez sans doute raison, concéda sir Anthony en se dirigeant vers la porte. Mais reculer l'échéance ne changera pas grand-chose. Je ne vois pas d'autre issue décente à la situation. Kenneth, vous écrirez au *Times* pour qu'il publie l'annonce officielle de vos fiançailles.

Sur ces paroles, il sortit en claquant la porte derrière lui.

Après son départ, Rebecca se laissa tomber sur sa chaise et enfouit son visage dans ses mains. Kenneth s'approcha d'elle, et elle sentit sa chaleur tandis qu'il s'agenouillait à ses côtés.

— Ça va ? demanda-t-il.

Elle releva la tête et esquissa un sourire.

— Ne vous inquiétez pas. Je suis plus proche du rire que des larmes. C'est bien la première fois que mon père s'avise de se montrer strict à mon égard. Tout cela est absurde.

Il se remit debout pour lui remplir sa tasse de thé et s'en servir une.

— Sir Anthony avait l'air vraiment en colère. Vous croyez qu'il va me mettre à la porte ?

— Cela m'étonnerait beaucoup. Ses colères ne durent jamais longtemps.

Il revint vers la table.

— Et vous ? Comptez-vous vraiment quitter cette maison pour vous installer toute seule ?

— Cela m'étonnerait également.

— Je l'espère. Je ne supporterais pas l'idée d'être la cause d'une brouille entre vous et votre père.

— Si cela devait arriver, ce ne serait pas votre faute, mais uniquement la nôtre, répondit Rebecca, étonnée de converser ainsi avec lui sans aucune gêne.

Elle but une gorgée de thé avant de se risquer à poser la question qui lui brûlait les lèvres :

— Vous pensez vraiment ce que vous avez dit tout à l'heure ? Que la décision de nous marier ne dépendait que de moi ?

— Bien sûr. Un gentleman digne de ce nom ne peut rompre ses fiançailles. C'est contraire à l'usage.

— Je devrais vous obliger à me conduire à l'autel, rien que pour vous punir de m'avoir emmenée à ce bal.

Il lui décocha un sourire ironique.

— J'ai connu des châtiments bien pires.

Rebecca sentit la chaleur sensuelle de son regard se communiquer à elle. S'il n'y prenait pas garde, elle pourrait bien mettre sa menace à exécution. Après tout, c'était terriblement tentant. Mais elle ne tenait pas à perdre son amitié, et rien ne serait plus dommageable pour leur relation qu'un mariage dont il ne voulait pas.

— Nous allons devoir accepter quelques invitations, lui fit-elle remarquer en s'efforçant d'adopter un ton léger.

— Cela me semble inévitable. Mais d'ici quelques semaines, tout cela sera oublié et nous pourrons reprendre notre existence comme avant.

Il le pensait peut-être sincèrement, mais pas Rebecca. Après ce qui s'était passé la veille, plus rien ne serait pareil entre eux. Seul le temps leur dirait à quel point les choses avaient changé...

Une heure plus tard, Kenneth se trouvait dans le bureau, quand sir Anthony entra pour leur séance quotidienne de travail. Son employeur avait retrouvé son calme, et il ne fit aucune allusion à la scène du petit-déjeuner. Après avoir réglé les questions de courrier et d'intendance, Kenneth lui soumit le projet d'annonce qu'il avait préparé pour le *Times*.

Sir Anthony lut les quelques lignes et lui rendit le papier.

— Parfait. Mais mettez aussi votre titre, et pas seulement votre grade militaire.

Avec une pointe d'ironie, il précisa :

— Je veux qu'on sache que ma fille épouse un beau parti.

Kenneth replia le papier, mal à l'aise.

— Je suis vraiment désolé pour ce qui s'est passé, monsieur.

— Vous êtes désolé d'avoir embrassé ma fille, ou désolé d'avoir été pris sur le fait ? demanda sir Anthony froidement.

Kenneth décida de jouer la franchise.

— Je ne regrette pas de l'avoir embrassée. Rebecca est extrêmement séduisante. Mais c'était une erreur. Je l'ai placée dans une situation impossible.

— Quelles sont vos intentions à son sujet ?

Comme Kenneth hésitait à répondre, sir Anthony s'impatienta :

— Allons, capitaine. J'ai le droit de le savoir, me semble-t-il.

— En effet, concéda Kenneth, qui aurait presque préféré passer en cour martiale plutôt que de devoir répondre à sir Anthony. Jusqu'à hier soir, je n'avais aucune intention précise. Je peux difficilement songer au mariage alors que j'ai hérité d'un domaine criblé de dettes.

— Rebecca possède déjà une fortune substantielle. Et à ma mort, elle doublera son héritage.

Kenneth sentit sa colère monter.

— Essayez-vous de me convaincre de l'épouser pour de l'argent ? Si c'est le cas, ce serait insultant, pour elle, comme pour moi.

— Calmez-vous, capitaine, lui rétorqua sir Anthony, visiblement ravi de son éclat. Je ne voulais pas vous offenser, mais simplement vous faire remarquer que si vous souhaitez vraiment épouser ma fille, ce serait ridicule de ne pas le faire pour une question de fierté. Rebecca est assez riche pour subvenir aux besoins d'un foyer.

— J'ai le sentiment que vous cherchez à encourager cette union, fit Kenneth sans détour. Puis-je savoir pourquoi ? Je ne suis pas un bon parti. Vous pourriez espérer un prétendant beaucoup plus riche et mieux éduqué que moi.

— Peut-être. Mais vous êtes le seul homme à qui Rebecca ait manifesté quelque intérêt depuis son maudit poète, rétorqua sir Anthony. Et cela me suffit amplement.

— Mais vous ne savez rien de moi. Vous me connaissez à peine.

— Je n'ai pas besoin de lettres de références pour savoir ce que vous valez. Le caractère d'un homme se lit sur son visage. Je ne suis pas éternel. Ma fille a besoin d'un mari honnête et gentil, capable également d'apprécier l'art et de respecter son talent. Un tel homme n'est pas facile à trouver. Or, j'ai l'intuition que vous feriez admirablement l'affaire. À condition que vous le vouliez, bien sûr.

Kenneth n'aurait pu rêver pire humiliation que d'être tenu en aussi haute estime par l'homme qu'il devait précisément détruire.

— Rebecca n'admettra jamais qu'elle a besoin d'un mari, objecta-t-il. Elle tient à sa liberté.

Sir Anthony eut un sourire entendu.

— Vous savez vous y prendre avec les femmes. Si vous vous donniez un peu de mal, vous pourriez vous montrer très... persuasif.

— Persuasif ! répéta Kenneth, incrédule. Insinueriez-vous que je devrais séduire votre fille pour la forcer au mariage ?

— Vous résumez les choses un peu crûment mais, en gros, c'est cela. Je serais vraiment navré de voir une belle union ne pas aboutir uniquement à cause de l'entêtement de ma fille et de votre fierté.

— Croyez-vous que tous les entretiens entre un père et son futur beau-fils soient toujours aussi pénibles ?

Sir Anthony éclata de rire.

— Je n'en sais rien puisque j'ai moi-même enlevé ma future femme avant de l'épouser.

Redevenant plus grave, il ajouta :

— Un bon soldat est un mélange d'honneur et de pragmatisme. Un homme n'est rien sans honneur, mais les circonstances exigent parfois de se conduire avec pragmatisme. Rebecca n'est plus une jeune vierge de dix-sept ans. Vous n'avez donc pas besoin de vous conduire avec elle comme si c'était le cas.

Et sur ces paroles on ne peut plus directes, sir Anthony se leva et traversa la pièce. La main sur la poignée de la porte, il se retourna :

— Si je vous parle aussi franchement, c'est que je pense que vous tenez à ma fille. Mais si jamais vous lui faites du mal, alors sachez que je n'hésiterai pas à vous châtier comme vous le mériterez. Même si vous êtes deux fois plus grand que moi et que vous avez la moitié de mon âge.

— J'ai bien compris. Mais je ne saurais trop vous suggérer d'éviter de parler aussi brutalement à Rebecca. Elle serait capable de quitter la maison après nous avoir souhaité de brûler en enfer.

— Vous avez effectivement très bien compris, conclut sir Anthony en quittant le bureau.

Kenneth soupira en se massant les tempes. Il n'avait pas précisément la migraine, mais se sentait sonné, comme après une charge de cavalerie. Décidément, les artistes étaient fous. C'était la seule explication plausible.

Cependant, il savait bien, au fond de son cœur, que s'il ne s'était pas trouvé à Seaton House pour un motif inavouable, il aurait été diablement tenté par la suggestion de sir Anthony de séduire Rebecca.

19

Plus la matinée avançait et plus Rebecca sentait son énervement croître. Des petits mots de félicitations affluaient de toutes parts. Visiblement, la nouvelle de ses maudites fiançailles avait déjà fait le tour de la ville.

Pour couronner le tout, Lavinia vint en visite et s'invita dans l'atelier de la jeune femme sans même prendre la peine de frapper à la porte. Rebecca l'accueillit, la mine renfrognée.

— Vous êtes contente de vous ? Mon mariage est le sujet du jour dans tout Londres.

Lavinia éclata de rire et se laissa tomber sur le sofa dans un froissement d'étoffe.

— Pas d'ironie, ma chérie, je t'en prie. Tu n'étais pas mécontente, hier soir, que je vole à ton secours. Tout de même, tu aurais pu choisir un endroit plus discret pour dévorer Kenneth !

Cramoisie, Rebecca reposa son pinceau et délogea Grisounet d'un fauteuil pour s'y asseoir à sa place

— Je n'ai rien choisi du tout. C'est arrivé comme ça. Mais je ne « dévorais » pas Kenneth.

— Ah bon ? fit Lavinia, sceptique. Pourtant, ce n'était pas un petit baiser du bout des lèvres. Votre étreinte était plutôt… passionnée. À la limite de la frénésie. Et crois-moi, je sais de quoi je parle.

— Lavinia ! se récria Rebecca. Vous m'embarrassez…

Lavinia eut pitié d'elle.

— Il te reste toujours la possibilité de rompre tes fiançailles, reprit-elle. Mais réfléchis bien avant de le faire. Tu pourrais trouver tellement pire que Kenneth, comme mari. Non seulement il est follement séduisant, mais c'est un vicomte et, qui plus est, il a l'air de tenir à toi. Si tu l'épouses, Hermione ne sera plus que vicomtesse douairière. Elle sera folle de rage.

Rebecca sursauta.

— Vous connaissez lady Kimball ?

— Oh, depuis des années ! J'ai remarqué, hier soir, que vous aviez quitté la salle de bal juste après l'avoir croisée. Elle a dû réserver une de ses rosseries à Kenneth, j'imagine.

— Rosseries, le mot est faible, commenta Rebecca.

Et, devinant que Kenneth serait curieux de le savoir, elle demanda :

— À quoi ressemblait son mariage ? A-t-elle rendu lord Kimball malheureux ?

Lavinia réfléchit un moment.

— Je ne pense pas. Hermione a toujours eu un grand sens de son intérêt. À mon avis, elle s'arrangeait pour garder ses liaisons secrètes. Lord Kimball était probablement persuadé qu'elle lui était fidèle, et cela suffisait à son bonheur.

Comme Rebecca hochait la tête, songeuse, Lavinia reprit :

— Comment ton père a-t-il accueilli cette histoire de fiançailles ?

— Assez mal, avoua Rebecca. Il a mis Kenneth en demeure de m'épouser.

— Dans ce cas, je n'insisterai pas, conclut Lavinia en se levant avec grâce. Il suffit de s'entendre dire par tout le monde qu'on doit faire quelque chose pour avoir envie de faire le contraire.

Après son départ, Rebecca retourna à son chevalet, mais elle eut toutes les peines du monde à se concentrer. Elle ne cessait de se demander à quel point Kenneth tenait à elle.

Lorsque Kenneth vint la retrouver dans l'atelier, au milieu de l'après-midi, pour sa séance de pose, Rebecca avait réussi à mettre un peu d'ordre dans ses pensées. Il eut le tact de ne pas faire référence à leur dilemme mutuel. Il s'assit directement sur le sofa, dans sa posture habituelle, le chat à côté de lui, et se contenta de demander :

— Comment avance votre travail ?

— Plutôt bien. Le plus gros est terminé, je vais maintenant commencer à m'intéresser aux détails. D'ici huit ou dix jours, je vous rendrai votre liberté.

Rebecca savait déjà que ces séances lui manqueraicnt. Mais il lui rcstcrait au moins scs lcçons dc peinture. Elle s'empara de sa palette.

— Vous pouvez prendre votre expression de pirate ?

Il ferma brièvement les yeux, puis les rouvrit, fixant sur elle un regard intense et ténébreux, moins effrayant que fascinant. Et terriblement viril. C'était le genre de regard qui aurait rendu Lavinia folle.

Rebecca fit un effort sur elle-même et parvint à se concentrer sur son travail. Elle avait prévu de peaufiner le visage du pirate au cours de cette séance. Elle commença par sa cicatrice, qu'elle traça d'un pinceau fin avant de la souligner d'une ombre. Elle eut en revanche un peu plus de mal avec les yeux, peinant à en restituer l'éclat particulier. Mais c'est au moment d'aborder la bouche que tout se gâta. Tout à coup, elle se rappela le plaisir que lui avaient procuré ces lèvres en l'embrassant, et sa main ripa sur la toile.

— Quelque chose ne va pas ? demanda Kenneth, qui l'avait entendue pousser une exclamation étouffée.

— Non, rien. J'ai juste dérapé un peu.

Elle refit une tentative, mais la scène du baiser de la veille – et toutes les sensations qui l'accompagnaient – s'imposa de nouveau à son esprit et elle fit la même erreur. Avec un soupir, elle constata que sa main tremblait.

Plutôt que de s'entêter inutilement, elle décida de terminer le visage une autre fois, quand leur baiser ne serait plus qu'un vieux souvenir. Elle reporta alors son attention sur le bras posé nonchalamment sur le dossier du sofa, puis remonta jusqu'à l'épaule et au torse. Erreur fatale ! Elle frissonna en se rappelant comment elle s'était pressée contre ce torse, émerveillée d'en sentir les muscles puissants...

Elle baissa les yeux et déglutit péniblement. Il y avait quelque chose d'incroyablement érotique dans ce tête-à-tête avec un homme dont elle était censée étudier le corps. La tension était presque palpable, Kenneth ne pouvait pas ne pas ressentir la même chose, mais elle n'osa pas croiser son regard pour s'en assurer.

Ce qu'il fallait, c'était réagir en peintre et non en femme. Forte de cette nouvelle résolution, Rebecca reprit son travail, s'attaquant cette fois aux mains du pirate. Des mains étaient presque aussi difficiles à rendre qu'un visage. Surtout celles-là, à la fois puissantes et élégantes. Des mains qui lui avaient caressé les seins...

Nom d'un chien ! C'était insoluble. Elle n'arrivait pas à le regarder comme un modèle ordinaire.

Son expression dut trahir son désarroi, car il demanda :

— Des ennuis ?

— Rapprochez un peu votre main gauche de votre corps, lui ordonna-t-elle du ton le plus neutre possible, en priant pour ne pas rougir.

C'était précisément cette main gauche qui, la veille au soir, avait glissé sur sa hanche et...

Rebecca reposa sa palette avec un soupir exaspéré.
— Cela suffira pour aujourd'hui, dit-elle sèchement. Prenons une tasse de thé et, ensuite, nous passerons à votre leçon.
— Parfait. Je commençais à fatiguer de ne pas bouger.
Rebecca le regarda se lever et s'étirer en songeant qu'elle était officiellement fiancée à cet homme. Dans le *Times* du lendemain, ils annonceraient à tout Londres qu'ils avaient décidé de s'unir et de partager le même lit pour le restant de leurs jours.
Elle détourna le regard et entreprit de nettoyer ses pinceaux. C'était une bonne chose que ce portrait se termine bientôt, sinon il lui faudrait prévoir un nouvel aménagement pour son atelier : une baignoire d'eau glacée où elle pourrait plonger en cas de besoin.

Kenneth était ravi que la séance de pose eût duré moins longtemps que d'habitude. Il avait toujours trouvé pénible de rester assis sans avoir rien d'autre à faire que d'admirer Rebecca. Mais ce jour-là, l'épreuve lui avait paru particulièrement insoutenable, et il avait dû faire appel à tout son sang-froid pour ne pas laisser ses pensées s'égarer.
Après le thé, il entama à contrecœur une nouvelle leçon de peinture. Il commençait à les détester en raison de son absence totale de progrès. C'était tout juste s'il n'avait pas régressé depuis sa première leçon.
Le problème ne venait pas de Rebecca. Elle déployait une infinie patience pour lui expliquer les arcanes de son art. Non, le problème venait de lui. Il ne parvenait ni à maîtriser son pinceau ni à jouer des teintes pour obtenir l'effet désiré.
— Il faut du temps, Kenneth, lui dit Rebecca en voyant sa mine défaite. Ne soyez pas trop dur avec vous-même.

Sa sympathie fut la goutte d'eau qui fit déborder le vase. Il jeta son pinceau d'un geste rageur.

— Je n'y arriverai jamais ! s'écria-t-il d'une voix amère.

Rebecca haussa les sourcils.

— Votre travail n'est pas si mauvais que cela.

— Mais il n'est pas bon non plus. Et il ne le sera jamais. Je ne m'en sors pas, Rebecca !

Et désignant sa toile avec dépit :

— Tout ça, c'est du gâchis ! Du gâchis de toile, de peinture, de pinceaux. Je n'aurais jamais dû essayer d'apprendre. C'est au-dessus de mes moyens.

Il se dirigeait vers la porte, quand Rebecca le rappela d'un ton cassant :

— La leçon n'est pas terminée, Kenneth.

— Si, elle l'est. Et il n'y en aura plus d'autre, répliqua-t-il, la main sur la poignée. Je suis désolé, Rebecca. C'était gentil de votre part de vouloir m'aider, mais vous perdez votre temps.

— Revenez, capitaine, lui ordonna-t-elle durement. Je vous ai obligé en me rendant à ce maudit bal, alors maintenant, vous allez me faire le plaisir de ne pas renoncer à ces leçons tant que nous n'aurons pas au moins tenté de faire le tour de vos difficultés.

Kenneth pouvait difficilement ignorer pareil argument. Il contempla un moment la porte puis, avec un soupir, se décida à revenir vers son chevalet.

— Avez-vous rencontré les mêmes problèmes quand vous avez commencé à peindre ? lui demanda-t-il.

— Oui. Et parfois, je les rencontre encore.

— Vraiment ? J'aurais pensé que votre talent vous épargnait cela.

— Aucun artiste n'est épargné par l'échec. Pourquoi croyez-vous que mon père pique parfois des crises et jette tout ce qui lui tombe sous la main à travers son atelier ?

Il eut un sourire en coin.

— J'ai beaucoup plus de sympathie pour ses colères que lorsque je suis entré dans cette maison.

Rebecca se percha sur un tabouret.

— La peinture n'est qu'un *moyen*, pas une fin en soi. Elle n'est là que pour vous permettre de mettre en forme votre inspiration, autrement dit, d'exprimer visuellement vos émotions les plus intimes. Vous êtes trop rigide. Vous ne pensez qu'à maîtriser la technique, et vous oubliez qu'elle n'est qu'un instrument au service de votre art, et pas l'inverse.

Kenneth n'avait jamais réfléchi au problème en ces termes.

— Vous avez certainement raison. Mais je ne vois pas comment remédier à cela.

— La force créatrice est pareille à... une rivière de feu, tenta de lui expliquer Rebecca. Quand elle se met à couler, plus rien ne lui résiste, l'esprit est en incandescence. Dans ces moments de transcendance, chaque coup de pinceau est parfait. Vous avez forcément connu cela en dessinant.

— Ça m'est arrivé, en effet, concéda Kenneth. Et vous ressentez cela quand vous peignez ?

— Oui, mais pas tout le temps. Quand l'inspiration est moins évidente, je dois me battre avec ma palette.

— Ça, je connais !

— Vous avez du talent, Kenneth, dit-elle en plantant son regard dans le sien. Il ne vous reste plus qu'à découvrir comment l'exprimer. J'ai peut-être eu tort de vouloir tout vous apprendre depuis le début, comme à un novice, alors que vous êtes un dessinateur confirmé et que vous maîtrisez l'aquarelle. D'ailleurs, cela me donne une idée.

Elle prit un tube de bleu, qu'elle étala sur sa palette en y ajoutant de l'essence de térébenthine.

— Une fois diluée, la peinture à l'huile ressemble presque à de l'aquarelle. Vous travaillerez plus vite et plus librement.

Kenneth prit la palette et le pinceau qu'elle lui tendait d'un air sceptique. Quoique cette mixture fût plus lourde que de l'aquarelle classique, elle s'étalait sur la toile avec une relative fluidité. Il commença à esquisser un ciel d'été.

Rebecca s'était approchée du chevalet.

— Vous voyez la différence ?

— Oui. C'est même presque trop facile, tout à coup.

— L'inconvénient, c'est que les couleurs y perdent en richesse et en profondeur. Et qu'elles s'affadissent beaucoup plus vite à la lumière.

— Aucune importance. Pour l'instant, je me contente d'apprendre. Je ne cherche pas à créer un chef-d'œuvre immortel.

Elle hocha la tête.

— L'avantage, en revanche, c'est qu'elles sèchent aussi beaucoup plus vite. Et on peut réaliser de belles peintures avec cette technique. C'est parfait pour certains portraits et les paysages, par exemple.

Kenneth était enthousiaste. Cette fois, il sentait qu'il arriverait à quelque chose. Et même si ce n'était pas du travail de puriste, au moins il était sur la bonne voie.

— Rebecca, vous êtes merveilleuse.

Et sans réfléchir, il se pencha vers elle pour lui donner un bref baiser reconnaissant. Mais dès que leurs lèvres se touchèrent, un brasier s'alluma entre eux, et il sut qu'il ne pourrait pas plus mettre fin à ce baiser qu'il ne pourrait décrocher la lune. Rebecca haletait tout contre lui, les lèvres entrouvertes.

Lâchant sa palette, Kenneth glissa une main autour de la taille de la jeune femme et la serra étroitement, tandis que son autre main lui caressait un sein. La jeune femme s'arqua de plaisir, et laissa échapper un petit gémissement étouffé. Kenneth se remémora alors les paroles de sir Anthony : *Si vous vous donniez un peu de mal, vous pourriez vous montrer très persuasif.*

Bon sang ! Il était tout près de séduire Rebecca, exactement comme sir Anthony le lui avait suggéré. Et même si ce n'était pas délibéré, les conséquences n'en seraient pas moins identiques.

Kenneth releva la tête et se raidit, ôtant du même coup toute passion à son étreinte, pour en faire un simple geste protecteur. Un instant, il sentit le corps de Rebecca protester, puis elle s'immobilisa, sa joue lovée contre son épaule. Elle était si menue. Presque fragile. Elle méritait l'homme solide et intègre que sir Anthony croyait voir en lui. Pas un escroc aux sentiments qui jouait un double jeu.

— Si nous ne faisons pas attention, nous pourrions bien finir devant l'autel, dit-il, mal à l'aise.

— Nous ne ferions que répondre à l'attente générale, répliqua-t-elle d'un ton acide en s'écartant de lui.

Mais son regard trahissait son désarroi.

— Si je tente à nouveau de vous embrasser, Rebecca, n'hésitez pas à vous défendre. Je n'ai plus aucune volonté quand il s'agit de vous.

Elle eut un sourire félin, presque triomphant. Avec quelques plumes dépassant de ses lèvres, on aurait pu croire Grison revenant d'une chasse fructueuse.

— Je n'ai pas beaucoup plus de volonté. N'oubliez pas que je suis une femme perdue.

Kenneth lui prit la main et en effleura la paume de ses lèvres.

— Nous avons restauré votre réputation. Essayez de vous souvenir que vous êtes redevenue une femme respectable.

Elle éclata de rire et rejeta sa lourde chevelure en arrière d'un geste ouvertement sensuel. Comme son père l'avait souligné, elle n'était plus une vierge de dix-sept ans.

— Ai-je l'air respectable, capitaine ? questionna-t-elle sur le mode ironique.

Kenneth la dévorait du regard. Et sa main droite, celle qui lui avait caressé un sein, se crispa involontairement.

— Vous ressemblez à Lilith, la démone cruelle et irrésistible envoyée pour voler l'âme des hommes. Je suis sûre qu'elle était auburn.

Rebecca redressa la tête d'un air provocant.

— Dans ce cas, vous feriez mieux de partir tout de suite, avant que je ne vous vole votre âme.

Il embrassa de nouveau sa main, puis la relâcha. Comme il s'apprêtait à sortir, elle le rappela :

— Prenez cela, dit-elle en lui lançant la bouteille de térébenthine. Vous en aurez besoin.

Il attrapa la bouteille au vol et la remercia d'un signe de tête. Mais avant de franchir le seuil, il se retourna une dernière fois. La jeune femme était appuyée à son chevalet, et le regard qu'elle faisait peser sur lui était autant celui d'une artiste que celui d'une femme. Kenneth eut soudain la conviction qu'elle lui avait déjà volé son âme.

Il redescendit l'escalier avec la certitude d'avoir trouvé le sujet de son prochain tableau. Un sujet capable de faire couler en lui cette inspiration que Rebecca avait comparée à une rivière de feu.

Longtemps après que Kenneth fut parti, Rebecca se tenait toujours à son chevalet. Elle avait voulu que Kenneth la désire et elle y était parvenue.

Elle ne croyait ni à l'amour ni au mariage, et ne voyait pas d'avenir commun pour Kenneth et elle. S'il parvenait à sauver Sutterton, il n'y aurait plus de place pour elle dans sa nouvelle vie de gentleman-farmer.

Mais avant que Kenneth ne quitte Seaton House, Rebecca se promettait de goûter au fruit défendu de la passion. Elle avait envie de cet homme, et la perspective de concevoir un enfant ne l'effrayait pas. Au contraire, elle serait ravie d'avoir un petit être à chérir, qui lui retournerait son amour.

Et même si cela n'arrivait pas, elle aurait au moins de beaux souvenirs pour réchauffer ses nuits futures.

20

Kenneth avait passé la soirée de la veille et une partie de la nuit dans son petit atelier à peindre à la lumière des chandelles. Quand il était allé enfin se coucher, il avait déjà bien avancé le tableau auquel il avait pensé en quittant Rebecca. Même s'il répugnait à se bercer d'illusions, le résultat était assez honorable pour qu'il commence à croire en ses chances de devenir un jour un vrai peintre.

Ce matin-là, il n'avait cessé de penser à sa toile et avait eu un mal fou à se concentrer sur la correspondance de sir Anthony. Résultat, il avait pris du retard et se trouvait encore dans le bureau en début d'après-midi, lorsque lord Frazier y fit son entrée.

— J'ai lu la grande nouvelle dans le *Times*, lui dit celui-ci après l'avoir salué. Toutes mes félicitations.

Et, détaillant Kenneth comme s'il le voyait pour la première fois, il ajouta :

— Ainsi, vous êtes vicomte ? Pardonnez-moi s'il m'est arrivé de franchir le seuil d'une pièce devant vous. J'ignorais que vous portiez un titre plus élevé que le mien.

Quoique la remarque de lord Frazier eût tout de la plaisanterie anodine, Kenneth crut y déceler du mordant. C'était inévitable, songea-t-il avec un soupir. Il s'était douté que mentionner son rang lui attirerait ce genre de propos et il aurait préféré rester un subalterne aux yeux de cet homme.

— Je ne porte pas mon titre depuis longtemps, répondit-il. Et je ne m'y suis pas encore habitué. J'imagine que cela prend du temps, comme pour une nouvelle paire de chaussures.

Frazier plissa les yeux et reprit :

— Rebecca va donc devenir lady Kimball. L'avez-vous présentée à sa future belle-mère ?

Kenneth se raidit instinctivement.

— Nous avons eu la chance de croiser Hermione au bal des Candover. Vous connaissez ma belle-mère ?

— Oh, oui ! répliqua Frazier avec un sourire qui laissait entendre qu'il la connaissait effectivement très bien. Elle a un esprit particulièrement corrosif. Mais je suppose que je ne vous apprends rien.

— Non, en effet, répliqua sèchement Kenneth.

Frazier s'adossa nonchalamment à la cheminée.

— Vous n'êtes pas en bons termes avec elle ?

Kenneth haussa les épaules.

— Je la connais à peine. J'ai passé trop d'années à l'armée. Mais elle semblait aller très bien, l'autre soir.

— Le veuvage lui sied à merveille, commenta Frazier, avant d'ajouter : Bravo, pour Rebecca. C'est une belle prise, pour quelqu'un qui a vu la fortune lui tourner le dos. Le destin a été bien inspiré de vous faire entrer chez sir Anthony. Mais était-ce vraiment dû au hasard ? Vous ne nous avez jamais dit qui vous avait envoyé ici ?

Kenneth crispa les poings.

— La prochaine fois que quelqu'un insinue que j'épouse Rebecca pour son argent, je lui colle mon poing sur la figure.

Frazier tressaillit, visiblement surpris par la violence de la réaction de Kenneth.

— Excusez-moi, je ne voulais pas vous offenser. Je vois souvent Rebecca, mais en réalité, je la connais bien peu. Elle est très discrète. Parlez-moi d'elle.

Kenneth se demanda comment répondre.

— Elle est timide, mais volontaire, dit-il finalement. Intelligente et talentueuse.

Et ne sachant pas si Frazier avait vu ses toiles, il ajouta simplement :

— Elle assiste admirablement son père et c'est une excellente critique. Ses avis sont très précieux à sir Anthony.

— J'ignorais qu'elle était aussi impliquée dans le travail d'Anthony, répondit Frazier, sincèrement étonné.

— Comme vous l'avez dit vous-même, elle est très discrète. Et, par-dessus tout, ravissante.

— Ainsi parlent les amoureux, commenta Frazier d'une voix songeuse. Apparemment, son mariage sera une perte pour Anthony.

Se retournant pour jeter un coup d'œil à la pendule sur la cheminée, il conclut :

— Il est temps que je me sauve. Je compte sur vous pour féliciter Rebecca en mon nom.

Kenneth retourna à son travail. Il avait demandé à Rebecca de ne pas poser pour elle ce jour-là. Il était pressé de terminer son travail pour remonter peindre dans son atelier.

Dès le petit-déjeuner, Rebecca devina que la nouvelle approche de la peinture qu'elle avait conseillée à Kenneth lui convenait beaucoup mieux. Il était tout vibrant d'excitation et elle ne rechigna pas à annuler sa séance de pose de l'après-midi pour lui permettre de peindre à loisir.

Son absence, du reste, ne porta pas atteinte à son propre travail. La jeune femme passa l'après-midi à peaufiner l'arrière-plan qui servait de décor à son pirate et s'employa à faire de Grison un félin redoutable, ce qui la fit beaucoup rire. Elle se demandait ce que Kenneth penserait du résultat final, quand elle le lui montrerait. Il serait vraisemblablement surpris de voir comment elle le percevait. Mais Rebecca savait que son tableau était bon. C'était même sans doute le meilleur qu'elle eût jamais réalisé.

Elle dîna seule. Son père était à son club et Kenneth ne se montra pas. Elle songea un moment à monter le chercher dans son atelier pour lui rappeler que la règle de la maison exigeait que tout le monde dîne ensemble, puis y renonça, choisissant de le laisser savourer ses premières satisfactions d'artiste.

Dès la fin du repas, elle retourna dans son atelier et travailla à son tableau de femme précipitée dans le vide. Quoique le sujet fût très éprouvant, elle souhaitait en venir à bout. Quand la toile serait terminée, peut-être aurait-elle réussi à exorciser les démons qui la torturaient.

L'atelier de Kenneth jouxtait celui de Rebecca. À plusieurs reprises, des sons étouffés lui parvinrent à travers la cloison. À la fois inquiète et rongée par la curiosité, elle décida finalement d'aller lui porter à manger. Même si Kenneth avait perdu toute notion du temps, son estomac, lui, accueillerait sûrement avec plaisir quelque nourriture.

Elle redescendit à la cuisine et garnit un plateau de viande froide, de fromage et de pain, auxquels elle ajouta une bouteille de vin et deux verres. Puis elle grimpa au grenier avec son fardeau.

Le plateau en équilibre sur une main, elle frappa à la porte de l'atelier. N'obtenant pas de réponse, elle eut une bouffée d'inquiétude et tourna doucement la poignée.

Son inquiétude était sans objet. Éclairé par une demi-douzaine de chandelles, Kenneth semblait totalement absorbé par son travail. Le chevalet étant placé de profil, il ne remarqua même pas la jeune femme quand elle entra.

Rebecca sourit en voyant une trace de rouge lui balafrer la joue. Il avait ôté ses chaussures, s'était débarrassé de sa veste et de sa cravate, et sa chemise ouverte au col laissait entrevoir son cou puissant. La jeune femme le contemplait avec un plaisir non dissimulé. Sa carrure athlétique avait décidément tout du pirate, mais le vrai Kenneth avait une personnalité autrement plus complexe que celle d'un loup de mer.

— J'ai pensé que vous aimeriez grignoter quelque chose, dit-elle à haute voix.

Il pivota sur lui-même avec la vivacité d'un soldat en embuscade, avant d'esquisser un sourire contrit.

— Excusez-moi, vous m'avez surpris.

Puis, jetant un coup d'œil à la fenêtre où se découpait un carré de nuit étoilée, il demanda :

— J'ai raté le dîner ?

Rebecca s'était avancée pour poser son plateau sur un guéridon.

— C'est le moins qu'on puisse dire. Il est presque 11 heures. J'en déduis que votre travail avance bien ?

— Vous déduisez bien. Je me débrouille beaucoup mieux avec le matériel. Et j'ai enfin trouvé un sujet qui m'inspirait.

Il reposa sa palette et son pinceau et se mit à arpenter la pièce, trop petite pour contenir son énergie débordante.

— C'était difficile, au début, mais plus j'avançais, plus c'était comme vous aviez dit : une vraie rivière de feu. Je n'avais jamais ressenti cela, même pour mes meilleurs dessins. La peinture à l'huile est d'une incroyable richesse, les possibilités semblent infinies.

Rebecca s'était penchée devant la cheminée pour remettre une bûche.

— Tout cela est devenu tellement naturel pour moi que j'en avais oublié à quel point c'est merveilleux, dit-elle en se redressant.

Kenneth semblait aux anges.

— J'ai l'impression de réaliser enfin mon rêve. Et je n'arrive pas à croire qu'hier encore, cela me paraissait impossible.

Son enthousiasme fit rire la jeune femme. Curieuse de voir son travail, elle s'approcha du chevalet. Aussitôt, Kenneth voulut l'en empêcher.

— Non, Rebecca ! Vous ne pouvez pas regarder cela.

— En tant que professeur, j'ai tous les privilèges, rétorqua la jeune femme.

Mais quand elle se retrouva devant le tableau, elle se pétrifia.

C'était un portrait d'elle, nue.

Rebecca fixait la toile, interdite. Kenneth l'avait représentée sur fond de paysage champêtre, debout au pied d'un pommier, dans une posture qui rappelait la Vénus de Botticelli, lorsque l'innocente déesse émerge des ondes.

Sauf qu'il n'y avait rien d'innocent dans la vision que Kenneth avait d'elle. Son corps délié à la peau nacrée et ses lèvres pleines irradiaient la sensualité, et la pomme qu'elle tenait dans la main était clairement une invitation au péché.

Rebecca se tourna vers Kenneth. Il semblait inquiet, comme s'il redoutait qu'elle ne fasse un éclat. Sans compter qu'il devait aussi attendre avec anxiété son verdict sur la qualité de sa peinture.

— C'est... c'est très très bon, dit-elle, une boule au fond de la gorge. Je suppose que c'est Ève ?

— Non, Lilith. La première femme créée par Dieu, avant Ève.

— Ah ! oui, bien sûr. Pour moi, ce n'est pas une démone, mais plutôt la première femme indépendante, à l'égal d'un homme. Ce qui ne pouvait que déplaire à Adam.

Elle contempla de nouveau la toile, avant d'ajouter sur un ton qui se voulait détaché :

— Comme figure idéalisée, c'est réussi. Mais comme portrait, ce n'est guère ressemblant. Votre Lilith est beaucoup plus belle que moi.

— Non, répliqua-t-il sans hésiter. Vous êtes exactement comme cela. Belle, sensuelle, extraordinaire.

Dans son regard brûlait la même passion que celle qui avait dû inspirer ce portrait, et Rebecca eut soudain la certitude absolue qu'il ne la convoitait pas seulement physiquement, mais que son désir allait bien au-delà. À ses yeux, elle était belle, et c'était le plus beau compliment qu'il pût lui faire. Le moment était venu de laisser parler les corps, de libérer ce puissant désir qui répondait au sien.

La jeune femme se débarrassa de son châle, qu'elle posa sur un fauteuil. Sa robe était fermée sur le devant par une petite rangée de boutons en ivoire qui descendait jusqu'à la taille. Étonnée de sa témérité, Rebecca ouvrit le premier bouton.

— Êtes-vous sûr que votre imagination ne vous a pas joué des tours ? demanda-t-elle.

Il se raidit en la voyant s'attaquer au deuxième bouton.

— Mon imagination n'a rien à voir là-dedans, Rebecca. Je n'ai pas besoin de vous avoir en face de moi pour vous peindre.

— Ah non ? dit-elle en souriant, sans cesser de déboutonner sa robe. Je crois pourtant que vous vous êtes trompé dans les proportions.

Kenneth avait le regard rivé sur les doigts de la jeune femme. Quand elle eut ôté le dernier bouton, elle fit glisser sa robe sur ses épaules avec une lenteur calculée. La seconde d'après, le vêtement touchait le sol dans un doux bruissement de soie, révélant la fine chemise de mousseline que la jeune femme portait en dessous, et qui révélait sa silhouette plus qu'elle ne la cachait.

Elle enjamba sa robe répandue à ses pieds, puis entreprit d'enlever les épingles qui retenaient sa chevelure.

— Autant que possible, un bon artiste se doit de travailler d'après nature, Kenneth.

— Si vous ne remettez pas tout de suite votre robe, je vois mal comment vous pourriez échapper à l'autel.

Elle rit tout en passant les doigts dans sa chevelure qui, libérée, cascada en lourdes volutes sur ses épaules.

— Qui parle de mariage ? Pour Lilith et le pirate, le désir passe avant tout.

— Vous ne comprenez pas, Rebecca, répliqua-t-il d'une voix rauque. Oubliez cette fantaisie.

— Vous avez raison, je ne comprends rien à rien.

Elle posa une jambe sur le fauteuil qui supportait son châle et commença à enlever ses jarretières. Elle avait toujours trouvé que ses jambes étaient joliment galbées, et à en juger par la façon dont Kenneth les contemplait, il devait partager son avis.

— Vous n'avez pas à me protéger contre moi-même, mon pirate adoré. Je sais très bien ce que je fais.

Après avoir enlevé ses bas, elle les roula en boule et les lança vers Kenneth, visant délibérément le renflement qui déformait l'entrejambe de son pantalon.

— Donnez-moi une seule bonne raison de nous interdire ce dont nous avons envie l'un et l'autre.

Kenneth avait attrapé ses bas au vol et les serrait si fort dans sa main que les jointures de ses doigts avaient blanchi. Son regard témoignait du combat que se livraient en lui le pirate et le gentleman. Il la désirait, c'était évident, mais son damné sens de l'honneur était en train de prendre le dessus.

Incapable d'en supporter l'idée, Rebecca s'avança vers lui, les mains jointes.

— S'il te plaît, Kenneth. J'ai tellement envie de toi, avoua-t-elle sans détour.

Elle lui caressa la joue, et les bonnes résolutions de Kenneth volèrent littéralement en éclats. Il lui enserra la main.

— Que Dieu me pardonne, souffla-t-il. Tu as gagné, Lilith.

Et tenant toujours la main de la jeune femme dans la sienne, il la posa à l'endroit où son cœur tambourinait dans sa poitrine. Rebecca sentit les battements désordonnés sous sa paume tandis que Kenneth se penchait sur elle et lui capturait les lèvres. Elle sut alors, avec ravissement, qu'ils ne reviendraient plus en arrière. Ils venaient de plonger dans un torrent déchaîné et n'avaient plus qu'à se laisser porter par son courant impétueux.

Ce fut un vrai baiser de pirate. Violent. Passionné. Merveilleux. Kenneth la tenait si étroitement enlacée que Rebecca pouvait sentir battre contre son ventre l'intensité de son désir viril. La promesse des voluptés qui l'attendaient alluma un brasier en elle.

— Lilith... murmura-t-il, rompant un instant leur baiser pour reprendre son souffle.

Mais devant les protestations de la jeune femme, il s'empara à nouveau de ses lèvres, avant de déposer une pluie de baisers le long de son cou, jusqu'à la naissance de sa gorge.

Rebecca glissa les mains sous la chemise de Kenneth, avide de toucher sa peau nue, d'en sentir la chaleur sous ses doigts. Kenneth l'écarta légèrement et, s'inclinant sur elle, posa les lèvres à l'endroit où un mamelon sombre pointait sous la fine étoffe. La jeune femme faillit crier lorsqu'elle sentit sa bouche se refermer autour de son sein qu'il se mit à agacer de la langue et des dents.

Emportée par la passion, elle écarta d'un coup sec les pans de la chemise de Kenneth, sans se soucier des boutons qui sautèrent tous en même temps.

— Je rêvais de faire cela depuis le jour où je t'ai vu pour la première fois, mon pirate, haleta-t-elle.

Son torse était splendide. Émerveillée, Rebecca contemplait ses pectoraux durs comme du bronze. Kenneth aurait incarné le modèle idéal pour un sculpteur grec voulant représenter un athlète, ou même l'un des dieux de l'Olympe. Elle se pencha à son tour sur lui et l'embrassa, exactement comme lui l'avait embrassée une seconde plus tôt. Un frisson de plaisir parcourut son corps tandis qu'il enfouissait les doigts dans la chevelure de la jeune femme.

— Mon Dieu, Rebecca... Tu me rends fou.

Rebecca en rit de plaisir, et lova son visage au creux de son épaule, savourant avec délices son odeur si masculine.

Elle retint soudain son souffle lorsqu'elle sentit Kenneth empoigner sa chemise de mousseline et la lui ôter d'un seul mouvement. Elle se retrouva nue devant lui et fut tentée de se couvrir, inquiète à l'idée de lui révéler les imperfections de son anatomie.

Mais les prunelles de Kenneth brillaient telles deux étoiles en hiver.

— Tu es encore plus belle que dans mon imagination, murmura-t-il d'une voix étrangement cassée en lui emprisonnant les seins dans ses larges mains.

Il entreprit d'en caresser la pointe du pouce, lentement, méthodiquement, sans quitter Rebecca des yeux. Elle sentit son sang battre à ses tempes, une vague brûlante monta en elle, ses jambes n'allaient pas tarder à se dérober sous elle.

Comme s'il l'avait deviné, Kenneth la souleva dans ses bras.

— Tu es si légère, fit-il. Si délicate.

— Mais je ne suis pas fragile, chuchota la jeune femme en s'agrippant à son cou, les lèvres offertes, quémandant un nouveau baiser.

Kenneth l'embrassa avec ardeur, avant de la porter jusqu'au lit étroit qui occupait un angle de la pièce. La couverture de laine rêche lui irrita la peau, mais elle n'en avait cure. Elle se serait contentée d'un lit de galets.

— Je veux te voir nu, osa-t-elle. S'il te plaît...

Kenneth ne se fit pas prier. Il retira son pantalon avec une telle hâte qu'il chancela légèrement, puis il le jeta au loin et fit connaître le même sort à son caleçon, révélant enfin sa propre nudité à la jeune femme. Rebecca contempla ses cuisses admirablement dessinées et songea à nouveau au parti qu'en aurait tiré un sculpteur antique. Quant à sa virilité...

Kenneth s'assit au bord du lit et se pencha sur elle. La lueur des chandelles atténuait les angles rudes de son visage, leur conférant une douceur qui bouleversa Rebecca. Elle ferma les yeux, mais ne put empêcher une larme de perler entre ses paupières closes.

— Tu as changé d'avis ? souffla Kenneth.

Elle rouvrit les yeux et secoua la tête.

— Non. C'est simplement que je te trouve beau... Tellement beau.

Kenneth n'aurait jamais songé à se trouver beau. Son corps tout en muscles lui semblait presque trop massif comparé à la délicate silhouette de Rebecca.

— Je croyais ton jugement esthétique plus sûr, fit-il. C'est toi qui es belle.

Pour toute réponse, elle le gratifia d'un sourire aguicheur digne de la vraie Lilith. Quoiqu'il fût assez satisfait de son tableau, Kenneth savait qu'il ne pourrait jamais rivaliser avec la réalité et rendre le charme de son modèle.

— Tu es faite pour l'amour, chuchota-t-il. Ton corps est un festin pour les yeux, la bouche et les mains.

Et, saisissant entre ses doigts une mèche de cheveux auburn, il continua :

— On les croirait tissés dans le feu.

Puis, reposant la mèche sur son cou, il admira le contraste qu'elle formait avec sa peau :

— C'est de l'ivoire pur.

Après quoi, il prit les seins de Rebecca dans sa main en coupe :

— Leur forme est parfaite. Ni trop gros ni trop petits, couronnés par des boutons de roses.

Il se pencha et en mordilla la pointe dressée. Rebecca ferma les yeux, la respiration haletante.

Lorsqu'il estima avoir rendu à ses seins l'hommage qu'ils méritaient, Kenneth descendit jusqu'au nombril de la jeune femme, qu'il explora pareillement avec sa langue, en même temps qu'il caressait ses cuisses à la peau satinée. Sa main remonta lentement jusqu'à la toison qui ombrait son bas-ventre, s'insinua jusqu'au cœur même de sa féminité.

Rebecca laissa échapper un gémissement et s'arqua contre cette main qui explorait avec une torturante habileté les replis intimes de son être. Pantelante, reconnaissante d'être l'objet d'une telle attention, elle tendit à son tour la main et enroula les doigts autour du sexe de Kenneth.

Ce dernier faillit exploser de plaisir sous ces caresses à la fois timides et résolues. *Ô mon Dieu, non ! Pas déjà !*

Mû par un sentiment d'urgence, il écarta doucement les cuisses de Rebecca et vint loger ses hanches entre elles. Ses doigts lui avaient appris qu'elle était brûlante et humide, prête à le recevoir.

Il la pénétra, et sentit une légère résistance. Rebecca se raidit sous lui. Kenneth se maudit d'avoir oublié combien elle était menue. Il s'immobilisa un instant, le temps qu'elle s'habitue à sa présence en elle, et l'embrassa passionnément, pour l'aider à se relaxer.

Rebecca se détendit et lui rendit son baiser avec une ardeur dévorante. Kenneth s'enfonça un peu plus profondément en elle, et commença à aller et venir.

Lentement, d'abord. Puis de plus en plus vite. Et de plus en plus fort.

Rebecca remuait la tête d'un côté et de l'autre, murmurant des paroles sans suite, gémissant, le suppliant de mettre fin à ce délicieux supplice.

Tout à coup, elle lui étreignit frénétiquement les hanches, pour l'inciter à l'emplir tout entière. Son regard voilé se posa sur lui et elle poussa un cri presque animal, Kenneth sut alors qu'il pouvait se laisser aller.

Le plaisir irradia dans tout son corps, tel un incendie que plus rien ne peut arrêter. Sa jouissance fut si intense qu'il crut qu'il allait mourir.

Et quand les flammes du brasier commencèrent à se dissiper, il réalisa avec un émerveillement teinté d'effroi que Rebecca s'était irrémédiablement emparée de son âme.

21

Le lit était étroit, mais assez large cependant pour que Kenneth puisse s'allonger au côté de Rebecca et la serrer dans ses bras. Tremblant de tous ses membres, la jeune femme nicha sa tête au creux de son épaule, son corps épousant très exactement celui de Kenneth.

Dehors, il pleuvait. C'était merveilleux de se sentir ainsi au sec, et en sécurité entre les bras de Kenneth, alors que l'averse glacée tambourinait aux carreaux. Rebecca ferma les yeux quelques minutes, mais les rouvrit bien vite en sentant les lèvres de Kenneth lui effleurer la tempe.

Elle leva les yeux vers lui et songea, une fois de plus, que son visage aux traits si marqués était mille fois plus fascinant que celui d'un Apollon, si parfait soit-il. Surprenant son regard, il lui sourit et écarta doucement une mèche humide de son front.

— Je ferais aussi bien de jeter ma toile au feu, fit-il. Aucun portrait ne pourra jamais rendre justice à ta beauté.

— Ne fais surtout pas cela. C'est un beau tableau. Mais ne le montre à personne. Et surtout pas à mon père !

Il s'assombrit et Rebecca regretta instantanément ses paroles.

— Il y a une bouteille de vin et deux verres sur le plateau que j'ai monté, reprit-elle, dans l'espoir de lui rendre son sourire.

— Excellente idée !

Il se redressa, puis s'immobilisa avec une expression d'intense stupéfaction. Rebecca suivit son regard, et vit à son tour les taches sombres qui maculaient la couverture.

Kenneth tourna lentement la tête et la fixa, effaré.

— Mon Dieu, souffla-t-il, tu étais vierge !

Il fit une pause, comme pour accuser le coup.

— Voilà pourquoi j'ai eu du mal au début, murmura-t-il pour lui même.

Elle détourna les yeux.

— Oui, j'étais vierge.

Il lui attrapa le menton et l'obligea à croiser son regard.

— Et alors, cette histoire d'évasion avec ton poète ? Je croyais ta réputation ruinée ?

— Socialement, oui. Même si physiquement j'étais restée intègre. Frederick voulait attendre que nous soyons légalement mariés. Mais heureusement, j'ai réalisé mon erreur avant que nous passions devant un prêtre. Frederick ne m'aimait pas vraiment. Il aimait surtout l'idée d'avoir accompli un geste terriblement romantique. Le pire, c'est quand j'ai découvert qu'il était ennuyeux à mourir. J'ai compris que je ne pourrais passer le restant de mes jours avec lui et j'ai sauté dans la première diligence en partance pour Londres. Mais j'avais déjà passé plusieurs nuits hors de la maison, donc, ma réputation était fichue.

— Tes parents ont-ils su que vous n'aviez pas couché ensemble ?

— Je n'en voyais pas la raison, puisque le mal était fait.

— Bon sang ! explosa Kenneth. Tout à l'heure, tu m'as assuré que tu savais ce que tu faisais, mais c'était faux. Tu ne *pouvais pas* savoir ce que tu faisais.

Il y eut un long silence pénible, que Kenneth interrompit, l'air navré, comme s'il venait d'apprendre sa condamnation à mort.

— Cette fois, nos fiançailles ne relèvent plus de la comédie. Malheureusement, ce serait toujours une erreur de nous marier.

Rebecca s'assit dans le lit pour discuter plus à son aise.

— Ayant grandi au milieu d'artistes décadents, je n'ai jamais pris la virginité très au sérieux, déclara-t-elle. Pour moi, cela n'a pas d'importance.

Kenneth quitta le lit pour aller prendre la serviette qui pendait sous la table de toilette.

— Tu as tort, Rebecca. Ce n'est pas anodin, assura-t-il en revenant vers elle.

Il nettoya rapidement le sang qui tachait les cuisses de la jeune femme, enfila son pantalon et alla chercher la bouteille de vin. Après l'avoir débouchée, il en remplit les deux verres et en tendit un à Rebecca.

— Je mérite le peloton d'exécution, dit-il sombrement en s'asseyant près d'elle, le dos appuyé contre le mur. Je savais que c'était mal de coucher avec toi, et je l'ai fait quand même.

Rebecca risqua un timide sourire.

— Dans la mesure où je t'ai pratiquement violé, tu pouvais difficilement empêcher ce qui est arrivé.

Il contemplait son verre d'un regard absent.

— À mon âge, je devrais être capable de garder mon sang-froid, même sous les assauts d'une jeune femme ravissante.

— Eh bien, pour ma part, je suis ravie que tu n'aies pas pu te contrôler. Le résultat m'a comblée.

Il sourit, tout en secouant la tête.

— J'aurais au moins dû prendre les précautions élémentaires. Si jamais tu tombes enceinte…

— Je crois savoir que cela arrive rarement la première fois. Et quand bien même, cela ne me gênerait pas. Si mon père ne peut supporter ce nouveau scandale, je partirai vivre en province. Après tout, je suis financièrement indépendante.

Il serra son verre avec une telle force qu'elle crut qu'il allait le briser.

— Parce que tu t'imagines que je te laisserais faire ça ? fit-il d'une voix sourde. N'oublie pas que cet enfant serait aussi le mien. Parfois, les circonstances obligent une mère à élever seule son enfant. Mais ce ne serait pas le cas, ici. Il n'est pas question que tu gardes notre bébé pour ton seul plaisir et que tu le prives de son père. Si jamais tu tombes enceinte, je deviens automatiquement ton mari.

Il prit une profonde inspiration avant d'ajouter :

— Et si cela arrive, que Dieu nous vienne en aide.

Rebecca se mordillait les lèvres, embarrassée. Elle avait raisonné en égoïste, oubliant jusqu'aux intérêts légitimes du bébé. En outre, elle avait fait montre de bien peu de respect envers les sentiments de Kenneth. Étant donné sa sensibilité et son sens de l'honneur, elle aurait dû se douter que, sous ses dehors de pirate, il ne prendrait pas à la légère leur étreinte charnelle.

Se pouvait-il qu'elle eût ainsi espéré le forcer au mariage ? Non, conclut-elle. Elle était toujours aussi hostile à l'idée de perdre son indépendance. Pourtant, emportée par son désir, elle n'avait pas songé que les conséquences de son acte pourraient peser encore plus lourdement sur Kenneth que sur elle. À présent, son sens aigu du devoir l'obligeait à épouser une femme dont il ne voulait pas. Par égoïsme, Rebecca avait traité le meilleur homme qu'elle eût jamais rencontré avec moins de pitié qu'elle n'en aurait accordé à son pire ennemi.

Cependant, il était trop tard pour le regretter. Se morfondre ne changerait rien.

— Il est peu probable que je tombe enceinte, dit-elle calmement. Nous nous inquiétons inutilement.

L'estomac noué, elle enchaîna, bien décidée à lui poser la question qui la taraudait depuis un moment :

— Toutefois, à supposer que je tombe enceinte, je ne vois pas pourquoi la perspective de m'épouser semble autant te déplaire ? Je sais que tu n'es pas amoureux de moi, mais il me semble que tu tiens quand même un peu à moi. Y a-t-il une autre femme ? Si ce n'est pas le cas, je suis sûre que nous pourrions nous entendre. Je ne passerai pas mes journées à t'importuner, si c'est ce que tu crains.

Kenneth lui entoura les épaules. Il pestait intérieurement contre l'injustice du sort.

— Ce n'est pas que je ne tiens pas à toi, Rebecca, tu as raison. Et il n'y a personne d'autre. Mais le problème, c'est que…

Il n'acheva pas sa phrase. Après un long silence, il reprit :

— J'ai promis de m'acquitter d'une certaine obligation. Quand j'en aurai terminé, j'ai bien peur que tu ne souhaites plus jamais me revoir. Ou alors, seulement ma tête sur un plateau.

Rebecca ne put s'empêcher de visualiser la scène. Elle en frissonna.

— Je ne comprends pas.

Kenneth posa la joue sur la tête de la jeune femme.

— Je l'espère bien. Et je n'ai pas l'intention de te donner plus de détails.

Rebecca se demanda si cette mystérieuse obligation n'avait pas un rapport avec ses problèmes financiers.

— Quoi qu'il en soit, tu n'as rien à te reprocher pour ce soir, fit-elle. C'est moi qui ai voulu que cela arrive. Et je ne regrette rien.

— Moi non plus, Rebecca, avoua-t-il dans un soupir. Moi non plus.

Rebecca s'aperçut qu'il était facile de pécher avec un homme qui vivait sous le même toit que vous – surtout quand ce toit abritait des artistes habitués à des horaires fantaisistes. Personne ne remarqua rien.

Mais bien sûr, Kenneth et elle savaient. Et le lendemain matin, au petit-déjeuner, la tension entre eux était palpable. Rebecca était partagée entre l'envie de s'excuser et celle… de lui arracher à nouveau sa chemise !

Il était difficile de savoir ce que lui pensait, mais de toute évidence, il n'était pas détendu en sa présence. Devinant que l'intimité de leurs séances de pose n'était pas souhaitable dans ces conditions, elle prétexta diverses occupations pour annuler temporairement ces séances. Kenneth en parut grandement soulagé.

Par ailleurs, Rebecca, convaincue qu'il n'était jamais trop tard pour combattre l'ignorance, décida d'inviter Lavinia à prendre le thé dans son atelier afin d'avoir avec elle une conversation de femme à femme. Le but étant de lui demander comment éviter d'être enceinte.

Lavinia sembla trouver la requête parfaitement naturelle de la part d'une jeune fiancée. D'un ton très détaché, elle décrivit les diverses méthodes qu'elle connaissait, et promit même de lui faire parvenir quelques instruments qui pourraient s'avérer utiles à l'occasion.

Rebecca s'abstint de lui révéler que la question du mariage n'avait toujours pas été tranchée. Ce problème, pour l'instant, ne concernait que Kenneth et elle. Mais à présent qu'elle avait la certitude de pouvoir échapper à une grossesse indésirable, elle se sentait libérée d'un grand poids. Plus rien ne lui interdisait d'essayer de séduire Kenneth une deuxième fois…

Car maintenant qu'elle avait goûté au fruit défendu, Rebecca n'avait plus qu'une idée en tête : le savourer de nouveau. Et le plus possible. C'était comme une drogue dont on ne pouvait se passer, comme un brasier qui réclamait sans cesse d'être alimenté.

Mais le plus agaçant dans tout cela, c'était de devoir admettre que ce n'était pas une satisfaction sexuelle abstraite qu'elle recherchait. C'était Kenneth qu'elle voulait. Lui, et lui seul.

Trois jours avaient passé. Rebecca en était arrivée au constat qu'elle ne pouvait poursuivre le portrait du pirate sans la présence du modèle. Dès le lendemain, elle demanderait donc à Kenneth de poser de nouveau pour elle – en espérant qu'elle trouverait la force de ne pas se jeter sur lui. Mais étant donné qu'elle avait du mal à garder son sang-froid devant sa représentation en peinture, elle craignait fort que sa présence en chair et en os ne lui fasse perdre tous ses moyens.

Elle était plantée devant son chevalet, l'esprit occupé par des pensées impures, quand on frappa à sa porte. C'était Minton, le majordome, qui apportait un bristol sur un plateau.

— Pourquoi me l'avoir monté ? s'étonna la jeune femme. Vous savez bien que je ne reçois jamais personne dans la journée.

Le domestique s'éclaircit la voix.

— J'ai pensé que vous consentiriez une exception dans ce cas, mademoiselle.

Rebecca prit le carton et le déchiffra, intriguée. Il était au nom d'une certaine Elizabeth Wilding.

— Est-elle seule, Minton ?

— Non, mademoiselle. Un monsieur l'escorte. Je pense qu'il s'agit d'un ancien militaire.

C'était probablement la sœur de Kenneth, venue le féliciter pour ses fiançailles. Rebecca ignorait qu'elle se trouvait à Londres. Et Kenneth qui était justement sorti ! Apparemment, elle allait devoir jouer seule la comédie de la fiancée radieuse.

— Dites à Mlle Wilding que je descends dans cinq minutes.

Rebecca fit un crochet par sa chambre, pour vérifier sa coiffure et jeter sur ses épaules un châle en cachemire, puis se rendit au salon.

Ses visiteurs admiraient une des toiles de sir Anthony. Ils se retournèrent d'un même mouvement en entendant Rebecca entrer. L'homme était blond et séduisant, avec un regard profond. Son bras gauche en écharpe témoignait qu'il avait été durement marqué par la guerre.

La jeune femme qui l'accompagnait était ravissante, et son regard évoquait irrésistiblement celui de Kenneth. Elle vint vers Rebecca en s'aidant d'une canne.

— Mademoiselle Seaton ? Je suis Beth Wilding, la sœur de Kenneth.

Sentant la timidité de sa visiteuse, Rebecca s'avança à sa rencontre.

— Je suis ravie de faire votre connaissance, mademoiselle Wilding, dit-elle avec un grand sourire. Mais Kenneth m'avait dit que vous étiez dans le Bedfordshire !

— Je vous en prie, appelez-moi Beth, puisque nous allons être belles-sœurs. Quand j'ai appris vos fiançailles, j'ai décidé de venir à Londres pour vous féliciter sans attendre.

Et, jetant un regard à son compagnon, elle ajouta :

— Et nous… nous souhaitions par la même occasion nous entretenir avec Kenneth d'un autre sujet. Je vous présente mon ami, le lieutenant Jack Davidson. Il servait dans le régiment de Kenneth.

Davidson s'inclina respectueusement.

— Mes hommages, mademoiselle Seaton. Permettez-moi de vous féliciter pour vos fiançailles.

Rebecca le sentait tendu comme un arc. Et à en juger par les regards qu'il échangeait avec Beth, il était facile de deviner que ces deux-là étaient plus qu'amis. La situation l'amusa.

— Appelez-moi donc Rebecca, fit-elle en s'adressant au couple.

Et plutôt que de feindre d'ignorer la blessure de Davidson, elle regarda franchement sa manche en écharpe :

— Waterloo ?

Il hocha la tête.

— Kenneth – lord Kimball – m'a sauvé la vie, ce jour-là. S'il ne m'avait pas posé un garrot à l'épaule, je me serais vidé de mon sang, expliqua-t-il en se tendant un peu plus encore.

Désireuse de mettre ses invités à l'aise, Rebecca leur proposa de s'asseoir, puis elle sonna pour commander une collation.

— J'ai rencontré votre belle-mère la semaine dernière, dit-elle à Beth en s'installant à son tour dans un fauteuil.

— Et vous avez survécu ? rétorqua Beth du tac au tac, avant de porter la main à sa bouche. Ô mon Dieu ! Je n'aurais pas dû dire cela. Pardonnez mon langage.

Rebecca comprit qu'elle allait très bien s'entendre avec Beth.

— Hermione est redoutable, n'est-ce pas ? dit-elle avec un sourire malicieux. Vous avez eu beaucoup de courage de la supporter pendant tant d'années.

— Heureusement, nous ne vivions pas vraiment ensemble. La plupart du temps, elle habitait à Londres avec notre père. Et moi je restais sagement à Sutterton.

Une domestique vint leur apporter du thé et des gâteaux. Rebecca remarqua que Beth présenta le plateau à Davidson de telle manière qu'il pût se servir sans aide. L'un et l'autre semblaient fonctionner ensemble comme les deux aiguilles d'une même horloge. Rien à voir avec Kenneth et elle, qui se tournaient autour et s'épiaient, tels deux félins méfiants.

Après quelques minutes de conversation anodine, Beth se résolut à demander :

— Savez-vous où nous pourrions trouver Kenneth ?

— Il ne devrait pas tarder à rentrer. Il est parti faire quelques courses pour mon père.

— Il vit ici ? s'étonna Beth.

— Oui, c'est le secrétaire de papa, répondit Rebecca, intriguée. Vous ne le saviez pas ?

— Dans ses lettres, il ne mentionnait jamais son adresse. Pour le joindre, je lui écrivais à une boîte postale.

« Étrange », songea Rebecca en se demandant si cela n'avait pas un rapport avec la mystérieuse « obligation » de Kenneth. Tout à coup, elle se sentit le devoir de le protéger.

— Il avait sans doute peur que vous n'écriviez « Lord Kimball » sur l'enveloppe, dit-elle. Il est très modeste. Ni mon père ni moi ne connaissions son titre avant que ses amis, lord et lady Kenyon, ne viennent ici par hasard et ne nous révèlent la vérité.

L'anecdote fit rire ses invités, puis Jack demanda :

— Savez-vous si Kenyon se trouve toujours à Londres ? J'aimerais bien le revoir. Nous étions tous les trois dans le même régiment, précisa-t-il, soudain plus détendu.

La conversation reprit un tour anodin, mais Rebecca tendait discrètement l'oreille, attendant le retour de Kenneth. Son pirate aurait quelques éclaircissements à lui fournir.

22

Comme à son habitude, Kenneth fit un détour par sa boîte postale avant de rentrer. Il y trouva un message de lord Bowden l'informant qu'il s'absentait pour quelques jours, mais que dès son retour, il souhaitait le rencontrer afin de connaître l'avancement de son enquête.

Kenneth déchira la lettre en soupirant. Il avait continué d'interroger discrètement tous ceux qui avaient pu, d'une manière ou d'une autre, approcher lady Seaton, mais il n'avait toujours rien récolté qui aurait pu éclairer d'un jour nouveau sa disparition tragique. Peut-être arriverait-il à en savoir plus lorsqu'il suivrait les Seaton dans la région des Lacs. Sinon, il n'aurait plus qu'à abandonner son enquête. Bowden serait furieux, mais Kenneth, lui, s'en trouverait grandement soulagé.

Il estimait qu'il avait fait de son mieux et n'avait négligé aucune piste. S'il n'avait toujours rien trouvé, c'était probablement qu'il n'y avait rien à trouver. Avec un peu de chance, Rebecca n'apprendrait donc jamais qu'il était arrivé à Seaton House pour espionner son père. Et tout finirait bien. Ou presque.

Bowden serait tellement déçu qu'il hésiterait peut-être à lui rendre Sutterton – même s'ils avaient signé un contrat en ce sens, Kenneth se voyait mal attaquer le frère de sir Anthony en justice, de peur que celui-ci et Rebecca ne finissent par découvrir le pot aux roses. Mais Kenneth pouvait raisonnablement espérer que Bowden lui accorderait au moins un répit pour s'acquitter de ses dettes.

Quoi qu'il en soit, cette affaire serait, d'une manière ou d'une autre, bientôt terminée, et Kenneth pourrait enfin penser librement à l'avenir – et donc à Rebecca.

Il rentrait tout juste à Seaton House quand le majordome vint à sa rencontre :

— Mlle Seaton vous prie de la rejoindre dans le salon, monsieur.

Croyant deviner que les Kenyon leur avaient fait une visite surprise, Kenneth s'empressa d'aller les retrouver. Il s'immobilisa sur le seuil en découvrant sa sœur et Jack Davidson.

— Regardez qui est venu nous congratuler ! lui lança Rebecca, visiblement amusée par la situation.

Beth se leva pour l'accueillir.

— Bonjour, Kenneth, dit-elle, une lueur d'inquiétude au fond du regard. Es-tu fâché de nous voir ?

— Bien sûr que non.

Il étreignit chaleureusement sa sœur, avant d'ajouter :

— En revanche, ta présence à Londres me surprend. Comment m'as-tu trouvé ?

— Cousine Olivia a lu l'annonce de vos fiançailles dans le *Times* et a aussitôt suggéré de venir féliciter ta fiancée, expliqua Beth. Malheureusement, un mauvais rhume l'a obligée à rester à Sutterton. Jack et moi sommes donc venus seuls. Nous n'avons eu aucune peine à dénicher l'adresse de sir Seaton et de sa fille. Par contre, nous ne nous attendions pas à te voir ici, précisa-t-elle, une pointe de reproche dans la voix.

Beth aurait eu de bonnes raisons de l'interroger sur sa présence dans cette maison. Elle n'en fit rien et Kenneth lui en fut reconnaissant.

— Dis-moi, Jack, dit-il en se tournant vers son ami, tu as bien meilleure mine que la dernière fois que je t'ai vu !

— Le bon air de la campagne et les petits plats de Beth ont fait des merveilles, monsieur.

Kenneth fut surpris par ce « monsieur », un peu trop formel entre eux. En outre, Jack semblait anormalement nerveux. Rencontrait-il des difficultés dans la gestion de Sutterton ?

— Jack souhaiterait s'entretenir avec vous en privé, intervint Rebecca, confirmant du même coup les craintes de Kenneth. Allez donc dans le petit salon.

Kenneth obtempéra et entraîna son ami à sa suite. Dès qu'il eut refermé la porte, il demanda sans préambule :

— Sutterton te pose des problèmes ?

— Eh bien... non, répondit Jack en arpentant la pièce à grandes enjambées. Le domaine a déjà beaucoup changé.

— Alors, qu'est-ce qui ne va pas ? Pourquoi es-tu si tendu ?

Jack s'immobilisa au milieu du tapis.

— Je... je suis venu vous demander la permission d'épouser Beth.

— Le moment venu, je serai ravi de te donner ma bénédiction, répondit Kenneth, surpris par tant de précipitation. Mais il me semble que c'est un peu tôt. D'ailleurs, tu me l'écrivais toi-même dans ta dernière lettre. Vous vous connaissez à peine, tous les deux. Et l'avenir de Sutterton reste très incertain.

Jack déglutit péniblement.

— J'ai bien peur que nous ne puissions attendre. Ou peut-être serait-il plus exact de dire que nous... nous n'avons pas attendu.

Le silence qui suivit fut pesant. Puis Kenneth demanda d'une voix blanche :

— Dois-je comprendre que Beth est enceinte ?

L'air misérable, mais résolu, Jack répondit :

— Nous le pensons.

Croisant le regard de Kenneth, il ajouta :

— Je suis désolé, monsieur. Vous avez sans doute envie de me jeter dehors, et vous en avez le droit. Ce... ce n'est arrivé qu'une fois, et ce n'était pas prémédité. Mais cela ne m'excuse pas pour autant.

Il fit une pause avant de reprendre d'une voix amère :

— Vous m'avez sauvé la vie, et je vous ai récompensé en séduisant votre sœur. Tout ce que je peux dire pour me justifier, c'est que j'aime Beth de toute mon âme. Je vous jure de toujours prendre soin d'elle, même si Sutterton devait être vendu et que je fusse obligé de trouver à m'employer ailleurs.

La colère de Kenneth ne put résister à l'ironie de la situation. Il pouvait difficilement s'ériger en juge de moralité, alors que Rebecca et lui ne s'étaient pas mieux conduits.

Il soupira.

— Ce n'est pas tout à fait ainsi que j'envisageais les choses pour ma sœur, mais je suppose que les torts sont partagés et que la séduction fut mutuelle. Beth a son caractère et elle ne s'en laisse pas facilement conter.

Le sourire de Jack confirma à Kenneth qu'il avait vu juste. Au fond, sa sœur et Rebecca se ressemblaient beaucoup.

— Bien, si nous retournions dans le grand salon, annoncer la bonne nouvelle à ces dames ?

Jack paraissait déchargé d'un énorme fardeau.

— Vous prenez les choses beaucoup mieux que je n'aurais osé l'espérer. Et que je ne le méritais.

— Toi et moi avons eu largement notre lot de misères, répondit Kenneth. Les tourments de l'amour ne sont pas si graves, en comparaison.

Et, avec un air exaspéré, il ajouta :

— Mais pour l'amour de Dieu, cesse de m'appeler monsieur !

Jack risqua un timide sourire.

— Étant donné les circonstances, j'aurais trouvé insultant d'user de votre prénom.

— Puisque nous allons devenir beaux-frères, je t'interdis désormais de m'appeler autrement que Kenneth.

Et tandis qu'ils quittaient la pièce, il demanda :

— Qu'aurais-tu fait si je t'avais refusé ma permission ?

— Je m'en serais passé. Beth est majeure. Mais nous ne souhaitions pas commencer notre vie commune par une querelle avec vous.

C'était une attitude intelligente. En reprenant le chemin du grand salon, Kenneth acheva de se convaincre que le mariage de sa sœur, quoique prématuré, était une excellente nouvelle. De toute évidence, Beth aimait Jack, qui le lui rendait bien. Kenneth espérait seulement qu'il serait bientôt en mesure d'offrir à sa sœur la dot qui lui revenait de plein droit. Il ne voulait pas que le jeune couple démarre péniblement dans la vie. Surtout avec un bébé en route.

De retour dans le grand salon, Kenneth prit la parole :

— Jack m'a demandé ta main, dit-il à sa sœur, et j'ai l'intention de vous voir mariés avant qu'il ait le temps de découvrir quelle peste tu es. Puisque nous sommes tous réunis à Londres, la cérémonie pourrait avoir lieu dans les jours qui viennent.

Le visage de Beth s'était brusquement illuminé.

— Oh, Kenneth ! s'exclama-t-elle, avant de se jeter dans ses bras. Tu es le plus merveilleux des frères.

— Ça, je n'en suis pas sûr. Jack prendra bien mieux soin de toi que moi, répliqua Kenneth, tout en cherchant une idée pour rendre ce mariage mémorable malgré le manque d'argent et le peu de temps dont ils disposaient pour organiser la cérémonie.

Relâchant sa sœur, il suggéra :

— Michael et Catherine Kenyon résident en ce moment même à Ashburton House. Ils ne cessent de répéter que la maison est trop grande pour eux. Je parie qu'ils seraient ravis de vous y recevoir durant quelques jours.

— S'ils sont d'accord, ce serait en effet plus agréable que de loger à l'hôtel, approuva Jack.

Rebecca voulut à son tour proposer ses services :

— Je sais que nous nous connaissons à peine, dit-elle à Beth, mais si vous n'avez pas d'amies, à Londres, avec qui préparer la cérémonie, sachez que vous pouvez compter sur moi. J'en serais même très honorée.

Beth accepta son offre sans la moindre hésitation. Tandis que les deux femmes s'entretenaient du mariage autour d'une nouvelle tasse de thé, Kenneth expédia un mot à Michael pour lui demander s'il consentait à loger Jack et sa sœur quelque temps. Moins d'une heure plus tard, Michael faisait parvenir sa réponse, positive, en même temps qu'un attelage.

Tout s'était passé si vite que Kenneth et Rebecca en avaient oublié leurs soucis réciproques. Cependant, lorsqu'il regarda Jack et Beth monter en voiture, Kenneth essaya de se représenter quelle épouse ferait Rebecca. Et il en vint sérieusement à se demander si les mariages n'étaient pas contagieux.

Le lendemain, George Hampton rendit visite à sir Anthony pour lui présenter ses nouvelles gravures. Les deux hommes restèrent un long moment enfermés dans l'atelier. Mais quand George Hampton ressortit dans le hall, Kenneth l'intercepta :

— J'aimerais avoir une conversation avec vous, monsieur. Quand cela vous arrangerait-il ?

— Tout de suite, si vous voulez. J'ai un peu de temps de libre, répondit Hampton, qui en profita pour taper affectueusement sur l'épaule de Kenneth : Félicitations, mon cher. Rebecca et vous faites un couple fort bien assorti.

— Je... j'ai quelque chose à vous montrer, expliqua Kenneth, qui se sentait plus nerveux que s'il avait dû affronter une charge de cavalerie.

Il entraîna le visiteur dans le bureau et présenta le portfolio où il avait réuni quelques-uns de ses meilleurs dessins. Hampton fronça les sourcils en découvrant la scène montrant le jeune soldat mortellement touché par une balle, qui avait tellement impressionné Rebecca. Le graveur l'étudia un long moment, avant de passer aux autres œuvres, qu'il feuilleta plus rapidement.

— Où avez-vous trouvé cela ? demanda-t-il finalement.

Sachant qu'il jouait gros, Kenneth prit une profonde inspiration, avant de répondre :

— Ce sont mes dessins.

— Vraiment ! J'ignorais que vous étiez artiste.

— Je dessine depuis toujours.

— Avez-vous montré votre travail à sir Anthony ?

— Je n'avais pas de raisons de le faire. Mais Rebecca juge que ces dessins ont quelques qualités.

— Elle a entièrement raison. Décidément, vous êtes encore plus faits pour vous entendre que je ne le soupçonnais.

Refermant le portfolio, Hampton ajouta :

— M'autorisez-vous à tirer des gravures de votre travail ? Même si la guerre est finie, le public manifeste toujours beaucoup d'intérêt pour les sujets militaires.

— J'espérais une telle proposition, avoua Kenneth.

Cherchant ses mots pour faire discrètement comprendre que l'aspect financier de la chose l'intéressait autant que l'honneur qu'il retirerait de voir ses dessins diffusés auprès du public, il risqua :

— Quoique je m'occupe des comptes de sir Anthony, je n'ai aucune idée de ce que peuvent valoir les œuvres d'un inconnu.

— Hmm, c'est une bonne question, répliqua Hampton, l'air songeur.

Il alluma tranquillement un cigare, avant de poursuivre :

— Je pourrais profiter de votre ignorance pour vous offrir royalement dix livres du tout, à prendre ou à laisser. Mais ce ne serait pas très honnête vis-à-vis du futur mari de ma filleule. D'autre part, vous avez un style neuf, qui devrait séduire le public. Je me demande même si, avec quelques dessins supplémentaires, on ne pourrait pas envisager d'éditer un livre.

Un livre ? Kenneth essaya de garder son calme.

— Vous voulez d'autres dessins ? Dans quel genre ?

Le graveur souffla un rond de fumée, avant de répondre :

— Des scènes de guerre, bien sûr. Et des vues des gens, des villes et des paysages qui en constituent l'arrière-plan. C'est possible ?

— C'est très possible. J'ai assisté à beaucoup de batailles, et j'ai une bonne mémoire.

Hampton lâcha un nouveau rond de fumée.

— Que diriez-vous de deux cents livres d'avance, à valoir sur votre pourcentage futur ? Si je ne me trompe pas – et en général, j'ai du flair –, en deux ou trois ans, vous pourriez dégager de confortables revenus de votre travail.

C'était beaucoup plus que ce que Kenneth n'avait osé espérer. Et, en tout cas, largement suffisant pour offrir un beau cadeau de mariage à Beth et à Jack.

— Marché conclu, dit-il en tendant la main. Et merci.

— Ne me remerciez pas, Kimball. C'est une bonne affaire pour nous deux.

Les deux hommes se serrèrent la main pour sceller leur entente, puis le graveur coinça le portfolio sous son bras.

— Envoyez-moi la liste des dessins que vous comptez réaliser. De mon côté, je vais rédiger votre contrat et vous faire parvenir les deux cents livres.

Là-dessus, il remit son chapeau et s'éclipsa.

Tout excité, Kenneth se mit à aller et venir dans le bureau, avant de sortir dans le hall et de grimper l'escalier quatre à quatre. Il se retrouva devant la porte de l'atelier de Rebecca – qui d'autre qu'elle aurait pu comprendre ce que la proposition d'Hampton signifiait pour lui ? songea-t-il en frappant.

Elle répondit : « Entrez ! » et il pénétra à l'intérieur.

La jeune femme se détourna un instant de son chevalet.

— Tu as la mine d'un chat qui a mangé le canari, nota-t-elle.

Il éclata de rire.

— Je viens brusquement de passer d'amateur à professionnel. George Hampton m'offre une avance de deux cents livres pour graver une série de mes dessins. Il parle même d'en faire un livre.

— C'est merveilleux ! s'exclama la jeune femme.

Elle posa aussitôt sa palette et se précipita vers lui.

— Cela dit, tu le méritais amplement.

Elle irradiait d'une joie et d'une générosité qui la rendaient irrésistible. Kenneth la souleva dans ses bras et la fit tournoyer dans les airs.

Elle riait à gorge déployée.

— Tu es fou, capitaine.

— Fou mais heureux, répliqua Kenneth, qui la reposa lentement sur le sol, sans pouvoir se résoudre à la lâcher.

Les quelques jours qui s'étaient écoulés depuis le soir où ils avaient fait l'amour lui avaient semblé une éternité. Il approcha ses lèvres de celles de la jeune femme et l'embrassa doucement. En réponse, Rebecca noua les bras autour de son cou.

Kenneth était sur le point de la porter jusqu'au sofa, lorsqu'un restant de bon sens l'arrêta.

— J'ai failli oublier que nous nous étions promis de ne pas recommencer, murmura-t-il d'une voix pleine de regret.

— Moi aussi.

Ils s'écartèrent l'un de l'autre à contrecœur.

— Ton parrain approuve nos fiançailles, reprit Kenneth. Du reste, je n'ai encore trouvé personne que cette nouvelle semblât affliger. Tout le monde a l'air content.

— Sans doute parce que tout le monde avait fini par se persuader que je resterais une vieille fille indécrottable, répondit Rebecca, sarcastique. Je me demande parfois si les gens n'admirent pas surtout ton courage.

Kenneth la regarda droit dans les yeux.

— Moi, je pense surtout que personne ne soupçonnait qu'un joyau se cachait dans ce grenier. Mais à présent, on va beaucoup m'envier d'avoir découvert ce trésor.

Quelque chose qui ressemblait à de la tristesse voila le regard de Rebecca.

— C'est très romantique, commenta-t-elle. Complètement faux, bien sûr, mais vraiment joli.

Et retournant à son chevalet, elle ajouta :

— Ce doit être ton jour de chance. J'ai appris que je n'étais pas enceinte.

Bizarrement, Kenneth ressentit un mélange de soulagement et de déception. Tout au fond de lui, il avait sans doute espéré que leur situation les obligerait à se marier. Mais c'était sans doute mieux ainsi. À quoi bon rêver mariage, alors que Rebecca le mépriserait si jamais elle apprenait les vraies raisons de son arrivée à Seaton House ?

— Veux-tu que je vienne poser cet après-midi ?

Rebecca avait repris sa palette et son pinceau.

— Oui. À l'heure habituelle, répondit-elle sans le regarder.

Kenneth sortit en se demandant si le jour viendrait où il pourrait lui parler librement. Mais la question était aussi de savoir ce qu'il lui dirait alors.

Et ce qu'elle lui répondrait…

23

Le grand jour était arrivé. Beth et Rebecca attendaient dans le salon d'Ashburton House qu'un attelage emmène toute la petite troupe à l'église. Rebecca en profita pour vérifier une dernière fois la toilette de la mariée.

La sœur de Kenneth rayonnait. Elle portait une somptueuse robe de soie ivoire, cadeau de Lavinia, qui adorait les mariages. Rebecca s'agenouilla pour arranger la traîne.

— Vous êtes encore plus nerveuse que moi, lui fit remarquer Beth, amusée.

— C'est possible. Il faut dire que je n'avais encore jamais assisté à un mariage, avoua Rebecca, qui savourait l'espèce d'hystérie entourant l'événement.

Kenneth et Catherine étaient partis s'entretenir avec la cuisinière, pour discuter du repas que les Kenyon avaient décidé d'offrir chez eux à l'issue de la cérémonie. Michael et Catherine s'étaient révélés, une fois de plus, merveilleux. Si Kenneth n'avait pas amassé de fortune, durant ses années d'armée, du moins avait-il su gagner des amis précieux.

— Ce sera bientôt votre tour, reprit Beth. Avez-vous déjà arrêté une date, Kenneth et vous ?

Rebecca détourna le regard.

— Non, pas encore. Rien ne presse.

— Ce n'est pas comme Jack et moi, commenta Beth en effleurant furtivement son ventre. Mais même si c'est indécent de l'avouer, je ne regrette rien.

Rebecca haussa les sourcils, intriguée. Elle craignait d'avoir mal interprété le geste de son amie.

— Vous voulez dire que...

— Que je suis enceinte ? termina Beth à sa place avec un sourire. Je pensais que Kenneth vous en avait parlé, puisque vous êtes sa fiancée. Je vois qu'il s'est montré un grand frère très discret. Mais ce n'est pas le genre de secret qu'on peut garder bien longtemps. Quand le bébé naîtra, les gens ne manqueront pas de compter sur leurs doigts.

Rebecca s'expliquait mieux, à présent, pourquoi Kenneth avait donné son accord pour un mariage aussi rapide. Elle ne s'étonnait pas, en revanche, qu'il eût évité de lui en parler, étant donné leurs propres relations.

La porte du salon s'ouvrit sur Catherine et Kenneth. Celui-ci portait un gros paquet.

— Beth, ce colis vient tout juste d'arriver, annonça-t-il. Il est adressé à nous deux.

Il le posa sur la table, et reprit :

— Je suppose que c'est un cadeau de mariage, bien que je ne comprenne pas pourquoi mon nom figure dessus.

Beth défit l'emballage ; un grand coffret de métal ciselé apparut. Elle l'ouvrit, et porta la main à sa bouche pour étouffer un cri de surprise. Le coffret contenait de somptueux joyaux accompagnés d'un petit mot.

— Grands dieux ! s'exclama Kenneth. Les bijoux des Wilding ! Je n'en crois pas mes yeux.

Il s'empara du mot. Catherine et Rebecca s'approchèrent de lui pour lire par-dessus son épaule :

À Beth et à Kenneth,

J'ai considéré que ces joyaux méritaient de revenir à leurs propriétaires légitimes. Les voici donc. Tous mes vœux pour votre mariage, Beth.

Hermione Kimball

Beth avait pris une paire de boucles d'oreilles en saphir et la contemplait, médusée.

— Je n'aurais jamais imaginé les revoir un jour. C'est vraiment très généreux de la part d'Hermione.

— J'ai du mal à le croire, s'entêta Kenneth. Elle n'a jamais eu le moindre geste désintéressé de sa vie.

— La preuve est pourtant sous tes yeux, lui fit valoir Beth, qui avait déjà replacé les boucles d'oreilles à leur place. Quand je pense que je ne l'ai pas invitée à mon mariage !

Se tournant vers son hôtesse, elle demanda :

— Il est trop tard pour qu'elle assiste à la cérémonie, mais peut-être puis-je la convier au repas ?

— Bien sûr, répondit Catherine. Il y a du papier et de l'encre dans le petit secrétaire, là-bas. Écrivez-lui un mot et je le lui ferai porter sur-le-champ.

Tandis que Catherine accompagnait Beth jusqu'au secrétaire, Kenneth replia le morceau de papier et l'enfouit dans sa poche.

— Je n'arrive toujours pas à y croire, murmura-t-il.

— Moi non plus, renchérit Rebecca. Cette femme est un vrai serpent, et même si les serpents changent de peau, ils restent les mêmes. Elle doit avoir une idée derrière la tête.

Kenneth fronça les sourcils.

— Je me demande bien laquelle. Je ne vois pas quel bénéfice elle pourrait tirer de nous avoir rendu ces bijoux.

Rebecca effleura les diamants du somptueux collier qu'Hermione arborait au bal des Candover. Un jour, ces diamants orneraient le cou de l'épouse de Kenneth...

— Tout votre héritage est ici ?

Kenneth inspecta le contenu du coffret.

— Je crois. Il y a même des pièces que je ne reconnais pas.

— Hermione aura peut-être été prise de remords au point d'inclure quelques-uns de ses propres joyaux en guise d'intérêt pour le préjudice qu'elle vous a causé, suggéra Rebecca.

Comme Kenneth semblait sceptique, elle reprit :

— De toute façon, peu importe la raison. Maintenant que les bijoux sont en votre possession, ils y resteront.

Kenneth parut soudain songeur, mais avant que Rebecca eût pu lui demander à quoi il pensait, Beth revint vers eux, et Catherine sonna un domestique.

Celui-ci arriva presque aussitôt, prit la lettre de Beth et annonça :

— L'attelage est prêt, milady.

Catherine se tourna vers les autres :

— Allons-y. Je vais demander au majordome de mettre le coffret en lieu sûr pendant notre absence.

— Une seconde, intervint Kenneth, qui avait sorti un magnifique collier de perles. Tu vas te marier avec les perles de maman, Beth. Elles te reviennent de droit.

— Je regrette toutes les vilaines choses que j'ai pu dire sur Hermione, commenta Beth, tandis que son frère lui attachait le collier. Finalement, elle a du cœur sous ses dehors égoïstes.

Rebecca n'en était pas si sûre. Elle soupçonnait que la réapparition miraculeuse des bijoux cachait une piquante histoire. Et elle espérait bien qu'un jour, elle découvrirait laquelle.

L'attelage les mena en quelques minutes à l'église où le mariage serait célébré. Kenneth aida les trois femmes à descendre de voiture, puis il prit sa sœur par le bras au moment de gravir les marches de l'édifice, tandis que Catherine et Rebecca rejoignaient la petite poignée d'invités déjà présents.

Kenneth regardait sa sœur, un peu triste de la perdre alors qu'ils commençaient tout juste à devenir vraiment proches, lorsqu'elle posa sa canne contre le mur. Devant son air intrigué, elle expliqua :

— Je ne veux pas me présenter à l'autel avec une canne. Du reste, je n'en aurai pas besoin, puisque tu m'escortes à l'aller et que Jack me conduira au retour.

Kenneth la contempla avec émotion.

— Tu es ravissante, Beth. Dommage que maman ne soit plus là pour te voir.

La jeune femme pointa vers le ciel le bouquet qu'elle tenait à la main.

— Je pense qu'elle est avec nous, Kenneth.

Ils échangèrent un sourire, et franchirent le seuil de l'église. Leur entrée fut saluée par une marche nuptiale jouée à l'orgue.

Après la cérémonie, le jeune couple et ses invités retournèrent à Ashburton House pour le banquet. Toutes les femmes, excepté Rebecca, avaient écrasé une larme de joie.

Tandis qu'ils ôtaient leurs manteaux dans le hall, Kenneth glissa à Michael :

— Merci à toi et à Catherine d'avoir donné un peu de lustre à cette journée.

— C'était la moindre des choses, répondit son ami. J'ai toujours apprécié Jack, et ta sœur est adorable.

Ils s'apprêtaient à entrer dans la salle à manger, où les dames s'étaient déjà engouffrées, quand on frappa violemment à la porte.

— Un invité retardataire ? s'étonna Michael en se dirigeant vers la porte. Mais je ne vois pas qui manque.

À peine eut-il ouvert le battant qu'Hermione fit irruption dans le hall, telle une furie. Ignorant Michael comme s'il n'était qu'un vulgaire valet, elle se dirigea droit sur Kenneth.

— Comment avez-vous osé ! explosa-t-elle. D'abord, vous vous introduisez chez moi pour me voler mes bijoux, et ensuite, vous avez l'impudence de faire écrire à Beth qu'elle me remercie de les lui avoir offerts ! Vous êtes un... un gredin doublé d'un filou !

Kenneth reconnaissait bien là sa belle-mère. Devinant qu'elle s'apprêtait à le gifler, il lui saisit le poignet au vol.

— Il est trop tard pour changer d'avis, Hermione. J'ai la preuve que vous nous avez rendu les bijoux de votre plein gré. Vos accusations ne vous mèneront donc nulle part.

— Menteur ! siffla sa belle-mère en libérant son poignet. Tout cela n'est que pure invention de votre part et vous m'en répondrez en justice.

— Ah oui ? rétorqua Kenneth, qui tira tranquillement de sa poche le petit mot qui accompagnait le coffret. Pourtant, ceci est bien de votre main.

Hermione lui arracha presque le papier.

— C'est un faux ! glapit-elle. Je n'ai jamais écrit cela.

— Peut-être l'avez-vous écrit dans un moment d'absence, et le regrettez-vous maintenant ? suggéra Kenneth, qui s'était empressé de récupérer le mot pour le remettre dans sa poche, au cas où il devrait servir un jour de preuve.

Hermione allait riposter de plus belle, quand une voix douce s'écria candidement :

— Lady Kimball ! Comme c'est gentil à vous d'avoir accepté notre invitation. Beth sera ravie.

Sortant de la salle à manger, Catherine s'approcha de la visiteuse avec la grâce d'une duchesse.

— Je suis lady Michael Kenyon. Nous n'avons jamais été présentées, mais je n'ai pas eu de mal à vous reconnaître. Votre beauté est célèbre dans tout Londres.

Et, avec un sourire enjôleur, elle ajouta :

— J'ai été très émue par votre geste. C'est tellement généreux de votre part d'avoir restitué ces bijoux.

Hermione était pétrifiée par tant de civilité.

— Dès que le coffret est arrivé, continua Catherine, j'ai écrit à mon beau-frère pour lui narrer la chose. Les actes désintéressés sont si rares de nos jours. Vous devez le connaître : c'est le duc d'Ashburton.

Hermione sembla prendre tout à coup un grand intérêt à cette conversation.

— Non, je n'ai jamais eu le privilège de lui être présentée.

— Dans ce cas, je vous inviterai à dîner à la maison dès qu'il sera de retour en ville. Ce sera une petite soirée très intime, puisqu'il est toujours en deuil de sa femme. Mais j'aimerais beaucoup que vous le rencontriez. Il me semble *tellement* important qu'il fasse le bon choix le jour où il se remariera.

Il y eut un long silence, pendant lequel les deux femmes s'observèrent mutuellement, puis Hermione esquissa un sourire. Un sourire de prédateur.

— Dans la mesure où je suis moi-même veuve de fraîche date, le duc et moi avons déjà au moins un point commun.

Catherine hocha la tête, ravie.

— Joignez-vous donc à nous pour ce petit repas de fête. Beth est impatiente de vous remercier de lui avoir permis de porter les perles de sa mère pour son mariage.

— Je ne puis rester, hélas ! mais transmettez mes chaleureuses félicitations à cette chère Beth, répondit Hermione, qui ajouta avec un rire cristallin : C'est drôle ! Quand je pense que ma belle-fille n'a qu'un an de moins que moi !

Tandis que Catherine raccompagnait Hermione à la porte, Kenneth se tourna vers Michael.

— Je n'en reviens pas, lui confia-t-il à mi-voix. Catherine a cloué le bec de cette vipère d'Hermione, simplement en lui faisant miroiter une éventuelle liaison avec l'un des plus beaux partis de la ville.

Michael s'esclaffa.

— Catherine est redoutable. Je loue chaque jour le ciel qu'elle soit ma femme, et pas mon ennemie.

— Cela dit, c'est cruel pour Stephen de vouloir lui infliger Hermione.

— Mon frère est trop sensé pour tomber dans les filets d'une pareille harpie, le rassura Michael. Mais le temps qu'Hermione se rende compte qu'elle n'a aucune chance de devenir duchesse, il sera trop tard pour qu'elle prétende qu'on lui a volé les bijoux.

Kenneth songea soudain que l'intervention de Catherine était trop providentielle pour être honnête.

— Tu n'aurais pas cambriolé la maison d'Hermione, par hasard ? demanda-t-il à son ami.

Ce dernier prit un air offensé.

— Bien sûr que non ! Je ne me serais pas abaissé à pareille vilenie.

— Toi, sans doute pas, concéda Kenneth. Mais je crois savoir que tu avais des relations, dans l'armée, très douées pour crocheter des serrures.

Une lueur amusée traversa le regard de son ami.

— Il n'est pas impossible que j'aie évoqué devant Lucien le comportement pour le moins répréhensible de ta belle-mère. Et Lucien, qui s'est toujours indigné des injustices, aura voulu y remédier par ses propres moyens.

— En recrutant, éventuellement, un faussaire pour l'épauler.

— Éventuellement.

Kenneth esquissa un sourire.

— Je ne veux pas en entendre davantage. Mais transmets tous mes remerciements aux personnes concernées. C'est vraiment un magnifique cadeau.

Michael posa la main sur son épaule.

— Inutile de te perdre en remerciements. À quoi servent les amis, selon toi ? Allez viens, maintenant. Il est grand temps de porter un toast aux jeunes mariés.

Comme tous les repas de mariage réussis, celui de Beth et de Jack dura jusque tard dans l'après-midi. Au moment de partir, les invités réitérèrent leurs vœux de bonheur aux jeunes gens, et tout le monde se sépara fort content de sa journée.

— Je vais dans votre direction, dit Lavinia à Kenneth et à Rebecca. Voulez-vous profiter de mon attelage ?

Kenneth secoua la tête.

— Reconduisez Rebecca. J'ai envie de marcher un peu au soleil.

— Puis-je venir avec vous ? demanda la jeune femme. J'ai besoin de prendre l'air, après tout ce champagne.

— Avec plaisir, répondit Kenneth en lui offrant son bras.

Dès qu'ils se retrouvèrent dehors, Rebecca poussa un soupir de soulagement.

— Cette journée a été merveilleuse, mais j'avais envie d'un peu de calme, pour me remettre de toute cette agitation. J'ai bien l'intention de ne plus accepter une invitation pendant au moins six mois.

— J'imagine que le moment est mal choisi pour te rappeler que nous sommes invités à un bal la semaine prochaine ?

— C'est vrai ! Le bal des Strathmore. J'avais complètement oublié. Tant pis, je ferai un effort.

Tandis qu'ils remontaient les rues du quartier, Rebecca observait Kenneth du coin de l'œil. Quoiqu'elle eût travaillé sur son portrait pendant des semaines, elle ne se lassait pas de l'admirer. Et dans des moments comme celui-ci, elle se prenait à rêver de ne l'avoir que pour elle.

— Que s'est-il passé, avec Hermione ? questionna-t-elle, soucieuse de dévier le cours de ses pensées. J'aimerais bien connaître le fin mot de l'histoire.

Kenneth lui rapporta le dialogue savoureux entre sa belle-mère et Catherine.

— Bien joué ! s'exclama Rebecca. Hermione est tellement vénale qu'elle a dû croire que Catherine l'était aussi.

Kenneth lui jeta un coup d'œil perplexe.

— Vénale ? Catherine ? Il y a sans doute quelque chose qui m'a échappé, parce que je ne vois pas à quoi tu fais allusion.

— C'est très simple, précisa Rebecca. Quand Catherine a expliqué qu'elle tenait à ce que son beau-frère épouse la bonne candidate, elle sous-entendait qu'elle voulait qu'il se remarie avec une femme incapable de lui donner un fils. De cette manière, son propre fils se retrouverait un jour héritier en ligne directe du titre de duc.

— Ah, je vois ! s'amusa Kenneth. Étant donné qu'Hermione a été mariée plusieurs années avec mon père sans lui donner d'enfant, il y a de grandes chances pour qu'elle soit stérile. En revanche, elle ne manque pas d'atouts pour séduire un duc.

— Exactement. En réalité, Catherine se moque bien que son fils hérite de quoi que ce soit. Elle me l'a dit elle-même. Seulement, Hermione est si cupide qu'elle ne peut imaginer que ce ne soit pas le cas de tout le monde.

— Tu as raison, c'était vraiment bien joué. Catherine est encore plus redoutable que je ne l'imaginais.

Rebecca opina du chef. Elle huma le bouquet qu'elle portait à la main, savourant le délicat parfum des roses, avant de reprendre :

— Mais cela ne me dit toujours pas pourquoi Hermione a consenti à se séparer de ses bijoux. J'ai du mal à croire qu'elle l'ait fait de son plein gré.

Kenneth lui raconta alors comment Michael s'était arrangé avec des amis pour délester Hermione des joyaux.

— La justice plutôt que la loi, voilà une façon de voir les choses que j'approuve, commenta Rebecca. La vente de ces bijoux suffira-t-elle à rembourser tes dettes ?

— Pas entièrement. Mais elle devrait au moins me permettre de renégocier les hypothèques.

— Donc, te voilà sauvé de l'expropriation. C'est merveilleux !

— Il est encore un peu tôt pour se réjouir, répondit prudemment Kenneth. Mais il y a au moins une chose que je peux faire. Du temps de ma grand-mère, une belle maison du voisinage, Ramsey House, avait été ajoutée au domaine, avec ses terres. La maison n'est plus habitée, mais elle est encore en excellent état. Je vais racheter les hypothèques la concernant, ainsi que les terres, et j'offrirai le tout à Beth et à Jack.

— Ainsi, ils auront un toit, même si Sutterton devait être vendu, conclut Rebecca. C'est très généreux de ta part.

Il haussa les épaules.

— C'est la moindre des dots que méritait Beth.

Peut-être. Mais tous les frères confrontés aux mêmes problèmes financiers n'en auraient pas fait autant. Son pirate n'était décidément pas comme les autres, songea Rebecca. Était-ce l'effet du champagne, mais elle se sentait d'humeur romantique, soudain.

Kenneth avisa alors le bouquet que la jeune femme tenait à la main.

— N'est-ce pas là le bouquet de Beth ?

— Si. Elle me l'a donné, arguant du fait que j'étais la prochaine à me marier.

Kenneth secoua la tête.

— Nos fausses fiançailles n'en finissent pas d'avoir des conséquences.

— Fausses ? Elles sont tout ce qu'il y a de plus officiel, lui rappela Rebecca. Hormis le fait que nous avons l'intention de les rompre avant d'atteindre l'autel.

— Attendons un peu, répliqua Kenneth, qui s'était immobilisé pour fouiller dans sa poche. Retire le gant de ta main gauche.

Rebecca obtempéra docilement. Kenneth s'empara alors de sa main et lui glissa au majeur une ravissante bague ancienne ornée d'un solitaire.

Rebecca en resta médusée. D'autant que la bague lui allait à la perfection. Elle avait envie de pleurer, mais ne savait pas exactement pourquoi.

— Elle… elle est très jolie, balbutia-t-elle.

— Cette bague est dans notre famille depuis des générations, expliqua Kenneth d'un ton bourru. Je l'ai retrouvée dans le coffret et j'ai pensé qu'elle serait utile pour entretenir l'illusion de nos fiançailles.

Rebecca hocha la tête.

— J'en prendrai soin, jusqu'au jour où il me faudra la rendre.

Elle croisa un instant le regard de Kenneth et lut dans ses yeux un trouble identique à celui qu'elle ressentait. Il y avait quelque chose de si intime dans le fait de porter cette bague…

La jeune femme remit son gant, puis reprit le bras de Kenneth et ils poursuivirent leur promenade.

— La date limite pour soumettre ses travaux à la Royal Academy avant la grande exposition annuelle expire dans trois semaines, dit-elle, préférant orienter la conversation sur un sujet moins personnel. Cela te laisse assez de temps pour préparer une toile.

Il s'arrêta net.

— Moi ? Montrer un tableau à la Royal Academy ? C'est ridicule !

— Et pourquoi donc ? rétorqua Rebecca. Tu n'as pas l'air de réaliser, capitaine, que tu es désormais un artiste professionnel. Puisque le meilleur graveur d'Angleterre va éditer tes dessins, cela me paraît aller de soi. C'est le meilleur moyen de te faire remarquer par des clients potentiels.

Kenneth semblait partagé.

— Admettons que j'arrive à produire une toile en trois semaines. Mais mon style risque d'apparaître un peu radical aux juges de l'Académie.

— Comme dit mon père, un artiste ne doit écouter que son inspiration, s'entêta-t-elle. Chaque année, on expose des tas de peintres dont le travail est plus que médiocre. Tu as du talent. Montre-le. Et qu'importe si ton style est trop radical !

Il la dévisagea un long moment, le visage indéchiffrable, puis ses lèvres esquissèrent un lent sourire :

— D'accord. Je vais leur soumettre une toile. Mais à condition que tu en fasses autant.

— Moi ? s'étrangla Rebecca. Il n'en est pas question. Je n'ai aucune raison de le faire.

— Tiens, tiens, tu réagis différemment quand la balle est dans ton camp ! Bon, il est vrai que tu n'as pas d'impératifs financiers. Mais il me semble important pour toi que ton travail soit exposé.

Une lueur espiègle au fond des yeux, il conclut :

— Tu as du talent. Montre-le.

Prise à son propre piège, Rebecca ne savait quoi répondre, Kenneth en profita pour porter l'estocade :

— Tu as un don du ciel, Rebecca. Fais-en profiter les autres. Donne-leur la chance d'être émus, bouleversés, ou même agacés par tes peintures.

Rebecca voulut détourner le regard, mais Kenneth lui prit le menton pour l'en empêcher.

— De quoi as-tu peur ? demanda-t-il doucement. Sûrement pas de l'échec. Tu peins magnifiquement, et tu le sais très bien.

Rebecca était convaincue d'avoir retrouvé l'inspiration qui lui avait fait défaut durant les mois ayant suivi la mort de sa mère. Cependant, l'idée de montrer son travail l'affolait toujours autant, au point qu'elle-même s'interrogeait sur les raisons de cette crainte paralysante.

— Je… je crois que j'ai peur de dévoiler ce qu'il y a de plus intime en moi devant des étrangers.

— Je comprends ta réaction, mais tu dois la dépasser. Être artiste, c'est accepter de s'exposer au regard d'autrui. Ce qui vaut pour les peintres vaut également pour les écrivains ou les musiciens. Crois-tu que cela me plaise de savoir que des tas de gens vont découvrir mes angoisses les plus secrètes ? Cependant, si je ne les exprimais pas dans mes dessins, ceux-ci n'auraient aucun intérêt. Et il en va de même pour toi. Si tu continues à cacher ton talent, il finira par s'asphyxier et mourir.

Au plus profond d'elle-même, Rebecca savait qu'il avait raison.

— Tu sais où porter le fer, capitaine, soupira-t-elle. Je me rends à tes arguments. J'exposerai, si tu exposes.

— Marché conclu ! s'exclama Kenneth, qui se pencha pour déposer un léger baiser sur les lèvres de la jeune femme, comme pour sceller leur accord.

Rebecca frissonna de la tête aux pieds. Comment diable Kenneth parvenait-il à la désarmer ainsi ? Avant son arrivée à Seaton House, elle s'était pourtant promis de ne jamais montrer son travail à quiconque. Et voilà que maintenant, alors qu'ils reprenaient bras dessus, bras dessous, le chemin de la maison, elle se sentait tout excitée à cette perspective. Kenneth avait raison. Le moment était venu d'affronter le regard des autres.

Ce soir-là, lorsque Kenneth regagna son atelier, après le dîner, il étudia longuement son portrait de Lilith. Il trouvait dommage de ne pouvoir le montrer. Car cette toile resterait toujours la plus chère à son cœur. Et pas seulement parce qu'elle lui avait permis de vaincre son appréhension de la peinture à l'huile. Son regard s'égara du côté du lit étroit, et la vision voluptueuse de Rebecca s'imposa à son esprit avec une précision presque insupportable.

Il recouvrit le tableau d'un drap, puis le posa contre un mur et plaça une toile vierge sur son chevalet. Ce nouveau tableau n'exigerait pas de nombreux croquis : Kenneth le gardait dans un coin de sa mémoire depuis bien des années.

Le résultat serait fort éloigné des peintures historiques, froides et convenues, qu'affectionnaient les membres de l'Académie. Tout le monde – à l'exception peut-être de Rebecca – le détesterait. C'était cependant une toile que Kenneth se devait de peindre.

Pour dépasser enfin sa douleur.

Poussé par cette nécessité intérieure, il s'empara d'un morceau de fusain.

Presque aussitôt, la souffrance ancienne reflua, accompagnée d'images d'une indicible horreur.

24

Par petites touches prudentes, Rebecca assombrit légèrement le regard de son pirate, puis recula pour juger de l'effet. Il était plus facile de commencer un tableau que de le terminer. On avait toujours l'envie de faire mieux, dans l'espoir d'approcher la perfection. Hélas ! la perfection n'était pas de ce monde, et à trop vouloir l'atteindre, on risquait de tout gâcher.

La jeune femme éprouvait toujours une impression de vide intérieur après avoir terminé un travail qui l'avait si complètement absorbée. Mais dans ce cas précis, ce sentiment ne serait que partiel. Le tableau ne l'obséderait plus, certes ; son modèle, en revanche…

La porte s'ouvrit soudain sur Lavinia.

— Vous devriez vraiment apprendre à frapper, lui fit remarquer Rebecca avec un soupir résigné.

— J'ai frappé, ma chérie. Trois fois. Mais tu ne m'as pas entendue.

— Oh, excusez-moi !

Rebecca jeta un coup d'œil par la fenêtre. À en juger par la lumière, l'après-midi touchait déjà à sa fin. Elle n'avait pas vu le temps passer.

— Voulez-vous une tasse de thé ? offrit-elle.

— Merci, mais je suis pressée. J'étais simplement passée déposer la robe que ma couturière t'a retouchée pour le bal des Strathmore. Je l'ai confiée à la jeune Betsy, qui semble plus intéressée par la mode que toi.

— Pardonnez-moi, mais je suis un peu distraite, ces derniers temps. L'exposition me tracasse.

— J'en sais quelque chose. Anthony est en pleine effervescence. Mais pourquoi es-tu si inquiète ? Ne me dis pas que tu as finalement décidé de montrer ton travail ?

Pour toute réponse, Rebecca se contenta de hocher la tête. Lavinia s'en réjouit bruyamment.

— Alléluia ! Il était grand temps. Que vas-tu exposer ?

— Probablement cette toile, que je viens de terminer. Plus une autre.

Désignant son chevalet, elle proposa :

— Voulez-vous voir mon pirate ?

— Avec plaisir.

Lavinia vint se planter devant le chevalet, et ne put retenir un sifflement d'admiration.

— Bon sang, c'est magnifique ! Qu'en pense Kenneth ?

— Il ne l'a pas encore vu. Bien entendu, je ne le montrerai pas s'il s'y oppose.

— N'en fais rien, ma chérie. Expose-le quel que soit son avis. Les femmes qui apprécient l'art et les hommes t'en sauront gré.

— Que voulez-vous dire ?

— Tu as réussi à capturer l'essence même de la virilité, expliqua Lavinia. Ton pirate est l'amant dont toutes les femmes rêvent en secret.

Et, feignant de s'éventer avec son réticule, elle ajouta :

— Je ne vois qu'un mot pour le résumer : torride.

Rebecca s'esclaffa.

— Vous vous moquez de moi.

— J'exagère peut-être un peu, mais je ne plaisante pas, assura Lavinia, qui étudiait le tableau d'un œil plus critique. Tu as intérêt à l'épouser sans tarder si c'est vraiment ainsi que tu le vois.

— Lavinia, ce n'est qu'un tableau ! Pas une déclaration d'amour.

— Hmm. C'est ce que tu prétends. Mais j'ai fréquenté assez d'artistes pour savoir quand leurs émotions passent à travers leur pinceau. Il y a de la passion dans ce portrait. En tout cas, si tu ne veux pas du modèle, je suis preneuse.

Cette fois, Rebecca éclata de rire.

— Kenneth n'est pas une nature morte dont je peux disposer à ma guise. Et puis, quitte à me montrer un peu abrupte, je crois savoir que vous lui avez fait un jour des avances qu'il n'a pas retenues.

— Oh ! je ne m'attendais pas vraiment à réussir. Mais je n'ai pas pu m'empêcher d'essayer. Et s'il avait dit oui, crois bien que je n'aurais pas hésité une seconde.

Rebecca secoua la tête, incrédule.

— Vous êtes irrécupérable.

— Sans doute, concéda Lavinia avec un haussement d'épaules.

Puis, contemplant de nouveau la toile, elle enchaîna :

— Blague à part, ce portrait est réellement superbe. C'est ton meilleur tableau. Que vas-tu montrer d'autre ?

Rebecca hésita. Elle n'était pas certaine de vouloir parler du tableau montrant une femme tombant dans le vide.

— Je n'ai pas encore décidé.

— L'essentiel est que tu exposes. Un jour ou l'autre, il faudra bien que l'Académie accepte des femmes en son sein. Ce jour-là, tu auras toutes tes chances.

Elle repartit vers la porte, mais se retourna sur le seuil :

— Évite de te retrouver dans une situation embarrassante, au bal des Strathmore. Cette fois, je ne serai pas là pour te sauver la mise.

— Maintenant que je suis fiancée, je ne vois pas comment je pourrais me compromettre.

— Oh ! avec toi, je m'attends à tout. Essaie d'être sage.

— Je préfère ne rien promettre, répondit Rebecca en riant.

Lavinia partie, elle revint étudier son tableau. De la passion, vraiment ? C'était évident, bien sûr, inutile de se raconter des histoires. Dieu merci, peu de gens seraient aussi clairvoyants que Lavinia.

Le souvenir de ce soir où ils avaient fait l'amour, Kenneth et elle, lui revint en mémoire, et une vague de chaleur la submergea. Le désir qu'elle avait de lui était tel que c'en était presque douloureux. Mais Rebecca savait qu'elle devait résister. Elle ne voulait pas devenir esclave de ses sens. Or, s'ils devenaient des amants réguliers, c'était probablement ce qui se passerait. Et il lui restait assez de lucidité pour deviner que si l'émotion prenait le pas sur la raison, elle risquait de perdre pied. Mieux valait donc limiter leur relation à une simple amitié.

En tant qu'amie, toutefois, elle jugeait légitime de rendre une visite à Kenneth dans son atelier, afin de voir comment son travail progressait. La date de dépôt des candidatures expirait le lendemain. Ils avaient intérêt à être prêts.

Kenneth entendit frapper à la porte de son atelier, en même temps que la voix de Rebecca lui parvenait.

— C'est moi. Je peux entrer ?

— Bien sûr.

Il posa sa palette et se massa la nuque tout en regardant la jeune femme pénétrer dans la pièce. Elle était ravissante dans sa robe bleu indigo qui mettait en valeur son teint de porcelaine.

— Quelle délicieuse vision pour des yeux fatigués ! dit-il en guise d'accueil.

Rebecca balaya la pièce du regard.

— C'est intéressant de voir comment la personnalité d'un artiste influe sur l'atmosphère de son atelier. Celui de papa est élégant. Le mien est confortable. Le tien est d'une austérité et d'un ordre très militaires. C'est rare chez un peintre, mais très utile quand l'atelier est minuscule.

Reportant son attention sur lui, elle sourit, et fit remarquer :

— Toi, en revanche, tu as la mine de quelqu'un qui n'a pas dormi depuis une semaine. Comment avance ton travail ?

— Je dormirai demain soir. Heureusement que ton père était lui-même trop occupé à terminer ses toiles pour me donner du courrier, car je n'aurais jamais réussi à finir mes tableaux à temps.

Rebecca coula un regard vers son chevalet, mais ne se risqua pas à s'en approcher, pour ne pas lui donner l'impression qu'elle le considérait encore comme un élève.

— Parce que tu comptes présenter plus d'une toile ?

— Deux. Un diptyque, en fait.

Il soupira.

— Le premier sera sans doute refusé par l'Académie, poursuivit-il. Et le second ne vaut guère mieux. Mais ils expriment parfaitement ce que je voulais dire.

— L'Académie nous réserve parfois des surprises en sachant reconnaître ce qui est vraiment nouveau. Cela t'arrivera peut-être. Si tu veux, après dîner, nous pourrions demander à papa de juger notre travail. Il ne sait pas encore que nous souhaitons exposer.

— Tu as raison. Nous ne pouvons pas le lui cacher plus longtemps. Et moi, quand pourrai-je admirer ton pirate ?

— Tout de suite, si tu veux, répondit Rebecca sans hésiter.

Et, jetant un autre regard vers le chevalet, elle ajouta :

— Puis-je regarder ?

Kenneth secoua la tête.

— Je préfère te le montrer en même temps qu'à ton père. J'ai peur que tu ne sois trop indulgente.

— Tu surestimes ma compassion, répliqua la jeune femme en riant, avant de s'approcher de la fenêtre. Je n'ai jamais rien dit sur ton travail qui ne soit sincère.

Tout en recouvrant son chevalet d'un drap, Kenneth l'observait discrètement du coin de l'œil. Sa robe, comme la plupart de ses toilettes, se boutonnait sur le devant. C'était sans doute plus commode pour elle, mais terriblement tentant pour lui. Elle avait des seins si ravissants…

Il jugea préférable de détourner le regard.

— Allons-y, lança-t-il, après avoir mis ses pinceaux à tremper. Tu crois que je vais aimer ?

— Je ne sais pas. Lavinia l'a vu tout à l'heure et sa réaction a été… surprenante. Mais plutôt positive.

Quand ils arrivèrent dans son atelier, Rebecca lui indiqua le chevalet. Il était tourné face à la fenêtre pour bénéficier d'un meilleur éclairage. Impatient de découvrir ce qu'elle avait fait de lui, Kenneth s'en approcha d'un pas vif. Ce qu'il vit le laissa sans voix.

Comme le silence s'éternisait, Rebecca risqua, d'une toute petite voix :

— Tu n'aimes pas ?

S'efforçant de paraître détaché, il répondit :

— Si, au contraire. C'est un travail superbe. Mais… je ne m'attendais pas à me voir si sombre.

En fait, Kenneth était troublé d'affronter son propre regard, comme dans un miroir. Il essaya de faire abstraction de cette difficulté pour analyser le tableau point par point.

Le décor oriental était parfait. Rebecca avait su créer une atmosphère exotique avec des éléments de fortune. Quant à Grison, il était littéralement métamorphosé en félin redoutable. Se sentant déjà plus objectif, Kenneth reporta son attention sur la figure centrale : le pirate dont la figure arrogante dominait tout le tableau.

— Tu as capturé l'essence de quelqu'un qui a longtemps vécu dans un univers violent, voire brutal, commenta-t-il comme s'il s'agissait d'un autre que lui. Un homme sans illusions, obligé de tuer pour ne pas être tué. C'est fascinant.

« Mais ce qui donne à ton tableau une dimension supérieure, c'est ce reflet dans le miroir. Sur ce visage-là, on voit combien cette violence a dû coûter à la conscience de ton pirate. Il a payé le droit de vivre au prix fort, et maintenant, il est hanté par la question de savoir s'il n'aurait pas été préférable de mourir.

— Est-ce cela que tu ressens ? demanda-t-elle d'une voix douce.

Il réfléchit un moment.

— Parfois, oui. Mais ce portrait n'est pas vraiment moi. Ou, plutôt, en exhumant l'une des facettes les plus secrètes de ma personnalité, tu es parvenue à dire quelque chose d'universel sur la nature humaine. Tu veux le montrer demain ?

— Cela te gêne ?

— L'idée de révéler à tout Londres les tourments de mon âme ne m'enchante pas particulièrement, mais je devrais survivre à cette épreuve. Les spectateurs les plus sensibles ne manqueront pas d'être touchés. Qu'en a pensé Lavinia ?

La jeune femme s'esclaffa.

— Tu la connais. Elle a trouvé ce portrait « torride », c'est le terme qu'elle a employé, et elle m'a conseillé de t'épouser rapidement. C'était une plaisanterie, bien sûr.

Kenneth retint un soupir. Quel dommage que Rebecca demeure obstinément opposée au mariage ! Car, en ce qui le concernait, plus il y pensait et plus l'idée le séduisait.

Ce soir-là, juste avant de quitter la table, Kenneth se jeta à l'eau :

— Sir Anthony, j'ai une faveur à vous demander.

Rebecca vit son père le regarder avec surprise. De toute évidence, c'était la première fois que son secrétaire exprimait une requête.

— Je... je ne sais pas si Rebecca vous en a parlé, continua Kenneth, mais je suis un peu artiste moi-même.

Elle était ravie de voir qu'il avait désormais assez confiance en lui pour oser dire cela. Sir Anthony, en revanche, arborait la mine d'un professionnel habitué à ce que des amateurs lui vantent leur talent avec un manque total d'objectivité.

— Il est vraiment doué, papa, intervint-elle, pour le rassurer. Je lui ai proposé de se servir d'une des chambres vides du grenier comme atelier.

Sir Anthony haussa un sourcil.

— Eh bien, je constate qu'on fait beaucoup de choses sans m'en avertir, dans cette maison. De quelle faveur s'agit-il, Kenneth ? demanda-t-il en se radoucissant.

Ce dernier triturait sa fourchette avec une nervosité inhabituelle.

— J'envisage de soumettre deux toiles au jugement des membres de la Royal Academy. Je doute fort qu'elles soient acceptées, mais... consentiriez-vous à y jeter un coup d'œil, pour me dire si je ne risque pas de me ridiculiser en les montrant ?

Sir Anthony replia sa serviette et se leva.

— Si vous y tenez. Mais je préfère vous prévenir : je suis un critique impitoyable.

— Même pour sa fille, murmura Rebecca, se remémorant ses premières leçons.

Son père détestait la médiocrité.

Elle se leva à son tour.

— Pendant que tu seras là-haut, papa, j'aimerais que tu regardes aussi les deux tableaux que je compte exposer.

— Ah ! tu t'es finalement décidée ! se félicita son père. Ce n'est pas trop tôt. Je suppose qu'il faut y voir votre influence, ajouta-t-il à l'intention de Kenneth. Tout compte fait, ces fiançailles ont du bon.

Rebecca faillit répondre qu'elle n'avait toujours aucune intention de se marier, mais jugea plus prudent de remettre cette discussion à une autre fois.

— Nous nous sommes encouragés mutuellement, dit-elle à la place.

— C'était une très bonne idée. Maintenant, allons voir le résultat, avant que je retourne à mon propre travail.

Sir Anthony prit la direction de l'escalier, Kenneth et Rebecca sur ses talons, aussi anxieux l'un que l'autre.

Ils commencèrent par l'atelier de Rebecca. La jeune femme désigna aussitôt à son père la toile posée sur le chevalet.

— Je l'ai appelée *Le Pirate*.

Sir Anthony étudia attentivement le portrait.

— C'est de l'excellent travail, lâcha-t-il finalement. Kenneth, vous ne pourrez jamais paraître plus beau que là. Ce tableau mérite d'être exposé. Il est promis à un grand succès populaire.

À en juger par la lueur amusée qui dansait au fond de ses yeux, il était clair que la passion que Lavinia avait immédiatement décelée dans ce portrait ne lui avait pas échappé non plus. Fort heureusement, il s'abstint de tout commentaire sur ce point.

— Quel autre tableau veux-tu montrer ? demanda-t-il en regardant autour de lui.

Soudain extrêmement tendue, Rebecca s'approcha d'un tableau posé contre le mur et le retourna.

— Celui-là. Je l'ai intitulé *Transfiguration.*

Les deux hommes découvrirent le tableau en même temps. Sir Anthony se raidit imperceptiblement.

À première vue, il s'agissait d'une scène exotique. Le cratère d'un volcan se détachait sur fond de paysage luxuriant. Une tribu rassemblée au bord du cratère regardait une femme qui venait de se jeter dans le vide, comme pour s'offrir en sacrifice au dieu du volcan. Les bras tendus, elle semblait flotter librement. Ses traits exprimaient un curieux mélange d'appréhension et de sérénité.

Cette toile avait été inspirée à Rebecca par la remarque de Kenneth sur ce qu'avaient ressenti des personnes qui avaient frôlé la mort. Par une étrange alchimie, elle avait réussi à transfigurer le chagrin suscité par la perte de sa mère en cette scène vaguement païenne.

— Je pense que beaucoup de gens s'interrogeront sur la signification de cette toile, mais cela ne les empêchera pas de l'admirer, commenta sir Anthony. Tu t'es surpassée, Rebecca.

Et, repartant directement vers la porte, il lança :

— À votre tour, Kenneth.

Au moment où son père passait près d'elle, Rebecca vit distinctement des larmes briller dans ses yeux. Il avait compris.

Kenneth s'arrêta un instant près d'elle.

— Tu as transcendé ton sujet, lui glissa-t-il à l'oreille, avant d'emboîter le pas à sir Anthony.

Rebecca jeta un dernier coup d'œil à ses œuvres, puis elle referma la porte et courut rejoindre les deux hommes. Kenneth achevait d'allumer des chandelles pour éclairer son petit atelier. D'un bref regard circulaire, la jeune femme s'assura que Lilith avait été dissimulée. Mieux valait que son père ne vît pas ce tableau, car Dieu seul savait quelle serait sa réaction.

Kenneth souleva une toile et la posa sur le lit, en appui contre le mur. L'espace d'une seconde, Rebecca se souvint qu'elle lui avait offert sa virginité sur ce lit, puis elle regarda le tableau et oublia toute pensée personnelle.

Kenneth avait peint une exécution capitale. La scène se passait de nuit, dans une cour de prison. Une lumière cauchemardesque éclairait une poignée de guérilleros espagnols mis en joue par un peloton français. Dans un coin, un prêtre agenouillé tendait un crucifix vers le ciel. Kenneth avait représenté l'instant précis où les balles des tireurs atteignaient leurs cibles. Au milieu du tableau, un jeune homme s'écroulait, sa chemise déjà teintée de sang. Toute la barbarie de la guerre s'étalait aux yeux de tous, brutale, presque insoutenable.

— Je comprends mieux votre inquiétude de voir cette toile refusée, observa sir Anthony. L'Académie n'est pas vraiment habituée à ce genre de travaux. Comment avez-vous intitulé votre toile ?

— *Navarre, le 5 novembre 1811.*

— Montrez-moi votre seconde toile.

— Les deux scènes sont liées, expliqua Kenneth. J'ai conçu l'ensemble comme un diptyque.

Il s'empara d'une autre toile, qu'il posa pareillement sur le lit, à côté de la première.

— Je l'ai intitulé *Pietà espagnole*.

Ce titre, en soi, était curieux. *Pietà* était un mot italien qui signifiait « pitié », le terme était utilisé, en art, pour décrire toute œuvre montrant la Vierge portant le corps de son fils mort sur ses genoux. Rebecca remarqua tout de suite que Kenneth avait choisi de copier la célèbre version réalisée par Michel-Ange pour la cathédrale Saint-Pierre.

Sauf que son tableau n'avait plus cette retenue classique caractéristique des œuvres de la Renaissance.

Sa Pietà était une Espagnole entre deux âges, et le corps qui gisait en travers de ses jambes était celui du jeune homme tombé sous les balles des Français dans le premier tableau. La tête renversée en arrière, la mère hurlait sa douleur.

La scène était tellement saisissante, la souffrance qui s'en dégageait si palpable, que Rebecca en resta pétrifiée. Elle se sentit touchée en plein cœur et crut qu'elle allait fondre en larmes.

Son père, cependant, étudiait le tableau sans rien dire, le visage de marbre, et elle enrageait de son silence. Ne sentait-il donc pas l'anxiété de Kenneth ?

Finalement, sir Anthony laissa tomber son verdict :

— Vous avez encore beaucoup à apprendre pour devenir un grand peintre, Kenneth. Mais vous êtes déjà un grand artiste.

Là-dessus, il tourna les talons et quitta l'atelier.

Kenneth le suivit du regard, médusé. Visiblement, il ne savait comment interpréter les paroles de son juge.

Rebecca vint à son secours.

— Félicitations, capitaine. Tu viens d'être adoubé.

Kenneth laissa échapper un profond soupir de soulagement puis, se frottant la nuque, il demanda :

— Et toi, qu'en penses-tu ?

— C'est admirable, dit-elle sincèrement. Accolées l'une à l'autre, ces deux toiles ont une force extraordinaire. J'espère que l'Académie va les accepter. Il faut que le public puisse les voir.

— Même si elles ne sont pas acceptées, je les donnerai de toute façon à Hampton pour qu'il les grave. D'une manière ou d'une autre, elles seront vues.

Rebecca s'approcha des deux tableaux.

— Tu as assisté à cela, murmura-t-elle.

Ce n'était pas une question.

— Ces images font partie de ma galerie de cauchemars, expliqua Kenneth. Mon travail d'espion consistait à rendre visite à plusieurs groupes de guérilleros comme celui-ci, pour collecter des informations. Je me trouvais avec eux, le jour où les Français ont découvert leur cachette. Comme j'étais officier britannique, ils m'ont réservé un traitement de faveur. Leur idée était de m'envoyer à Paris, pour m'échanger contre un autre prisonnier de choix.

— Mais avant de partir, ils t'ont forcé à regarder mourir tes amis… devina Rebecca.

— Je n'étais pas obligé de regarder. Mais détourner les yeux aurait été une trop grande lâcheté. Je voulais être le témoin de leur courage et de leur sacrifice.

— Tu leur as rendu un très bel hommage. Désormais, ces hommes vivront dans l'esprit de beaucoup de gens.

— Ils auraient préféré vivre tout court, rétorqua Kenneth.

Rebecca hocha la tête. Puis elle reporta son attention sur le second tableau, et fut à nouveau bouleversée par la scène. Pouvait-on imaginer plus grande douleur, sur cette terre, que celle d'une mère portant le corps de son fils assassiné ?

— Ce jeune homme était plus particulièrement ton ami ? demanda-t-elle d'une voix sans timbre.

— Eduardo était le plus jeune frère de Maria. Il n'avait que dix-sept ans quand il est mort.

— Tu m'as dit que Maria avait été tuée par les Français. A-t-elle été aussi… fusillée ?

— Non.

Il ferma un instant les yeux, comme pour réprimer son chagrin, avant de poursuivre :

— Un jour, je peindrai cette scène. Et peut-être qu'alors je n'aurai plus de cauchemars. C'est toi qui m'as fait comprendre que l'art pouvait transcender la douleur. Je ne t'en remercierai jamais assez.

Rebecca se détourna. Il y avait tout à coup comme un trop-plein d'émotion entre eux.

— Tu ne me dois rien, Kenneth. Moi aussi, j'ai tiré des bénéfices de notre amitié.

Il y eut un instant de silence, comme pour permettre à chacun de se ressaisir, puis Kenneth demanda :

— Demain, nos toiles seront portées à l'Académie. Que se passera-t-il, ensuite ?

— Un comité restreint examinera tous les tableaux présentés et choisira ceux qui pourront être exposés. Tous sont jugés pareillement, à part les tableaux peints par des membres de l'Académie, comme papa, George ou lord Frazier. Ceux-là sont directement accrochés.

— J'ignorais que George Hampton et Malcolm Frazier faisaient partie de l'Académie ?

— Mon parrain est l'un des deux graveurs admis à l'Académie. Lord Frazier n'est que membre associé. Je pense qu'il aurait préféré être élu à part entière, mais jamais il ne l'admettra, il est trop fier pour cela.

— Quel dommage que le talent de Frazier n'égale pas son orgueil, ironisa Kenneth. Ce serait un très, très grand artiste. Mais comment allons-nous savoir si notre travail a été accepté ? On reçoit un avis par courrier ?

— Oh, non ! c'est beaucoup moins civilisé que cela. Une fois la sélection terminée, les artistes doivent se rendre en personne à l'Académie pour s'enquérir auprès du concierge du sort réservé à leurs toiles. La file d'attente est impressionnante, et le concierge ne se prive jamais de crier « Non ! » à tous les recalés. C'est horriblement vexant.

Kenneth fit la grimace.

— Je crains que ce ne soit ce qui m'attende.

— Un refus ne signifiera pas pour autant que ton travail ne vaut rien.

Il sourit.

— Après le verdict encourageant des Seaton père et fille, je pense pouvoir survivre à une rebuffade de l'Académie.

Puis, soudain songeur, il ajouta :

— C'est drôle de parler ainsi de peinture et d'expositions de façon aussi naturelle. J'ai été élevé pour devenir gentleman-farmer, et le sort a fait de moi un soldat. Il y a seulement trois mois, ce qui m'arrive aujourd'hui m'aurait semblé tout bonnement inimaginable.

Rebecca avait terriblement envie de rester, de prolonger ce moment magique, cependant elle jugea plus prudent de s'en aller.

— Le destin savait peut-être ce qu'il faisait, observa-t-elle, la main sur la poignée de la porte. La guerre a nourri ton inspiration.

Sur ces mots, elle s'éclipsa, de crainte de ne pouvoir se retenir de se jeter dans les bras de son pirate.

25

Kenneth ne put retenir un sifflement lorsqu'il arriva, avec Rebecca, en vue de l'Académie.

— Tu n'exagérais pas en parlant de la file d'attente, s'écria-t-il.

Il y avait là une bonne soixantaine d'hommes. Mais seulement trois femmes. Kenneth et Rebecca prirent place dans la file.

Trônant sur le perron, le concierge consultait la liste remise par les jurés, avant d'aboyer sa réponse.

— Non ! lança-t-il au premier de la file.

— Pauvre diable, murmura Kenneth en voyant l'homme repartir, pâle comme un linge.

Rebecca lui prit le bras.

— Je commence à regretter d'être ici, fit-elle.

Kenneth lui tapota la main pour la réconforter. Elle avait les doigts glacés.

— Même si je te dis que tu vas être acceptée – et j'en ai la certitude –, je suis sûr que tu ne me croiras pas.

— Je pourrais en dire autant à ton sujet, ripostat-elle.

— Oh ! ça, j'en doute fort. Mes chances sont beaucoup plus faibles.

— J'ai une meilleure technique, mais tu as plus de substance.

— Ton travail a autant de substance que le mien. Il est simplement moins dramatique.

Ils se regardèrent et éclatèrent de rire en même temps.

Kenneth ne s'était jamais senti aussi proche de Rebecca. Apparemment, les soucis partagés étaient un lien aussi puissant que la passion partagée. Il espérait de tout cœur que les toiles de Rebecca seraient acceptées. Lui-même s'était déjà plus ou moins résigné à un refus. Mais ce serait plus difficile pour elle. Après tout, elle était la fille de sir Anthony.

Tandis que la file continuait d'avancer, ils parlèrent de tout et de rien, s'efforçant ainsi d'oublier leur angoisse réciproque. Leurs propos étaient si insignifiants que ni l'un ni l'autre ne se souviendrait plus, le soir même, de ce qu'ils avaient pu se dire à ce moment-là.

Enfin, après ce qui leur parut une éternité, l'épreuve toucha à son terme. Il ne restait plus qu'une seule personne les séparant du concierge.

— Frederick Marshall, annonça l'homme.

Le concierge chercha dans sa liste, puis lâcha sèchement :

— Marshall. Non !

Marshall leva le poing au ciel.

— Que le Diable emporte ces maudits académiciens. Que connaissent-ils à l'art, bon sang ?

Heureusement, il ne s'attarda pas et, les yeux lançant des éclairs, il s'éloigna en fulminant.

C'était maintenant au tour de Rebecca. Kenneth posa la main sur l'épaule de la jeune femme, pour lui donner courage.

— Rebecca Seaton, annonça-t-elle d'une voix flûtée.

Le concierge lui jeta un regard désapprobateur avant de parcourir sa liste des yeux.

— Seaton. *Le Pirate*, oui. *Transfiguration*, oui.

Rebecca eut l'impression de ne plus toucher terre. Elle se tourna vers Kenneth, les yeux brillant de joie.

Il aurait voulu l'embrasser, mais se contenta de lui dire :

— C'est merveilleux. Mais mérité.

— À toi, maintenant, souffla-t-elle, et Kenneth lut dans son regard qu'elle désirait par-dessus tout partager son succès avec lui.

Kenneth fit un pas en avant.

— Kimball, dit-il au concierge.

Le concierge farfouilla dans ses papiers.

— Kimball. Non!

Kenneth sentit son cœur se glacer. Quoiqu'il se fût attendu à un refus, ce verdict l'anéantissait. Rebecca lui prit la main et l'étreignit avec force.

Ils se détournaient, quand le concierge se ravisa :

— Attendez, je me suis trompé de ligne. J'ai lu à Kimbrought. Vous m'avez bien dit Kimball?

Kenneth hocha la tête.

Le concierge consulta attentivement sa liste.

— Kimball. *Navarre, le 5 novembre 1811*, oui. *Pietà espagnole*, oui.

Kenneth laissa exploser sa joie et, soulevant Rebecca dans ses bras, la fit tournoyer dans les airs. Elle se mit à rire à son tour. L'homme qui les suivait les poussa avec un geste d'impatience. Rappelé à la raison, Kenneth reposa prudemment la jeune femme par terre. Leurs regards se croisèrent, lourds de désir, et s'ils ne s'étaient trouvés au milieu d'une foule, Kenneth n'aurait sans doute pas pu répondre de lui.

Il la prit par le bras pour l'entraîner à l'écart.

— Nous avons gagné, Rebecca!

Elle marchait d'un pas si léger qu'elle semblait danser.

— Oui. Et même s'ils accrochent nos toiles tout en haut, près du plafond, nous pourrons tout de même dire que nous avons été exposés à la Royal Academy.

Kenneth s'amusait de son exubérance. Il avait l'impression qu'ils étaient comme deux camarades d'armée qui, après avoir combattu côté à côte, venaient de remporter une victoire.

La veille de l'ouverture de l'exposition au public, la grande galerie de l'Académie était déjà noire de monde. En plus des artistes eux-mêmes se trouvaient les marchands professionnels et tous les amateurs d'art régulièrement invités aux vernissages.

Rebecca se pressait contre Kenneth. Sa présence la rassurait au milieu de toute cette foule.

— Je n'aurais jamais imaginé qu'il y aurait autant de toiles, commenta Kenneth, ébahi, en parcourant des yeux la gigantesque salle.

— Comment allons-nous retrouver nos tableaux ?

— Procédons méthodiquement. Nous allons commencer par ici, et continuer tout droit, jusqu'à ce que nous les ayons trouvés.

— J'espère que nous n'aurons pas été accrochés trop loin de la ligne, murmura Rebecca.

Comme Kenneth lui lançait un regard intrigué, elle expliqua :

— La ligne est cette petite frise qui court le long de la galerie, là, juste à hauteur d'yeux. Les peintures accrochées à ce niveau sont les plus faciles à voir. En général, l'emplacement est réservé aux toiles des académiciens, ou à celles des nouveaux artistes dont ils ont particulièrement apprécié le travail.

Bras dessus, bras dessous, ils remontaient lentement la galerie, quand Rebecca s'exclama :

— Regarde ! Les tableaux de papa sur Waterloo. Tu ne les trouves pas magnifiques ?

Les six grandes toiles – sir Anthony avait finalement tenu compte des conseils de Kenneth – étaient accrochées côte à côte, en plein sur la ligne. Un petit groupe s'était massé devant pour les admirer.

— Sir Anthony a réussi son pari, commenta Kenneth. Dans cent ans, on admirera encore ces œuvres comme le plus beau témoignage de cette bataille.

Rebecca pointa du doigt le premier tableau.

— C'est toi, là ! Juste un peu à gauche du centre, au milieu des autres soldats.

— C'est bien moi, en effet, constata Kenneth. Sir Anthony a repeint un des soldats en s'inspirant de mon visage.

— Tu vas devenir célèbre après cette exposition, lui fit remarquer Rebecca, amusée.

— Personne ne me reconnaîtra là. Et pour ce qui est de ton *Pirate*, excuse-moi, mais j'espère qu'on l'aura accroché juste en dessous du plafond.

— Et moi, j'espère bien que non ! Mais on ne peut rien garantir. Si seulement il y avait eu une femme dans le jury, je suis sûre qu'elle m'aurait défendue.

Ils reprirent leur promenade. L'abondance de tableaux était telle qu'ils ne pouvaient tout admirer d'un coup. Il leur faudrait revenir pour mieux apprécier les toiles qui se détachaient du lot.

— Regarde là-bas ! s'écria soudain Kenneth.

Quelques mètres plus loin, leurs tableaux étaient accrochés, côte à côte, juste un peu au-dessus de la ligne. Ils étaient donc parfaitement visibles.

— Dieu soit loué ! murmura Rebecca avec ferveur. Ta carrière est lancée, Kenneth. Combien souhaites-tu vendre ces toiles ?

Il parut surpris.

— Je ne m'étais même pas posé la question.

— Eh bien, il va être grand temps d'y réfléchir. À mon avis, tu ne vas pas manquer d'acheteurs.

— Et toi, as-tu fixé tes prix ?

Rebecca regarda ses toiles.

— Celles-ci ne sont pas destinées à la vente. En revanche, j'espère obtenir quelques commandes pour des portraits.

Un couple très élégant s'arrêta devant les toiles de Kenneth pour les admirer.

— Regarde ces scènes d'inspiration espagnole ! dit l'homme. Quelle force ! Quel réalisme !

La jeune lady pendue à son bras ne partageait pas son avis.

— Je les trouve affreuses. L'art devrait encenser la beauté, au lieu de cultiver l'horreur.

Et désignant les toiles de Rebecca, elle reprit :

— *Cela*, oui, c'est beau. Regarde l'exaltation de cette femme qui se sacrifie pour ses compagnons. Et ce pirate est la séduction même. Je serais curieuse de voir le modèle.

Rebecca, se retenant à grand-peine d'éclater de rire, entraîna Kenneth à l'écart.

— À mon avis, c'était juste un échantillon de ce que nous allons entendre tout au long de l'exposition. Ce qui est sûr, c'est que toi, le pirate, tu vas devenir célèbre. Surtout chez les femmes.

Il grimaça.

— Je crois que je ferais mieux de quitter Londres pendant quelques jours.

Et comme Rebecca éclatait de rire, il ajouta :

— Tu t'amuses un peu trop à mes dépens. J'aurais dû exposer Lilith. Nous aurions été logés à la même enseigne. Moi avec les femmes, toi avec les hommes.

— Erreur. Personne ne croirait que ta sensuelle démone pût t'avoir été inspirée par une créature aussi convenable que moi.

— Tu sous-estimes grandement tes charmes, répliqua Kenneth.

Son regard, qui s'était égaré au-dessus de l'épaule de Rebecca, s'arrêta soudain sur un visage familier.

— Bonjour, Frazier, lança-t-il en haussant le ton pour couvrir le brouhaha.

— Bonjour, Kimball. Bonjour, Rebecca, répondit lord Frazier. Anthony m'a dit que vous aviez tous deux des toiles exposées ?

— Ces quatre-là, expliqua Rebecca en pointant le doigt vers leurs œuvres. Nous avons la chance d'être bien accrochés.

— Anthony aura usé de son influence, rétorqua Frazier, avant de se pétrifier en découvrant *Transfiguration*.

Après un long silence, il porta son regard sur les autres peintures, terminant son examen par la Pietà de Kenneth.

— Intéressant, quoique un peu moderne pour mon goût. Dommage que vous n'ayez pu suivre les cours des Beaux-Arts, Kimball. Si vous souhaitez continuer à peindre, vous devriez vous appliquer à des fresques réellement historiques. Nul ne peut se prétendre un artiste sans une parfaite connaissance de l'Antiquité.

Rebecca ne fut pas surprise qu'il n'émette aucun commentaire sur ses propres œuvres. Frazier était de ceux qui pensaient que le talent d'une femme ne pourrait jamais égaler celui d'un homme.

— Avez-vous soumis une toile, cette année ? lui demanda poliment Kenneth.

— Oui, mais je ne l'ai pas encore repérée, répondit Frazier en balayant le mur du regard. J'ai choisi de représenter Léonidas aux Thermopyles. Cette victoire des Grecs sur les Perses marqua un tournant de la civilisation occidentale.

— C'est un très noble sujet, en effet, acquiesça Kenneth. J'aperçois justement une toile qui montre Léonidas. Mais je doute que ce soit la vôtre, elle est trop mal accrochée, poursuivit-il en désignant, sur le mur d'en face, un tableau pendu juste en dessous du plafond.

Frazier considéra le tableau, et se raidit.

— C'est le mien, lâcha-t-il d'une voix blanche.

Rebecca crut qu'il allait avoir une attaque. Elle s'empressa de voler à son secours.

— C'est forcément une erreur, le rassura-t-elle. On l'aura mal accroché. Rappelez-vous : il y a quelques années, papa avait connu la même mésaventure.

Tout en parlant, elle avait donné un discret coup de coude à Kenneth, qui comprit aussitôt.

— C'est une honte qu'on maltraite ainsi l'œuvre d'un académicien, renchérit-il. La composition de votre tableau est très ambitieuse. Cela a dû vous prendre beaucoup de temps pour l'exécuter ?

Frazier se détendit un peu.

— En fait, j'y travaillais depuis deux ans. C'est l'une de mes toiles les plus abouties.

— Vous devriez aller réclamer auprès des responsables de l'accrochage, lui suggéra Rebecca.

— J'y vais de ce pas, répondit Frazier, qui tourna aussitôt les talons.

— Tu crois vraiment que c'est une erreur ? voulut savoir Kenneth, après son départ.

Rebecca haussa les épaules.

— En tant que membre associé, il aurait dû être automatiquement accroché sur la ligne. Mais il n'est pas très aimé de ses pairs. Ils le trouvent trop arrogant. Entre artistes, on ne tolère l'arrogance que si elle est associée au génie. Un membre du jury aura voulu lui infliger cette humiliation.

— À moins qu'ils ne se soient fondés sur la qualité intrinsèque de l'œuvre...

— Ce n'est pas très gentil, répliqua Rebecca, en se retenant de sourire. D'un point de vue technique, il n'y a rien à redire.

— Mais la scène est peu crédible, souligna Kenneth, en désignant la douzaine d'hommes quasi nus qui brandissaient leur épée. Tous les soldats que j'ai connus préféraient combattre habillés.

— Chut ! lui intima Rebecca. Malcolm a peint sa toile selon les canons classiques.

— Je suis certain que même dans l'Antiquité, les soldats protégeaient les parties les plus vulnérables de leur anatomie, insista Kenneth.

La jeune femme, amusée, reprit son bras pour qu'ils poursuivent leur tour de la galerie. Ce faisant, elle s'aperçut que lord Frazier se trouvait à quelques pas ; il discutait avec un homme qui l'avait sans doute arrêté en chemin. Se pouvait-il qu'il eût entendu les commentaires de Kenneth sur son œuvre ?

Rebecca espérait que non. Même médiocre, un artiste n'en demeurait pas moins un être à la sensibilité exacerbée.

26

Le jour du bal des Strathmore était arrivé. Avant de s'y rendre, Kenneth et Rebecca prirent un petit en-cas dans la salle à manger, afin de tenir jusqu'au souper qui serait servi tard dans la soirée.

— Je suis content d'aller à ce bal, déclara-t-il, entre deux bouchées de pudding. Maintenant que l'exposition est ouverte, et que nous sommes tous deux assurés du succès, nous sommes en droit de prendre un peu de bon temps.

Rebecca partageait le contenu de la théière entre leurs deux tasses. Elle gratifia Kenneth d'un sourire indulgent.

— J'avoue que je ne suis moi-même pas mécontente d'y aller.

Kenneth l'étudia par-dessus le bord de sa tasse. Il la trouvait plus ravissante que jamais. Et maintenant que la pression du travail s'était relâchée, il était à nouveau taraudé par l'envie de lui faire l'amour. Il lui fallait absolument trouver une occupation pour canaliser ce désir incontrôlable.

L'arrivée de sir Anthony, resplendissant dans son habit de soirée, interrompit ses pensées, qui prenaient un cours dangereux.

— Tu es encore là, papa ? s'étonna Rebecca. Je te croyais déjà parti à ton dîner.

— George et Malcolm vont passer me prendre d'une minute à l'autre. Mais je voulais t'apporter quelques bonnes nouvelles avant de filer. Cet après-midi, à l'exposition, deux personnes ont demandé si tu exécutais des portraits sur commande. Et ton *Pirate* a déjà reçu plusieurs offres d'achat extravagantes. Mais j'imagine qu'il n'est pas à vendre ?

— Tu as parfaitement deviné. Cela dit, je suis tout de même curieuse : extravagantes à quel point ?

— Deux mille livres.

Rebecca faillit en lâcher sa tasse.

— Mais c'est une fortune !

— Il paraît qu'une duchesse en a même offert le double. Mais je pense que c'était une plaisanterie.

Rebecca sourit à Kenneth.

— Capitaine Wilding, vous voilà célèbre. Et très cher !

Kenneth contemplait sa tasse d'un air lugubre.

— Je ferais peut-être bien de me faire pousser la barbe, pour qu'on ne me reconnaisse pas.

— Vos tableaux aussi soulèvent l'intérêt, Kenneth, reprit sir Anthony. Je vous suggère de ne pas les vendre à moins de mille livres pièce. Mais vous devriez pouvoir en tirer beaucoup plus.

— Vous croyez vraiment qu'ils valent tant que cela ? demanda Kenneth, médusé.

— Un tableau vaut le prix que ses acheteurs sont prêts à payer. Ne vous bradez pas, Kenneth.

Et avant de sortir, sir Anthony lança, la main sur la poignée de la porte :

— Je suppose que je vais bientôt devoir me chercher un nouveau secrétaire ?

Kenneth songea à son enquête, qu'il n'avait pas encore conclue.

— Oui. Mais pas tout de suite.

Au même instant, Hampton et Frazier entrèrent dans le hall. Comme la porte de la salle à manger était ouverte, ils passèrent la tête.

— Bravo, les jeunes, dit Hampton. Votre première

exposition est un succès. Rebecca, tes toiles sont superbes.

Il s'adressa à Kenneth :

— Je suis ravi d'avoir signé avec vous. Mes gravures sont assurées de se vendre un bon prix.

Puis, revenant à Rebecca, il ajouta :

— Pourrais-je t'emprunter ton *Pirate* pour l'accrocher dans ma vitrine ? Je suis sûr que cela m'attirerait une clientèle énorme.

— Je ne pense pas que ce soit une bonne idée, répondit Rebecca en jetant un coup d'œil à Kenneth, qui faisait la grimace, tandis que sir Anthony éclatait de rire.

Seul, lord Frazier était resté insensible à cet échange. « Cet homme manque totalement d'humour », songea Kenneth.

— Bon, il est temps de partir à notre dîner chez Benjamin West, intervint sir Anthony.

Il prit la pose, pour réclamer l'attention de tout le monde, avant d'annoncer :

— Benjamin souhaite que je lui succède à la présidence de l'Académie.

Cette annonce fut saluée par un silence stupéfait. George Hampton semblait sincèrement surpris. Et lord Frazier, carrément abasourdi.

Rebecca réagit la première.

— C'est magnifique ! s'exclama-t-elle en se levant de table pour aller congratuler son père. Si tu as le soutien de West, tu es assuré d'être élu.

— Ce n'est pas pour tout de suite, précisa sir Anthony. Benjamin est en pleine santé et il n'y a aucune raison de le pousser prématurément vers la sortie.

— Tom Lawrence pourrait avoir son mot à dire, supputa Frazier. Mais, bien entendu, si West fait connaître publiquement sa préférence, vous avez toutes vos chances.

— Anthony est le meilleur candidat possible, décréta Hampton en serrant chaleureusement la main de son ami.

Se tournant vers Rebecca, il observa :

— Qui sait ? Peut-être qu'un jour, Kimball sera appelé à lui succéder. Certains académiciens ont déjà émis l'idée de le faire entrer comme membre associé dès qu'une place serait vacante. Tu serais ainsi à la fois fille et femme de président.

L'idée était flatteuse, mais Kenneth vit que cette perspective avait allumé une lueur mauvaise dans le regard de Frazier.

— Dresser ainsi des plans sur la comète pour seulement deux toiles exposées me paraît très prématuré, s'empressa-t-il de dire. Mon éducation artistique est loin d'être accomplie.

— Je suis heureux de vous l'entendre dire, approuva lord Frazier d'un ton acerbe. Ce serait dommage que cela vous tourne la tête, alors que vous n'êtes encore qu'un novice.

— Bien, allons-y, décréta Hampton, pour couper court à la discussion. Bonsoir, Rebecca. Bonsoir, Kimball.

— Pauvre Frazier, soupira Rebecca, après que la porte se fut refermée sur les trois hommes. Il est furieux de constater que son étoile pâlit alors que celle des autres monte au firmament.

Elle s'approcha de Kenneth d'un pas dansant et, se plantant derrière lui, l'enlaça avec une telle exubérance qu'il faillit laisser tomber sa tasse.

— Tous ces succès sont si merveilleux que j'ai peine à y croire.

Kenneth avait le choix entre laisser refroidir son thé, ou profiter de l'occasion. Il n'hésita pas une seconde. Après avoir reposé sa tasse, il attira la jeune femme sur ses genoux.

— C'est à toi que je dois tout cela, Rebecca. Sans tes précieuses leçons et ta foi en moi, je n'aurais jamais osé me lancer dans cette aventure.

Il se risqua à lui effleurer les lèvres, ce qui fut un tort. La jeune femme s'agrippa à son cou, et entrouvrit la bouche. Sa langue avait un petit arrière-goût sucré absolument délicieux, et il se retrouva en train de l'embrasser fougueusement tandis qu'un flot de désir courait dans ses veines.

Il trouva pourtant le courage de renoncer à ses lèvres.

— Nous ne devrions pas faire cela dans la salle à manger, dit-il en affectant un détachement qu'il était loin de ressentir.

Rebecca parut un instant partager son hésitation, puis elle sourit.

— Tu as raison. Mon atelier est plus indiqué.

Elle lui caressa la joue du dos de la main, doucement, lentement.

— Lavinia prétend que mon *Pirate* est l'amant dont toutes les femmes rêvent en secret, murmura-t-elle.

Le souffle court, Kenneth reposa Rebecca par terre et se leva.

— Lavinia a beaucoup d'imagination, fit-il.

— Je la trouve au contraire très perspicace, observa-t-elle en se rapprochant de lui jusqu'à le toucher. Elle affirme que ce portrait montre comment je te vois. Et elle a raison.

Kenneth savait qu'il aurait dû s'écarter, mais il s'en trouva incapable.

— Comment me vois-tu ?

— Ténébreux, répondit-elle en lui caressant la nuque.

Kenneth se demandait combien de temps il allait pouvoir résister.

— Dangereux, ajouta-t-elle en se hissant sur la pointe des pieds pour lui mordiller le lobe de l'oreille.

Kenneth sentit son cœur s'emballer.

— Irrésistible, chuchota Rebecca tout contre sa gorge.

C'en était trop. Il la prit dans ses bras et s'empara avidement de ses lèvres, tandis que ses mains parcouraient avec fièvre ses courbes si délicieusement féminines. Il brûlait d'envie de lui arracher sa robe, de se repaître de sa nudité. Il voulait tout à la fois de la tendresse et de la sauvagerie. Il voulait se perdre en elle. Il…

Non !

— Tu es bien Lilith la démone. Envoyée pour me voler mon âme, et en passe de réussir.

Il la relâcha à contrecœur.

— Un instant de folie peut encore se pardonner, mais pas deux.

— Parce que faire l'amour est une folie ? le taquina Rebecca, tout en dénouant tranquillement le ruban qui retenait sa chevelure. Oublie donc ton emploi de secrétaire. Tu es vicomte, et promis à un bel avenir d'artiste.

Kenneth tentait désespérément de trouver quel argument solide – autre que l'aveu de sa duplicité – opposer à la jeune femme.

— Pense aux conséquences. Si jamais tu…

Rebecca lui prit la main et la plaqua sur son sein. Il se pétrifia, incapable de terminer sa phrase.

— Si ce n'est que cela, tu n'as pas à t'inquiéter. Lavinia m'a expliqué comment se prémunir d'une grossesse indésirable.

Les dernières préventions de Kenneth s'écroulèrent, tel un château de cartes. À quoi bon se refuser ce qu'ils désiraient si fort l'un et l'autre ? Beth était mariée, elle aurait bientôt la dot qui lui revenait. Et Kenneth n'avait trouvé aucun indice d'une éventuelle culpabilité de sir Anthony. Son enquête pouvait s'arrêter là. Dans quelques jours, il serait à nouveau libre. Enfin, le miraculeux retour des bijoux le sauvait de la banqueroute, quelle que soit la décision de Bowden au sujet de ses hypothèques. La vente des joyaux n'annulerait pas la totalité de ses dettes, mais au moins pourrait-il redevenir lord Kimball, et garder la tête haute.

Alors, peut-être essaierait-il de convaincre Rebecca de changer d'avis sur le mariage.

Mais pour l'heure, un même désir les consumait l'un et l'autre, et il n'existait qu'un seul moyen d'éteindre cet incendie...

Cette fois, cependant, Kenneth se promit de garder la tête froide jusqu'au bout. Pas question de se laisser déborder par ses sens. Elle s'était offerte à lui ; il devait maintenant lui apprendre à recevoir.

Il prit le visage de Rebecca entre ses mains et la regarda au fond des yeux.

— Je ne sais pas si ton *Pirate* est l'amant dont les femmes rêvent en secret, souffla-t-il, mais toi, tu es la maîtresse dont je rêve.

Il lui donna un long baiser ardent qui les laissa hors d'haleine, avant de l'entraîner vers la porte. Ils s'écartèrent l'un de l'autre au moment de quitter la salle à manger afin que personne ne puisse deviner ce qu'ils s'apprêtaient à faire. Mais le désir qui les habitait était impossible à effacer de leur regard. Par chance, aucun domestique ne croisa leur chemin.

À peine eurent-ils refermé la porte de l'atelier sur eux, qu'ils se jetèrent dans les bras l'un de l'autre, et s'embrassèrent comme si ce baiser devait être le dernier. Les mains tremblantes, Rebecca réussit à lui ôter sa veste et sa chemise.

— J'attendais cela depuis un moment, haleta-t-elle en laissant courir ses mains sur sa peau brûlante.

— Moi aussi, répondit Kenneth, qui se débattait impatiemment avec les boutons de sa robe.

Enfin le haut du vêtement s'ouvrit, révélant les globes parfaits de ses seins. Kenneth en eut le souffle coupé. L'ensorceleuse ne portait aucun sous-vêtement...

Il inclina la tête et saisit entre ses lèvres le petit bouton rose fièrement dressé. Rebecca gémit doucement et plongea les doigts dans la chevelure sombre de son pirate.

Sans cesser de lui agacer le sein de la pointe de la langue, Kenneth empoigna ses jupons et les lui remonta très haut. Il les coinça dans une main, tandis que de l'autre, il caressait ses cuisses nues. Oh! la mortelle douceur de cette peau de satin, si fine et si délicate à mesure qu'il approchait du cœur même de sa féminité.

Comme attirés par un aimant, ses doigts se frayèrent un chemin jusqu'à cet endroit secret, humide et brûlant, où palpite le désir.

— Oh, oui! l'encouragea Rebecca en se pressant contre sa main.

D'un mouvement preste, il lui retira sa robe. Nue devant lui, frémissante de passion contenue, elle murmura d'une voix presque rauque :

— Je veux te voir aussi.

Il obtempéra, et se débarrassa de ses vêtements si rapidement qu'il faillit en déchirer sa chemise. Rebecca ne le quittait pas des yeux, se repaissant du spectacle magnifique que constituait ce corps masculin si admirablement proportionné.

— Ton corps est si beau que j'hésite entre le dessiner et l'embrasser, lui avoua-t-elle avec un sourire espiègle.

— Le dessin peut attendre, répliqua Kenneth en l'attrapant par la taille pour la soulever dans ses bras. Nous avons beaucoup mieux à faire.

Il la porta à travers la pièce; les cheveux de la jeune femme cascadaient par-dessus son bras, pareils à une rivière flamboyante qui balayait presque le sol. Elle était un véritable festin pour les sens, songea-t-il tandis qu'il la déposait doucement sur le sofa.

Il s'allongea près d'elle, et se mit à couvrir chaque parcelle de son corps de baisers brûlants. Sa gorge, ses seins, son nombril, son bas-ventre…

Rebecca respirait rapidement, les lèvres entrouvertes, le regard voilé. Elle cambra les reins, écarta les cuisses.

— *Maintenant*, Kenneth, souffla-t-elle.

Il n'aurait, de toute façon, pu se retenir davantage. Il la couvrit de son corps impatient, et s'enfonça en elle d'une seule poussée. Il aurait voulu l'aimer lentement, doucement, mais elle lui inspirait une telle passion qu'il en devenait presque brutal. Elle-même devait ressentir la même chose, car elle vint à sa rencontre avec une violence identique, le mouvement de ses hanches répondant au sien, leurs corps étroitement emboîtés se mouvant en rythme ; un rythme de plus en plus frénétique, proche de la fureur.

Seul leur souffle haletant, entrecoupé de gémissements, brisait le silence. Corps et âmes intimement mêlés, ils étaient emportés par un torrent que rien n'aurait pu arrêter. La jouissance les saisit ensemble, et ce fut comme une gerbe d'écume d'une incroyable puissance, qui les laissa pantelants sur la rive du plaisir.

Le temps parut s'arrêter, puis ils revinrent lentement, très lentement, à la réalité. Kenneth roula sur le côté et attira Rebecca contre lui. Elle tremblait de la tête aux pieds, et il se demanda comment une telle passion pouvait habiter un corps aussi fragile. Il enfouit la main dans sa chevelure. Lilith. Rebecca. Elle était les deux à la fois.

Et il ne voulait pas la perdre.

Rebecca s'assoupit un moment, lovée dans les bras de Kenneth. Elle n'aurait pu rêver meilleure position. Mais le temps passait. Quand elle le sentit bouger, elle tourna la tête.

— Faut-il vraiment aller à ce bal ?

— J'en ai peur. J'ai cru comprendre que lord Strathmore avait joué un rôle dans le retour des bijoux. Je voudrais l'en remercier, même si cela doit être de manière détournée.

— C'est effectivement une bonne raison de nous rendre chez lui, concéda Rebecca.

Elle s'étira voluptueusement, et le contempla sans vergogne. Son pirate. L'homme de ses rêves.

— Pour un soldat, tu n'as pas beaucoup de cicatrices.

— J'ai eu la chance de ne jamais être blessé, à part ce coup de sabre à Waterloo. Heureusement, sinon je ne serais sans doute plus là pour en parler. Les blessures sur un champ de bataille se terminent souvent par une amputation, quand on n'y reste pas.

Rebecca se redressa sur un coude, admirant son visage. La vie rude qu'il avait menée se lisait sur ses traits, et c'est la raison pour laquelle il lui apparaissait si différent de tous les hommes qu'elle avait pu rencontrer jusqu'alors.

Il se leva d'un bond.

— Allez, Rebecca, debout ! Il est grand temps d'aller retrouver le monde.

Captivée par son corps nu, elle fit la sourde oreille et, s'emparant d'une feuille de papier et d'un crayon qui traînaient par terre, commença un croquis.

— Je vais te représenter en Hercule. Tu en as les proportions. Je demanderai ensuite à oncle George s'il serait intéressé par une série de nus masculins. Tu pourrais me servir de modèle, qu'en dis-tu ?

Kenneth se planta devant elle, menaçant.

— J'en dis que si tu fais cela, je te promets que j'expose Lilith à la première occasion.

— Un vrai gentleman n'oserait pas produire une telle toile.

— Qui te parle de gentleman ? Tu voulais un pirate ?

Eh bien, tu l'as ! Un dangereux pirate qui s'en prend aux vierges innocentes.

Elle pouffa.

— Dans ce cas, je ne crains rien.

— Personne n'est à l'abri du pirate, répliqua-t-il en se jetant sur elle.

Rebecca roula de côté pour tenter de lui échapper, en vain. Kenneth repoussa son matériel de dessin et la força à se rallonger, avant de la couvrir de baisers.

— Personne n'est à l'abri de Lilith, riposta Rebecca en le caressant là où elle savait le rendre fou.

Kenneth constata qu'elle apprenait terriblement vite. Il s'abandonna un moment à la délicieuse torture de ces mains déjà si expertes, puis, lui écartant brusquement les jambes, il l'empala d'une puissante poussée.

Les yeux dans les yeux, ils se retinrent tous deux d'éclater de rire. Pour Rebecca, c'était une découverte. Elle ne se serait jamais doutée que le désir charnel pouvait s'accommoder de la légèreté du jeu.

Et quand Kenneth commença à se mouvoir en elle, elle se prit à souhaiter qu'ils restent ensemble ainsi à jamais.

Mais un sombre pressentiment lui chuchota presque aussitôt que son désir ne serait pas exaucé.

27

Malgré leur intermède amoureux, Kenneth et Rebecca arrivèrent au bal à une heure raisonnable. Kenneth s'amusa de voir la jeune femme saluer si sagement leurs hôtes. Lui seul savait quelle nature sensuelle et passionnée se cachait sous ces dehors presque timides.

Tandis qu'ils progressaient vers la salle de bal au milieu des invités, leurs regards se croisèrent.

— À quoi penses-tu ? voulut savoir Rebecca.

Profitant de ce que le brouhaha les isolait des autres, Kenneth répondit :

— Que Lilith la démone s'est transformée en parfaite lady avec une rapidité stupéfiante… Et aussi que j'aimerais bien t'entraîner dans un salon désert pour te faire subir les pires outrages.

Rebecca s'empourpra, et il trouva cela charmant.

— Comptes-tu mettre tes actes en accord avec ta pensée ?

— Hélas ! je crains d'être obligé à plus de civilité.

L'orchestre attaquait une valse, et Kenneth glissa le bras autour de la taille de la jeune femme. Quand la musique cessa, ils parcoururent la salle, pour saluer leurs amis. Rebecca se sentait beaucoup plus à l'aise qu'à son premier bal, et fut invitée à danser à de nombreuses reprises.

Pendant qu'elle valsait avec un nouveau cavalier, Kenneth en profita pour échanger quelques mots en privé avec leur hôte, lord Strathmore. Après les politesses convenues, Kenneth s'arrangea pour évoquer les bijoux des Wilding et l'extraordinaire revirement d'Hermione à leur sujet. À voir les yeux de lord Strathmore pétiller de malice, Kenneth n'eut plus aucun doute sur sa participation à l'opération.

Il quitta son hôte en espérant avoir un jour l'occasion de lui rendre un aussi précieux service. Puis il croisa plusieurs connaissances avec lesquelles il discuta. De temps en temps, il apercevait Rebecca virevolter sur la piste de danse, passant d'un cavalier à l'autre. Peu lui importait que d'autres hommes aient le plaisir de valser avec elle. Il était le seul à avoir eu le privilège de lui faire l'amour avant de venir.

— Kenneth ! s'exclama soudain une voix familière dans son dos.

Kenneth se retourna, et serra chaleureusement la main de Michael.

— Tes tableaux sont magnifiques, lui dit celui-ci sans préambule. Catherine et moi les avons vus cet après-midi ; j'espère qu'ils ne sont pas encore vendus. Accepterais-tu cinq mille livres pour la paire ?

Kenneth en resta un instant bouche bée.

— C'est de la folie ! Ou de la charité !

— Je savais que tu dirais cela, répliqua son ami, imperturbable. Mais détrompe-toi. Mes petits-enfants me remercieront d'avoir eu la clairvoyance d'acheter du Wilding à ses débuts.

Cette allusion à sa future renommée fit sourire Kenneth. Cependant, il n'était pas convaincu.

— Es-tu sûr de vouloir débourser autant ?

— Je te rappelle que Catherine et moi avons aussi été en Espagne. Ces deux toiles nous parlent tout particulièrement.

— Dans ce cas, elles sont à vous. Mais je réclame le droit de leur rendre visite de temps en temps.

— J'y compte bien ! Excuse-moi, je vais tout de suite aller annoncer la bonne nouvelle à Catherine. Elle avait tellement peur que les tableaux soient déjà vendus.

Michael pivota et fendit la foule pour retrouver sa femme.

Encore abasourdi par sa bonne fortune, Kenneth fit quelques pas, cherchant Rebecca du regard, et tomba nez à nez avec lord Bowden.

— Kimball ! s'exclama celui-ci. Je me doutais que vous seriez ici. Vous avez refusé de répondre à mes dernières lettres, mais ce soir vous n'allez pas pouvoir vous dérober.

Kenneth se sentait vaguement coupable de négligence. Ces jours derniers, il n'avait pensé qu'à la peinture et à Rebecca.

— Excusez-moi. Je ne cherchais pas à vous éviter, mais ces temps-ci, j'étais trop occupé pour aller chercher mon courrier. Je reconnais qu'il serait grand temps de faire le point. Quand voulez-vous que nous nous rencontrions ?

— *Maintenant*, décréta Bowden. Au milieu de la piste de danse, s'il le faut.

Il semblait au bord de l'explosion, et Kenneth pouvait difficilement l'en blâmer. Par chance, Rebecca dansait toujours, elle ne s'apercevrait sans doute même pas qu'il avait quitté un moment la salle de bal.

— Je pense qu'il serait préférable de discuter dans un endroit tranquille, répondit-il.

Bowden acquiesça, et les deux hommes se frayèrent un chemin dans la foule. Kenneth avait beau se creuser, c'était sans espoir. Il n'avait strictement rien de nouveau à dire qui aurait pu satisfaire l'ennemi juré de sir Anthony.

À la fin du quadrille, Rebecca, tout essoufflée, remercia son cavalier, puis parcourut la pièce du regard à la recherche de Kenneth. Elle s'étonna en le voyant quitter la salle de bal avec un homme qui lui sembla vaguement familier. Dépliant l'éventail que lui avait offert Kenneth, elle marcha d'un pas décidé dans leur direction.

Elle franchit le seuil de la salle de bal, et eut juste le temps d'apercevoir les deux hommes disparaître derrière une porte au bout du couloir. Intriguée, elle décida de les suivre. Elle ouvrit la porte sans bruit, et se retrouva dans une bibliothèque tout en longueur, séparée en deux par une arche. La pièce baignait dans une semi-obscurité, mais un feu brûlait dans la cheminée du fond, d'où provenait un murmure de voix masculines.

Rebecca hésita. Kenneth discutait peut-être affaires et elle ne voulait pas l'interrompre. Mieux valait s'esquiver discrètement et attendre qu'il la rejoigne.

Elle tournait déjà les talons, quand la voix de l'autre homme monta d'un ton.

— Bon sang, Kimball ! Je vous ai embauché pour prouver la culpabilité d'Anthony, pas pour épouser sa fille ! Vous a-t-il acheté ? Votre complicité en échange de sa fille et de la dot qui va avec ?

Rebecca sentit son sang se glacer dans ses veines. Elle avait dû mal comprendre. Elle s'écarta de la porte et tendit l'oreille.

— Cette histoire de fiançailles est un accident, répliqua Kenneth. Sir Anthony n'a rien à voir là-dedans.

Rebecca savait que leurs fiançailles n'étaient qu'une comédie. Cependant, Kenneth était son amant, et elle était choquée qu'il évoque leur relation avec un tel détachement. Elle s'approcha de l'arche et s'y appuya. De cette façon, elle était assurée de ne rien manquer de la conversation, tout en demeurant invisible.

— Alors, c'est que vous jouez double jeu, rétorqua l'inconnu avec dégoût. Quand ma femme m'a appris que ma nièce s'était fiancée avec vous, j'ai failli avoir une attaque. Mais c'était bien joué, Kimball. Après tout, ma nièce a hérité de la fortune d'Helen. Un homme dans le besoin comme vous ne pouvait pas laisser une héritière lui échapper, fût-elle une vieille fille à la réputation ruinée.

— Lord Bowden, vous insultez Mlle Seaton, répliqua Kenneth d'un ton sec. Ne vous avisez pas de recommencer. Vous avez vraiment un penchant pour voir des conspirations qui n'existent que dans votre esprit. Je vous le répète : ma relation avec Rebecca Seaton n'a rien à voir avec mon enquête.

Lord Bowden ? Bonté divine ! L'homme avec lequel conversait Kenneth n'était autre que le frère de son père. Mais sur quoi pouvait-il bien vouloir enquêter, après tant d'années de brouille ? Rebecca était sous le choc.

— Êtes-vous aussi heureux dans vos investigations que dans vos affaires de cœur ? demanda son oncle d'une voix glaciale.

— Hélas ! non. Du moins, pas dans le sens où vous l'espérez. J'ai parlé avec tous les témoins possibles, et pour l'instant, je n'ai rien trouvé. J'aurai peut-être plus de chance cet été, quand nous serons à Ravensbeck. Mais je ne peux rien vous promettre.

— Je veux des preuves, Kimball, s'emporta Bowden. Trouvez-les !

Devinant qu'il allait ressortir, Rebecca, le cœur battant à tout rompre, se colla au mur, comptant sur la pénombre pour passer inaperçue.

Mais Bowden était de toute façon trop furieux pour remarquer quoi que ce soit. Il passa en trombe et quitta la bibliothèque en claquant rageusement la porte derrière lui.

Après son départ, Rebecca ferma un instant les yeux. Elle ignorait toujours sur quoi enquêtait Kenneth, et n'en avait pas la moindre idée. Pourquoi sir Anthony aurait-il été considéré comme un criminel ? C'était absurde. Il était riche et célèbre. Qu'aurait-il pu vouloir de plus ? Il était logique que Kenneth n'ait rien pu découvrir de louche.

Mais cela ne changeait rien au fait qu'il s'était introduit dans leur maison sous un faux prétexte. Tout bien réfléchi, cette histoire d'ami de sir Anthony qui l'aurait envoyé postuler pour le poste de secrétaire ne tenait pas debout. Et Kenneth avait probablement profité de la confiance de son nouvel employeur pour fouiller sans vergogne dans ses papiers.

Rebecca se souvint tout à coup de l'impression qu'elle avait eue en voyant Kenneth pour la première fois. Un pirate dans Mayfair. Il n'avait été qu'un secrétaire de comédie. Son vrai métier était l'espionnage. Elle se rappelait aussi toutes ces questions qu'il lui avait posées sous divers prétextes, et auxquelles elle avait répondu, sans se douter de rien. Il s'était ni plus ni moins servi d'elle pour tenter de confondre son père. Elle en avait la nausée.

Elle resta encore quelques minutes appuyée au mur, puis la colère prit le dessus.

Elle quitta sa cachette et s'avança jusqu'au centre de l'arche. Kenneth se tenait debout devant la cheminée où quelques braises achevaient de rougeoyer.

— Tu es méprisable, siffla-t-elle.

Il pivota brusquement, le visage blême.

— Tu as entendu notre conversation ?

— Oui, avoua-t-elle, amère. Si j'étais un homme, je n'hésiterais pas à te tuer. À la place, je me contenterai de brûler ton portrait et d'expliquer à mon père que son secrétaire préféré l'a trahi. Et moi également, par la même occasion.

Il fit un pas vers elle.

— Rebecca...

Elle réalisa avec horreur que si elle le laissait la toucher, elle perdrait la tête au point d'accepter les explications les plus invraisemblables.

— Ne m'approche pas ! fit-elle d'une voix sourde. Je ne veux plus jamais te revoir !

Elle tourna les talons et s'enfuit sans un regard en arrière, malgré les appels répétés de Kenneth. Elle continua à courir, pressée de quitter cette maison.

Cependant, de crainte d'attirer l'attention, elle s'obligea à ralentir l'allure en approchant de la salle de bal. Sa progression fut, du reste, gênée par les nombreux invités qui refluaient pour gagner la pièce où serait donné le souper.

De retour dans le hall, Rebecca se souvint que leur attelage ne reviendrait pas les chercher avant minuit. Et elle n'avait pas d'argent sur elle pour en louer un. Il lui faudrait donc rentrer à pied. Heureusement, Seaton House n'était pas très loin et le quartier, particulièrement sûr.

La jeune femme voulut récupérer son étole, mais changea d'avis lorsque, se retournant, elle aperçut Kenneth qui fendait la foule. Elle courut vers la porte et, désignant Kenneth du doigt, glissa au valet qui lui ouvrit :

— Ce soi-disant gentleman a voulu m'importuner. Ne le laissez pas me suivre jusqu'à ma voiture.

— Bien, mademoiselle.

Quoique le valet fût un grand gaillard solidement bâti, Rebecca doutait qu'il pût retenir Kenneth bien longtemps. Mais enfin, ce serait toujours cela de gagné.

Empoignant ses jupes, elle dévala l'escalier du perron, et se mit à courir dans la rue. Un point de côté la força à s'arrêter. Haletante, elle s'appuya à un réverbère, la main pressée sur le ventre, essayant de reprendre son souffle. La nuit était froide, elle frissonna dans sa robe de bal.

Elle aurait mieux fait de ne rien dire à Kenneth. L'idéal aurait été de retourner aussitôt dans la salle de bal et de demander à quelqu'un l'autorisation d'emprunter son attelage pour rentrer chez elle. Mais à qui aurait-elle pu s'adresser ? Elle ne connaissait que des amis de Kenneth. Elle-même n'en avait aucun.

Rebecca pensa à Michael, à Catherine et à tous ceux qu'elle avait rencontrés grâce à Kenneth. Elle était triste à l'idée de les perdre. Car elle allait les perdre, en même temps que lui.

Mais après tout, elle n'avait pas besoin des amis de Kenneth ! Et son expérience des bals s'était révélée si désastreuse qu'elle doutait d'avoir envie de la renouveler.

En revanche, comment réussirait-elle à retourner dans son atelier sans penser à Kenneth ? Kenneth posant avec Grison, Kenneth l'aidant à préparer le thé, Kenneth parlant d'art avec elle. Kenneth la possédant sur le sofa en lui faisant croire qu'elle était la femme la plus désirable du monde.

Il n'avait cessé de lui jouer la comédie. Comme elle était disponible – ô combien disponible, hélas ! –, il en avait avantageusement profité. Bowden avait raison : ce n'était qu'un coureur de dot. D'ailleurs, elle s'en était doutée dès le début. Il protestait de son intégrité avec trop de véhémence pour que cela ne cache pas quelque chose.

Pour ne plus penser, Rebecca reprit son chemin, en marchant cette fois. Mais elle ne tarda pas à s'apercevoir qu'elle s'était perdue. La nuit, tout était différent. Et elle n'avait pas songé à regarder l'itinéraire qu'ils avaient suivi à l'aller. Plus elle avançait, plus le décor s'enlaidissait. Comme si elle tournait le dos aux beaux quartiers. Elle avait dû partir du mauvais côté en quittant la demeure des Strathmore.

Parvenue à un carrefour, elle lut les plaques, mais ne reconnut aucun nom. Elle hésitait sur la direction à prendre, quand elle aperçut un groupe d'hommes qui venaient vers elle. À en juger par leur démarche, ils avaient bu plus que de raison. La jeune femme rebroussa rapidement chemin, se maudissant de s'être montrée si imprudente en sortant dans la rue en robe et avec des bijoux. Les bijoux de sa mère. Instinctivement, elle porta la main au pendentif en opale qui ornait son cou.

Un des hommes la héla :

— Hé, poupée ! On est trois. T'as pas besoin d'aller dans ton quartier à poules pour trouver des clients.

Le cœur battant la chamade, Rebecca se mit à marcher de plus en plus vite. Il n'y avait donc pas un seul gentleman dans les rues ?

Les pas, dans son dos, semblaient se rapprocher. Tout à coup, une grosse main la tira par le bras, l'obligeant à se retourner. L'homme qui l'avait attrapée empestait le gin.

— T'es une jolie poupée, dit-il d'une voix pâteuse en reluquant son décolleté. Si on te file une livre chacun, ça te va ? C'est royalement payé, en tout cas.

— Vous faites erreur, répondit Rebecca de sa voix la plus « femme du monde ». Je ne suis pas le genre de personne que vous recherchez.

L'homme qui la tenait parut un instant décontenancé. Mais l'un de ses compagnons éclata d'un rire sonore.

— Ça se dit une lady, mais c'est habillé comme une poule, et ça se comporte comme une poule. Donc, c'est une poule.

Encouragé par ce verdict, l'autre l'attira à lui pour l'embrasser, en même temps qu'il lui palpait les seins. Rebecca se débattit pour échapper à cette étreinte révoltante, mais l'homme était beaucoup trop fort pour elle. Se sentant gagnée par la panique, elle tenta le tout pour le tout et le gifla violemment en plein visage.

— Sale petite garce ! rugit l'ivrogne. Je vais t'apprendre les bonnes manières, moi !

Il la plaqua violemment contre le mur et se colla à elle, tout en essayant de lui arracher sa robe. Rebecca voulut crier, mais il l'en empêcha en la bâillonnant avec sa bouche. Une peur sans nom la submergea. Elle, la fille unique de sir Anthony, était sur le point de se faire violer par ces brutes immondes...

Mais soudain, la bouche avinée qui se collait à la sienne et les mains qui lacéraient sa robe s'écartèrent comme par enchantement. Rebecca vit son agresseur pratiquement soulevé de terre et retomber lourdement sur le trottoir, deux mètres plus loin. Ahurie, elle cligna des yeux en reconnaissant la silhouette sombre de Kenneth juste devant elle.

— Écarte-toi de là ! lui ordonna-t-il, tandis qu'il faisait volte-face pour affronter les deux comparses bien décidés à venger leur ami.

Avec une facilité déconcertante, Kenneth se débarrassa du premier d'un direct impeccable à la mâchoire, et expédia l'autre en lui balançant un coup de pied dans le bas-ventre. Entre-temps, celui qui avait agressé Rebecca s'était redressé et s'approchait en titubant. Il se jeta sur Kenneth avec un cri de rage. Mais Kenneth le cueillit d'un coup de poing qui lui brisa net l'arête du nez. L'homme s'effondra sur le sol, le sang giclait sur ses vêtements.

— Viens, dit Kenneth à Rebecca. Filons avant que l'un d'eux n'ait la bonne idée de sortir un couteau.

Elle le regarda droit dans les yeux – elle tremblait violemment.

— Je te remercie de m'avoir sauvée, mais je te méprise toujours autant.

— J'ai compris le message.

Il ôta son manteau et lui en couvrit les épaules, puis il l'entraîna par le bras.

— Nous ne sommes pas loin d'Oxford Street, dit-il. Nous devrions pouvoir trouver un fiacre sans trop de mal.

Rebecca aurait voulu lui rendre son manteau, mais il faisait froid, et elle ne parvenait pas à faire cesser ses tremblements. Elle le resserra autour elle. La chaleur qu'il lui dispensait était celle de Kenneth, et c'était comme si elle était dans ses bras. Il n'aurait servi à rien de le nier : elle était toujours terriblement attirée par lui physiquement.

Elle était au bord du désespoir à l'idée d'avoir laissé cet homme – l'ennemi de son père – briser ses défenses en pénétrant son intimité. Sa faiblesse, elle le savait, allait lui coûter très cher.

Kenneth trouva un fiacre pour les ramener chez eux. Rebecca resta muette durant tout le trajet. Elle était si raide qu'on aurait juré qu'elle était sculptée dans de la glace. Lui-même s'abstint d'engager la conversation et se tint le plus à l'écart possible de la jeune femme, malgré l'étroitesse de l'habitacle.

Dieu merci, il l'avait retrouvée avant qu'il ne soit trop tard. Mais c'était de toute façon sa faute à lui si elle avait frôlé la catastrophe.

L'air maussade, Kenneth regardait défiler les rues désertes par la vitre du véhicule. Tout allait trop bien. Il aurait pourtant dû se douter qu'il ne réussirait pas à se sortir de cette situation inextricable sans casse. Rien, dans sa vie, n'avait jamais été facile. Mais là, il était passé, en l'espace de quelques minutes, du bonheur au désespoir le plus complet.

Arrivé à Seaton House, il paya le cocher, puis suivit la jeune femme sur le perron. Elle frappa rageusement à la porte et en attendant qu'un domestique vienne leur ouvrir, elle se retourna et lâcha d'une voix cinglante :

— Rassemble tes affaires et déguerpis. Si tu n'as pas quitté les lieux dans un quart d'heure, je demande aux domestiques de te jeter dehors.

— Aucun des domestiques n'est de taille à me jeter dehors, répliqua Kenneth calmement. En outre, ils sont habitués à m'obéir. Ne les place pas dans la situation de ne savoir quelle autorité choisir.

L'espace d'un instant, il crut qu'elle allait le gifler.

— J'ai été embauché par ton père, et c'est à lui de me renvoyer, reprit-il d'un ton conciliant. Je suis disposé à me confesser totalement, puis je m'en irai s'il me le demande. Mais d'abord, je voudrais te parler.

Avant que Rebecca eût pu répondre, le majordome leur ouvrit la porte. La jeune femme se glissa à l'intérieur en affichant un air naturel, malgré sa robe déchirée visible sous son manteau d'homme.

— Mon père est-il rentré, Minton ?

— Pas encore, mademoiselle Rebecca, répondit le majordome, les yeux écarquillés.

Il s'abstint cependant de poser la moindre question.

Le dos raide, Rebecca se dirigea vers l'escalier, Kenneth sur ses talons. Dès qu'ils furent hors de portée des oreilles du majordome, il lui murmura :

— Ton atelier est le meilleur endroit pour parler.

— Non ! répliqua-t-elle en ôtant son manteau pour le lui jeter à la figure.

Le temps que Kenneth le rattrape au vol, elle avait déjà retiré ses gants pour se débarrasser de la bague des Wilding, qu'elle lui jeta également.

— Que ce soit ton atelier, le mien ou une autre pièce, il faut qu'on parle, insista Kenneth.

Comprenant qu'il était déterminé à avoir cet entretien, Rebecca prit le chemin de son atelier. Quand ils furent à l'intérieur, elle alluma quelques chandelles tandis qu'il préparait un feu.

Dès que les bûches crépitèrent, Kenneth se redressa pour faire face à la jeune femme. Il n'avait même pas besoin de réfléchir à ce qu'il devrait lui dire. À présent, il n'avait d'autre choix que de lui révéler l'entière vérité.

Rebecca s'était drapée dans un châle. Elle le toisait, l'air toujours aussi furieux.

— Crois-tu vraiment qu'il existe un argument, un seul, capable de justifier ta trahison ? attaqua-t-elle.

— Probablement pas, mais je dois au moins essayer.

Et, priant le ciel pour qu'elle accepte de l'écouter jusqu'au bout, il commença :

— Je veux que tu saches que je n'ai jamais aimé l'idée de pénétrer dans cette maison sous un faux prétexte. Mais je n'avais pas le choix. C'était cela, ou la ruine. Cependant, plus le temps passait, et plus ma duperie me pesait.

— Ce qui ne t'a pas empêché de me séduire. Mais j'imagine que cela devait faire partie de ton plan.

Il croisa son regard.

— Je t'ai séduite ? Rappelle-toi bien ce qui s'est passé, et juge si cette vision des choses est honnête.

Rebecca en rougit d'humiliation.

— Très bien. C'est moi qui t'ai séduit. Mais aucun homme d'honneur ne m'aurait aussi effrontément menti, alors qu'il était ici pour enquêter sur mon propre père.

— C'était exactement ce que je me répétais, Rebecca. Mais la vérité, c'est que je ne pouvais m'empêcher d'être attiré par toi.

Elle eut une moue méprisante.

— C'est une réponse facile. Trop facile. Tu as été capable de jouer la comédie jour et nuit pendant des semaines, mais incapable de résister aux pathétiques avances d'une vieille fille !

— C'est Bowden qui a fait cette stupide remarque, rappela-t-il. Crois-moi, tu n'as rien de pathétique. Au contraire. Tu es la femme la plus extraordinaire que j'aie jamais rencontrée. Et la plus désirable.

— N'essaie pas de t'en sortir par la flatterie ! riposta-t-elle. Tu n'étais attiré par moi que parce que j'étais riche et disponible. Ton esprit calculateur contrôlait parfaitement tes pulsions.

Kenneth sentit la colère le gagner à son tour. En deux enjambées, il fut sur la jeune femme et, la saisissant par les épaules, l'embrassa avec fougue. Au début, Rebecca résista vaillamment. Mais leur rage mutuelle eut tôt fait de se transformer en passion dévorante, et la jeune femme entrouvrit les lèvres en signe de reddition. Devant ce succès, Kenneth fut tenté d'aller plus loin. Une fois qu'ils auraient fait l'amour, Rebecca serait peut-être plus disposée à entendre raison.

Puis il comprit qu'il se trompait. Le corps de Rebecca avait beau la trahir, elle le méprisait toujours autant. Et s'il lui faisait l'amour maintenant, ce serait une sorte de viol émotionnel. Après, elle le haïrait à jamais.

Il la lâcha et s'écarta d'elle.

— Tu crois vraiment que l'esprit peut toujours contrôler les pulsions ? demanda-t-il d'une voix rauque.

Le dos de la main pressé contre la bouche, les pupilles dilatées, elle le regardait sans rien dire.

— Tu as marqué un point, capitaine, reconnut-elle finalement.

Puis, s'asseyant sur une chaise, son châle serré autour de ses épaules, elle reprit :

— Sur quoi es-tu censé enquêter ? Mon père n'a rien d'un criminel. Il n'est pas assez attiré par l'argent pour voler quoi que ce soit.

Ainsi, elle n'avait pas tout entendu de sa conversation avec Bowden, réalisa Kenneth.

— Bowden est persuadé que ton père a tué ta mère, lâcha-t-il brutalement.

Elle en resta bouche bée.

— Mais c'est absurde ! Soit Bowden est fou, soit tu mens. Ou les deux.

— Bowden est obsédé par cette histoire, mais je ne pense pas qu'il soit fou, objecta Kenneth, avant d'exposer l'étrange arrangement qu'il avait conclu avec le frère de sir Anthony.

— Tu n'as rien trouvé, parce qu'il n'y a rien à trouver, dit-elle, quand il eut terminé son récit. Mon père ne ferait jamais de mal à qui que ce soit.

— Tu oublies ses crises de nerfs. Et la violence dont il fait preuve dans ces moments-là.

— Cela ne veut rien dire. Il s'en prend aux choses. Pas aux gens. Et ma mère est la dernière personne contre qui il se serait dressé.

— En es-tu vraiment certaine ? insista Kenneth en se laissant tomber sur le sofa.

Dieu ! il aurait voulu ne jamais avoir une pareille discussion avec elle.

— J'admets que sir Anthony n'a rien d'un assassin de sang-froid, poursuivit-il. Mais il aurait pu tuer ta mère sans l'avoir prémédité. Tous les témoignages concordent pour souligner qu'ils avaient tous les deux de fichus caractères. Une de leurs innombrables disputes aurait pu mal tourner.

— Non ! répliqua Rebecca avec véhémence. C'est impossible ! Oui, ils se disputaient. Mais jamais violemment. Pourquoi ne veux-tu pas reconnaître que la mort de ma mère fut un accident ?

— Cette thèse reste la plus probable, admit Kenneth. Cependant, personne n'a pu m'expliquer comment une femme qui connaît parfaitement la région aurait pu tomber d'une falaise, un jour de grand beau temps. Ce qui m'intrigue, également, c'est que tous ceux qui ont connu ta mère restent évasifs dès que l'on évoque sa disparition. Lavinia, Frazier, Hampton, Tom Morley, toi... J'ai fini par me convaincre qu'on me cachait quelque chose. Peut-être, justement, parce que certains craignaient que sir Anthony ne soit pas étranger à cet « accident ».

— Non !

— Si ce n'est pas cela, alors quoi ? insista Kenneth, implacable.

Rebecca se releva et se mit à arpenter la pièce d'un pas nerveux. Puis, comme si elle avait soudain pris une décision, elle vint se planter devant Kenneth.

— Tu as raison, articula-t-elle. Un secret nous réunit tous. Il est peu probable, en effet, que ma mère ait pu glisser accidentellement de la falaise. Puisqu'elle se promenait seule ce jour-là, si elle est tombée, c'est donc qu'elle s'est suicidée. Mais si cela était venu à se savoir, l'Église lui aurait refusé un enterrement décent.

Sa confession faite, elle ferma les yeux et murmura :

— Peux-tu nous blâmer de ne plus vouloir parler de sa mort ?

28

— Un suicide ! s'exclama Kenneth, ébahi. On m'a raconté qu'Helen était une femme très émotive, mais pas qu'elle était suicidaire.

Rebecca éprouvait une satisfaction teintée d'amertume d'avoir réussi à le surprendre. Elle recommença à marcher de long en large devant la cheminée.

— Maman semblait si pleine de vie que la plupart des gens ne pouvaient soupçonner sa vraie nature. Mais ses intimes savaient à quel point elle pouvait être mélancolique. Le pire, c'était en hiver. Elle pouvait rester des journées entières à pleurer dans son lit. Papa et moi ne savions jamais quoi faire dans ces cas-là. Mais nous redoutions qu'un jour ou l'autre, à la faveur d'une crise plus violente que les autres, elle n'en vienne à se tuer, pour mettre fin à ses souffrances. Rien ne semblait pouvoir l'apaiser, sinon le retour des beaux jours. Son humeur semblait suivre le cours du soleil. L'été, elle allait toujours mieux.

— Elle est pourtant morte en été, commenta Kenneth, l'air songeur. Avait-elle déjà essayé d'attenter à ses jours ?

— Je… je ne crois pas. Il y a eu une fois un incident qui nous avait inquiétés, papa et moi. Et aussi un autre jour, nous nous promenions tous les trois dans les environs de Ravensbeck, quand maman a soudain dit que cela paraissait très facile de se laisser tomber d'une falaise.

— Tu cherches trop à interpréter ses paroles, objecta Kenneth. Moi-même, il m'est arrivé de penser la même chose lorsque je me trouvais au bord d'un précipice, et pourtant je n'ai jamais eu la moindre tentation suicidaire.

— J'admets que la phrase, en elle-même, peut paraître anodine. Mais le fait est que maman est morte en tombant d'une falaise.

— Ce qui ne prouve pas que c'était un suicide. Était-elle d'humeur sombre avant sa mort ?

— Non, elle avait l'air heureuse. Mais son humeur pouvait changer du tout au tout en un rien de temps. Elle aurait très bien pu, sur une impulsion, décider de mettre fin à ses jours.

— Admettons, concéda Kenneth. Mais ce n'est que pure supposition. Tu viens toi-même de dire qu'elle semblait aller bien le jour de sa mort.

Rebecca frissonna et s'approcha du feu. Évoquer la mort de sa mère lui était insupportable, mais elle tenait absolument à convaincre Kenneth qu'il se trompait au sujet de son père. Après quoi, il pourrait retourner d'où il était venu.

— Il y a un indice, commença-t-elle. Je n'en ai jamais parlé à personne. Pas même à papa.

Elle alla à son bureau, ouvrit un tiroir et en sortit un petit écrin.

— Connais-tu ce genre de bague ? demanda-t-elle en ouvrant l'écrin pour lui en montrer le contenu. Deux anneaux, ou plus, sont conçus pour s'imbriquer ensemble et former un tout. Au Moyen Âge, les fiancés avaient coutume de garder chacun un anneau, qu'ils réunissaient le jour de leur mariage.

Retirant la bague de l'écrin, elle la tendit à Kenneth.

— Celle-ci est très ancienne. Papa l'avait achetée chez un antiquaire, il l'a donnée à maman le jour où ils se sont enfuis. Plus tard, il lui a offert un véritable anneau de mariage, mais maman continuait de porter cette bague, par fidélité sentimentale. Quand j'étais petite, j'adorais la contempler. Elle me fascinait.

Kenneth examina le bijou. Il était constitué de deux anneaux, tous deux portant une main sculptée sur le dessus, l'une tendue vers l'autre. Rebecca se demanda s'il décèlerait l'anomalie.

Kenneth leva les yeux vers elle.

— Les anneaux ne s'imbriquent pas exactement, fit-il remarquer. Il y a trop de jeu entre eux.

Il était décidément très observateur. Mais c'était sans doute normal pour un espion.

— En effet. Cette bague avait la particularité de compter trois anneaux. Lorsqu'elle était au complet, les deux mains laissaient apparaître un petit cœur au milieu. Quand on a ramené le corps de ma mère du bas de la falaise, elle serrait ces deux anneaux dans sa main, au lieu de les porter à son doigt. C'est moi qui les ai récupérés. Et j'ai alors constaté que le troisième manquait.

Kenneth considérait les deux anneaux.

— Et tu en as conclu qu'il s'agissait d'un message de ta mère. Qu'elle avait perdu le cœur à vivre.

Rebecca fut à nouveau impressionnée par ses capacités de déduction.

— Exactement. Elle ne se séparait jamais de cette bague. Le cœur n'a donc pas pu être perdu par accident. Elle l'a délibérément enlevé.

Kenneth secoua la tête.

— Ton raisonnement est séduisant. Malheureusement, faute de preuves tangibles, même les plus belles mécaniques intellectuelles ne débouchent sur rien de concret. Nous n'avons toujours pas la certitude que ta mère s'est suicidée.

La jeune femme soupira.

— Peut-être. Mais il est encore plus difficile de croire que sa mort ait pu être accidentelle.

— En tout cas, ta mère n'a pas laissé derrière elle de lettre où elle aurait évoqué ses intentions. Et cette histoire de bague n'est pas un indice suffisant. Le troisième anneau a vraiment disparu ?

— Oui. Et pourtant, je l'ai cherché. Je souhaitais que la bague soit intacte, au cas où papa l'aurait réclamée. Si jamais il découvrait qu'il manque le cœur, il en arriverait à la même conclusion que moi. Et je veux lui épargner ce chagrin supplémentaire.

Kenneth continuait de jouer avec les anneaux.

— Supposons qu'elle ne se soit pas suicidée et qu'elle ne soit pas tombée par accident. Cela voudrait donc dire que quelqu'un d'autre est impliqué dans sa mort.

— Pas mon père ! se récria Rebecca.

— J'aurais tendance à partager cette opinion, admit Kenneth. Autant je peux imaginer sir Anthony agir sous le coup de la colère, autant je le vois mal séparer délibérément les anneaux avant de précipiter sa femme dans le vide.

Rebecca frissonna de plus belle.

— Il n'y a pas plus de preuve en faveur d'un meurtre que d'un accident ou d'un suicide.

— Non. Mais les indices sont plus nombreux. Par exemple, les traces de lutte au bord de la falaise, qui cadrent mal avec l'hypothèse du suicide. Quant à cet anneau manquant, il contredit la thèse de l'accident. Puisque quelqu'un – ta mère ou une autre personne – a volontairement enlevé le cœur de la bague.

Rebecca se mordilla la lèvre.

— Peut-être que maman l'a tout simplement perdu.

— Étant donné que c'est celui du milieu, je vois mal comment elle aurait pu le perdre sans perdre les autres. Surtout si elle ne se défaisait jamais de sa bague. Non. Je suis certain que cela signifie quelque chose.

Rebecca était prête à se ranger à son avis sur ce point. Cependant, elle n'était pas encore totalement convaincue.

— Qui aurait voulu tuer maman ? Tout le monde l'aimait.

— Peut-être pas tout le monde, justement. Imaginons que ta mère ait décidé de mettre fin à sa liaison avec Hampton, et que celui-ci l'ait très mal pris...

— Non ! protesta Rebecca. Mon parrain est la gentillesse même. C'était d'ailleurs ce que maman aimait chez lui.

— Lady Seaton semblait inspirer des sentiments très forts, fit remarquer Kenneth. Presque trente ans après la rupture de leurs fiançailles, Bowden tient encore assez à elle pour dépenser une fortune afin de connaître la vérité sur sa mort. Le précédent secrétaire de ton père, Morley, était lui aussi tombé amoureux d'elle, alors qu'elle avait presque l'âge d'être sa mère. Ayant vu le portrait qu'en a fait ton père dans le bureau, je peux comprendre pourquoi. Dieu sait combien d'hommes auront été obsédés par Helen Seaton.

Rebecca hocha gravement la tête.

— Je me suis souvent demandé si ce n'était pas à cause d'elle que Malcolm Frazier ne s'était jamais marié. Et je pourrais citer une bonne douzaine d'autres hommes qui avaient pour elle une admiration sans bornes. Mais je n'en vois aucun capable de la tuer.

Kenneth haussa les épaules d'un air désabusé.

— La plupart des crimes sont inspirés par la passion ou l'appât du gain. Dans le cas de ta mère, la passion semble l'unique mobile, puisque tu es la seule à hériter.

— Tu n'es quand même pas en train d'insinuer que c'est moi qui aurais pu la tuer ! s'offusqua Rebecca.

— Bien sûr que non. Je disais exactement le contraire. Cependant, une autre hypothèse pourrait mêler passion et cupidité. Supposons que la maîtresse de ton père ait voulu libérer la place dans l'espoir de l'épouser ? Sais-tu qui était sa liaison de l'époque ?

Elle secoua la tête.

— Je n'ai jamais voulu savoir ce genre de choses. Mais je suppose qu'il recrutait ses maîtresses parmi ses modèles. Il faudrait consulter son agenda de l'été dernier pour découvrir qui il voyait souvent à cette époque-là.

— Ce volume de son agenda a été oublié à Ravensbeck dans la confusion qui a suivi la mort de ta mère et votre retour précipité à Londres. Lavinia pourrait-elle en savoir plus que toi à ce sujet ?

— Demande-le-lui si tu le souhaites. Moi, je n'en ai pas envie.

Et, après une hésitation, Rebecca ajouta :

— Malgré sa réputation, je ne crois pas que Lavinia aurait eu l'indécence de coucher avec mon père du vivant de ma mère. Je me souviens de l'avoir entendue dire une fois qu'elle détestait coucher avec les maris de ses amies.

— Lavinia est décidément une femme intéressante, murmura Kenneth.

— Ce n'est pas une criminelle, si c'est ce que tu sous-entends ! s'écria Rebecca. De toute façon, cette idée qu'on aurait pu tuer ma mère ne me plaît pas. Pourquoi ne la laisses-tu pas reposer en paix ?

— Je suis sûr qu'elle repose en paix. Mais si quelqu'un l'a tuée, il doit payer pour son crime. As-tu jamais songé à cela ?

Elle prit une profonde inspiration.

— Je souhaite bien entendu que justice soit rendue. Mais à condition que maman ait été vraiment assassinée. Ce que je me refuse toujours à croire.

— La justice fut l'une des raisons qui m'ont poussé à accepter l'offre de lord Bowden, expliqua Kenneth. Certes, je voulais d'abord éviter la ruine. Mais démasquer un meurtrier me semblait une noble mission.

Rebecca se détourna. Elle refusait de se laisser amadouer par ses paroles.

— Il ne semble pas que tu aies eu beaucoup de succès.

— C'est vrai. Mais jusqu'à ce soir, je n'avais même pas réussi à me convaincre qu'il y avait réellement eu meurtre.

Il se leva pour remettre une bûche dans le feu, puis demanda :

— Tout à l'heure, tu as parlé d'un incident concernant ta mère qui vous avait inquiétés, ton père et toi. Quel était cet incident ?

Rebecca soupira.

— À la fin de l'hiver dernier, maman est tombée dans une sorte de coma. Le médecin est arrivé à la conclusion qu'elle avait absorbé une dose massive de laudanum. Quand elle s'est enfin réveillée, elle a été incapable de nous expliquer exactement ce qu'il s'était passé. Elle pensait avoir mal dosé sa potion pour dormir. Son insistance à nous dire que c'était un accident n'a pas réussi à nous convaincre, papa et moi.

— Cette histoire est très intéressante, jugea Kenneth, le front plissé par la réflexion. Comme pour la chute qui l'a finalement tuée, une dose trop forte de médicament peut tout aussi bien relever d'un accident, d'un suicide ou d'une tentative de meurtre.

Rebecca le regarda, horrifiée.

— Mais si quelqu'un avait voulu l'empoisonner au laudanum, il aurait d'abord fallu que cette personne pénètre chez nous !

— Beaucoup de monde fréquente cette maison, fit valoir Kenneth. Et la plupart des fréquentations de ton père passent également la belle saison dans la région des Lacs. Un assassin qui aurait raté son coup en hiver aurait très bien pu recommencer en été.

Rebecca, cette fois, commençait à se sentir sérieusement ébranlée.

— Tu as peut-être raison... concéda-t-elle à contrecœur.

Elle alla jusqu'à la fenêtre et contempla pensivement la rue sombre. Était-il possible que, dans un moment de folie, son père eût pu...

Non ! C'était impossible. Son père n'aurait pas pu lui cacher sa culpabilité. Rebecca n'avait senti chez lui que du chagrin, et aussi un vague sentiment d'impuissance, comme s'il se reprochait de ne pas avoir été capable d'empêcher le suicide de sa femme.

Le silence fut soudain rompu par le bruit d'un attelage qui s'arrêtait devant la maison. C'était sir Anthony, de retour de son dîner.

— Dois-je aller me confesser tout de suite ? demanda Kenneth.

Rebecca se tourna vers lui, l'air grave. Son père serait terriblement affecté d'apprendre que l'homme en qui il avait tant confiance l'avait trahi depuis le début. Et il serait encore plus furieux quand il connaîtrait le motif de cette trahison. Rebecca ne voulait pas lui gâcher aussi brutalement son plaisir d'être bientôt élu à la présidence de l'Académie.

— Si tu penses que cela le bouleverserait inutilement, je peux me contenter de lui dire que ma situation financière s'étant améliorée, je retourne vivre à Sutterton, suggéra Kenneth, comme s'il avait lu dans les pensées de Rebecca.

Dans quelques minutes, il sortirait donc de sa vie pour toujours. Mais n'était-ce pas ce qu'elle désirait ?

— Cela me paraît la meilleure solution, acquiesça-t-elle, la gorge sèche.

— Et pour ta mère ? À supposer qu'elle ait bel et bien été assassinée ?

Rebecca, en proie à un début de migraine, se massa les tempes.

— J'embaucherai un enquêteur privé pour tenter d'en savoir plus.

— Bowden l'a déjà fait, et cela n'a rien donné. C'est d'ailleurs ce qui l'a incité à me rencontrer. Il pensait qu'en m'installant chez vous, j'aurais plus facilement accès aux secrets familiaux que n'importe quel enquêteur extérieur.

Rebecca le regarda, les sourcils froncés.

— Ou je me trompe, ou tu as une idée derrière la tête ?

— C'est exact, admit Kenneth. Je suis convaincu que le fin mot de l'histoire se trouve à Ravensbeck, là où ta mère est morte. Ce peut être un indice dans l'agenda de ton père, ou le témoignage d'un habitant des environs, qui aurait pu remarquer quelque chose... Étant donné que tout le monde a conclu à un accident, il n'y a même pas eu d'enquête.

— Autrement dit, tu me proposes de faire comme si rien ne s'était passé et de nous accompagner dans la région des Lacs, résuma sèchement la jeune femme.

Il esquissa un sourire.

— Prétendre que rien ne s'est passé me semble un peu difficile, mais pour le reste, tu as raison. J'aimerais pouvoir mener ma mission jusqu'à son terme.

— Pour l'amour de la justice ou pour sauver ton domaine ? demanda Rebecca, avec une ironie mordante.

— Peut-être pour les deux, avoua Kenneth. Mais aussi pour vous aider, ton père et toi, à découvrir la vérité. Je vous dois bien cela. Dès que je suis entré dans cette maison, j'ai senti que quelque chose n'allait pas. La mort de ta mère, dans d'étranges circonstances, semblait peser sur tous ses proches. Connaître la vérité, quelle qu'elle soit, ne pourra apporter que du soulagement.

Rebecca s'adossa au mur et ferma les yeux. Il semblait si attentif. Si gentil. Et si sincère ! Une partie d'elle-même se refusait à le laisser partir. Mais elle ne se voyait pas vivre sous le même toit que lui, l'ombre de sa trahison planant entre eux. Mieux valait qu'il s'en aille.

D'un autre côté, si quelqu'un pouvait résoudre le mystère de la mort d'Helen, c'était bien Kenneth. Rebecca lui reconnaissait une capacité d'analyse et de déduction bien supérieure à la sienne. Et elle devait à la mémoire de sa mère de le laisser terminer son enquête.

— J'ai menti sur les vraies raisons de mon arrivée ici, reprit-il, alors que Rebecca pesait toujours le pour et le contre. Mais ce fut mon unique mensonge. Tout ce que je t'ai raconté de mon passé, tout ce qui s'est passé entre nous était vrai. *Tout.*

Rebecca avait tellement envie de le croire. Mais elle se sentait la proie d'émotions contraires et ne savait plus où elle en était. Il y a encore seulement quelques heures, elle nageait dans un bonheur complet. Et puis, lorsqu'il parlait avec Bowden, Kenneth paraissait aussi sincère que maintenant.

— Tu as trop de secrets, capitaine, dit-elle. Tu as caché ta naissance, puis tes dons artistiques et enfin les raisons de ta venue chez nous. Comment peut-on, dans ces conditions, te faire encore confiance ?

— Si tu m'autorises à rester, je ferai mon possible pour ne pas croiser ton chemin.

— Nous verrons bien si tu tiens parole.

C'était une manière détournée de répondre positivement à sa requête. Kenneth hocha la tête, pour signifier qu'il avait compris, et quitta l'atelier sans rien ajouter.

Dès qu'il fut parti, Rebecca se laissa tomber sur le sofa, épuisée, et s'y roula en boule. La soirée avait été trop mouvementée. Amour. Trahison. Meurtre. Où s'arrêtait le mensonge ? Où commençait la vérité ?

Kenneth avait du talent, c'était certain. Ses toiles témoignaient d'un don réel. Il avait fait la guerre, Rebecca n'en doutait pas. Pas plus qu'elle ne doutait de l'existence de sa sœur, puisqu'elle l'avait rencontrée. Quant à ses amis, eux aussi étaient bien réels. Et c'étaient des gens de qualité.

Mais cela ne signifiait pas pour autant qu'il n'était pas un coureur de dot. Cela ne signifiait pas non plus qu'il avait éprouvé autre chose qu'un simple désir physique lorsqu'il lui avait fait l'amour. Enfin, cela ne signifiait pas qu'elle pouvait lui accorder sa confiance.

Les yeux grands ouverts, Rebecca s'abîma dans la contemplation du feu qui mourait lentement dans la cheminée.

Recru de fatigue, Kenneth se débarrassa de ses vêtements dès qu'il fut dans sa chambre et se mit tout de suite au lit.

Pour autant, il ne réussit pas à s'endormir rapidement. La colère de Rebecca, quand elle avait découvert sa trahison, avait été terrible. Mais la vraie catastrophe, c'était ce gouffre qui s'était creusé entre eux ensuite. Il se demandait s'il parviendrait jamais à le combler.

Cette femme était pleine de contradictions ! Son éducation libérale lui avait donné le goût de l'indépendance. Elle s'était conduite comme si la perte de sa virginité était un événement mineur, et ne cessait de marteler qu'elle n'était pas intéressée par le mariage. Toutefois, Kenneth la suspectait d'être terriblement romantique et de croire au grand amour. Si ce n'était pas le cas, elle n'aurait pas souffert des infidélités mutuelles de ses parents. Et elle n'aurait pas davantage attendu d'avoir vingt-sept ans pour croire en quelqu'un au point de lui offrir son corps et, en partie, son cœur. Kenneth se souvenait comment, peu à peu, Rebecca s'était ouverte à lui. Mais ce soir, elle s'était réfugiée dans sa coquille. Peut-être pour toujours.

Si désastreuse fût-elle, cette soirée avait pourtant apporté un élément nouveau à donner en pâture à lord Bowden. L'anneau manquant, même s'il ne constituait qu'un tout petit indice, semblait cependant accréditer la thèse de l'assassinat. Kenneth ne pouvait toujours rien prouver, bien sûr. Mais à présent qu'il était convaincu du crime, il lui paraissait possible de réussir à confondre le meurtrier.

Avant de sombrer dans le sommeil, Kenneth eut encore le temps de méditer sur l'ironie de sa situation. Sans sa mission secrète, il n'aurait jamais rencontré Rebecca. Mais ce même secret menaçait maintenant de lui ôter toute chance de connaître le bonheur avec elle.

29

Deux jours après le bal des Strathmore, Rebecca reçut au petit-déjeuner un mot de lady Bowden dans lequel elle lui expliquait qu'elle irait se promener vers 11 heures à Hyde Park, aux abords de la Serpentine.

La jeune femme relut le mot d'un air songeur. Elle avait souvent pensé à sa tante depuis leur première rencontre et, deux jours plus tôt, cette invitation l'aurait ravie.

Mais maintenant qu'elle savait de quel crime lord Bowden suspectait son père, Rebecca n'était plus sûre de rien. Elle se doutait qu'elle aurait du mal à ne pas aborder le sujet. D'un autre côté, c'était l'occasion rêvée pour tenter d'en savoir plus sur son oncle.

Le pragmatisme l'emporta et, deux heures plus tard, accompagnée de Betsy, elle prit le chemin du parc. Comme il y avait encore peu de monde, elle n'eut aucun mal à repérer sa tante.

— Bonjour, lady Bowden, la salua-t-elle. Je suis contente de vous revoir.

Lady Bowden adressa un bref regard à sa propre servante qui, comprenant le message, entraîna Betsy à l'écart. Quand les domestiques se furent suffisamment éloignées, lady Bowden répondit avec un sourire :

— Et moi, je suis contente que vous ayez répondu à mon invitation, Rebecca. Nous partons pour la campagne demain. Notre maison étant assez proche de celle de votre père, je crains que nous ne puissions nous voir là-bas.

— Quelqu'un le remarquerait forcément, admit Rebecca.

Les deux femmes descendirent lentement l'allée, en conversant de choses anodines, jusqu'au lac. Parvenue sur ses berges, lady Bowden ouvrit son réticule et en tira deux morceaux de pain. Après en avoir tendu un à Rebecca, elle émietta le sien et commença à le disperser à la surface de l'eau. Aussitôt, canards et cygnes se massèrent en nombre pour profiter de cette manne.

Rebecca imita sa tante, amusée.

— Je ne vous ai pas encore félicitée pour vos fiançailles, dit celle-ci. J'imagine que lord Kimball est ce bel homme qui vous accompagnait le soir de notre rencontre ?

Le bal des Candover paraissait déjà bien loin à Rebecca.

— Vous voulez dire le gentleman avec qui je fus surprise dans une situation délicate ? Pour être honnête, tante Margaret, ces fiançailles ne sont qu'un leurre pour éviter le scandale. Nous comptons les rompre après un délai décent.

Sa tante lui jeta un regard intrigué.

— À vous entendre, j'ai pourtant le sentiment que vous avez réellement songé à vous fiancer avec lui. Du reste, quand on se comporte ainsi avec un homme, c'est qu'on éprouve une certaine inclination pour lui…

— La situation a changé. Je ne devrais peut-être pas vous en parler, parce que j'ai peur de vous faire du mal mais, après tout, cette histoire vous concerne autant que moi.

Rebecca jeta son dernier morceau de pain dans l'eau. Un grand cygne inclina majestueusement son long cou et s'en empara.

— J'ai récemment appris que votre mari avait embauché lord Kimball et l'avait fait entrer chez nous afin qu'il découvre des preuves que mon père avait tué ma mère, lâcha la jeune femme d'une traite.

— Mon Dieu ! s'exclama lady Bowden en ouvrant de grands yeux. Je comprends mieux votre réticence à m'en parler. J'imagine que vous êtes inquiète pour votre père, et furieuse contre votre ami.

— Ce n'est pas mon ami. Du moins, ce ne l'est plus.

— Les hommes sont des créatures imparfaites, lui fit valoir lady Bowden. Mais il n'existe que deux sexes sur terre. Alors, il nous faut bien composer avec eux.

Et après un soupir, elle ajouta :

— C'est étrange qu'après plus de trente ans, mon mari ne puisse se sortir Helen de la tête.

— Je suis désolée, tante Margaret. Je me doute que cette nouvelle vous fait de la peine.

— Oh! ne vous excusez pas. Mon mari m'aime quand même, à sa façon. Notre couple a traversé les années. Et nous avons deux garçons merveilleux, qui font notre bonheur à tous les deux. Mais mon mari a aimé Helen alors qu'il n'était encore qu'un adolescent, et je pense qu'elle représente quelque chose comme le fantôme de ses rêves de jeunesse.

— Je peux comprendre cela, sauf lorsqu'il en vient à accuser faussement mon père, fit Rebecca.

Elle fit une pause, avant de risquer :

— Pardonnez-moi de vous demander cela, mais sa haine n'aurait-elle pu le conduire à forger des preuves pour se venger de mon père ?

— Non, c'est impossible. Marcus a souvent des idées très arrêtées, mais il est d'une honnêteté scrupuleuse, répliqua sa tante sans hésiter. Dites-moi, comment avez-vous appris toute cette histoire ?

— J'ai surpris une conversation entre votre mari et Kenneth, au bal des Strathmore.

— Avez-vous demandé à lord Kimball de s'expliquer ?

— Oui. J'étais tellement furieuse contre lui que j'ai cru que j'allais l'étrangler.

— Et alors, quelle a été sa réaction ?

— Il m'a assuré qu'il regrettait sa duplicité, répondit Rebecca, avant d'ajouter d'un ton plus mordant : Mais cela ne change rien au fait qu'il m'a menti.

— Une fois mêlé à cette histoire, il pouvait difficilement venir vous trouver et vous avouer la vérité, fit remarquer lady Bowden. Il était prisonnier d'un dilemme épineux.

— Un dilemme dont il était responsable, riposta Rebecca.

— Votre colère contre lui est justifiée, reconnut lady Bowden en suivant du regard une plume qui flottait au fil de l'eau. Mais si vous tenez à ce jeune homme, n'écartez pas toute possibilité de lui pardonner.

— Croyez-vous qu'il soit possible de restaurer la confiance, lorsqu'elle a été trahie ? demanda Rebecca sans conviction.

— L'amour peut beaucoup, fit sa tante d'une voix songeuse. Si ce n'était pas le cas, la race humaine aurait depuis longtemps disparu de la surface de la terre.

Se tournant vers sa nièce, elle lui prit le bras et lui proposa :

— Que diriez-vous d'aller déguster une glace ? Je ne connais rien de tel pour vous redonner le moral.

Rebecca suivit obligeamment sa tante en se demandant si elle parviendrait jamais à connaître une telle sérénité.

Pour Kenneth, ces deux jours avaient passé avec une lenteur abominable. Ainsi qu'il l'avait promis, il fit de son mieux pour éviter Rebecca. Et les rares fois où ils s'étaient croisés, c'était à peine si elle lui avait accordé un regard. Kenneth se sentait d'autant plus misérable qu'il voyait bien qu'elle souffrait. Hélas ! il ne pouvait rien faire pour l'apaiser. Alors, il avait trouvé une échappatoire dans le travail. Résultat, la série de dessins qu'il devait fournir à George Hampton avait bien avancé.

Le seul élément positif, au cours de ces deux jours, avait été la réaction de lord Bowden en apprenant cette histoire d'anneau manquant. Certes, il restait convaincu de la culpabilité de sir Anthony, mais au moins était-il satisfait de voir l'enquête progresser.

Kenneth passa sa deuxième soirée à dessiner dans son atelier. Son intention était même d'y dormir. Le fait que seule une mince cloison le séparait de Rebecca l'empêchait de trouver le sommeil dans sa propre chambre.

Minuit avait depuis longtemps sonné lorsque Kenneth cessa de dessiner. La maison était plongée dans un profond silence. Après avoir rangé son matériel, il s'approcha de la fenêtre. Il avait plu une bonne partie de la soirée, mais à présent, les nuages s'effilochaient et la lune recommençait à briller.

Seaton House occupait un angle, et soudain, Kenneth remarqua une silhouette masculine qui se faufilait dans la rue longeant le mur du jardin. L'homme s'immobilisa. Kenneth fronça les sourcils, intrigué.

Tout à coup, l'homme lança quelque chose par-dessus le mur du jardin. Une étincelle traversa les airs, il y eut un bruit de verre brisé deux étages plus bas. Une seconde après, une explosion ébranlait la maison.

— Bonté divine ! s'exclama Kenneth en jaillissant de son atelier.

Tout en courant dans le couloir, il cogna aux portes des domestiques pour les réveiller, puis il dévala l'escalier. Il atteignit le palier juste au moment où sir Anthony et Rebecca émergeaient de leurs chambres respectives, le peintre en pyjama et sa fille en chemise de nuit. Lavinia était là, aussi.

— Que se passe-t-il ? s'écria sir Anthony.

— Un incendie ! expliqua Kenneth, qui repartait déjà vers l'escalier. Dans votre atelier, je suppose. Assurez-vous que les domestiques sont tous réveillés. Il faut évacuer la maison.

Lavinia monta sous les combles, tandis que Rebecca et son père suivaient Kenneth au rez-de-chaussée. Ils n'étaient qu'à quelques mètres derrière lui quand il ouvrit la porte de l'atelier. Aussitôt, une épaisse fumée âcre envahit le hall. L'incendie s'attaquait déjà aux tentures, ainsi qu'au mobilier.

— Mon Dieu ! Mes toiles ! s'exclama sir Anthony.

Il courut vers le portrait des deux comtesses qui reposait sur un chevalet menacé par une tapisserie en flammes.

— Papa ! hurla Rebecca, voyant que la tapisserie commençait à tomber.

Kenneth tira sir Antony en arrière juste avant que la tapisserie ne s'écroule sur le chevalet.

— Pour l'amour de Dieu, sauvez les toiles qui sont à l'écart des flammes ! cria Kenneth, en même temps qu'il se saisissait d'un petit tapis pour tenter d'étouffer les flammes.

Sir Anthony attrapa deux toiles posées contre le mur et courut les mettre à l'abri dans le hall. Puis il revint dans son atelier, aidé cette fois de Rebecca, avec la ferme intention de récupérer le plus de tableaux possible. Kenneth en aurait ri, si la situation n'avait été aussi dramatique : il n'y avait que des artistes pour ignorer ainsi le danger quand il s'agissait de sauver leurs œuvres.

Les deux valets arrivèrent sur ces entrefaites avec des seaux d'eau qu'ils lancèrent sur les flammes. Le feu perdit aussitôt de sa vigueur, remplacé par une fumée noire. Un mouchoir placé devant la bouche, pour éviter l'asphyxie, Kenneth continua sans relâche de combattre les flammes qui rampaient en direction du hall. Du coin de l'œil, il vit sir Anthony et sa fille sortir *Horace* du salon adjacent. Quelques flammèches seulement s'étaient faufilées dans cette pièce, et Kenneth n'eut aucune peine à en venir à bout.

Minton, le majordome, vint lui prêter main-forte avec un autre tapis, tandis que les servantes faisaient la navette avec des seaux remplis d'eau.

— Donnez-moi un seau, ordonna Kenneth à l'une d'elles.

Son seau à la main, il s'approcha le plus près possible du cœur de l'incendie pour y jeter l'eau. Puis il se retourna et tendit le bras pour qu'on lui donne un autre seau. Une petite chaîne se forma rapidement, de l'office jusqu'à l'atelier.

Kenneth avait les yeux qui pleuraient et la gorge qui lui brûlait, mais la certitude qu'ils allaient triompher des flammes lui donnait le courage de continuer.

Après une bonne demi-heure de lutte acharnée, le feu finit par être vaincu. Kenneth se précipita dans le hall et s'effondra sur le sol, suffoquant, la respiration sifflante.

— Nous avons réussi ! s'exclama sir Anthony, à peine reconnaissable dans son pyjama noirci par la fumée. Ou plutôt, *vous* avez réussi, capitaine.

Adossé au mur, Kenneth eut une longue quinte de toux qui le secoua tout entier, puis il lança d'une voix rauque :

— Il faut continuer à répandre de l'eau partout où les cendres fument encore.

Lavinia prit les choses en main, et se chargea de donner des ordres aux domestiques.

Rebecca s'agenouilla à côté de Kenneth, une bassine d'eau entre les mains. Sa délicate chemise de nuit en soie brodée était elle aussi maculée de suie.

— Tu n'es pas brûlé ? Tes mains sont vilaines.

Kenneth regarda ses mains, rouges et couvertes de cloques. C'est alors qu'il s'aperçut qu'elles le faisaient atrocement souffrir.

— Ce n'est rien, dit-il, sans pouvoir retenir une grimace de douleur en voulant plier ses doigts.

Rebecca trempa un linge dans la bassine et commença par lui nettoyer la main droite. Elle s'appliquait, prenant soin de ne pas appuyer sur les cloques, mais sans jamais regarder Kenneth.

Penchée en avant comme elle l'était, sa chemise de nuit laissait entrevoir la naissance de ses seins, et Kenneth se repaissait du spectacle – ce qui suffit à le convaincre qu'il n'était pas sérieusement blessé.

Il préféra détourner le regard, cependant. La jeune femme s'attaqua à sa main gauche avec la même efficacité, froide et impersonnelle.

Entre-temps, sir Anthony était allé évaluer les dégâts dans son atelier.

— Tout le mobilier est détruit, et cinq tableaux ont brûlé, annonça-t-il. Ce n'est rien, comparé au désastre qui menaçait. Mais comment l'incendie a-t-il pu se déclencher ? Le feu avait été éteint et aucune chandelle ne brûlait. Que je sache, les flammes ne s'allument pas spontanément.

— C'est un incendie criminel, déclara Kenneth. Je regardais par hasard par la fenêtre de mon atelier, quand j'ai vu un homme lancer un objet incendiaire vers la maison. Sans doute une bouteille remplie de poudre, avec une mèche allumée. Elle a explosé en atterrissant dans la pièce.

— Mais… *pourquoi* ? demanda sir Anthony, incrédule.

— Qui peut savoir ? Un critique d'art. Un rival jaloux. Un mari furieux. Un bonapartiste qui n'aime pas votre série sur Waterloo… que sais-je encore, énuméra Kenneth en se relevant. À l'avenir, je ne saurais trop vous recommander d'embaucher des gardes pour patrouiller autour de la maison pendant la nuit.

— C'est une excellente idée, approuva Lavinia. Mais pour ce soir, je propose un cognac pour tout le monde avant de retourner nous coucher.

Kenneth contempla les domestiques rassemblés dans le hall. Leurs visages exprimaient à la fois la fatigue et un sentiment de triomphe, et c'était exactement ce qu'il ressentait lui-même.

— Sans vous, leur dit-il, Seaton House aurait probablement été réduite en cendres. Vous avez bien mérité de recevoir une prime.

Sir Anthony hocha la tête pour marquer son approbation, provoquant aussitôt un murmure de contentement. Puis il s'éloigna, Lavinia à son bras. Kenneth suivit des yeux Rebecca, qui leur emboîtait le pas. Elle ne lui avait pas accordé un seul regard.

Il renvoya ensuite les domestiques dans leurs chambres, à l'exception des deux valets et du majordome, avec qui il inspecta l'atelier pour s'assurer que tous les foyers avaient bien été éteints. Après quoi, il les congédia à leur tour, expliquant qu'il monterait la garde jusqu'au matin.

— Je peux m'en charger, milord, proposa Minton. Vous vous êtes plus battu que nous tous réunis. Allez donc vous reposer.

Voyant que Kenneth s'apprêtait à refuser, le majordome lui montra la porte avec autorité.

— Allez, milord.

Kenneth sourit, amusé.

— Dans l'armée, cela s'appelle de l'insubordination.

— Nous ne sommes pas dans l'armée, milord. Mais vous êtes libre de me renvoyer.

— Pas question, Minton, répliqua Kenneth en lui donnant une tape affectueuse sur l'épaule. Merci.

Il gravit les marches lourdement, et atteignit sa porte, exténué. Rebecca l'attendait à l'intérieur. À son grand regret, elle avait enfilé un peignoir sur sa chemise de nuit.

À son expression glaciale, il comprit que sa visite n'avait rien de romantique.

— J'ai pensé que tu aurais envie d'un remontant, dit-elle en lui tendant un verre.

— Tu as pensé juste.

Kenneth avala le contenu du verre ; un engourdissement bienvenu succéda à la brûlure de l'alcool dans sa gorge. Il s'approcha de sa cuvette et entreprit de se laver le visage.

— Cette fois, fit-il, il n'y a plus de doute.

— Alors, tu penses qu'il y a un lien entre cet incendie et la mort de ma mère ?

— Pas nécessairement. Il n'est pas impossible que ta famille ait deux ennemis jurés, objecta Kenneth, avant de s'allonger en travers de son lit.

— En tout, il y a eu trois accidents, résuma-t-il. L'absorption de laudanum par ta mère, sa chute mortelle et maintenant, cet incendie criminel dont les conséquences auraient pu être terribles. Il y a une escalade dans la violence.

— Quiconque serait prêt à tuer d'innocentes victimes pour régler un différend d'ordre privé est forcément un malade. Tu parles d'ennemis de ma famille, mais seul mon père peut être la cible de ce ou de ces fous. Personne ne me connaît assez bien pour souhaiter ma mort… excepté toi, peut-être.

— Crois-moi, Rebecca, je n'ai jamais, jamais voulu te faire de mal.

Elle détourna le regard.

— Nous devrions peut-être avertir mon père de ta théorie selon laquelle cet incendie fait partie d'un plus vaste complot.

Kenneth médita sa proposition, puis la refusa :

— C'est inutile. Après l'incendie de ce soir, nous n'aurons aucun mal à lui demander de se montrer prudent, cela devrait suffire.

— Très bien. Dans ce cas, bonne nuit, capitaine.

Kenneth avait une envie folle de l'attirer sur le lit, près de lui. Pas pour lui faire l'amour, non, simplement pour la tenir à nouveau dans ses bras. Se sentir proche d'elle.

Mais c'était sans espoir, bien sûr. Il soupira.

— Mes efforts de ce soir n'ont-ils pas allégé ton ressentiment contre moi ?

Elle avait déjà ouvert la porte et se retourna sur le seuil.

— Je n'ai jamais mis en doute ton courage, capitaine. Seulement ton honnêteté.

Elle sortit sans rien ajouter.

Vu la tournure que prenait la situation, Rebecca ne lui pardonnerait jamais sa duperie, songea Kenneth. À cette seule pensée, il se sentit profondément déstabilisé. Aussi, plutôt que de remuer ses idées noires, il préféra se concentrer sur l'incendiaire. À quoi ressemblait-il ? Dans l'obscurité, il n'avait rien remarqué de déterminant, sinon que c'était un homme de corpulence moyenne et plutôt grand.

Il allait se glisser sous les couvertures lorsqu'on frappa à sa porte.

— Entrez, dit-il d'une voix lasse.

C'était Lavinia. Kenneth voulut se relever, mais elle lui fit signe de rester allongé.

— Pardonnez-moi de vous déranger, dit-elle, mais puisque Rebecca et vous êtes toujours brouillés, j'ai pensé que je pouvais me permettre cette intrusion.

— Vous êtes décidément trop observatrice, lady Claxton.

— Il faut bien que quelqu'un ouvre les yeux dans cette maison.

— Sir Anthony ne risque-t-il pas de s'inquiéter de votre disparition ?

— Il s'est déjà rendormi, expliqua Lavinia en refermant la porte derrière elle, avant de demander, tout à trac : Anthony est-il en danger ?

— Je le crains.

Elle s'assit tout au bord de la seule chaise de la pièce.

— Que puis-je faire ?

Kenneth devina que Lavinia, avec son intuition et ses nombreuses relations, pourrait s'avérer fort utile.

— Connaissez-vous des ennemis à sir Anthony ? Du moins, quelqu'un qui le détesterait assez pour vouloir lui faire du mal ?

Lavinia frissonna, et resserra sa robe de chambre sur ses formes généreuses. Tout à coup, avec son regard inquiet, elle paraissait vraiment son âge.

— Un homme aussi célèbre qu'Anthony s'attire toujours des inimitiés, mais je ne vois pas qui pourrait souhaiter sa mort, ou vouloir s'en prendre à son entourage.

— Vous l'aimez, n'est-ce pas ?

— Depuis le jour où je l'ai rencontré, avoua-t-elle tranquillement. Je n'avais que dix-sept ans la première fois que j'ai posé pour lui. J'ai songé à le séduire, mais je ne voulais pas être une de ses maîtresses parmi tant d'autres. J'ai pensé qu'une amitié durerait plus longtemps, et c'est ce qui s'est produit.

Elle soupira, s'adossa à sa chaise, et poursuivit :

— Helen m'avait dit une fois que si jamais il devait lui arriver quelque chose, elle comptait sur moi pour prendre soin de son mari. Elle ne voulait pas qu'Anthony tombe dans les bras d'une quelconque gourgandine qui n'en aurait eu qu'après sa fortune et sa gloire.

Kenneth jugea le moment opportun pour poser la question qui le préoccupait depuis le début de son enquête :

— L'été dernier, au moment de la mort de lady Seaton, qui était la maîtresse de sir Anthony ? On m'a rapporté une rumeur – très sérieuse – selon laquelle il aurait envisagé de rompre son mariage pour vivre avec cette femme. Cela n'aurait pas été difficile. Il aurait très bien pu prendre prétexte de la liaison d'Helen avec George Hampton pour réclamer le divorce.

— Anthony n'aurait jamais, jamais fait cela, déclara fermement Lavinia. Et certainement pas pour la créature avec laquelle il couchait à l'époque. C'est sans doute elle qui a lancé cette rumeur, par pure vanité. Parce qu'elle savait très bien qu'Anthony ne l'épouserait jamais.

— Mais qui était cette femme ? insista Kenneth.

Lavinia hésita un instant, avant de lâcher, avec un haussement d'épaules fataliste :

— Votre belle-mère.

Kenneth n'en fut qu'à moitié surpris. Sir Anthony avait peint le portrait d'Hermione. Et il était lui-même bien placé pour savoir à quel point la jeune femme était désirable. Kenneth espérait seulement que son père n'en avait rien su.

— À présent qu'elle est veuve, continue-t-elle de fréquenter sir Anthony ?

— Il a mis fin à leur liaison au moment de la mort d'Helen et ne l'a plus revue depuis, expliqua Lavinia avec une évidente satisfaction. Helen aurait été ravie. Hermione était exactement le genre de créature qu'elle redoutait. De toute façon, Hermione n'est pas à plaindre. Je me suis laissé dire, de source sûre, qu'elle épouserait lord Fydon dès la fin de son deuil. Il est fabuleusement riche, mais il a un caractère exécrable. J'ai bien peur qu'elle ne le regrette.

Ainsi donc, Hermione avait renoncé à ses vues sur le frère de Michael. Après tout, un riche comte à ses pieds valait mieux qu'un duc hypothétique.

— J'espère que votre source est de bonne foi, car c'est une bonne nouvelle pour moi. Selon les termes du testament de mon père, Hermione devra reverser la plus grande partie de son héritage à ma sœur et moi au cas où elle se remarierait.

— Oh ! je suis convaincue qu'elle épousera Fydon. Non seulement il est riche comme Crésus, mais il possède aussi des bijoux remarquables. Et Hermione est quelque peu dépourvue de ce côté-là...

Lavinia eut un sourire espiègle.

— Je ne sais pas comment vous avez réussi votre coup, mais félicitations.

— Je n'ai rien fait du tout, répliqua Kenneth, avant de ramener la conversation sur le sujet de départ : Est-ce qu'une femme ne pourrait pas en vouloir à sir Anthony pour une histoire d'amour ?

Lavinia secoua la tête.

— Ses affaires de cœur ne portaient jamais à conséquence ; j'en parle avec d'autant plus d'assurance que je suivais cela de près.

— Son agenda de l'été dernier nous livrera peut-être un indice, s'entêta Kenneth, qui refusait de se laisser gagner par le pessimisme.

— Le journal intime d'Helen sera sans doute une bien meilleure source d'information.

Kenneth se redressa sur son lit.

— Parce qu'elle tenait un journal intime ? Je l'ignorais.

— Je ne suis pas sûre qu'Anthony et Rebecca soient au courant. C'était le jardin secret d'Helen. Elle y consignait ses sentiments. Au fil des ans, elle avait accumulé plusieurs volumes, qu'elle gardait précieusement.

— Où sont-ils ?

— C'est à moi qu'elle les a confiés, expliqua tranquillement Lavinia. Le jour où elle me demanda de veiller sur son mari, elle m'enjoignit également de brûler ses cahiers au cas où il lui arriverait quelque chose. Je me demande, à présent, si elle n'avait pas une prémonition.

— Mais vous ne les avez pas brûlés ? voulut savoir Kenneth, soudain plein d'espoir.

— Non. C'était le dernier lien qui me rattachait à Helen. Je n'ai pas eu la force de les détruire. Mais je n'ai pas davantage eu le courage de les lire. Ce serait trop douloureux.

— Laissez-moi les consulter. Peut-être pourrais-je y trouver un indice qui nous mettrait sur la piste de l'incendiaire de ce soir.

— Je suppose que cela vaut en effet la peine d'essayer, acquiesça Lavinia en se levant. Je suis convaincue que vous êtes un excellent enquêteur, même si les choses ne sont pas simples pour vous cette fois.

Kenneth la regarda, interloqué, cherchant à savoir ce qu'elle avait deviné au juste.

— Vous êtes une femme très perspicace, Lavinia.

Elle haussa les épaules.

— Je vous l'ai dit tout à l'heure : je me contente d'ouvrir les yeux. Bonne nuit, capitaine.

Elle lui adressa un petit signe, et referma doucement la porte derrière elle.

Kenneth se débarrassa de ses vêtements l'esprit en ébullition. Si Hermione se remariait, il allait récupérer une bonne partie de l'argent qu'elle tenait de son père. Sa fortune serait ainsi pratiquement restaurée, et il se retrouverait en position de prendre une épouse.

Mais d'abord, il devait mettre la main sur le scélérat qui avait tué Helen et menaçait maintenant sir Anthony. Il pria silencieusement pour que le journal intime d'Helen Seaton lui apporte enfin l'indice qui lui manquait. Si Kenneth arrivait à sauver son père, Rebecca finirait peut-être par lui pardonner.

Mais cette partie n'était pas gagnée. Loin de là. Il était plus facile de démasquer un meurtrier que de retrouver une confiance perdue.

30

À la lumière du jour, l'atelier de sir Anthony paraissait encore plus ravagé que la nuit précédente. Alors qu'il descendait prendre son petit-déjeuner, Kenneth s'y arrêta, et trouva sir Anthony déjà occupé à dresser l'inventaire des dégâts.

— J'en ai encore des frissons, murmura le peintre. Si cet incendie avait éclaté pendant que je travaillais à ma série sur Waterloo, j'aurais perdu, à l'heure qu'il est, les meilleurs tableaux que j'eusse jamais peints.

— C'est vrai, acquiesça Kenneth en parcourant la pièce dévastée du regard. Mais ç'aurait été bien pire si l'engin incendiaire avait atterri dans votre chambre. Lady Claxton et vous n'en auriez peut-être pas réchappé.

— Croyez bien que j'y ai pensé, répliqua sir Anthony. Comment pourrions-nous mettre la main sur le vaurien qui a fait cela ?

— Je n'en sais rien. Nous pouvons faire appel à la police, bien sûr. Mais ce genre de forfaits laisse rarement de traces. Pour ouvrir une enquête, il faudrait savoir par où commencer. Vous connaissez-vous un ennemi juré ?

— Pas que je sache, répondit sir Anthony, sans cacher son irritation. Mais le problème, c'est qu'un homme dans ma position peut se faire des ennemis sans même s'en rendre compte. Il suffit d'une remarque désobligeante sur une mauvaise peinture lors d'une exposition pour déclencher la colère de l'artiste si quelqu'un de mal intentionné lui rapporte mon propos. Les peintres sont réputés pour ne pas être tendres les uns envers les autres.

— En tout cas, si jamais vous pensez à un nom, n'oubliez pas de m'en avertir, conclut Kenneth, avant de demander : Quelles œuvres avez-vous perdues ?

— Uniquement des portraits, à des stades plus ou moins avancés. La perte la plus ennuyeuse est celle du deuxième tableau des comtesses jumelles. La version Markland a déjà été livrée. Je vais être obligé de refaire celle des Strathmore. Écrivez-leur dès aujourd'hui pour leur annoncer le retard, voulez-vous ? Il faudra aussi qu'ils reviennent poser. Mais je ne suis pas près de pouvoir réintégrer mon atelier. Je vais devoir m'installer dans le salon en attendant que les travaux de réfection soient terminés.

Kenneth eut soudain une idée.

— Pourquoi ne pas partir tout de suite pour la campagne ? Les travaux auront lieu pendant votre absence, et vous travaillerez dans de meilleures conditions.

Le visage de sir Anthony s'éclaira.

— C'est une excellente idée. Vous resterez à Londres le temps d'entamer les travaux, et ensuite, vous nous rejoindrez.

Kenneth hésitait à laisser partir sir Anthony sans protection. D'un autre côté, son ennemi était à Londres – du moins pour l'instant. Si Kenneth ne perdait pas de temps, il pourrait prendre le chemin de Ravensbeck d'ici une semaine.

— Très bien, monsieur. Je vais donner des ordres pour vos bagages, ainsi, vous pourrez partir dès demain.

— Parfait. Je compte sur vous.

Dans le hall, Kenneth tomba sur lord Frazier, George Hampton et quelques autres amis du peintre déjà au courant de l'incendie. Il étudia leurs visages, y cherchant des signes de satisfaction ou de désappointement, mais ne vit que de la curiosité et de l'inquiétude.

En s'asseyant devant son petit-déjeuner, il se demanda si l'un d'eux déciderait de partir pour la campagne plus tôt que prévu.

Le reste de la journée et jusqu'au début de l'après-midi du lendemain, Seaton House ressembla à une ruche, entre les ouvriers qui avaient commencé à dégager les gravats de l'atelier de sir Anthony et les domestiques qui s'affairaient à préparer les bagages de toute la maisonnée.

Quand le convoi s'ébranla enfin dans la rue, Kenneth se sentait aussi éreinté que s'il avait organisé l'invasion d'un pays ennemi. Mais lorsque la dernière voiture, celle qui emportait la famille, suivit à son tour les fourgons de bagages et les voitures des domestiques, Kenneth ne put s'empêcher de penser à cette dernière fois où il avait vu Maria vivante. Il s'était inquiété de son départ, mais elle avait ri de ses appréhensions.

La comparaison était absurde, bien sûr. Les deux situations n'avaient rien de commun : Maria participait à la guérilla contre les Français dans un pays en guerre, tandis que Rebecca partait à la campagne avec son père. Elle serait sans doute plus en sécurité là-bas qu'à Londres, pourtant, cette séparation ne rassurait pas Kenneth. Ses craintes étaient irrationnelles, il le savait, mais cela ne changeait rien à l'affaire.

— Excusez-moi, milord, l'interpella soudain une voix. Ça ne va pas ?

C'était Minton. Le majordome passerait tout l'été à Londres, pour superviser l'avancement des travaux.

Kenneth soupira.

— Je suis simplement triste de voir Mlle Seaton s'en aller.

Minton prit un air entendu.

— L'impatience des amoureux. Ne vous attristez pas, milord, vous la retrouverez dans quelques jours.

En rentrant dans la maison, Kenneth se sermonna : Rebecca ne craignait rien et, avec un peu de chance, cette séparation leur serait peut-être bénéfique.

Pourtant, son mauvais pressentiment ne le quitta pas de la journée. Il occupa le restant de l'après-midi à démarcher les entreprises qui s'occuperaient des travaux de restauration de l'atelier. Puis il passa une partie de la soirée à mettre en ordre la correspondance de sir Anthony. Il était déjà tard lorsqu'il put enfin jeter un coup d'œil aux journaux intimes d'Helen Seaton que Lavinia lui avait remis avant de partir.

Kenneth hésita un moment avant d'ouvrir le premier volume. Helen Seaton n'avait sans doute pas souhaité que quiconque lise ses pensées intimes. Mais elle n'aurait pas voulu non plus que son mari soit tué. Ou que sa propre mort reste impunie.

Il se décida finalement à tourner la première page.

Comme Lavinia l'avait expliqué, le texte était une succession d'impressions qui reflétaient l'état d'esprit de son auteur. Mais, en filigrane, c'est la voix d'Helen Seaton, chaleureuse et pleine de vie, que le lecteur percevait.

Son journal commençait l'année de ses dix-sept ans, alors qu'elle venait de perdre ses parents. Son tuteur l'avait envoyée à Londres, pour être présentée officiellement à la bonne société. Kenneth parcourut rapidement les pages narrant la découverte de la capitale et les premières mondanités. Il devint plus attentif lorsqu'il fut question de lord Bowden :

Marcus Seaton m'a demandée en mariage. J'ai accepté, parce que de tous mes prétendants, c'est celui que j'apprécie le plus. En fait, je pense être amoureuse, quoique je n'en sois pas tout à fait sûre, car l'amour m'est un sentiment peu familier. Mais Marcus est charmant, intelligent et attentionné. La semaine prochaine, nous partirons ensemble pour la région des Lacs. Marcus veut me présenter à sa famille et me montrer le manoir familial.

La page suivante commençait ainsi :

Le manoir des Seaton a beaucoup d'allure, et la campagne environnante est magnifique. Je me plairais beaucoup ici. Aujourd'hui, j'ai rencontré une jeune fille du voisinage, Margaret Williard. Elle n'est pas vilaine, et son regard est vif et expressif. Je la soupçonne d'être amoureuse de Marcus, mais lui semble ne se rendre compte de rien. Ah, les hommes ! Tous aveugles ! Margaret doit sûrement me détester, et pourtant, elle s'est montrée adorable avec moi. J'espère que nous deviendrons bonnes amies. Elle pourrait épouser le frère cadet de Marcus, Anthony, l' « artiste », comme on l'appelle dans la famille. Il doit arriver demain, avec deux de ses amis. Je suis impatiente de faire leur connaissance...

Et, quelques lignes plus bas :

Les artistes sont arrivés. Lord Frazier est beau garçon et assez imbu de lui-même, mais très galant. Il a fait un croquis de moi en Aphrodite. George Hampton, de plus humble naissance, semble un peu intimidé au milieu de tous ces nobles. Mais c'est un charmant garçon. Quant au frère de Marcus, Anthony...

Mon Dieu, je ne sais trop qu'en dire !

Une semaine plus tard, Helen avait écrit :

Anthony m'a demandé de m'enfuir avec lui. C'est indécent, bien sûr. Mais comment pourrais-je supporter de devenir sa belle-sœur ? Et serait-ce raisonnable d'épouser Marcus maintenant que je sais que je ne l'aime pas ? J'ai été folle de croire que j'étais amoureuse de lui.

Le lendemain, elle notait :

Anthony et moi avons pris la décision de nous enfuir. Peu m'importe le scandale ou la ruine. Nous trouverons toujours un toit pour abriter notre amour. Le reste n'a pas d'importance. Puissent Dieu et Marcus me pardonner !

Kenneth continua de parcourir les pages au long desquelles Helen décrivait sa vie de femme et de mère. Il sourit en lisant ce passage :

Je pense qu'Anthony a été un peu déçu d'apprendre que ce n'était pas un garçon. Mais il n'a pas tardé à tomber en extase devant sa petite fille aux boucles rousses. Il a déjà rempli un carnet entier de dessins la représentant à toutes les heures de la journée. On dirait que c'est le premier bébé depuis la création du monde…

Le premier volume du journal intime d'Helen Seaton s'arrêtait là. Kenneth se leva pour s'étirer un peu. À sa grande surprise, il constata qu'il était minuit passé. L'heure de se mettre au lit.

Cependant, avant de se coucher, Kenneth passa encore quelques minutes éveillé, à dessiner un visage de bébé avec des boucles rousses…

Pour la centième fois au moins depuis leur départ, Rebecca pesta contre la longueur du trajet. La région des Lacs n'avait qu'un inconvénient, mais de taille : son éloignement de Londres. Le voyage prenait presque quatre jours. Quatre journées interminables à ne rien faire, à part regarder le paysage défiler lentement par les vitres de la voiture.

Son humeur était d'autant plus maussade que ses pensées n'avaient rien de réjouissant, qu'il s'agisse de Kenneth ou des menaces qui pesaient sur son père. Elle n'était pas non plus très enthousiaste à l'idée de retourner sur les lieux où sa mère était morte. Elle se demandait s'il était possible d'habiter Ravensbeck sans tomber sur Helen à chaque détour de couloir. Mais en même temps, elle aimait tant cette région qu'elle espérait voir son chagrin s'atténuer au bout de quelques jours.

L'attelage roula dans une ornière, et tout le véhicule en fut ébranlé.

— Mon imagination me joue des tours, ou les routes sont pires que l'année dernière ? demanda sir Anthony.

Rebecca ne put s'empêcher de sourire.

— Tu dis la même chose tous les ans. C'est plutôt ta mémoire qui oublie à quel point ce voyage est ennuyeux.

— Toi, tu répètes *cela* tous les ans !

— Au moins, nous profitons du paysage, intervint Lavinia.

— C'est ce que disait toujours Helen, commenta sir Anthony.

Il y eut un silence embarrassé. Rebecca regarda tour à tour son père et Lavinia. Elle avait longtemps cru leur liaison superficielle, mais maintenant qu'elle-même en était passée par là, elle savait reconnaître les signes d'un véritable attachement. Cependant, son père se sentait tellement coupable de la mort d'Helen qu'il était incapable de profiter pleinement de son bonheur. Rebecca jugea qu'il lui revenait de forcer un peu le destin. Après tout, ce serait bien qu'il y ait au moins quelqu'un d'heureux dans cette famille…

— La période de deuil de papa va bientôt s'achever, dit-elle. Pourquoi ne vous marieriez-vous pas, tous les deux ?

Le couple la regarda, médusé. Après un long moment, Lavinia lâcha, d'une voix mal assurée :

— Ton père ne m'a pas demandé ma main, ma chérie.

Rebecca se tourna vers lui :

— Et pourquoi donc, papa ? Puisque vous vivez déjà pratiquement ensemble ? En l'épousant, tu en ferais une femme honnête.

Son père manqua de s'étrangler.

— Je ne peux pas croire que c'est ma propre fille qui me dit des choses pareilles ! N'as-tu donc aucun respect ?

— J'ai appris l'impudeur sous le toit de mon père, lui fit remarquer Rebecca, bien décidée à ne pas lâcher prise. Te remarier ne serait pas déloyal envers la mémoire de maman. Elle n'aurait pas aimé te savoir seul. Et peu de femmes seraient aussi patientes que Lavinia pour supporter ton tempérament d'artiste. Elle sera tout à fait capable de diriger la maison après le départ de lord Kimball.

— Un mot de plus, et je te fiche dehors, gronda son père, au bord de l'explosion. Tu termineras le trajet à pied.

— Parfait. Comme cela, j'aurai moins mal au dos, répliqua Rebecca avec insolence.

Son père eut une moue dégoûtée, puis tourna la tête et regarda ostensiblement par la vitre. Au bout d'un moment, Lavinia risqua d'une petite voix :

— Ce n'est pas moi qui ai incité Rebecca à parler de cela, Anthony.

— Je m'en doute, marmonna-t-il. Tu serais capable de t'accommoder indéfiniment de mon égoïsme.

— C'est vrai, admit Lavinia, comme s'ils étaient seuls dans la voiture. Je t'ai toujours aimé, tu sais.

— Je sais. Et moi aussi, je t'aime. Mais je ne mérite pas ton amour. Helen aussi, je l'aimais, et pourtant j'ai été un mauvais mari.

— Tu étais le mari qu'elle voulait. Et tu es celui que je veux, répliqua Lavinia, avant d'ajouter, plus amère : Durant des années, j'ai joué les scandaleuses en couchant avec des tas d'hommes uniquement parce que je ne pouvais avoir le seul que je désirais. Nous ne sommes parfaits ni l'un ni l'autre, Anthony. Et c'est aussi bien ainsi.

Elle lui tendit la main et il l'étreignit avec force. Rebecca tourna discrètement la tête, feignant d'ignorer les murmures que s'échangeaient maintenant son père et Lavinia. Elle était heureuse pour eux. Sincèrement. Mais tandis qu'elle laissait son regard errer sur le paysage, elle ne pouvait s'empêcher de penser au vide de son propre cœur. Le court bonheur qu'elle avait connu avec Kenneth lui semblait déjà si loin qu'elle se demandait si elle ne l'avait pas rêvé.

Kenneth passa la journée qui suivit le départ des Seaton à choisir meubles et tentures pour l'atelier. Il trouva cependant le temps de faire porter un mot à son notaire pour le prévenir du possible remariage d'Hermione. Le notaire lui répondit immédiatement qu'il se ferait un plaisir de veiller à ses intérêts.

Après dîner, Kenneth consigna par écrit quelques recommandations au sujet des travaux, qu'il remettrait à Minton avant son départ. Le majordome se révélait plein de ressources et capable de prendre les bonnes décisions seul. Le prochain secrétaire de sir Anthony n'aurait donc pas à s'impliquer autant dans la gestion de la maison qu'avait dû le faire Kenneth.

Quand il en eut terminé avec son travail, il ouvrit le second volume du journal intime d'Helen Seaton. Plus il se rapprochait de la date de sa mort, plus il lisait soigneusement les pages, à la recherche d'un indice, quel qu'il soit, qui le mettrait sur la piste de l'ennemi de la famille. Mais pour l'instant, il n'avait rien trouvé de significatif.

Cependant, il prenait plaisir à sa lecture. Helen écrivait très bien. Son style, sans prétention, était vif et léger. Et elle avait un réel talent pour brosser un portrait en quelques mots. Elle avait croisé, au cours de sa vie, la plupart des artistes de ce pays, et Kenneth songea que son journal constituait un précieux témoignage sur ses contemporains, et qu'il mériterait d'être publié dans le futur.

Certains chapitres strictement personnels resteraient bien entendu secrets. Tel celui-ci où Helen évoquait une fausse couche, environ deux ans après la naissance de Rebecca :

Le bébé aurait sans doute été un garçon. Mon Dieu ! pourquoi ne puis-je pas pleurer ? Ma mère me manque désespérément. À chaque événement important de ma vie – mes fiançailles, mon mariage, la naissance de Rebecca –, elle m'a manqué comme si elle était morte la veille. Et pourtant, je ne l'ai jamais pleurée. Mon chagrin est comme un immense océan intérieur que je ne puis vider en pleurant.

Troublé par ces quelques lignes, Kenneth suspendit sa lecture. Il avait lui-même éprouvé ce qu'Helen décrivait. Longtemps, son chagrin était resté enfermé à double tour dans son cœur. C'était Rebecca qui lui avait montré comment l'extérioriser.

Quelle ironie ! Elle l'avait libéré d'un grand poids, alors qu'elle-même était restée prisonnière de sa peine. Kenneth la suspectait de n'avoir jamais pleuré de sa vie. Comme sa mère.

Mais il voulait espérer que lorsqu'ils se reverraient, elle accepterait qu'il l'aide à vaincre ses angoisses.

Et tandis qu'il réfléchissait à cela, il eut soudain la certitude que l'heure était venue pour lui d'affronter, face à la toile, la dernière et la plus douloureuse de ces visions qui le hantaient depuis des années.

La journée du lendemain fut encore largement consacrée aux suites de l'incendie et aux réparations. Le chantier commençait déjà à se mettre en place et Kenneth espérait que d'ici deux ou trois jours, il pourrait à son tour partir pour Ravensbeck.

Malgré sa fatigue, il s'obligea à lire le troisième et dernier volume du journal d'Helen Seaton après le dîner. Elle y manifestait plus que dans les précédents son penchant à la mélancolie.

Pourquoi les choses qui me rendent heureuse au mois de mai me crucifient-elles en janvier ? La semaine dernière, la vie m'a paru si horrible que j'en suis arrivée à me demander s'il ne vaudrait pas mieux s'endormir une fois pour toutes et ne jamais se réveiller. Anthony, George et Rebecca se passeraient très bien de moi. Ce n'est que la certitude que les choses iront mieux au printemps qui m'a empêchée de passer à l'acte – cela, et aussi le fait que je manque du courage nécessaire pour mettre fin à mes jours.

Kenneth comprenait mieux, après avoir lu ce passage, pourquoi les proches d'Helen avaient redouté qu'elle ne se suicide un jour.

À mesure que les années passaient, elle avait d'ailleurs pratiquement cessé de tenir son journal durant l'hiver. Sans doute n'avait-elle même plus la force d'écrire. Ou alors, préférait-elle ne pas coucher sur le papier ses noires pensées.

Ce n'est qu'à quelques pages de la fin que Kenneth tomba sur un passage qui l'alerta :

Anthony a peint un magnifique portrait de moi, joyeuse et même espiègle, sur les pelouses de Ravensbeck. Il prétend que je suis sa muse, et il a tenu à accrocher le portrait dans le salon, pour que tout le monde puisse l'admirer après dîner. Malcolm l'a contemplé d'un drôle d'air. Et il a dit une chose très bizarre – que j'étais le cœur d'Anthony. Et que sans moi, Anthony ne serait plus un grand artiste.

Kenneth relut attentivement ces quelques lignes, tandis que, dans sa tête, les morceaux du puzzle commençaient enfin à s'imbriquer les uns dans les autres pour dessiner un motif. L'anneau manquant de la bague n'était pas un message d'Helen, mais de Frazier. En tuant Helen, il avait aussi fait disparaître ce qui, selon lui, constituait le cœur et la source d'inspiration de sir Anthony.

Jeune homme, Frazier semblait promis à un bel avenir. Mais il n'avait pas tenu ses promesses. Son travail avait pâti de l'étroitesse de son esprit et de la sécheresse de son cœur. Et pendant presque trente ans, il avait été condamné à voir monter au firmament l'étoile de sir Anthony, tandis que la sienne pâlissait inexorablement.

La belle amitié des débuts avait peu à peu fait place à la jalousie et au ressentiment. Kenneth se rappelait maintenant comment Frazier lui avait assuré que le talent de sir Anthony n'était plus le même depuis la mort de sa femme. C'était un souhait, plutôt qu'une constatation. Mais cet espoir avait brutalement volé en éclats devant le succès public rencontré par la série sur Waterloo.

Et l'élection probable de sir Anthony à la présidence de l'Académie avait constitué le coup de grâce. Kenneth se souvenait de la réaction glaciale de Frazier à l'annonce de cette nouvelle. La bombe incendiaire avait été lancée deux jours plus tard. Et le peu qu'avait pu voir Kenneth du pyromane correspondait tout à fait à la silhouette de Frazier.

Mû par une impulsion, il tira sa montre de son gousset. Bientôt minuit. C'était tard. Mais il n'était jamais trop tard pour confondre un assassin.

Quoique Frazier ne fût pas de taille à lutter contre lui, Kenneth préféra se munir du pistolet qu'il gardait au fond de sa valise. Le scélérat était sans doute assez lâche pour préparer ses coups en douce.

L'arme dans la poche de son manteau, Kenneth quitta Seaton House. La maison de Frazier n'était qu'à une quinzaine de minutes à pied.

À son arrivée, il fut surpris de constater que la demeure était plongée dans le noir. Cela ne l'empêcha pas de grimper les marches du perron quatre à quatre, pour frapper à la porte.

Le heurtoir avait été retiré. Ce qui signifiait que le propriétaire était absent.

Kenneth sentit cette angoisse qu'il combattait depuis plusieurs jours remonter à la surface.

Ce salaud de Frazier avait quitté la ville.

31

Rebecca était contente qu'ils aient atteint Ravensbeck à la tombée de la nuit. La fatigue de la journée atténuerait ainsi le chagrin de se retrouver dans ces murs chargés d'émotion. Après un rapide souper, les voyageurs gagnèrent rapidement leurs chambres.

Le lendemain matin, Rebecca se leva à l'aube. Son premier geste fut de se planter devant la fenêtre. Bien qu'elle vînt à Ravensbeck depuis sa plus tendre enfance, revoir ce paysage lui causait toujours un choc. Une brume matinale baignait la vallée ; seul le sommet des plus hautes collines était visible, telles des îles dans une mer de nuages.

Même si elle passait le plus clair de son temps à Londres, Rebecca était toujours plus heureuse à la campagne. Il y avait moins de monde, moins de bruit, moins de soucis. Elle songea tout à coup que rien ne l'empêchait de s'installer à demeure à Ravensbeck.

Plus elle retournait l'idée dans sa tête et plus elle lui paraissait séduisante. Son père et Lavinia disposeraient de la maison de Londres pour eux seuls, ce qui conviendrait parfaitement à des « jeunes » mariés. Quant à son travail, Rebecca ne serait pas en peine d'inspiration. Les paysages étaient grandioses et les gens du cru offraient des visages intéressants à peindre.

Et surtout, elle ne serait plus obligée de voir Kenneth. C'était un artiste prometteur dont la carrière ne pouvait que progresser, et si elle restait à Londres, leurs chemins se croiseraient inévitablement.

Le cœur soudain plus léger, elle descendit prendre son petit-déjeuner : des œufs au bacon, des toasts et du thé bien fort. Son père et Lavinia ne s'étaient pas encore manifestés. Tant mieux. Rebecca pourrait se rendre tout de suite au premier des deux pèlerinages qu'elle s'était fixés.

Après avoir cueilli quelques fleurs dans le jardin, elle descendit au village à cheval. Elle laissa sa monture devant l'église et poussa la porte du petit cimetière adjacent pour aller se recueillir sur la tombe de sa mère. La pierre tombale commandée par son père avait été installée durant l'hiver. On pouvait y lire : *Helen Osgrove Seaton, 1768-1816. Épouse, mère et muse bien-aimée.*

Ces quelques mots ravivèrent la douleur de Rebecca. Elle déposa son bouquet sur la tombe et se recueillit un long moment.

En arrivant vers son cheval, elle découvrit avec surprise Lavinia sur l'une des autres montures de Ravensbeck.

— J'espère que je ne te dérange pas ? lui demanda cette dernière.

Rebecca sourit en voyant qu'elle aussi avait apporté un bouquet.

— Le jardinier va avoir du travail, avec nous.

— Nous pourrions lui conseiller de planter des fleurs ici, pour épargner ses plates-bandes, suggéra Lavinia, avant de demander, embarrassée : Tu es certaine que cela ne t'ennuie pas, si j'épouse Anthony ?

— J'en suis certaine, la rassura Rebecca. Mon père a besoin de quelqu'un pour veiller sur lui.

— Et cela ne pourra plus être toi, puisque tu vas te marier.

Rebecca s'assombrit.

— J'en doute.

— Vous êtes vraiment fâchés à ce point, avec Kenneth ?

— Oui, répondit simplement Rebecca, qui ne tenait pas à en discuter davantage.

Elle se tourna du côté de la vallée et poursuivit pensivement :

— C'est quand même étrange de penser que la propriété familiale des Seaton n'est qu'à quelques kilomètres d'ici et que je n'y ai jamais mis les pieds. J'ai récemment rencontré lady Bowden. Elle s'est montrée charmante, malgré la brouille qui sépare nos familles.

— Margaret est une grande dame. Cette brouille est entièrement le fait de Bowden. Je suis convaincue qu'Anthony serait ravi d'y mettre un terme.

— Vous connaissez lord Bowden ?

— Très peu. Il me méprise, précisa-t-elle avec un léger sourire. Et il en voudra sans doute un peu plus à Anthony de m'épouser.

— Quel entêté... soupira Rebecca.

Elle remonta sur son cheval et s'éloigna, laissant Lavinia se recueillir en paix, comme elle-même venait de le faire. Elle rentra directement à Ravensbeck. Son premier pèlerinage était accompli. Le lendemain, elle s'attaquerait au second, autrement plus pénible : retourner sur la falaise où sa mère avait trouvé la mort.

Voyager par la malle-poste était une épreuve redoutable. Conçu avant tout pour le transport du courrier, le véhicule offrait un confort plus que rudimentaire. Les passagers étaient secoués sans ménagement et les haltes pour se restaurer étaient rares et toujours très brèves. Cependant, les voyageurs pressés savaient passer outre ces désagréments, car la malle-poste était assurément le moyen le plus rapide pour se déplacer à travers le pays.

Kenneth n'avait donc pas hésité. Grâce à la malle-poste, il rallierait le village le plus proche de Ravensbeck en un peu moins de deux jours, soit seulement un jour et demi après les Seaton.

Durant tout le trajet, il ne cessa de se répéter qu'il s'était affolé un peu vite. Après tout, rien ne prouvait que Frazier fût parti pour la région des Lacs, ou qu'il eût l'intention d'y semer le trouble.

Cependant, l'épisode de la bombe incendiaire avait sonné comme une déclaration de guerre. Et Kenneth ne voulait pas prendre le risque que Rebecca fût au cœur du conflit.

Dès son arrivée au petit village, il loua un cheval et s'engagea directement sur la route de Ravensbeck.

Kenneth ne s'était jamais rendu dans la région des Lacs, et la grandeur des paysages le fascina. En d'autres circonstances, il aurait pris le temps d'admirer le panorama, voire même de s'arrêter le temps de faire quelques esquisses. Mais ce jour-là, il éperonna sa monture. Il aurait tout le temps d'apprécier la contrée quand il serait rassuré sur le sort de Rebecca.

Lady Bowden termina son thé et reposa délicatement sa tasse sur sa soucoupe. Puis elle redressa la tête et regarda son mari avec une gravité inhabituelle.

— On m'a dit qu'Anthony et sa fille étaient déjà à Ravensbeck.

Bowden fronça les sourcils, sa tasse de thé à mi-chemin de ses lèvres.

— Et en quoi cela te concerne-t-il, Margaret ?

— La journée est belle. Je vais profiter du soleil pour me rendre à Ravensbeck et offrir mes condoléances à Anthony. J'aurais dû le faire l'été dernier, mais il n'est jamais trop tard pour se rattraper.

Marcus Bowden reposa si violemment sa tasse qu'il faillit la briser.

— Je te rappelle que nous n'avons rien à voir avec les gens de cette maison !

— Toi, peut-être, mais moi pas, riposta sa femme. Depuis notre mariage, j'ai feint d'ignorer ton obsession pour Helen et ta haine de ton frère. Mais c'est terminé. Anthony et Helen sont tombés amoureux l'un de l'autre et se sont mariés. C'était indélicat, soit ! Mais ce n'était tout de même pas un crime ! En revanche, c'était de la pure malveillance de ta part d'embaucher ce charmant jeune homme pour qu'il t'apporte la preuve qu'Anthony était un assassin.

Son mari la regardait fixement.

— Comment as-tu appris cela ?

— Cela ne te regarde pas, répliqua lady Bowden en se levant. Tu n'as jamais vraiment su qui était Helen. C'était une femme passionnée, qui t'aurait mis dans l'embarras. Elle a multiplié les liaisons, tu dois bien le savoir. Comment aurais-tu réagi avec une pareille épouse ? Très mal, probablement. Il serait grand temps que tu arrêtes de la pleurer comme un collégien après son premier chagrin d'amour.

Bowden l'imita et se leva d'un bloc.

— Je t'interdis d'aller à Ravensbeck.

— Ah oui ? répliqua Margaret, sarcastique. Et comment comptes-tu t'y prendre ? En me retenant prisonnière ici ? Ou en m'empêchant de rentrer chez moi quand j'aurai vu ton frère ?

— N'aurais-tu pas soupiré après Anthony pendant toutes ces années ? riposta son mari. Peut-être même lui rendais-tu visite discrètement, comme ses catins ?

— Ne sois pas grossier, Marcus, rétorqua Margaret d'une voix glaciale. Tu peux m'accompagner si tu veux mais, en tout cas, tu ne m'empêcheras pas d'y aller.

Et là-dessus, elle tourna les talons et quitta la pièce, encore toute tremblante de son audace. C'était la première fois qu'elle tenait ainsi tête à son mari. Mais après vingt-huit ans de mariage, elle en avait plus qu'assez de vivre dans l'ombre d'une autre femme. Elle voulait enfin exister par elle-même.

Lord Bowden se laissa retomber sur son siège avec un sentiment d'abandon. Comment Margaret pouvait-elle le trahir à ainsi ?

Cependant, toutes ces années passées à se remémorer Helen n'avaient-elles pas constitué, d'une certaine manière, une trahison envers son épouse ? À Londres, il lui était parfois arrivé d'apercevoir Helen de loin, à l'Opéra, au théâtre ou dans des réceptions. Il l'avait toujours regardée avcc émotion en se demandant quelle aurait été sa vie si elle avait accepté de l'épouser. Mais Margaret avait raison. Aurait-il supporté son tempérament ?

En fait, Marcus se rendait soudain compte que ce qu'il éprouvait pour Helen était moins de l'amour que la nostalgie de ses premiers émois amoureux. La femme de ses rêves ne l'aurait pas quitté pour un autre homme. Cette femme n'existait que dans son imagination.

Anthony et Helen sont tombés amoureux l'un de l'autre et se sont mariés. C'était indélicat, soit ! Mais ce n'était tout de même pas un crime !

Non, bien sûr que non. Mais pendant toutes ces années, Marcus s'était acharné à vouloir punir Anthony de lui avoir volé celle qu'il n'avait pu retenir. La mort d'Helen, en revanche, était peut-être un crime. Cette histoire de bague, évoquée par Kenneth, allait dans ce sens. Cependant, rien ne prouvait qu'Anthony était l'assassin. Cela méritait d'être pris en compte.

Une autre évidence s'imposait du même coup à son esprit. Qui, tout au long de ces années, lui avait apporté sérénité et réconfort ? Margaret. Pas une fois elle ne s'était plainte. Et voilà que, brusquement, elle semblait lui retirer cet amour qu'il avait toujours considéré comme acquis.

La vie était ainsi faite que la valeur des choses ne vous apparaissait qu'après les avoir perdues.

Marcus alla à l'écurie et ordonna qu'on selle son cheval. Puis il tenta de rattraper sa femme, sans savoir encore s'il voulait la rejoindre ou l'arrêter.

— Je compte pique-niquer et passer la journée à dessiner, annonça Rebecca au petit-déjeuner.

— Dans quelle direction devrons-nous lancer les recherches si tu oublies de rentrer pour dîner ? demanda sir Anthony distraitement.

— Vers l'ouest. Je pense aller du côté de la falaise.

Son père hocha la tête d'un air grave. Rebecca en déduisit qu'il avait prévu d'accomplir le même pèlerinage lorsqu'il se sentirait prêt.

Elle remplit un panier avec son matériel à dessin, quelques sandwiches, des fruits et une bouteille de cidre, puis elle partit.

L'air pur la revigorait, et l'idée de s'installer en permanence à Ravensbeck faisait sérieusement son chemin. Elle prit le chemin des écoliers et cueillit quelques fleurs sauvages avant d'arriver à la falaise, un éperon rocheux qui dominait une vallée entourant un petit lac.

Rebecca posa son panier sur le sol et parcourut du regard ce paysage familier. C'était une vue sublime à contempler avant de mourir.

Elle étudia ensuite de plus près la falaise proprement dite. L'herbe descendait en pente douce jusqu'au rebord, mais après c'était un à-pic vertigineux de plusieurs dizaines de mètres.

Accident ? Suicide ? Meurtre ? On ne saurait sans doute jamais. Une à une, Rebecca jeta ses fleurs dans le vide et les suivit des yeux tandis qu'elles flottaient dans les airs. Puis elle se trouva un coin à l'abri du soleil, s'assit sur l'herbe, le dos appuyé contre une grosse pierre, et ouvrit sa boîte d'aquarelle.

Frazier monta dans le grenier de sa maison de campagne et, collant son œil au télescope, inspecta les alentours. Instinctivement, son regard se porta du côté de la falaise. Il ne s'attendait à rien de précis, mais vit que quelqu'un était là. Une jeune femme en robe bleue, adossée à un rocher

Il poussa un cri d'excitation en reconnaissant la fille d'Anthony, occupée à dessiner. C'était merveilleux !

Il se précipita aussitôt dans sa chambre pour récupérer l'anneau d'or, puis descendit à l'écurie seller son cheval. Le trajet lui prendrait près d'une heure. Mais comme elle dessinait, Rebecca avait toutes les chances d'être encore là à son arrivée.

La chance était avec lui.

Kenneth atteignit Ravensbeck en fin de matinée. Il grimpa le perron sans prêter attention à l'architecture de la demeure et poussa la porte sans se soucier de frapper.

Un valet se précipita à sa rencontre.

— Lord Kimball, vous voilà déjà ! s'étonna-t-il. Vous étiez impatient de revoir Mlle Rebecca ?

— Exactement. Où est-elle ?

— Elle est partie se promener.

Kenneth retint un juron.

— Et sir Anthony ? Et lady Claxton ?

— Ils sont au jardin. Je peux vous y conduire, si vous le désirez.

— S'il vous plaît, répondit Kenneth, qui contenait à grand-peine son impatience.

Sir Anthony et Lavinia prenaient tranquillement le soleil.

— Vous avez déjà lancé tous les travaux ? s'extasia sir Anthony en voyant arriver Kenneth. Si on vous avait confié le commandement de l'armée, Napoléon aurait été défait en six mois.

Kenneth attendit que le valet se fût éloigné pour expliquer :

— Je suis venu parce que je m'inquiétais pour votre sécurité. Lord Frazier se trouve-t-il dans les parages ?

— Pas que je sache.

— Attendez, intervint Lavinia. Une servante m'a raconté ce matin qu'une fermière lui avait dit que les Londoniens semblaient s'être donné le mot cette année pour arriver plus tôt que d'habitude. Elle faisait peut-être allusion à Frazier.

— Je le soupçonne d'avoir provoqué l'incendie de Seaton House, lâcha Kenneth. Et d'avoir tué lady Seaton l'été dernier.

Passé le premier instant de stupeur, sir Anthony se récria :

— C'est absurde ! La mort d'Helen était accidentelle. C'est de la folie de dire qu'elle a été tuée par l'un de mes meilleurs amis !

Kenneth secoua la tête.

— Je ne crois pas à la thèse de l'accident. Du reste, j'ai cru comprendre que les proches de lady Helen suspectaient un suicide. C'est d'ailleurs pour cela que personne ne voulait évoquer sa disparition.

Sir Anthony avait pâli.

— Vous avez parlé avec Rebecca.

— Oui. Et d'après votre fille, si lady Helen avait dû mettre fin à ses jours, ç'aurait été en plein cœur de l'hiver, pas en été.

Lavinia prit la main de sir Anthony.

— Écoute-le, Anthony. Ce qu'il dit me paraît sensé. Surtout à propos de Malcolm. Je l'ai toujours trouvé extrêmement tendu, quand il parlait de toi. Il n'est pas impossible que ton succès ait suscité sa jalousie.

Comme sir Anthony regardait sa maîtresse, interdit, Kenneth reprit la parole impatiemment :

— Je vous donnerai des détails plus tard. Dans l'immédiat, dites-moi où je pourrais trouver Rebecca ?

— Elle est partie dessiner du côté de la falaise, répondit sir Anthony.

Lavinia fronça les sourcils.

— Je crois que la falaise est visible de chez Malcolm. S'il est chez lui, il aura aperçu Rebecca. Mais je ne vois pas pourquoi il s'en prendrait à elle.

— Et pourquoi a-t-il tué lady Seaton ? rétorqua Kenneth. Je pense qu'il a perdu l'esprit, et je ne veux prendre aucun risque concernant Rebecca. Un domestique pourrait-il me conduire jusqu'à la falaise ?

— Je vais vous y emmener moi-même, déclara sir Anthony en se levant. Quoique j'aie toujours du mal à vous croire, votre inquiétude est contagieuse.

— Allons-y tout de suite.

Il fallut une bonne dizaine de minutes pour seller le cheval de sir Anthony. Après quoi, les deux hommes quittèrent Ravensbeck au trot. En chemin, Kenneth lui résuma toute l'affaire depuis le début. Quand il eut fini de narrer son contrat avec lord Bowden, sir Anthony répliqua avec flegme :

— Ainsi, c'est Marcus qui m'a trouvé mon nouveau secrétaire. Il faudra que je pense à lui écrire pour le remercier. Il va être furieux d'apprendre qu'il m'a rendu service.

— Vous me pardonnez ? s'étonna Kenneth.

Sir Anthony hocha la tête.

— Vous êtes entré chez moi sous un faux prétexte, mais cela ne fait pas de vous un traître.

— J'aimerais que Rebecca soit aussi tolérante que vous.

— Ah ! Voilà donc pourquoi elle ne porte plus votre bague…

— Vous l'avez remarqué ?

— Figurez-vous que je suis plus observateur que vous ne semblez le croire. Ma fille a beaucoup de mal à faire confiance aux gens. Elle s'attend toujours au pire de leur part.

Il soupira, avant d'ajouter :

— Sa mère et moi en sommes sans doute responsables. Comme Rebecca ne semblait pas troublée, petite fille, par les fantaisies de notre mode de vie, nous ne nous sommes pas souciés de lui procurer la stabilité dont tout enfant a besoin. Je l'ai compris trop tard, après cette ridicule évasion avec son poète de pacotille. Mais le mal était fait. Rebecca s'est ensuite enfermée dans son monde. Hormis sa peinture, rien d'autre n'existait. C'est pourquoi j'apprécie votre influence sur elle. Elle a besoin d'un homme solide. Quelqu'un sur qui elle puisse s'appuyer.

Kenneth trouva très pertinente l'analyse de sir Anthony. Il comprenait mieux, à présent, pourquoi Rebecca lui avait si violemment tourné le dos en apprenant sa duperie. Et lui-même se sentait alors si coupable et si incertain quant à son avenir que cela n'avait pas arrangé la situation. Mais désormais, il savait exactement ce qu'il voulait.

En attendant, Kenneth voulait profiter de cette conversation avec sir Anthony pour le convaincre que la mort de lady Helen n'avait rien d'un accident, ni d'un suicide. À mesure qu'il déroulait ses arguments, le peintre hochait la tête, de plus en plus grave

— Si vous dites vrai, et qu'Helen ne se soit pas suicidée, vous comprendrez aisément ce que cela peut signifier pour moi… dit-il enfin d'une voix rauque de chagrin, dans laquelle on percevait toutefois un immense soulagement.

Ils terminèrent leur chevauchée en silence. Kenneth avait insensiblement pressé l'allure, son anxiété allant croissant de minute en minute malgré la petite voix intérieure qui ne cessait de lui répéter qu'il s'inquiétait sans raison. Ils trouveraient Rebecca tranquillement occupée à dessiner, et elle les traiterait de fous.

Jamais, de toute sa vie, il n'avait souhaité aussi ardemment se tromper.

32

— Bonjour, Rebecca.

Absorbée dans son travail, Rebecca sursauta en s'entendant interpeller par une voix familière. Elle releva le nez de son dessin et aperçut lord Frazier qui venait à sa rencontre, sa cravache d'équitation à la main.

— Bonjour, lord Frazier, répondit-elle fraîchement. J'ignorais que vous étiez déjà dans la région.

— J'avais envie de profiter du bon air, répliqua-t-il.

Rebecca était consternée. Elle avait déjà du mal à le supporter à Londres, mais de savoir que ce gêneur prétentieux serait là tout l'été lui gâchait le plaisir de son retour à Ravensbeck. Hélas ! Frazier était un ami de son père, et elle se devait d'être polie avec lui.

— Cette région des Lacs est un vrai havre de paix, dit-elle.

Frazier fouilla dans la poche de son manteau.

— J'ai un cadeau pour toi, Rebecca.

La jeune femme ne voulait surtout rien recevoir de lui.

— Si c'est un cadeau de fiançailles, je vais être obligée de le refuser. Lord Kimball et moi-même avons décidé de ne pas donner suite à notre engagement.

— Ce n'est pas un cadeau de fiançailles, précisa Frazier avec un étrange sourire. Tiens.

Il tendit la main, et Rebecca l'imita à contrecœur. Frazier déposa un petit objet sur sa paume.

C'était l'anneau manquant de la bague d'Helen.

Elle contempla le bijou, interdite, tandis qu'un frisson glacé lui parcourait la colonne vertébrale. Kenneth avait vu juste : sa mère avait été tuée. Et par l'un des meilleurs amis de son père. Elle comprit aussitôt la menace qui pesait à présent sur elle. « Surtout, reste naturelle », se dit-elle.

— C'est un très bel objet. Merci, lord Frazier.

— Passe-le à ton doigt, ordonna-t-il.

Essayant de ne pas trembler, Rebecca enfila la bague à son annulaire gauche.

— C'est un peu grand pour moi, fit-elle remarquer.

Et comme elle s'apprêtait à retirer l'anneau, Frazier se fit plus impérieux :

— Garde-le ! Peu m'importe la taille de ton doigt. Je veux que tu portes cet anneau.

Rebecca se leva.

— Je vais prévenir papa de votre arrivée, prétexta-t-elle. Je suis sûre qu'il va vous inviter à dîner ce soir. Nous nous reverrons à cette occasion.

Et elle commença à remballer son matériel dans son panier.

— Ne te préoccupe pas de cela, ricana Frazier. Tu n'auras pas besoin de crayons, ni de papier pour rejoindre ta mère.

Le pire, c'était son calme. Il se comportait comme s'ils étaient en train de discuter de la pluie et du beau temps.

— Je ne comprends pas, fit Rebecca en s'efforçant d'adopter un ton aussi détaché que le sien.

Frazier joua avec sa cravache.

— Mais si, tu comprends. Tu n'es pas stupide. Tu pleures toujours la mort de ta mère et tu vas la rejoindre. Tous ceux qui auront vu ta *Transfiguration* ne seront pas surpris par ce « suicide ». Mais sans doute ne comprendront-ils pas la signification de la bague. Quel dommage, en vérité ! C'est aux détails qu'on reconnaît un grand tableau.

Les chances que Rebecca avait de lui échapper étaient pratiquement nulles. Frazier était beaucoup plus grand qu'elle. Et son calme ajoutait à sa force. Tout ce qu'elle pouvait faire, c'était tenter de le déstabiliser.

— Si vous me tuez et essayez de faire passer cela pour un suicide, Kenneth ne sera pas dupe. Il a déjà compris que maman avait été assassinée.

Frazier se contenta de hausser les épaules, l'air las.

— Kimball est peut-être plus malin qu'il n'y paraît, mais ça ne changera rien. De toute façon, j'ai prévu de l'éliminer lui aussi. Ses peintures sont hideuses, je ne comprends pas qu'on en fasse un tel cas.

— Vous ne pourrez rien contre lui. C'est un soldat. Un homme d'action. Il pourrait vous briser en deux à mains nues.

— Même les hommes d'action finissent par mourir quand ils reçoivent une balle en plein cœur, répliqua Frazier, toujours imperturbable. Je ne suis peut-être pas un homme d'action, mais je suis un excellent tireur.

Il s'avança vers Rebecca.

— Pourquoi ? s'écria la jeune femme, au bord de la panique. Mon père est votre ami ! Comment pouvez-vous laisser votre jalousie se muer en haine meurtrière ?

Frazier s'arrêta net.

— Anthony est mon ami. Le plus cher, même. Rien n'a plus d'importance pour moi que l'art. Mes actions ne sont pas dirigées contre Anthony, mais contre toutes les mauvaises influences qui ont corrompu son talent.

Rebecca n'en croyait pas ses oreilles.

— Corrompu son talent ? Mais c'est l'un des meilleurs peintres d'Angleterre. Ses portraits, ses paysages, ses scènes historiques… tout est sublime.

Frazier eut une grimace dégoûtée. C'était la première vraie émotion qu'il manifestait depuis son arrivée.

— Non. Ce n'est que de la pacotille. Helen a ruiné son inspiration. Quand nous étudiions ensemble aux Beaux-Arts, Anthony avait une passion pour tout ce qui élevait l'esprit. Ses tableaux à la manière antique étaient pleins de noblesse et de raffinement.

— Ils étaient parfaits d'un point de vue technique, c'est vrai, mais ils manquaient d'âme, objecta Rebecca. Ce n'est qu'à sa sortie de l'école que papa a commencé à développer un style personnel.

Frazier secoua la tête.

— Helen l'a détruit. Pour l'entretenir à grands frais, il s'est mis à peindre des portraits de duchesses et autres inepties que Hampton gravait à la chaîne. Anthony aurait pu être l'égal de Reynolds ou de Turner. Au lieu de cela, il a dévoyé son talent.

Rebecca était presque fascinée par la perversion d'un tel raisonnement.

— L'intérêt pour un artiste n'est pas de copier la manière antique, mais de s'en inspirer pour transcender son époque, fit-elle valoir. Les vrais artistes sont ceux qui nous révèlent le monde sous un jour nouveau.

— Kimball avait raison de parler de votre influence sur le travail d'Anthony, rétorqua Frazier en tapotant sa paume gauche du bout de sa cravache. Je pensais que tout le problème venait d'Helen et qu'après sa mort il reviendrait à la belle peinture. Mais quand j'ai vu vos toiles à l'Académie, j'ai compris quelle nuisance vous représentiez pour lui.

— Et moi je comprends maintenant pourquoi vous êtes un si mauvais peintre. Vous avez des idées fausses sur tout. Votre *Léonidas* était affligeant. Je faisais mieux quand j'avais dix ans.

C'était sans doute la chose à ne pas dire. Frazier, ivre de rage, se précipita sur Rebecca. Elle poussa un hurlement dans l'espoir d'alerter un éventuel promeneur, ramassa une pierre qu'elle lui lança au visage, avant de s'enfuir à toutes jambes. Mais elle n'avait pas fait dix mètres que Frazier, revenu de sa surprise, la rattrapait et lui empoignait son châle. Rebecca le lui abandonna et poursuivit sa course éperdue. Moins de cinq secondes plus tard, la main de Frazier s'abattait sur son épaule et la tirait brutalement en arrière. Elle cria de nouveau.

— Tais-toi, garce ! siffla-t-il, le visage déformé par la haine.

Il accompagna ses mots d'une gifle si violente que la jeune femme perdit l'équilibre et s'effondra sur le sol. Sa tête heurta une pierre. Le paysage autour d'elle devint flou, et elle se sentit aspirée dans un grand gouffre sombre.

Juste avant de perdre connaissance, elle eut la certitude que cette femme précipitée dans le vide qui hantait ses cauchemars depuis des mois, c'était elle.

Sir Anthony pointa le doigt devant lui.

— Nous y sommes presque. La falaise est visible juste après ce tournant.

Tout à coup, un hurlement déchira l'air.

— Rebecca ! s'écria Kenneth, qui éperonnait déjà son cheval, laissant son compagnon derrière lui.

Il passa le coude du chemin au triple galop, et aperçut la falaise. La scène qu'il vit alors le glaça d'effroi. Frazier, les mains glissées sous les aisselles de Rebecca, la tirait vers le précipice. La jeune femme ne se débattait pas. Son corps inerte évoquait celui d'un pantin désarticulé.

C'était une vision effrayante.

Kenneth réagit instinctivement. Il immobilisa sa monture, sauta à terre et poussa un hurlement dans l'espoir de susciter une réaction de panique chez Frazier. Tandis qu'il se ruait vers lui, il tira son pistolet de sa poche et le mit en joue.

Frazier fit deux pas vers le précipice, puis hissa Rebecca devant lui, en manière de bouclier.

— N'approchez pas, Kimball !

Kenneth obéit. Il baissa son arme ; l'effroi lui oppressait la poitrine au point qu'il avait du mal à respirer. Il suffisait que Frazier fît un pas en arrière, et il basculerait dans le vide avec sa captive.

— Si vous tuez Rebecca, vous êtes un homme mort, Frazier, l'avertit-il. Laissez-la-moi, et vous pourrez partir, ajouta-t-il en risquant un pas en avant.

— Un pas de plus, et je saute avec elle ! menaça Frazier, l'air farouche.

Kenneth s'arrêta de nouveau. Les réactions de Frazier lui paraissaient si imprévisibles qu'il hésitait sur la conduite à tenir.

À cet instant, sir Anthony déboula à l'angle du chemin, et pâlit d'horreur en découvrant le spectacle qui s'offrait à lui. Il mit pourtant calmement pied à terre.

— La plaisanterie a assez duré, Malcolm, dit-il posément. Amène-moi ma fille.

Frazier s'était raidi.

— Ce n'est pas une plaisanterie, Anthony. J'ai longtemps espéré te ramener dans le droit chemin, celui du Grand Art, mais j'ai fini par comprendre que tous mes efforts étaient voués à l'échec.

Et, baissant les yeux sur Rebecca, il ajouta :

— Elle doit payer pour l'influence néfaste qu'elle a eue sur toi.

Sir Anthony fit quelques pas prudents en direction de son ancien ami.

— Pour l'amour de Dieu, Malcolm, ne mêle pas ma fille unique à cela ! Si tu veux jeter quelqu'un du haut de cette falaise, je préfère que ce soit moi.

Frazier parut bouleversé par sa proposition.

— Je ne te ferai jamais de mal, Anthony, fit-il d'une voix cassée. Tu es mon ami. Mon meilleur ami.

Un éclair de lucidité traversa son regard ; Frazier venait de comprendre qu'il avait tout perdu – son amitié avec Anthony, comme sa position dans le milieu artistique. Plus rien désormais ne le retenait à la vie, et Kenneth sut, sans l'ombre d'un doute, que dans quelques secondes il allait plonger dans le vide en entraînant Rebecca avec lui.

Profitant de ce que le regard de Frazier était dirigé vers sir Anthony, Kenneth leva son arme et le visa à la tête. Il prenait un risque énorme, il le savait. Mais il n'avait pas le choix.

À l'instant même où il appuya sur la détente, Frazier pivota légèrement. Kenneth vit avec horreur la balle atteindre l'épaule du peintre, à deux doigts du crâne de Rebecca.

Frazier poussa un cri de douleur, et lâcha la jeune femme. La pente du terrain aidant, elle commença irrésistiblement à rouler vers le précipice.

33

Sir Anthony poussa un hurlement qui se répercuta dans toute la vallée. Mais Kenneth s'était déjà rué vers la falaise. Il plongea, le bras tendu en avant, et agrippa Rebecca par le poignet une fraction de seconde avant qu'elle ne tombe. L'espace d'un instant, leurs deux corps s'immobilisèrent. Puis, emportés par la force de gravité, ils commencèrent à glisser lentement.

— Fais-moi confiance, Rebecca, murmura-t-il, bien qu'il ne sût pas si elle l'entendait, je vais nous tirer de là.

Kenneth réussit à s'accrocher à un buisson au passage. Avec l'énergie du désespoir, il banda ses muscles et, centimètre par centimètre, parvint à regagner du terrain. Lorsque, enfin, Rebecca et lui se trouvèrent assez loin du précipice pour être hors de danger, il s'autorisa une pause.

Il haletait et tremblait de tout son corps. Dans un dernier effort, il la tira à lui. Rebecca n'avait toujours pas rouvert les yeux. En voyant sa chevelure maculée de sang, il fut pris de panique. Se pouvait-il que la balle qu'il avait tirée l'eût touchée ? Il posa les doigts sur son cou, cherchant son pouls. Rien ! Un désespoir sans nom le saisit. S'efforçant de rester calme et concentré, il appuya un peu plus fort sur la carotide, et attendit. Et soudain, faible, imperceptible, il sentit la pulsation du sang sous ses doigts. *Dieu soit loué !* Infiniment soulagé, Kenneth regarda autour de lui.

Quoique le sauvetage de Rebecca eût paru durer une éternité, il s'était écoulé très peu de temps depuis qu'il avait tiré sur Frazier. Celui-ci se tenait pétrifié, au bord du ravin, la main pressée sur son épaule ensanglantée. Sir Anthony, qui était accouru vers eux, se laissa tomber à genoux près de sa fille.

— Ton crime ne restera pas impuni, Malcolm, lança-t-il, hors de lui. Je te le jure devant Dieu !

Frazier sursauta ; avec une expression de suprême arrogance, il déclara :

— J'ai vécu et j'ai peint comme les Anciens, et je mourrai de même.

Il pivota et, le dos raide, franchit les quelques pas qui le séparaient du bord du précipice.

Il ne cria pas. Et le bruit de sa chute lorsqu'il heurta les rochers au pied de la falaise se perdit dans le mugissement du vent.

— Quel sombre crétin ! siffla sir Anthony. Il avait tout : la fortune, le talent et une vraie passion pour l'art. Pourquoi, mais pourquoi est-il devenu un assassin ?

— La vraie passion de Frazier n'était pas l'art, répliqua Kenneth. Il ne rêvait que d'imposer ses idées à la terre entière.

Sir Anthony s'agenouilla auprès de sa fille et pâlit en découvrant ses cheveux poisseux de sang.

— Mon Dieu ! Est-ce que... est-ce que la balle l'a touchée ?

— Non, le rassura Kenneth, qui avait procédé à un rapide examen. Elle a dû se cogner sur une pierre en tombant, avant notre arrivée. Le cuir chevelu saigne toujours abondamment, mais je ne pense pas que ce soit très grave.

Kenneth se redressa, puis souleva la jeune femme dans ses bras. Elle lui parut si menue et si fragile que son cœur se serra dans sa poitrine. Pourtant, elle avait réussi à tenir tête à un agresseur autrement plus fort qu'elle. Indomptable Rebecca...

Il déposa tendrement un baiser sur son front.

— Ne perdons pas de temps, dit-il à sir Anthony en se dirigeant vers leurs montures.

Dès leur arrivée à Ravensbeck, Kenneth porta directement Rebecca au salon, où il l'allongea sur un canapé, pendant que sir Anthony réclamait la trousse de premiers secours et ordonnait qu'on fasse venir un médecin. La maisonnée se retrouva soudain plongée dans un véritable chaos, les domestiques les plus émotifs pleurant et courant dans toutes les directions.

Lavinia fit son apparition et rétablit l'ordre sans difficulté. Puis elle nettoya avec soin la blessure de Rebecca et la pansa comme si elle avait fait cela toute sa vie. Kenneth ne quittait pas Rebecca des yeux. Il semblait craindre qu'elle ne se volatilise subitement s'il détournait le regard.

Sir Anthony, pour sa part, faisait les cent pas au milieu de la pièce, tel un lion en cage, en attendant l'arrivée du docteur.

— Grands dieux ! Que se passe-t-il ici ? tonna soudain une voix masculine.

Kenneth se retourna, et découvrit avec stupéfaction lord et lady Bowden sur le seuil du salon. La porte d'entrée était probablement restée ouverte et, dans la confusion, ils avaient pénétré dans la maison sans qu'on leur demande quoi que ce soit. Mais que diable venaient-ils faire à Ravensbeck ?

Sir Anthony s'était immobilisé au milieu du tapis.

— Ma fille a été agressée, Marcus, expliqua-t-il en se passant une main tremblante dans les cheveux. Mais Kenneth affirme que ce n'est pas très grave.

Inquiet, Bowden s'approcha du canapé où la jeune femme était étendue.

— Que lui est-il arrivé exactement ?

— Un de mes amis a perdu la tête et a tenté de la tuer, répondit son frère. Comme il avait tué Helen.

Passé le premier instant de stupeur, Bowden se tourna vers Kenneth et l'interrogea du regard.

— C'est vrai, confirma ce dernier. Lord Frazier s'est révélé être l'assassin.

Sir Anthony, qui avait recouvré ses esprits, lança d'un ton ironique :

— Puis-je savoir ce qui me vaut l'honneur de ta visite, Marcus ?

Bowden répondit d'un air guindé :

— Margaret m'a fait comprendre, en termes choisis, à quel point je m'étais conduit stupidement au sujet d'Helen et de toi, et qu'il était grand temps que je m'en excuse.

Sir Anthony sourit à sa belle-sœur.

— Tu n'as pas changé, Margaret. Cela me fait vraiment plaisir de te revoir.

Il lui serra chaleureusement la main, avant de se tourner vers son frère :

— C'était la femme qu'il te fallait, tu sais. Helen t'aurait rendu fou.

Bowden opina du chef.

— J'ai beaucoup de chance, reconnut-il en gratifiant sa femme d'un regard à la fois tendre et désolé. Quel imbécile j'ai été de ne pas m'en rendre compte plus tôt !

— Chaque chose en son temps, fit lady Bowden, qui semblait visiblement ravie du revirement de son mari. Il me fallait attendre que tu fusses prêt à entendre ce que j'avais à te dire.

Bowden avala sa salive et se tourna vers son frère.

— Après la façon dont je me suis comporté, m'acceptes-tu sous ton toit, Anthony ?

— Tu as toujours été le bienvenu, Marcus, répondit tranquillement ce dernier. Toujours.

Comprenant qu'il valait mieux laisser les deux

frères célébrer leurs retrouvailles en privé, Kenneth chuchota à Lavinia :

— Je voudrais monter Rebecca dans sa chambre. Elle a besoin de repos et de calme.

Lavinia hocha la tête.

— Je vais vous montrer le chemin.

Kenneth souleva précautionneusement la jeune femme dans ses bras. Elle était toujours inconsciente, mais laissa cependant échapper un petit soupir tandis que sa tête roulait contre l'épaule de Kenneth.

— Elle ressemble beaucoup à Helen, remarqua lord Bowden avec une pointe d'émerveillement dans la voix.

— D'Helen elle a hérité le physique et de moi, le talent, résuma sir Anthony. En revanche, pour ce qui est du caractère, elle tiendrait plutôt de toi, Marcus. Étrange, non ?

Bowden sourit.

— Pas tant que cela. Mon plus jeune fils est exactement comme toi. Charmant, intelligent, mais imprévisible et bohème. J'essaie de me montrer plus compréhensif avec lui que père ne l'était avec toi.

Sir Anthony jeta un coup d'œil à Lavinia.

— Je crois que tu connais lady Claxton ? demanda-t-il à son frère, une pointe de défi dans la voix. Nous avons décidé de nous marier.

Kenneth songea que c'était peut-être un peu trop pour lord Bowden. Mais sa femme, une fois de plus, créa la surprise. Elle s'empara de la main de Lavinia et l'étreignit avec chaleur.

— Quelle excellente nouvelle ! Helen m'avait confié un jour son espoir de vous voir épouser Anthony si jamais elle venait à disparaître. Elle était convaincue que vous seule sauriez prendre soin de lui.

Son mari la regarda, interloqué.

— Comment ? Tu voyais Helen ?

Lady Bowden haussa les épaules avec une charmante désinvolture.

— Nos chemins se croisaient parfois, en ville.

Bowden secoua la tête, encore éberlué, avant de serrer à son tour la main de Lavinia.

— Mes félicitations, lady Claxton.

— Merci, lord Bowden, répondit celle-ci, avant d'escorter Kenneth hors du salon.

Ces retrouvailles familiales avaient ravi Kenneth, et il monta Rebecca dans sa chambre d'un cœur léger. Si une querelle vieille de trente ans pouvait se terminer aussi bien, alors rien ne lui interdisait d'espérer que la jeune femme lui pardonne un jour.

Rebecca se réveilla au milieu de la nuit avec une migraine épouvantable. Elle ouvrit les yeux, et s'aperçut qu'elle était dans son lit. Une chandelle brûlait sur sa table de chevet et un bon feu crépitait dans la cheminée. Tout était silencieux, à l'exception du bruit familier d'un crayon courant sur une feuille de papier qui semblait provenir de la gauche.

Elle tourna la tête et vit Kenneth, assis tout près de son lit, son carnet à croquis sur les genoux. Il avait l'air fatigué et soucieux. Rebecca eut soudain une folle envie de l'embrasser.

Il dut sentir son regard sur lui, car il leva soudain la tête, et son visage s'éclaira. Il abandonna son dessin pour se pencher vers elle.

— Comment te sens-tu ?

Elle déglutit péniblement avant de pouvoir parler. Sa gorge était affreusement sèche.

— Couci-couça, avoua-t-elle. J'ai très soif.

Kenneth remplit un verre d'eau et le lui tendit. Elle se redressa sur ses oreillers, but à petites gorgées, puis demanda :

— Combien de temps suis-je restée inconsciente ?

— Une dizaine d'heures.

— Que m'est-il arrivé ?

— Quel est ton dernier souvenir ?

La jeune femme réfléchit.

— Je revois lord Frazier me giflant violemment, je suis tombée à la renverse, et après, plus rien. Le trou noir.

Kenneth lui raconta ce qui s'était passé, jusqu'au suicide de Frazier, avant de conclure :

— Tu as eu beaucoup de chance. D'après le médecin, ton choc à la tête n'a entraîné aucune fracture.

Rebecca songeait au sort de Frazier.

— Si j'étais une sainte, j'éprouverais sans doute de la compassion pour sa folie. Mais je ne suis pas une sainte, et si j'avais eu un pistolet, je n'aurais pas hésité à tirer.

— Personnellement, j'aurais préféré qu'il comparaisse en justice, observa Kenneth. Pour que son jugement soit public. Mais c'est peut-être aussi bien ainsi. Son suicide vous a évité, à ton père et à toi, la tension que représente un procès.

Désignant la cheminée, il ajouta :

— Il y a de la soupe au chaud. Tu en veux un peu ?

Rebecca hocha la tête, et Kenneth alla chercher le bol. C'est seulement alors que la signification des événements de la journée la frappa : sa mère avait bel et bien été assassinée. Elle ne s'était pas suicidée.

Pour Rebecca, c'était un immense soulagement. Helen Seaton n'avait pas mis fin à ses jours par désespoir. Son mari et sa fille n'avaient rien à se reprocher.

Kenneth revint avec la soupe. C'était un velouté de légumes absolument délicieux. Rebecca vida son bol sans se faire prier.

Quand elle eut terminé, Kenneth récupéra le bol et lui annonça l'autre grande nouvelle : la réconciliation de sir Anthony avec son frère.

La stupéfaction de Rebecca fit vite place à la joie.

— Papa doit être ravi. J'ai toujours pensé qu'il trouvait cette querelle absurde.

— Je me demande si Bowden a réellement cru à la culpabilité de ton père, fit Kenneth pensivement. Au fond, lui aussi devait souffrir de cette brouille. Mais son maudit orgueil l'empêchait de l'avouer. Alors, il a eu l'idée de cette enquête dans l'espoir qu'elle l'aiderait à renouer avec son frère.

— C'est bien possible, approuva Rebecca. En tout cas, Bowden doit être content de ton travail.

Kenneth hocha la tête.

— Il a levé toutes mes hypothèques. C'est un peu cher payé pour ce que j'ai fait, mais il a insisté pour honorer notre contrat dans ses termes exacts.

— Non, ce n'est pas cher payé ! Tu as trouvé l'assassin et indirectement aidé Bowden à se réconcilier avec papa. C'est considérable.

— Et je t'ai rencontrée, ajouta Kenneth. Ce qui n'a pas de prix.

Il fit une pause et regarda Rebecca droit dans les yeux :

— Maintenant que je suis en position de me marier, j'ai l'intention de tout faire pour réussir à te conduire à l'autel. Je ne peux pas effacer de ta mémoire ce que tu considères comme une tromperie, mais je voudrais que tu saches que je t'aime à la folie.

Son regard s'assombrit ; il était visiblement ému.

— Je... je ne l'ai vraiment compris que parce que j'ai été si près de te perdre.

Il fouilla dans sa poche pour en tirer la bague aux trois anneaux.

— J'ai trouvé l'anneau du milieu à ton doigt et j'ai reconstitué l'ensemble, expliqua-t-il en tendant la bague à la jeune femme. À présent, elle est de nouveau complète.

Rebecca contemplait le bijou, submergée par des émotions contradictoires. Elle se sentait en plein chaos, et tenta de changer de sujet.

— Que dessinais-tu ? demanda-t-elle.

Kenneth interpréta sa réaction comme une rebuffade. Il pâlit et resta un instant silencieux, avant de répondre :

— J'ai peur que ce ne soit pas très montrable à une convalescente.

— Tu attises ma curiosité, répliqua-t-elle en s'efforçant d'adopter un ton léger.

Il lui tendit son carnet avec un haussement d'épaules résigné.

— J'ai essayé de représenter le pire de mes cauchemars, expliqua-t-il. Mais désormais j'en ai un nouveau : Frazier en train de te traîner vers le précipice.

Son dessin montrait un grand arbre se dressant au milieu d'un champ baigné de soleil. Aux branches de l'arbre pendaient deux corps, ceux d'un homme et d'une femme. Les cheveux de la femme cachaient son visage.

Rebecca comprit en un éclair.

— C'est Maria ?

Il hocha la tête, le visage de marbre.

— Après l'exécution de mes amis et ma capture, mon seul réconfort était de savoir que Maria avait pu en réchapper. Elle s'était enfuie avec son frère aîné, Domingo. Mais les Français ont fini par les retrouver et ils ont tenu à me montrer ce qu'ils en avaient fait.

— Quelle horreur ! murmura Rebecca, bouleversée. C'est un miracle que tu ne sois pas devenu fou.

Kenneth ferma les yeux, sa douleur était presque palpable.

— J'ai bien failli. Deux jours après, j'ai réussi à m'évader et j'ai pu rejoindre mon régiment. Mais j'étais très mal en point. C'est Michael qui m'a sauvé de la folie. Je ne lui ai rien dit, mais je pense qu'il a deviné. Il ne me lâchait pas d'une semelle, toujours prêt à parler quand il sentait que j'en avais besoin, ou à me tenir compagnie en silence.

Rebecca tendit soudain le bras, pour se saisir de la main de Kenneth. Le fait de le toucher fit monter la tension et l'émotion d'un cran.

— Maria est morte pour l'Espagne, souffla-t-elle. Son pays est libre, à présent. Et elle repose en paix, avec ses frères.

Kenneth rouvrit les yeux.

— J'espère que tu dis vrai. Maria a bien gagné ce repos éternel. Comme ta mère.

Tout à coup, c'en fut trop pour Rebecca. Les larmes qu'elle n'avait pu verser depuis la mort de sa mère jaillirent soudain, et elle éclata bruyamment en sanglots. Elle s'était toujours dit que le jour où elle commencerait à pleurer, elle ne pourrait plus s'arrêter, et cette crainte semblait justifiée. Elle ne voyait plus comment sortir de sa douleur.

Kenneth lui retira son carnet à dessin, puis il s'allongea sur le lit et la tint tout contre lui. Elle enfouit la tête au creux de son épaule, suffoquant de chagrin. Elle se sentait telle une petite fille misérable, esseulée et perdue dans un monde trop vaste pour elle.

Sauf qu'elle *n'était plus* seule. Kenneth était là. Il la serrait dans ses bras et la protégeait. Même si leur relation avait commencé par une duperie, il s'était toujours montré tendre avec elle et ne lui avait jamais manqué de respect. Et il venait de lui avouer qu'il l'aimait.

En exprimant son chagrin, Rebecca s'en libérait peu à peu et s'ouvrait à de nouveaux sentiments. À l'amour de Kenneth répondait son amour à elle. La jeune femme sentit peu à peu son cœur se réchauffer, et un grand calme l'envahit ; quelque chose qui ressemblait à de la sérénité.

Ses larmes se tarirent et elle leva les yeux.

— Je t'aime, Kenneth, murmura-t-elle. Ne me quitte jamais.

Un lent sourire vibrant de tendresse naquit sur ses lèvres.

— Je ne peux pas te promettre de ne pas mourir un jour, mais je resterai toujours avec toi, Rebecca. Si ce n'est de corps, ce sera au moins en esprit. Je t'en fais le serment.

Et, se penchant sur elle, il approcha ses lèvres des siennes.

— Je ne te quitterai jamais.

Son baiser fut comme un nectar divin qui acheva de rendre la jeune femme à la vie. Un feu brûlant courut dans ses veines.

— Fais-moi l'amour, Kenneth, le supplia-t-elle en s'agrippant à ses épaules. S'il te plaît.

Il fronça les sourcils, mi-amusé, mi-inquiet.

— Je te rappelle que tu as reçu un mauvais coup sur la tête, ce matin.

— Oui, mais quand tu m'embrasses, ma tête ne me fait plus du tout mal.

Et glissant impudiquement une main vers son entrejambe, elle ajouta :

— Si le docteur était là, je suis sûre qu'il s'accorderait à dire que tu es le meilleur remède possible contre le mal de tête.

Kenneth pouvait difficilement résister à pareil argument. D'autant que les caresses de Rebecca se faisaient plus précises.

— Tu as gagné, petite diablesse.

Il l'aida à se débarrasser de sa chemise de nuit, avant d'ajouter :

— Il faut toujours que tu aies ce que tu veux.

Elle rit.

— Mais je ne veux que toi, mon chéri.

Kenneth se déshabilla à son tour, et se mit à caresser délicatement le corps de Rebecca, comme s'il était en porcelaine. La jeune femme lui fit vite comprendre qu'il pouvait se montrer plus sauvage. Pour la première fois, ils étaient libres de s'abandonner à leur passion sans arrière-pensée.

Au plus fort de l'extase, Rebecca pleura de nouveau, mais cette fois de joie. Fourbus, comblés, ils restèrent longuement enlacés, tandis que le feu, dans la cheminée, achevait lentement de se consumer.

Rebecca laissa courir son doigt sur la joue de Kenneth, et murmura rêveusement :

— La prochaine fois, je te peindrai sous les traits de Vulcain, le dieu forgeron. Il incarnait la force physique, comme toi.

— Et il épousa Vénus, déesse de la beauté. Tu aurais très bien pu servir de modèle à Botticelli, assura Kenneth en la parcourant d'un regard gourmand.

Puis il quitta le lit, pour aller fouiller dans la poche de son manteau.

Rebecca protesta bruyamment, mais déjà Kenneth revenait. Il lui prit la main et glissa la bague des Wilding à son annulaire.

— Je fais tout à l'envers, dit-il. D'ordinaire, on commence par la bague, et on couche après.

Elle rit.

— Tu sais bien que les artistes ne sont pas comme les autres.

— Je suis peut-être un artiste, mais pour ce qui est de la fidélité, je suis très conventionnel. Ni maîtresses ni amants. Juste toi et moi dans notre lit. Pour toujours.

Rebecca le gratifia d'un sourire ensorcelant digne de Lilith.

— C'est bien ainsi que je l'entendais.

Note historique

Je me suis aidée, pour écrire ce livre, de faits ou de personnages ayant réellement existé. Wellington confia effectivement à quelques-uns de ses officiers des missions d'espionnage en Espagne, quand celle-ci luttait contre l'envahisseur napoléonien. Le personnage de Maria m'a été directement inspiré par le destin tragique de Juana, qui fut la maîtresse du capitaine Grant, l'un de ces plus fameux espions.

Le succès artistique de Kenneth et de Rebecca dès leur première exposition m'a pour sa part été inspiré par l'exemple de John Millais et de William Holman Hunt. Âgés seulement de dix-neuf et vingt et un ans, ils travaillèrent d'arrache-pied jusqu'à la dernière minute pour soumettre leurs toiles au verdict de l'Académie. Si Millais et Hunt ont réussi, pourquoi pas Kenneth et Rebecca ?

J'ajoute, enfin, que j'ai combiné les traits de plusieurs artistes pour composer mes personnages. Sir Anthony est ainsi un mélange de Louis David et de sir Thomas Lawrence. Rebecca est une sorte de préraphaélite, teintée bien sûr d'une bonne dose de féminisme. Kenneth, enfin, tient à la fois de Goya et de Géricault. Ce dernier était, paraît-il, l'archétype de l'artiste romantique tout en étant authentiquement viril.

Pouvais-je rêver meilleur modèle pour mon héros ?

Rendez-vous au mois d'août
avec deux nouveaux romans de la collection

Aventures et Passions

Le 24 août 2001

Le clan des MacLaren

de Susan King (n° 5924)

Écosse, XIIe siècle. En raison des luttes et des guerres qui agitent le clan des MacLaren depuis des générations, celui-ci est sur le point de disparaître. Seule subsiste la belle Alainna. Une légende dit que la protection du clan a été assurée durant sept siècles, et qu'à présent celle-ci doit prendre fin. Il y a pourtant une solution pour assurer la pérennité du clan : que Alainna épouse un guerrier acceptant de changer de nom pour devenir un MacLaren...

Chercheuse d'or

de Maggie Osborne (n° 5923)

Colorado, fin du XIXe siècle. Garçon manqué, Low Down est chercheuse d'or. Elle habite dans les Rocheuses avec les autres prospecteurs. Lorsqu'une épidémie s'abat sur la contrée, Low Down reste auprès des hommes pour les soigner. En guise de remerciement, ils lui demandent quel est son vœu le plus cher. Pour Low Down, c'est d'avoir un enfant. Qu'à cela ne tienne ! Ses compagnons partent en quête du père idéal et lui présentent bientôt le jeune et séduisant Max McCord...

Aventures et Passions

Quand l'amour s'aventure très loin, il devient passion

Ce mois-ci, découvrez également
deux nouveaux romans de la collection

Amour et Destin

Le 4 juillet 2001

Les cicatrices du passé

de Annie Garrett (n° 5909)

Tess, journaliste célèbre, accepte à contrecœur d'interviewer Buck Campbell, un chanteur de country au sommet de la gloire. Pourtant, tant de femmes rêveraient d'être à sa place ! Mais voilà, pour le rencontrer, elle doit retourner dans le Missouri, le pays natal qui vit naître sa passion avec Jamie – devenu Buck – alors qu'ils étaient encore à l'école. Douze ans plus tard, Tess doit faire face aux souvenirs qui l'assaillent et bien admettre qu'entre eux rien n'est résolu.

Le 23 juillet 2001

Cœur à cœur

de Sandra Kitt (n° 5915)

Lee Grafton, officier de police, est en planque dans Manhattan pour démanteler un réseau de trafiquants de drogues. Une jeune professeur de dessin afro-américaine, Carol Taggert, a le malheur un soir de se promener dans les parages : des coups sont tirés et Carol se retrouve à l'hôpital, grièvement blessée. Lee culpabilise, lui rend visite tous les jours et s'attache peu à peu à la jeune femme...

5916

Composition Chesteroc International Graphics
Achevé d'imprimer en Europe (France)
par Maury-Eurolivres – 45300 Manchecourt
le 22 juin 2001.
Dépôt légal juin 2001. ISBN 2-290-31155-3

Éditions J'ai lu
84, rue de Grenelle, 75007 Paris
Diffusion France et étranger : Flammarion